Pour son propre plaisir, **Albert Ducloz** *écrit depuis l'enfance romans, poésies, contes et nouvelles. Pourtant, après une carrière de directeur d'établissement de soins, ce n'est qu'en 2002 qu'il publie son premier roman* Citadelles d'orgueil. *En 2007, il obtient le prix Claude Favre de Vaugelas pour* Les Amants de juin. Les Trois Promesses *a obtenu le prix du Cercle littéraire Médicis en 2015.*

LES TROIS PROMESSES

Du même auteur

Aux éditions De Borée

Julie bon pain, Terre de poche
Le Chant d'Aurore, prix La Plume et la Lettre 2015
Le Violon d'or
Les Amours prisonnières
Les Dames blanches, Terre de poche
Les Jacinthes sauvages, Terre de poche
Pascalou
Une étrange récolte, Terre de poche
Un Sourire pour Mathilde

Autres éditeurs

Citadelles d'orgueil
La Métamorphose de la cigale
La Vengeance du marais
Le Piège à loup
Les Amants de juin, prix Claude Favre de Vaugelas 2007
Les Enfants des étoiles
Les Larmes de Chanteuges
Les Mystères d'Anaïs
Lettres d'Algérie à mes parents
Pas à pas dans la neige

TERRE DE POCHE
45, rue du Clos-Four – 63056 Clermont-Ferrand cedex 2

Albert Ducloz

Les Trois promesses

de Borée
TERRE DE POCHE

À l'association L'Hermione-La Fayette
dont l'auteur est membre actif.

Première partie

RÉSISTANCES

I

La belle charpente

J'AI QUATORZE ANS en 1992 lorsque commence mon histoire. Je me souviens de ce jour comme si nous étions aujourd'hui ; il régnait un admirable temps d'été, chaud et clair. Les hirondelles traçaient dans le ciel bleu de grandes lignes courbes qu'après leur vol nous croyions voir encore. La route où nous faisions la course à bicyclette de Saint-Andéol à Saint-Martial plonge si pentue que l'air sifflait à nos oreilles et nous rafraîchissait les mollets. Chaque été, je passais le mois de juillet avec mes deux cousins Jérôme et Christian chez nos grands-parents. Il se trouve qu'à cette époque toute la famille travaillait encore. À la fin de juillet, parents, oncles et tantes reviendraient nous chercher pour les vacances d'août. Chaque année, ils aimaient s'exiler à l'étranger ou au bord de l'océan alors que je souhaitais tant demeurer à Saint-Andéol en compagnie des manières simples de grand-père Hippolyte et grand-mère Amélie, sans parler de la pureté des paysages entre Ardèche et Haute-Loire.

De toutes leurs forces, mes deux cousins appuyaient sur les pédales, s'efforçaient à me distancer. Mais j'avais les mollets durs et me sentais capable d'arriver premier au bord du lac. Ce jour-là, l'air pétillait, magnifique, et le ciel d'été ruisselait de lumière ; sous les ronces et les feuillages épais recouvrant les talus, je surprenais les oiseaux à l'abri de la chaleur. Les sauterelles jetaient fort leurs cris secs dans le tremblement chaud de l'air sur les prés ; nous en percevions la stridence malgré le crissement des pneus.

Nous avions pourtant promis à grand-mère de nous tenir à l'ombre tant la fournaise de ce début d'après-midi étouffait la moindre vie sous un soleil de plomb et surtout de ne pas quitter le bourg avant 4 heures. Mais la fraîcheur du lac de Saint-Martial, à sept kilomètres du village ardéchois de Saint-Andéol-de-Fourchades où vivaient nos grands-parents paternels, nous attirait irrésistiblement. Il est vrai qu'à vélo vingt minutes suffisaient pour s'y rendre. Aucun d'entre nous trois ne songeait au retour ; la côte serait rude, à proportion de la descente. De plus, après une longue baignade en eau fraîche, nos jambes pèseraient lourd et il faudrait bien compter trois bons quarts d'heure pour le retour vers l'ancestrale demeure familiale.

Construite par nos aïeux paysans voici deux siècles et demi, Charles, mon seul ancêtre survivant en 1918, l'aménagea en deux parties distinctes. À gauche, la ferme et les bêtes ; à droite, le logis et les hommes.

Comment rencontra-t-il Léoncie, ma future arrière-grand-mère ? Ni mes parents ni mes grands-parents Hippolyte et Amélie ne m'en firent confidence. Je sais seulement que mon père Clément naquit de cette union en 1945. La terre de Saint-Andéol l'imprégnait de ses parfums d'herbes sèches, de chèvres et de forêts de pins. La rudesse du climat, l'âpreté des champs n'offraient aucun cadeau. Ce n'était pas la misère, seulement la pauvreté. Aussi bien, grand-père Hippolyte et grand-mère Amélie persuadèrent-ils Clément, qui deviendrait mon père, de ne pas demeurer paysan mais tout au contraire ils l'envoyèrent pensionnaire au lycée de Privas pour y préparer son bac, qu'il réussit d'ailleurs avec mention. La réussite fait perdre le sens du vrai. Il partit faire son droit à Lyon où, à vingt-sept ans en 1972, il s'installa avocat.

De là commencèrent mes difficultés. Au prétoire, papa fit connaissance de Carine, avocate elle aussi, mais issue de la haute bourgeoisie lyonnaise alors que mon père conservait la terre ardéchoise collée à ses chaussures de ville. À chaque occasion, papa revenait à Saint-Andéol et toujours se demandait si sa vocation profonde n'était pas malgré sa réussite de se réinstaller paysan. À bicyclette, il randonnait autour du mont Gerbier de Jonc, s'arrêtait boire l'eau fraîche de la source de la Loire ; sitôt revenu à Saint-Andéol, il ne pouvait s'empêcher de poser son vélo à l'entrée du cimetière en pente pour marcher vers son sommet y visiter la tombe d'Aubin, notre aïeul à tous, celui que la famille considérait comme son héros. Ce dernier, en 1776, chassé par le droit d'aînesse laissant tout à son frère, fuyait Saint-Andéol, rejoignait La Fayette à Rochefort, s'embarquait sur *L'Hermione* comme charpentier, faisait toute la campagne des insurgés contre les Anglais, puis partait en Louisiane d'où il revenait fortune faite. De retour au pays, il s'installait charpentier et consolidait son bien à construire les charpentes de toutes les fermes ; la paix retrouvée après Napoléon les faisait éclore au pays comme champignons à l'automne.

L'amour rend aveugle. Malgré les observations des siens, Carine et mon père s'épousèrent. Je naquis à Lyon en 1978 et fus prénommé Vincent. Flore, ma petite sœur, vit le jour deux ans plus tard, en 1980. Père est brun de cheveux comme de peau ; Flore sur ce plan, avec ses cheveux blonds, ses yeux bleus et son teint clair, ne tient guère de lui, ni même de maman. L'ovale du visage aux traits fins de notre mère se trouve souligné d'une magnifique chevelure noire d'ébène. Quant à moi, j'ai hérité des deux ; brun de peau et de cheveux, avec des yeux de jais.

Tout en nage, tel l'échappé du Tour de France, j'arrive le premier ; tous les trois, par un petit chemin évadé de la route, nous rejoignons les gravillons qui précèdent le sable de la plage sur laquelle nous sautons de selle, couchons nos vélos parmi d'autres, ôtons nos tee-shirts et nos shorts ; d'un même élan, sans attendre, nous nous élançons en slip de bain dans l'eau fraîche. Le lac n'est pas assez profond en bord de plage pour permettre de plonger. Nous devons courir sur plusieurs mètres avant de pouvoir enfin nager. Je pense à grand-mère Amélie qui nous recommande toujours de ne pas entrer dans l'eau en sueur ! À cette heure, grand-père et elle font leur sieste à l'ombre du grand douglas qui devant la ferme rafraîchit la cour. Ils nous imaginent respectant leurs prescriptions répétées : éviter de s'exposer au soleil avant 4 heures et ne pas quitter Saint-Andéol sans avertir. Ce soir, au retour, il va falloir s'expliquer, c'est-à-dire inventer une fable presque plausible. Heureusement, grand-mère n'est pas là pour nous voir. Par cette chaleur, l'eau du lac attire le monde. Je ne me plais pas aux piscines municipales lyonnaises ; leur confinement me déplaît. J'adore tout au contraire crawler dans ce lac Saint-Martial, bijou bleu dans son écrin d'Ardèche. Pour moi, je me baigne avec passion et nage à perte de vue, fort et hardi, sans conscience de l'éloignement des berges. Je me trouve bien dans cette eau fraîche, limpide et couleur verveine qui me porte en balançant mon corps. Une fois au milieu du lac, je me tourne sur le dos, bras en croix, et laisse mes yeux se perdre dans l'azur profond du ciel traversé parfois des vols d'étourneaux descendant du Mézenc. À part Jérôme et Christian, mes deux cousins, eux aussi bons nageurs, peu de monde s'aventure jusqu'au milieu du lac. Nous y demeurons seuls, attentifs à la douce rumeur du vent dans les montagnes boisées.

Cependant, nous sommes à l'âge où nos regards s'attardent à d'autres êtres que les oiseaux et les poissons ; parfois, leurs chatouillis effleurent nos jambes lorsque nous faisons la planche. Près des berges, entre deux bronzettes, des naïades de notre humaine espèce retrouvent leur élément. À leurs rires, nous reprenons le crawl pour aller les chahuter, les asperger, parfois même les tirer par les pieds. Sous prétexte de nouvelles bronzettes, elles quittent bientôt les eaux et rejoignent sur le champ la plage et leurs serviettes de bain. Jérôme et moi, à quatorze ans, Christian n'en a que treize, nous ignorons encore beaucoup de la drague et, surtout, d'autres garçons plus âgés semblent davantage intéresser ces joyeuses demoiselles.

Durant nos jeux, l'ombre de la montagne a progressé sur le lac et sa subite fraîcheur nous rappelle les grands-parents en attente. Certes, pépé Hippolyte et mémé Amélie ne sont point naïfs ; mais enfin, comptables de leurs petits-fils, il leur revient d'affirmer leur autorité. De plus, presque chaque soir, soit mon père Clément, soit ma mère Carine, et mes oncles et tantes de même pour Jérôme et Christian, ou tous, successivement, téléphonent. Nos grands-parents n'aiment pas mentir et mes parents acceptent peu me voir désobéir. Nous devons en conséquence imaginer une fable, propre à nous servir d'excuse. Jérôme, l'aîné des deux cousins, l'ébauche :

— Si nous disions que les chèvres de la Fonsine – elle se prénomme Alphonsine mais ici tout le monde dit la Fonsine – se sont sauvées ? Nous aurions préféré ne pas perdre un temps précieux à prévenir pour pouvoir les rattraper plus vite ?

— Parfait Jérôme, très bien.

L'idée semble géniale : ladite Fonsine habite une vieille et vaste ferme isolée du bourg et sise au pied du col de Joux ; vu de Saint-Andéol, celui-ci émerge de l'horizon à l'embranchement de la route de Saint-Martial.

L'idée opportune de Jérôme tient tout entière dans la Fonsine : sourde, presque impotente, elle se souvient d'autrefois mais oublie tout d'aujourd'hui et ne se déplace guère. Jamais nos grands-parents ne vérifieront nos dires. Nous leur déclarerons avoir ramené les chèvres ensauvées de la vieille femme ; ensuite, nous trouvant sur la route, nous serons descendus sans attendre pour une trempette à Saint-Martial.

Cependant, deux précautions valent mieux qu'une ; arrivés au col de Joux, assoiffés par six kilomètres de grimpette après une longue baignade, nous entrons dans la cour de la vieille ferme où nous trouvons Fonsine occupée à traire ses chèvres. Pour faire plus vraisemblable en cas de questionnement, je les compte. Elles sont sept, plus un bouc. La présence de ce dernier nous rassure : il pue tant que même si nous nous étions lavés, nos shorts et nos tee-shirts resteraient imprégnés de son odeur. Notre grand-mère y verra la preuve du passage chez la Fonsine. Tous les trois, distrayant la vieille femme de discours auxquels elle n'entend rien, nous nous frottons au bouc afin de bien nous imprégner de ses forts effluves. De nous voir jouer ainsi, la Fonsine rit dans son seau ; si elle n'entend goutte, sa vue demeure perçante et sa langue s'active bien.

— Pardon madame, nous avons bien soif. Auriez-vous de l'eau fraîche ?

La Fonsine est tellement dure d'oreille qu'elle répond à côté.

— Votre grand-mère n'en aura pas fini de laver vos habits. Odeur de bouc demeure !

Estimant l'imprégnation suffisante, nous sortons. Dans la cour, sur la margelle du puits, est posé un seau. De notre propre initiative, mais la Fonsine nous observe par la porte de l'étable grande ouverte, nous le lançons dans l'eau attaché à sa chaîne, attendons le *plouf*, le tirons à nous pour en boire l'eau fraîche à pleines goulées. J'observe le visage de Fonsine, elle sourit.

À notre arrivée chez elle, sitôt nos vélos adossés au vieux mur, nous nous étions précipités vers l'étable. À présent, il n'en est plus de même, nous disposons de temps pour observer. La ferme comporte deux bâtiments faisant corps. Le logis d'habitation, tout en rez-de-chaussée, est accolé à une construction à trois niveaux : l'étable et une remise surmontées d'une grange et d'un grenier. De la cour, j'aperçois le *montadou*[1] ; sa pente herbue monte à la grange dont la porte à deux vantaux semble mal fermée. Je m'avance, soulève la clenche, entre pour découvrir un espace tout en longueur sur un épais plancher. Vu la poussière accumulée, personne depuis longtemps ne semble y avoir pénétré ; la dernière intrusion remonte sans aucun doute à la mort du mari de Fonsine, le seul homme de la ferme. Veuve, elle vendit tout son bétail, ne gardant que ses chèvres, son bouc

1. Montadou : *plan incliné herbeux permettant d'accéder à la grange.*

et sans doute quelques poules et lapins. Dans la grange devenue musée, tous les matériels paysans, véritables compagnons de travail – tombereaux, chars pour les foins et les moissons, remorque avec sa citerne, faucheuse, charrues et tous les outils à bras –, sommeillent à la place même où leur maître dut les remiser après leur dernier usage. Si rien n'a bougé depuis, les araignées se sont emparées des lieux ; leurs toiles tendues, véritables garde-manger, recèlent les corps desséchés des mouches et des moustiques qui s'y firent piéger. Scellé à un mur, je découvre les marches de bois d'un très vieil escalier. Il doit accéder au grenier. Je m'empare d'un vieux manche de piochon traînant à portée de main, en déchire à grands coups les toiles d'araignées pour me faciliter un passage jusqu'à l'escalier. Curieusement, ses marches apparaissent épargnées par les arachnides. Je monte et débouche dans le grenier où je demeure stupéfait : tout en haut, au-dessus de ma tête, une immense voûte de bois, extraordinaire charpente, coque de navire renversée, capte mon admiration. J'en reste bouche bée. La panne faîtière remplace la membrure ; les chevrons courbés, l'armature de la coque.

Je dois à présent vous confier que tout enfant ma marraine, sœur de ma mère, m'avait pour je ne sais plus quel Noël offert un album sur la flibuste.

La découverte de ces vaisseaux de ligne si bien dessinés et coloriés m'avait tant impressionné que depuis, pour chaque Noël ou anniversaire, je ne me lassais pas de m'en faire offrir d'autres.

Cependant, au contraire d'autres enfants, ce qui m'attirait le plus dans ces albums n'était pas seulement les abordages et les combats navals, mais les charpentes, les quilles, les étraves, les ponts, les mâts et encore davantage les traits de leurs dessins.

Profitant d'une année où nous passions le mois d'août à proximité de Brest, mon père, connaissant mes goûts, nous emmena découvrir le musée de la Marine.

Une autre année, en vacances à Douarnenez, nous visitâmes la maison des compagnons du Tour de France qui se formaient aux métiers de la charpente navale. Reconnaître toutes leurs maquettes de vaisseaux, leurs chefs-d'œuvre dédiés, me fit pour la première fois ressentir ma vocation : devenir charpentier de marine. J'avais dix ans ; je me confiais à mon père. Il me regarda incrédule, afficha un sourire en coin, me répondit gentiment :

— C'est cela, mon garçon.

Et il accompagna son propos d'une paternelle tape sur l'épaule. Les parents n'écoutent jamais assez leurs enfants. De ma part, il ne s'agissait point d'une lubie, mais bien d'une vocation. Au

Noël suivant, pour me faire plaisir, il m'offrit *L'Île au trésor*. Je dévorais le roman de Robert Louis Stevenson sans même savoir que dans son voyage à travers les Cévennes l'écrivain effleura Saint-Andéol. Avec ce cadeau, croyant bien faire pour la joie de son fils, mon père commit une magistrale erreur : il enracina définitivement ma vocation.

— Vincent ! Vincent ! ! Où es-tu ?

Il me faut du temps pour entendre les appels de mes cousins tant la découverte que je viens de faire me ramène à mes lectures d'enfance, à ma vocation précoce. Je ne peux me résoudre à cesser d'admirer cette splendide ossature, cette cathédrale de bois. Je retourne à l'escalier, en descends les marches, retrouve mon chemin parmi les toiles d'araignées, m'arrête brusquement, m'interroge : « Comment se fait-il qu'aucune de ces bestioles ne tisse sa toile sur la charpente ? » La réalité s'impose : chaque poutre, chaque chevron se trouve parfaitement lisse, exempt de toute trace d'insecte.

J'achève de traverser la grange, me laisse surprendre par la lumière en la quittant ; au pied du montadou m'attendent Jérôme et Christian.

— Suivez-moi, j'ai découvert quelque chose de formidable.

— Nous sommes déjà en retard, réplique Christian toujours soucieux du respect de la règle.

— Ce n'est pas à cinq minutes près ! Venez.

Ils grimpent le montadou, me suivent à travers la grange non sans accrocher au passage des fils à leurs tee-shirts.

— C'est un capharnaüm !

— Une grotte d'Ali Baba !

— On dirait que, sentant sa mort venir, le mari de la Fonsine abandonna ici tous ses outils.

— C'est sans doute exact. Grand-mère m'a confié que la mort vint le chercher une nuit, dans son lit. Quand Fonsine s'est réveillée, surprise qu'il ne se soit pas déjà levé pour la traite, elle l'a touché, l'a trouvé raide. Ses outils sont restés à la place même où il les avait laissés la veille de sa mort. Vu le nombre de toiles d'araignées, jamais personne sans doute ne pénétra plus dans cette grange. Mais suivez-moi.

Je les entraîne vers l'escalier, puis nous montons jusqu'au grenier. Comme moi, ils lèvent la tête, demeurent figés, béats d'admiration.

— On dirait un voilier à l'envers.

— À Brest, au musée de la Marine, j'ai vu des miniatures presque à l'identique.

— Oui. Et pourtant, le charpentier qui a construit cette charpente devait tout ignorer de la marine à voile.

— Qu'en sais-tu ? Peut-être tout au contraire avait-il travaillé à la construction de charpentes de vaisseaux ?

— Je dis cela parce que, comme l'observe judicieusement Jérôme, la charpente me fait exactement penser à une coque renversée.

— Elle est presque aussi bien réussie que celle de la ferme des Boutières.

— Plus petite peut-être, mais plus haute.

— Christian, des toiles d'araignées demeurent accrochées à ton tee-shirt !

— Je les secouerai une fois dehors, nous en attraperons autant en ressortant.

— Vous ne vous posez pas la même question que moi ?

Tous les deux se regardent, donnent leur langue au chat.

— La grange est pleine de toiles d'araignées, nous n'en voyons aucune ici et, j'y pense, même pas sur les marches de l'escalier. Si la Fonsine pouvait entendre, je lui poserais la question. Elle doit connaître la réponse et les grands-parents eux aussi. Nous les questionnerons ce soir. Au fait, pourquoi la charpente de leur grenier est-elle si basse ? Elle fait penser à une chaloupe renversée et non pas à un voilier. Je les interrogerai à ce sujet.

— En attendant, rappelle Jérôme, préparons notre fable. Ils vont questionner.

Comme chez Fonsine, nous surprenons grand-père Hippolyte et grand-mère Amélie occupés à traire ; ils n'ont gardé qu'une seule vache pour son lait et quatre chèvres pour les fromages. Mais là n'est pas la vraie raison ; tous les deux appartiennent à cette vieille génération de paysans qui s'attachent à leurs bêtes et les baptisent d'un nom. Ne pouvant les conserver toutes, ils ont épargné la Sultane, une belle limousine à la robe uniforme couleur froment vif, bien éclairée sous le ventre ; des auréoles claires cerclent ses yeux et son mufle. Je ne me souviens plus des noms des chèvres. Mais ils ne tiennent pas de bouc ; pour faire saillir leurs chèvres, nos grands-parents prennent en pension durant quelques jours celui de la Fonsine. En échange, grand-père Hippolyte aide parfois la vieille femme pour des bricoles que son invalidité lui rend trop difficiles à accomplir. Eux aussi élèvent quelques poules et un coq ; des lapins complètent leur ordinaire. Pendant huit jours, avant de les saigner, ma grand-mère les nourrit de thym et de serpolet pour parfumer leur chair, de pain trempé dans du lait pour la rendre plus onctueuse. Mes cousins et moi n'avons jamais savouré ailleurs qu'à leur table d'aussi succulents civets ou gibelottes ; aujourd'hui, au moment où j'écris ces souvenirs, nous en parlons encore à nos propres enfants dans les repas de famille.

Sitôt nos bicyclettes à l'abri sous la remise, nous nous précipitons à l'étable.

— Eh bien, d'où venez-vous ? interroge le pépé Hippolyte dont les sourcils énormes, la forte moustache et la barbe fournie lui donnent un air de patriarche. Nous vous avons appelés et cherchés partout.

Il faut bien que l'un se lance. L'idée vient de Jérôme, il le fait.

— Les chèvres de la Fonsine se sont sauvées, nous les avons vues passer. Comme elle marche à peine, le plus rapide était d'enfourcher nos vélos pour les rattraper. Ça n'a pas été facile, surtout pour le bouc, qu'il a fallu ramener à deux, chacun lui tenant une corne.

— Mon Dieu, comme vous devez sentir ! dit Mémé Amélie au visage aussi doux et doré que son pain d'épice ; nous en régalons notre palais au petit déjeuner. Approche-toi !

Jérôme s'approche ; la mémé, sans cesser de traire, tourne la tête, se frotte le nez contre son short.

— Eh bien ! L'odeur ne sera pas facile à faire partir ; il va falloir laisser tremper votre linge, et longtemps. Avant de vous coucher, je vous remplirai une bassine d'eau chaude, et vous vous laverez complètement.

En 1992, peu de fermes à Saint-Andéol possédaient encore une douche, et certainement pas celle de mes grands-parents : les vieux paysans se lavaient à l'ancienne, dans une bassine.

Je surprends un bref coup d'œil de Jérôme. Il signifie : « Peux-tu prendre le relais ? »

— Mais nous sommes propres. Dès les chèvres enfermées dans le pré, nous sommes descendus au lac pour nous baigner. Au retour, nous avons voulu vérifier que les chèvres et le bouc ne s'étaient pas encore une fois sauvés. Nous nous sommes arrêtés chez la Fonsine. Comme vous, elle trayait.

— C'est bien, vous êtes de braves enfants. Néanmoins, ce soir, vous changerez de vêtements et vous vous laverez complètement car l'odeur du bouc vous imprègne.

Comme il est doux de recevoir des compliments immérités dus au mensonge pour la bonne cause !

— À propos, pépé, durant notre visite à la Fonsine, nous sommes montés à son grenier : sa charpente ne ressemble en rien à la tienne ; elle paraît beaucoup plus haute. On dirait un grand voilier renversé !

— C'est bien normal. Nos ancêtres appartenaient aux classes paysannes pauvres ; pas miséreuses, mais pauvres. À force de travail, ils devinrent au fil des générations un peu plus à leur aise, mais guère. C'est bien contre cela que nous nous sommes battus pour payer des études à vos parents.

— Mais alors, la famille de la Fonsine était riche ?

Grand-père ne répond pas de suite, fait durer son silence. C'est lui qui trait la Sultane, grand-mère se réserve les chèvres. Son seau est plein ; il se lève, va au bidon, y verse le lait, se dirige vers le robinet d'eau fraîche pour rincer le seau, revient, enfonce à fond le couvercle sur le bidon, sort de l'étable pour porter celui-ci au frais. Le lendemain, grand-mère Amélie en recueillera la crème pour l'ajouter à celle des traites précédentes. Lorsque la jarre sera suffisamment pleine, elle nous fera baratter car elle tient à consommer son propre beurre. Pour ne rien laisser perdre, la brave mémé fera alors écouler le babeurre dans un linge fin afin d'en recueillir le *sarrassou* ; il constituera notre dîner avec des pommes de terre bouillies, de la saucisse d'herbes et de la salade verte. Nous boirons une partie du lait au petit déjeuner et avec le reste elle fera du yaourt.

Grand-père ne se presse jamais, réfléchit avant de parler, n'entreprend pas deux choses à la fois. Sitôt le bidon porté à la cave, nous remontons, ressortons dans la cour puis revenons à l'étable ; là, il détache la Sultane pour la conduire au pré. Grand-mère, prudente, préfère quant à elle que ses *belines*[1] passent la nuit à l'abri.

— Accompagnez-moi.

---

1. Belines : *terme affectueux pour nommer et appeler les chèvres.*

Le pré se trouve à cinq minutes d'ici. Tout en marchant il parle, poursuit son exposé :

— Oui, plus que nos aïeux. Ici, en haute Ardèche, plusieurs fermes, parmi lesquelles la nôtre et celle de la Fonsine, datent de deux siècles et demi, d'avant la Révolution française. Regardez la dimension des pierres !

Celles d'angle mesurent presque un mètre sur deux.

— À cette époque, on construisait solide et existait le droit d'aînesse ; lorsque le père mourait, le fils aîné héritait de l'essentiel. Les filles se mariaient et les cadets partaient ailleurs chercher du travail. De toute façon, les exploitations de trop petite surface ne pouvaient nourrir plusieurs ménages. Greniers et granges se construisaient à proportion des terres afin d'y abriter les récoltes. Vu le peu de terres de nos ancêtres, un grenier bas suffisait !

Grand-père se tourne vers nous trois, s'assure de notre attention.

— Vous connaissez l'histoire de notre lointain ancêtre Aubin ?

— Papa m'en a parlé, mais très peu.

— Selon une lettre reçue bien des années après son départ – il avait dû payer un écrivain public car il ne savait ni lire ni écrire –, notre ancêtre trouva à s'embaucher comme charpentier sur le port de Rochefort pour travailler à la construction de *L'Hermione*, la frégate que La Fayette faisait construire. À son départ du pays, comme tous les paysans, il connaissait un peu de charpente ; les pauvres devaient tout savoir faire.

Dans sa lettre, il relatait que, durant son périple de Saint-Andéol à Rochefort, pour assurer son gîte et son couvert, il faisait le compagnon en travaillant de ville en ville chez des maîtres charpentiers.

Une illumination ! Serait-ce par cet aïeul que je tiendrais mon goût pour la charpente ?

Nous arrivons au pré. Grand-père attend que la Sultane soit entrée, referme la barrière, ajuste les deux piquets par le haut et le bas dans leurs cercles de fer.

— Vivre pauvre n'est pas gai, même si la montagne est belle. Je suis bien content que vos parents aient réussi leurs études. J'espère que vous réussirez les vôtres.

C'est ici que le bât me blesse. Si Jérôme et Christian se montrent bons élèves, je ne m'accorde guère avec les matières enseignées au collège.

Devenus, à l'issue de leurs études, deux brillants avocats, inscrits au barreau de Lyon, mes parents, ma mère surtout, rêvent pour moi d'une éclatante carrière. Flore, ma sœur, se révèle excellente élève. En outre, elle présente pour le piano un don réel et reconnu. Dans notre appartement lyonnais, lorsqu'elle en joue, je quitte ma chambre sur la pointe des pieds, pousse sa porte doucement, m'assieds et écoute en silence, le regard fasciné par ses doigts courant sur le clavier. Ma présence est la seule tolérée. Malheureusement, je le répète, les études ne m'intéressent guère. Mes professeurs me savent intelligent, mais d'intelligence concrète, pratique ; travailler de mes mains m'attire davantage qu'apprendre dans les livres. Mes parents s'inquiètent chez leur fils d'un goût à l'opposé du leur. Ma mère tord le nez à l'idée de révéler à ses parents que toute l'ambition de leur petit-fils se résume à devenir charpentier. Cependant, ils espèrent que ce goût me passera et même font contre mauvaise fortune bon cœur. Pour Noël, ils s'enquièrent de mes souhaits. J'en profite pour demander des outils de menuisier, un établi, des planches. Ainsi, petit à petit, j'aménage dans un angle du garage un atelier où je satisfais mon violon d'Ingres. Dès l'enfance, je menuisais déjà toutes sortes de minuscules objets. Faute de place, je ne pouvais en effet entreprendre de fabriquer en taille réelle. Je transcendais ce manque d'espace en prenant goût à la réalisation de miniatures. À la vue de mes œuvres, mes parents ne pouvaient s'empêcher de reconnaître mes goûts et surtout mon talent : sans fausse modestie, je possédais ce qui s'appelle des doigts d'or et trouvais davantage de plaisir à travailler le bois qu'à écouter mes professeurs et m'appliquer à mes études.

Passant dès l'enfance mes vacances chez grand-père Hippolyte, dans la ferme ancestrale de Saint-Andéol-de-Fourchades, celui-ci nota bien vite que je ne partageais pas tout mon temps à jouer avec mes cousins mais me plaisais davantage à bricoler des heures durant dans son atelier. Ce village, accessible seulement par des petites routes pentues et en lacets, demeure si éloigné de la ville la plus proche ! Ses habitants, et plus particulièrement ses paysans, doivent tout savoir faire par eux-mêmes s'ils ne veulent pas gaspiller leur temps et surtout leur argent à courir les artisans du Puy ou de Privas pour leurs réparations. Ainsi, d'année en année, je parvenais à menuiser sans aide des trépieds à traire, des coffres, des tiroirs, à rajuster les pieds d'une table branlante, à remplacer des barreaux aux râteliers de l'étable, à renouveler des manches d'outils, etc.

Parfois, Jérôme et Christian me regardaient faire, mais, comme il se dit, travailler de leurs mains n'était pas leur tasse de thé.

Découvrir cette charpente dans le grenier de la Fonsine constitue pour moi une nouvelle révélation, une confirmation de mon désir profond. Comme beaucoup de manuels, je possède un talent pour croquer. Le dessin est d'ailleurs la matière où j'obtiens les meilleures notes au collège et mon professeur attitré se révèle mon plus fidèle soutien dans les conseils de classe. Son aide s'avère pour moi bien utile ; dans les autres disciplines, j'obtiens tout juste la moyenne.

Avant le dîner, grand-mère Amélie se rappelle à notre souvenir et exige que nous allions nous laver : elle se refuse à laisser l'odeur du bouc embaumer la grand-salle. Les repas se prennent dans cette grande pièce à vivre dont la porte ouvre directement sur la cour. L'année auparavant, mes grands-parents possédaient un brave berger des Pyrénées, noir et blanc, excellent à garder les vaches comme les chèvres. Malheureusement, il mourut durant l'hiver et ma grand-mère Amélie décida de ne pas en reprendre un autre au titre qu'à son âge et celui d'Hippolyte le nouveau Médor risquait un jour de se retrouver seul et elle s'y refusait. La providence canine en décida autrement ; un soir, au moment de la traite, sans doute attirée par l'odeur du lait, une chienne d'une maigreur affreuse, d'un air lamentable et affamé, la queue entre les pattes, les oreilles collées à la tête, se présenta à l'entrée de l'étable. Ma grand-mère en prit une telle pitié qu'elle ne la repoussa point et l'adopta. Ida – comme les enfants abandonnés, elle avait reçu pour nom le saint du jour – tournait autour de la table, quémandait des bouchées que nous ne lui refusions pas.

Mes deux cousins et moi nous lavions tout nus et chacun à notre tour dans le cabinet de toilette ;

il n'offrait pour tout équipement qu'un unique lavabo. Ma mère arguait de cette raison pour ne jamais rester plus d'un jour ou deux à Saint-Andéol. De toute façon, urbaine et bourgeoise jusqu'au bout des ongles, elle ne se plaisait guère à la campagne et redoutait même que je prisse goût aux habitudes rurales de mes grands-parents paternels qui eux, tout au contraire, tenaient la grande ville en horreur. Sitôt déshabillé, avant de monter dans la bassine, celui dont venait le tour de se laver jetait ses habits par la porte entrouverte. Ma grand-mère, qui jusqu'à notre puberté surveillait notre toilette pour s'assurer que nous n'omettions rien de notre anatomie, n'entrait plus à présent dans le cabinet de toilette ; elle récupéra nos vêtements imprégnés de l'odeur du bouc, nous en passa des propres, et plongea aussitôt les premiers dans une cuve pour les laisser tremper avant de les laver le lendemain. Mes grands-parents, certes, sont équipés d'un lave-linge. Mais l'odeur du bouc semble si forte à grand-mère qu'elle préfère comme autrefois laisser tremper notre linge une nuit durant avant de le confier à la machine.

La table de la grand-salle est lourde, longue et massive, noircie par le temps et la fumée. De chaque côté, nous nous asseyons sur un banc de cerisier ; seul mon grand-père siège sur une chaise en bout de table. Grand-mère et Christian s'assoient face à Jérôme et moi-même. Dès la soupe avalée, j'entreprends grand-père.

— Pépé ?

— Oui ?

— Est-ce que demain matin je pourrais me rendre chez la Fonsine pour dessiner la charpente de son grenier ?

J'aurais dû dire croquer mais je craignais une confusion de sens.

— Si elle te dit oui, je veux bien. Cependant, sa charpente est si haute, si longue, si large, comporte un si grand nombre d'éléments, qu'il te faudra toutes tes vacances si tu ne veux rien oublier. Souviens-toi que dans huit jours vos parents à tous les trois reviennent vous chercher pour les congés d'août.

Hélas, si je le sais ! En août, profitant des vacances judiciaires, mes parents, Flore et moi nous exilons à l'océan ou à l'étranger. Cette échéance me tarabuste l'esprit durant chaque dernière semaine de juillet. Elle m'est toujours gâchée par cette appréhension de partir en des lieux qui ne me plaisent pas. Si je pouvais décider seul, je demeurerais les deux mois à Saint-Andéol : le pays me plaît, j'apprécie la simplicité des Ardéchois, la rudesse des montagnes, le bleu de ses petits lacs bien plus que les réserves à touristes au-delà des mers ou sur le bord des plages.

— Je dessinerai vite et saisirai seulement l'ensemble ; plus quelques gros plans en détail.

— Et que feras-tu de tout cela ?

— Cet hiver, chez mes parents, dans mon atelier, je réaliserai une maquette de la charpente.

— Décidément !

La tablée fait silence. Chacun subodore mon absence de goût pour les études, imagine la réponse parentale. Je surprends un clin d'œil échangé entre mes deux cousins. Eux ne sont pas si bêtes : ils réussiront leurs études. Mes oncles et tantes, comme mes parents, occupent de belles situations. Peu leur importe le dessin et le travail des mains.

— À propos, nous n'avons pas vu de toiles d'araignées sur les marches de l'escalier, pas davantage qu'accrochées à la charpente, alors que la grange s'en trouve envahie ?

— C'est là le secret de l'Ardèche : le bois de châtaignier écarte les insectes. C'est pourquoi ici toutes les charpentes sont en bois de châtaignier. Elles peuvent durer des siècles ! Nos anciens savaient beaucoup.

*

* *

Je reconnais ses pas sur les marches de bois. J'arrête de croquer, me retourne : c'est grand-père.

Il s'approche, s'attarde à détailler mes croquis, caresse sa moustache, lève la tête, examine la belle charpente, passe la main sur sa barbe, compare le modèle avec le dessin.

— Décidément, tu possèdes un réel talent. Et tu dessines beaucoup ?

— Chaque fois que quelque chose me plaît. Je préfère le dessin à la photo. M. Favre, mon professeur de dessin, me conseille pour vraiment progresser de croquer même ce qui ne m'attire pas. Mais je ne dessine bien que ce que je trouve beau.

— Je te comprends. Cette charpente est vraiment réussie ; aujourd'hui, il n'est pas certain qu'il soit possible encore de trouver des charpentiers capables de la reproduire à l'identique.

— À Lyon, je me suis renseigné ; ces gens-là existent : ce sont les compagnons. Il y a quelques années, à Douarnenez, papa et moi avions visité une maison de compagnons qui formait aux métiers de la charpente navale.

— Les compagnons du Tour de France ? Tu veux réaliser ton chef-d'œuvre pour être admis dans leur cayenne[1] ?

— Ça me plairait.

— Mais alors, tes études ? Tes parents ?

— Jamais encore je ne leur en ai parlé.

---

1. Cayenne : dans les maisons des compagnons du Tour de France, local initiatique réservé aux seuls compagnons.

— Mon garçon, j'imagine d'ici la tête de ta mère, et celle de ton père. Les convaincre ne sera pas facile. Termine au moins tes études, passe ton bac ! Après, tu seras libre de choisir.

Je ne réponds rien, réexamine la charpente, reprends mon croquis.

*
* *

Cette année 1992, le premier lundi d'août tombe le 3. Je dois bien m'y attendre ; dès vendredi 31 juillet au soir les parents de Jérôme arrivent vers 18 heures et ceux de Christian les suivent vers vingt heures. Les miens téléphonèrent jeudi soir pour annoncer qu'ils ne débarqueraient à Saint-Andéol que le samedi matin. Je n'en fus pas surpris ; ma mère réitère le coup chaque année. Elle ne dort ainsi qu'une nuit dans la maison de ses beaux-parents où elle ne dispose pas de son confort accoutumé. Elle pourrait tout aussi bien ne pas venir. Papa au contraire aime à retrouver sa maison natale et ma petite sœur Flore se plaît également dans la compagnie de ses grands-parents. Sans oser le dire trop fort, elle souhaiterait passer ses vacances de juillet à Saint-Andéol avec moi et nos cousins, même si elle n'y dispose pas de son piano.

Maman estime hélas que la place d'une jeune fille de douze ans ne se trouve pas dans cette compagnie dont elle risquerait de revenir corrompue par des habitudes de vie trop rustiques à son goût. En revanche, mon père, Clément, sous son costume de grand bourgeois, conserve son cœur de paysan ; malheureusement, pour avoir la paix, il renonce à affronter ma mère. C'est bien ce que je lui reproche.

Mes deux cousins et moi logeons dans la même chambre. Entre ma table de nuit et la fenêtre qui ouvre sur les pentes herbeuses du col de Joux et au-delà vers le Mézenc, j'ai punaisé sur la tapisserie bleue parsemée de fleurs des champs mon croquis de la belle charpente, relevé chez la Fonsine. Me reculant pour mieux en apprécier l'ensemble, l'idée me vient de le présenter à l'envers. Ainsi, pour qui en ignorerait le modèle, on peut le prendre pour une coque de navire. Mes grands-parents eux-mêmes en restent stupéfaits.

— Si la Fonsine pouvait marcher, il faudrait lui demander de venir voir ton dessin. Peut-être n'a-t-elle pas imaginé que son grenier semble un vaisseau renversé ? Tu devrais le lui porter, elle en serait heureuse.

Sitôt arrivés, mes oncles et tantes montent visiter la chambre de leurs garçons, découvrent mon croquis.

— C'est toi, Vincent, qui as dessiné cette coque ? Mais à partir de quel modèle ? En Ardèche, même sur le lac Saint-Martial, il ne navigue point de grands voiliers !

Je ris et mes cousins de même.

— Il ne s'agit pas d'une coque de vaisseau, mais tout simplement de la charpente renversée du grenier de la Fonsine !

— Eh bien ! C'est à s'y laisser prendre. Bravo ! Tout le monde sait que tu dessines merveilleusement ; d'année en année, je te vois progresser.

Mon oncle dit vrai ; jusqu'à l'an dernier, j'éprouvais quelques difficultés à bien restituer les perspectives. À présent, j'en maîtrise la technique et sur mon épure tous les éléments de la charpente s'articulent parfaitement entre eux. Qu'il s'agisse de la noue, de la panne, de la ferme ou des entraits, tous les éléments de la charpente se profilent à proportion. Honnêtement, et en toute modestie, je peux me montrer fier de mon œuvre. Aussi bien, lorsque le lendemain matin la voiture de mes parents pénètre dans la cour de la ferme, je m'attends à quelques compliments lorsqu'ils visiteront la chambre des garçons, ce qu'ils ne manquent jamais de faire. D'autant que ma mère, à peine arrivée et toujours pressée de repartir, entreprend d'inventorier mon linge pour s'assurer de son état et préparer ma valise.

Sitôt descendue de son siège, avant même de m'embrasser, elle commence par examiner mon allure et mes vêtements. Grand-mère Amélie, accoutumée à cette manière, m'a vêtu de propre et uniquement de vêtements fraîchement repassés. Avisée, elle me prévient dès le matin :

— Tu connais ta mère ; ne va pas te salir, n'entre pas à l'étable, ne bricole pas à l'atelier. Attends qu'elle t'ait vu bien astiqué !

Une fois habillé, je m'efforce à respecter ses consignes. Après sa revue de détail, ma mère connaît ainsi l'insigne plaisir d'embrasser son fils propre comme un sou neuf. Avec mon père et ma sœur Flore, les retrouvailles sont plus chaleureuses ; nous nous serrons très fort, sans souci de froisser nos vêtements, alors que maman n'embrasse jamais de très près, précautionneuse par-dessus tout de ne pas chiffonner les habits, les siens encore plus que les nôtres. Elle tient de ses parents cette réserve à ne pas se laisser emporter par ses sentiments ; chez eux, bourgeois rigides, les convenances priment. Autant je me sens chez moi à Saint-Andéol, autant je n'aurais jamais pu passer mes vacances chez mes grands-parents maternels où rire passerait presque pour inconvenant.

— Je t'ai apporté des vêtements propres pour rentrer à Lyon avant de partir pour l'océan.

— Mais mamie m'a lavé les miens et les a repassés.

— Ils vont pour ici, mais pas chez nous, à Lyon. Allons à ton armoire.

Comme si j'étais puni, je la suis et monte derrière elle les marches de l'escalier qui conduit à la chambre. Papa et Flore profitent de son départ pour demeurer dans la cour, parler et rire avec le reste de la famille. Cependant, ma petite sœur me semble moins enjouée qu'à l'accoutumée. De plus, sa peau de blonde me paraît presque diaphane. Au cœur de l'été, je m'interroge.

Dieu sait si grand-mère a fait tourner plusieurs fois le lave-linge pour ôter de nos vêtements toute trace d'odeur du bouc de la Fonsine ; maman me fait penser à la mère de la princesse au petit pois du conte d'Andersen : elle possède le nez si fin qu'elle détecte le moindre résidu d'effluve. Son nez se plaque sur le tee-shirt fraîchement repassé et plié, renifle.

— Mais ça sent ! Ça sent quoi ?

Je me lance à dire la vérité tant l'histoire me paraît drôle. Hélas, en matière villageoise, maman ignore la plaisanterie.

— Décidément, je ne veux plus que tu passes tes vacances ici, parmi les boucs et les chèvres ! Tu n'y prends que de mauvaises manières. Tes vêtements sont bons à jeter.

— Non, maman ; ici, je suis bien. Regarde ce que j'ai dessiné : la charpente du grenier à l'envers.

Elle s'approche, examine, hoche la tête, revient à moi, me prend les deux mains, m'entraîne vers mon lit où nous nous asseyons côte à côte. Vers moi, elle tourne son visage. Maman est très belle mais contrôle trop ses expressions ; ses traits en paraissent froids.

— Écoute-moi, Vincent. Tu as quatorze ans et vas entrer en classe de troisième. Tu n'es plus un enfant et dois dès à présent te soucier de ton avenir, c'est-à-dire de tes études. Ton père et moi – comme à son habitude, elle parle à la place de papa qui, pour avoir la paix, lui donne toujours raison – désirons te voir réussir une belle carrière, celle que tu choisiras. Pour cela, tu dois cesser de rêver.

Pour elle, dessiner des charpentes n'entre pas dans la catégorie des professions dignes de notre milieu. Je libère mes mains des siennes, me tourne vers son visage pour lui parler dans les yeux :

— Maman, je veux devenir charpentier ; compagnon charpentier de marine.

Elle me regarde, sidérée, comme si un autre garçon que son fils eût parlé.

— Quoi ?

Ce « quoi » contient beaucoup de choses. Mon père, certes, est d'ici, issu de paysans. La famille de maman l'a accepté du bout des doigts par égard pour leur fille. Devenu avocat, inscrit au barreau de Lyon, par sa situation il ne faisait plus figure de vilain petit canard boiteux. Mais un petit-fils charpentier ! Cela ne s'était jamais vu ; comment dire cela et me présenter aux relations lyonnaises de la famille ?

— C'est ton grand-père qui t'a mis cette idée en tête ?

— Non, tu es la première à qui je la confie.

Elle réfléchit, se lève, me dévisage jusqu'au fond des yeux. Il me semble qu'en son esprit je ne suis plus son fils.

— Viens avec moi. Nous devons parler à ton père.

Papa, les grands-parents, les oncles et les tantes, mes cousins, ma petite sœur Flore occupée à caresser Ida, tous sont restés dans la cour à se parler.

— Flore !

— Maman ?

— Je t'avais déjà interdit de caresser cette chienne ; elle est sale et porte sans doute des puces. Décidément, ici, les enfants n'acquièrent que de mauvaises manières !

— Tous les enfants d'ici caressent les chiens et aucun n'est malade, rétorque ma grand-mère.

— Justement, mes enfants ne sont pas « d'ici », comme vous dites. Clément, il faut que je te parle.

Mal à l'aise du propos de ma mère, pour ne pas envenimer les choses, papa prête attention à sa requête :

— Qu'y a-t-il ?

— S'il te plaît, viens avec nous dans la chambre des garçons.

Toute la famille sourit ; maman reprend la direction de la chambre, papa la suit et moi de même.

— Regarde !

Du doigt, elle désigne mon dessin. Papa s'approche, examine, me regarde :

— C'est toi qui l'as dessiné ?

— Oui.

— Mais c'est très bien, je trouve parfaite cette coque. Où as-tu découvert le modèle ? Du plus loin que je me souvienne, à Saint-Andéol, il n'existe point de vaisseau ?

— Ce n'est pas un navire, c'est la charpente du grenier de la Fonsine. J'ai découvert que renversée elle faisait penser à une coque de navire.

— Effectivement, tu as raison ; cela ne me serait pas venu à l'esprit.

— C'est si parfait, s'exclame ma mère, que ton fils veut à présent faire charpentier, charpentier de marine ! Un charpentier dans la famille ! Tu imagines cela ?

Mon père possède l'esprit ouvert. Mais jusqu'à un certain point ; jamais il n'aurait subodoré que mes propos d'enfant fussent vrais, que mon goût pour le dessin et le travail manuel puisse me faire dériver vers un métier dédaigné dans une famille de professions libérales à haut statut social. Cependant, homme de perpétuel compromis, il recherche avant tout une solution propre à éviter un conflit conjugal. Son silence après l'exclamation de ma mère souligne cette recherche.

— Ta mère a raison. Tu es notre fils et peux mieux faire que charpentier, même de marine. Oublie ce métier ; il n'est pas pour toi. Tu as vu une belle charpente, tu l'as bien dessinée, tu veux devenir charpentier, je le comprends. À ton âge, moi aussi je me suis souvent laissé emporter vers des professions pénibles et mal reconnues ; je regretterais à présent de les exercer. J'avais même imaginé devenir paysan à la suite de ton grand-père ! Tu me vois aujourd'hui élever des vaches et des chèvres à Saint-Andéol ?

— Ça me plairait bien !

— Sois sérieux, je t'en prie. Lui-même m'en a dissuadé en m'obligeant à poursuivre mes études. Je lui en sais gré. À la rentrée de septembre, tu retrouveras ton collège.

Paternellement, il m'impose ses deux mains sur les épaules :

— Cela ne t'empêchera pas de continuer à dessiner et construire des maquettes de charpente durant tes heures de loisirs. Mais efforce-toi à devenir raisonnable.

Papa se tourne vers maman, lui sourit comme pour se faire excuser des propos qui lui viennent sur les lèvres.

— Je connais ta mère peut-être mieux que moi-même ; elle ira jusqu'au bout de son ressentiment à l'égard de Saint-Andéol. Pour elle, c'est clair : tout le mal vient d'ici.

Cela ne rate pas.

— Vincent, laisse-nous à présent. Je dois parler à ton père.

Se souvient-il parfaitement de la maison de son enfance, de tous ses coins et recoins ? Cela fait si longtemps qu'il n'y revient qu'épisodiquement. Pour moi, je la connais par cœur. Derrière la chambre se niche un petit cagibi où grand-mère remise des balais, des vieux cartons et toutes sortes de choses « qui peuvent servir un jour », comme elle dit. Grand-père n'y met jamais le nez. Curieux, j'y suis allé. Attentif à ne rien déranger, j'ai ouvert quelques cartons ; le premier m'a paru plein de ficelles embobinées, le deuxième de pièces de vieux tissus, le troisième de pelotes de laine. S'agissant d'affaires de grand-mère, je n'ai pas poursuivi mes recherches. Mais, comme ce jour-là mes cousins se parlaient dans la chambre, je notais que du cagibi je pouvais parfaitement entendre leur conversation tant la cloison de bois est mince. Du plancher montait très assourdi un bruissement de voix ; je m'allongeais, y collais mon oreille. On pouvait écouter ce qui se disait dans la grand-salle par les interstices entre les planches formant plafond de la même pièce.

J'obéis à ma mère, quitte la chambre, fais résonner mes pieds sur les premières marches de l'escalier de bois, remonte sans aucun bruit et, avec la prudence d'un Sioux, ouvre la porte du cagibi où je me blottis.

— Qu'y a-t-il encore ?

Maman tire de l'armoire les vêtements objets du délit.

— Sens.

Papa, comme l'avait fait maman, plaque son nez sur mon tee-shirt, renifle.

— Je ne sens rien.

— Évidemment, avec ta pipe, tu ne sens rien !

Papa fume la pipe. C'est même le seul point sur lequel, selon ce que je sais, il n'a pas cédé.

— Les vêtements de ton fils sentent le bouc, et la chèvre. Il en est de même, je suppose, pour ceux de Jérôme et de Christian ; ma sœur et ma belle-sœur découvriront à temps. Vois-tu, tout le mal vient d'ici ; les enfants y mènent une vie ne permettant pas une véritable conduite. Tout ce que je m'efforce d'inculquer à Vincent comme bonne éducation durant l'année, il le perd chez tes parents en un mois. Ses vacances à Saint-Andéol doivent cesser. Nous viendrons seulement dire bonjour de temps à autre, c'est tout.

Pour le coup, maman est allée trop loin.

— Tu oublies mes origines ; je suis ici, comme tu dis, chez mes parents. Ils m'ont bien élevé, j'étais heureux et je comprends parfaitement Vincent de l'être. Lui seul décidera de passer juillet ailleurs qu'à Saint-Andéol, s'il le souhaite. L'essentiel pour lui est de réussir ses études. Sur ce point, je serai ferme. Pour le reste, chacun d'entre nous possède son violon d'Ingres.

Il se tait ; j'imagine mon père regardant ma mère et n'osant pas lui dire : sauf toi.

Car, à ma connaissance, maman ne nous cache aucun jardin secret. Surveiller la bonne tenue des siens, réussir dans sa profession, tenir son rang, voilà sa vie. Quelquefois seulement, elle s'absente pour rejoindre son collègue de cabinet maître Cabrol, avocat d'affaires comme elle, et travailler chez lui à Saint-Jean-de-Toulas dans les monts du Lyonnais des dossiers requérant tranquillité. Papa, Flore et moi l'avons d'ailleurs accompagnée certains dimanches dans la maison de campagne de ce collègue ; elle clôt la grand-rue du village. Quant à mon père, il prend son temps, lit, fait du vélo. Lorsque ma mère n'est pas disposée à nous suivre, il revient avec moi passer en paix un week-end ou un pont à Saint-Andéol. Flore, bien entendu, n'est pas autorisée à cette escapade en l'absence de sa mère.

Cela répondu, papa laisse maman coite, quitte la chambre et rejoint la famille dans la cour. Dissimulé derrière ma cloison, j'imagine ma mère réfléchir, se donner une contenance puis rejoindre la famille.

J'attends, quitte le cagibi, sort par l'arrière de la ferme, la contourne et retrouve les miens. La conversation me paraît générale, personne ne semble s'interroger sur mon retour. Je surprends cependant un coup d'œil de pépé et mémé.

Cette année, mes parents avaient choisi l'océan dans la région de Rochefort, à Fouras exactement, pour y passer nos vacances d'août. Comme toujours, maman s'occupa de tout et loua une maison par les soins d'une agence. Notre demeure domine la grève de sable et galets gris. Mon père ne se désintéresse pas de toutes ces contingences mais il sait le plaisir de maman à leurs démarches ; elle tient absolument à dénicher elle-même le lieu de nos vacances. Tacitement, les lieux alternent : une année à l'océan, la suivante à l'étranger. Ma mère écarte deux séjours : la Méditerranée et l'Espagne, car trop communs. Elle préfère les destinations particulières qu'elle pourra citer à ses amis et susceptibles ainsi de rehausser le statut de la famille.

Il ne s'agira pas de notre premier séjour à Fouras. Mon père, amateur de pêche en mer, aime cette région où avec des amis il loue pour la matinée un bateau et son pilote ; leur lieu de pêche favori se trouve au large de l'île d'Aix. Il arrive que je les accompagne. Maman et Flore se promènent, sortent. À midi, une fois les pêcheurs revenus, papa nous entraîne à déjeuner sur des terrasses de restaurant en bord de grève ; l'après-midi, nous alternons les plages. Parfois, nous louons des vélos et partons randonner à l'intérieur des terres. Ce matin, partir en mer avec papa ne m'inspirait pas. J'avais mieux à faire. Depuis quelques jours, une idée fixe me taraudait l'esprit. Maman planifie tout et veille exactement à ce que nous soyons de retour à Lyon une semaine avant la rentrée scolaire. Je savais qu'à Rochefort, place de la Galissonnière, à l'hôtel de Cheusses, se tenait le musée national de la Marine. Un dépliant de l'office du tourisme indiquait que la plupart des grands vaisseaux de ligne du temps de la marine à voile s'y trouvaient exposés en miniature, plus particulièrement celle de la frégate *L'Hermione*. Si je voulais la découvrir, il ne me restait que quelques jours. Certes, j'aurais pu proposer une visite en famille, mais l'impatience de maman ferait que je n'y trouverais pas mon compte. Il me fallait du temps, non seulement pour voir, mais surtout pour noter et dessiner. Papa se montrerait plus compréhensif. Carnet de croquis et crayon en poche, sitôt sortis de la villa louée par maman, avant d'enfourcher nos bicyclettes où sur celle de papa sont liées ses cannes, je lui fais part de mon désir, qu'il comprend et accepte.

— Tiens, prends ce billet pour l'entrée et garde la monnaie pour ton argent de poche.

— Merci papa, bonne pêche.

— Et bonne visite à toi.

Un clin d'œil échangé indique que maman n'en saura rien. Mon père aurait-il accepté si les suites de son « oui » lui étaient apparues ?

Tandis qu'il bourre sa pipe avant de se mettre en selle, sans attendre, je m'éloigne de la villa, appuie de toutes mes forces sur les pédales. Une demi-heure après, arrivé devant le musée, j'attache mon vélo à la grille, entre, prends mon billet, consulte le plan. La miniature de *L'Hermione* est indiquée au premier étage, à droite. En haut de l'escalier, une longue galerie s'offre à ma curiosité. Je m'avance, balaie du regard les miniatures exposées. Pour tout voir, une journée serait nécessaire. Sans m'arrêter à chacune, je poursuis ma visite. Devant une vitrine, deux hommes sont en arrêt. Sur la vitre est inscrit : *L'Hermione*. De suite, leur conversation m'intéresse à tel point qu'elle prend le dessus sur tout ; j'en oublie mon carnet, mon crayon et mon croquis. Une phrase retient mon attention :

— Vois-tu, mon cher Sauzaie, j'y pense depuis longtemps, et l'idée fait son chemin. Si nous reconstruisions *L'Hermione* ?

Me reviennent en mémoire les propos de grand-père évoquant notre lointain aïeul qui sous Louis XVI s'était fait embaucher comme charpentier pour travailler sur le chantier du vaisseau de guerre construit et armé pour La Fayette.

— À deux ?

— Non, je ne suis pas fou. Mais nous pourrions créer une association, recueillir des fonds, rechercher les meilleurs ouvriers de chacun des métiers nécessaires à notre entreprise. Ces gens existent ; nous pourrons les choisir parmi les compagnons du Tour de France. Nous les trouverons. Bien entendu, il s'agira de reconstruire *L'Hermione* à l'identique et avec les mêmes méthodes, les mêmes outils reforgés.

Celui nommé Sauzaie écoute, attentif au moindre mot.

— C'est le projet de toute une vie. Rien que pour récolter des fonds, rechercher et recruter des ouvriers, sans compter toute la logistique, il faudra plusieurs années avant le premier coup de scie ou de marteau.

Il s'interrompt ; je l'imagine pensif. Le premier reprend :

— Depuis longtemps j'y réfléchis ; aujourd'hui, au vu de mes calculs, j'estime la durée des travaux à au moins quinze ans. Ceux-ci seront précédés des études et calculs préparatoires, sans compter la recherche des fonds. La seconde *Hermione* ne sera pas à même de traverser l'Atlantique avant 2014 ou 2015, si tout va bien.

— Cela fait vingt-deux années !

— Oui. À trente ans aujourd'hui, si Dieu me prête vie, j'en aurai cinquante-deux quand elle flottera. Te sentirais-tu prêt pour ce challenge ?

Je surprends l'inclinaison de tête.

Le dénommé Sauzaie possédait des cheveux roux et la peau du visage tachetée à l'avenant. Plus le porteur du projet parlait et plus les traits dudit Sauzaie s'imprimaient dans ma mémoire.

— Et d'où t'est venue cette idée ?

— Je suis architecte de marine. La lecture d'ouvrages sur l'expédition de La Fayette en Amérique et la découverte des plans de *L'Hermione*, le vaisseau que son épouse Amélie de Noailles fit construire à ses frais à Rochefort, m'ont enthousiasmé et convaincu de ce projet. Ce fut en moi comme un éclair : pourquoi aujourd'hui, dans le port même où elle fut construite, ne reconstruirait-on pas *L'Hermione* à l'identique ? Tu imagines la promotion pour notre ville !

Leur conversation m'absorbe tellement que j'en oublie de sortir mon carnet et mon crayon. Les deux hommes se retournent, remarquent ma présence.

— Vous vous intéressez à la frégate de La Fayette ?

Je suis si ému que je n'ose révéler la découverte de la lettre de mon ancêtre et me contente de balbutier en tirant carnet et crayon de ma poche :

— Oui monsieur. Je suis venu croquer sa miniature.

— En ce cas, nous libérons la place. Vous en aurez au moins pour la journée !

Jamais je n'oublierai ni cette conversation surprise ni le visage roux du dénommé Sauzaie. Je dessine jusqu'en fin de matinée et, tout en croquant l'essentiel seulement, j'imagine la structure de la coque de *L'Hermione* telle qu'y travaillait mon ancêtre. Ce soir, seul dans ma chambre, pour la énième fois, je relirai ses notes.

À 1 heure de l'après-midi, papa et moi freinons devant le portail de la villa. Pourtant, nous ne nous sommes pas donné le mot !

— Bonne pêche, papa ?

— Excellente ! Et toi fiston ?

— Je n'en espérais pas tant !

Flore vient à notre rencontre. Malgré trois bonnes semaines au bord de l'océan, ses joues n'ont pris aucune couleur.

II

Fugue

LE MARDI 1ER SEPTEMBRE, au collège choisi par mes parents, je retrouve copains et copines. Cette année, j'entre en troisième. La veille, maman n'a pu s'empêcher de m'assener tout un cours sur l'importance de la troisième, classe charnière selon elle.

— Tu n'es plus un enfant, pense à ton avenir.

De fait, je m'ennuie. Le lendemain matin, nous avons cours de dessin ; fier de moi, j'apporte mon croquis et le montre à M. Favre. Il l'examine avec attention, ébauche un sourire d'approbation.

— C'est très bien ; je vois qu'à présent tu maîtrises parfaitement la perspective. Ce croquis t'a pris combien de jours ?

— Un après-midi et une matinée.

Il prend son temps, examine à nouveau, puis me rend mon ouvrage.

— Si tu continues de progresser ainsi, ton bac en poche, tu posséderas le niveau pour les Beaux-Arts.

— Je voudrais être charpentier de marine.

— Charpentier ? Alors que tu possèdes le potentiel d'un artiste ? Tu en as parlé à tes parents ?

— Oui.

— Et alors ?

— Pour eux, ce n'est pas un métier digne de moi. Je dois poursuivre mes études.

— C'est aussi mon avis : réussis d'abord ton bac et ensuite entre aux Beaux-Arts.

Il s'interrompt à la lecture sur mon visage de ma profonde déception.

— Charpentier de marine ! Tu te vois passer tes journées et ta vie dans des cales de radoub ? Qui t'a mis cette idée en tête ? Tu es jeune, réfléchis. À ton âge, on s'accroche parfois à des pensées qu'on s'étonne par la suite d'avoir eues.

— Je ne veux pas travailler à des charpentes d'aujourd'hui, mais à celles d'autrefois. Je veux devenir charpentier de marine.

Il sourit, compatissant.

— Écoute-moi : continue à perfectionner ton dessin, passe ton bac et entre aux Beaux-Arts. Là se trouve ta voie. Ça ne t'empêchera pas de construire des maquettes pour ton plaisir.

Décidément, M. Favre, sur la compréhension duquel je comptais, me débite le même discours que mon père.

Le pire est que je sais exactement ce que je veux ; de toute façon, quitter le collège pour un lycée technique comportant une section « charpentes » ou faire mon apprentissage chez un charpentier pour y acquérir les rudiments du bois. Ensuite, j'apprendrai véritablement mon métier chez les compagnons du Tour de France.

Après celui de dessin, sans entrain, j'assiste distraitement aux autres cours. De fait, je mûris ma décision. Le soir même, je la communiquerai à mon père ; ensuite, à deux, nous affronterons ma mère. Dans l'appartement bourgeois de mes parents, je suis très bien logé : outre ma chambre, je dispose d'un petit bureau et d'une salle d'eau. Dans ma carrée, laissant la porte ouverte, guettant l'arrivée de mon père, j'entreprends les premiers devoirs de l'année. Ma mère a prévenu, elle rentrera tard du palais. Cela me donne le temps. Flore, passée en cinquième, travaille comme moi dans son petit bureau. Parfois, j'entends des notes. Depuis deux ans, elle s'est mise au piano. Je reconnais une polonaise de Chopin, son préféré. Au contraire de mes projets, maman l'a encouragée, lui a offert un piano. Une jeune fille devant son piano ! Ce n'est pas comme un fils charpentier ! Voilà qui la valorise auprès de ses relations.

La porte d'entrée s'ouvre, mon père accroche sa veste au perroquet, desserre sa cravate, délace ses chaussures, glisse ses pieds dans ses babouches. Je me lève, me dirige vers lui.

— Papa !

— Oui ?

— Il faut que je te parle.

— Me parler ? Eh bien, où tu voudras ; chez toi ou dans mon bureau.

— Je préfère ton bureau ; il est plus grand.

— Installe-toi, je me rafraîchis et j'arrive.

Lorsqu'il revient, il a retroussé les manches de sa chemise, s'est lavé les mains et apporte avec lui une chope bavaroise débordante de bière mousse. Amateur de bière, papa s'est offert un appareil à pression ; à la cave, il entrepose ses tonnelets.

Je l'attends assis sur un fauteuil de salon devant une table basse, à gauche de la pièce. Son bureau de travail est installé à droite. Il s'assied face à moi, saisit le couteau idoine, ôte la mousse d'un coup sec de la lame, savoure une gorgée.

— Je t'écoute.

— Voilà. Je veux quitter le collège, faire un apprentissage de charpentier ou m'inscrire dans un lycée technique. Ensuite, je demanderai à entrer chez les compagnons pour apprendre le métier de charpentier de marine.

Au fur et à mesure que je m'explique, je vois son visage s'allonger, ses yeux se dilater. Il pose enfin sa chope.

— Nous en avons déjà parlé tous les deux. Ta mère et moi croyions que tu nous avais compris. Vois-tu, l'un des rôles de parent consiste à détourner leurs enfants d'erreurs qu'ils regretteraient ensuite. Tu poursuis tes études au collège. Nous ne reviendrons pas là-dessus.

Que dirais-je de plus puisqu'il ne veut pas m'entendre ? Nous n'avons plus rien à nous dire. Sans un mot inutile, je me lève, retourne à mon bureau. Puisque mon père ne veut pas m'écouter, et ma mère encore moins certainement, il ne me reste plus qu'à les obliger tous deux à me répondre « oui ». J'hésite à partir de suite. Papa m'entendra sortir ; et puis je n'ai rien préparé. Il me sera impossible également de me glisser dehors après le retour de maman car sitôt entrée elle fermera la porte à double tour, sans compter les deux verrous de sécurité ; rouvrir l'ensemble s'entendra évidemment. Certes, je pourrais attendre que toute la maisonnée soit endormie, mais traverser Lyon à pied et de nuit me ferait inévitablement repérer par la première patrouille de police. Et puis que faire en gare de Perrache dans l'attente du premier train pour Saint-Étienne et Le Puy ? Non, le mieux sera de quitter l'appartement demain dès 8 heures comme si je me rendais au collège puisque nous avons cours le jeudi matin. Cependant se pose un problème : à part les quelques pièces de monnaie de mon argent de poche, je ne dispose pas vraiment d'une somme suffisante. Jamais je n'ai volé. Ce coup-ci, il le faut. De toute façon, à force d'entendre parler de droit dans la famille entre deux parents avocats, j'ai fini par acquérir un vernis de Code : je sais que le vol en famille n'existe juridiquement pas. Quant à l'argent, je n'ignore rien des habitudes de mes parents. Mon père néglige de retirer son portefeuille de la poche de sa veste, et ma mère dépose son sac dans un meuble de son bureau ; un jour, par hasard, je découvris qu'elle ne fermait pas celui-ci à clé. J'attendrai que tous soient endormis, me lèverai et irai sans bruit soutirer un ou deux billets ; d'abord dans le portefeuille de mon père et ensuite dans le sac de ma mère. Après tout, si je me trouve réduit à une fugue pour me faire entendre, c'est bien de leur faute ! L'avantage de cette équipée qui pourrait être longue sera qu'elle entraînera mon renvoi du collège. Viviane, notre femme de confiance, arrive tôt le matin pour les courses, la cuisine, le ménage et le linge ; elle repart dans l'après-midi. Elle ne verra rien.

Avant le dîner, je note un long conciliabule entre mes parents dans le bureau de mon père. Maman est ainsi informée, mais elle ne me dit rien. Sans doute tous les deux se sont-ils mis d'accord sur un stratagème. Le dîner se déroule silencieux. Seule Flore meuble la conversation et cela tombe bien pour elle qui se plaît à parler. Je la trouve pâlichonne et m'étonne que mes parents ne paraissent pas s'en inquiéter. Il est vrai qu'elle se nourrit comme à l'ordinaire. Pour moi, je n'ose pas la questionner ; peut-être me répondrait-elle que cela ne me regarde pas. Viviane partie, maman fait le service sans m'adresser un mot. Après le dessert, nous la rejoignons à la cuisine pour l'aider à essuyer la vaisselle.

Ce soir, rien ne semble intéressant à la télévision. Mes parents préfèrent lire. Sitôt regardé le journal télévisé, papa et maman se couchent l'un après l'autre et comme chaque soir, avant de rejoindre leur chambre, à tour de rôle ils entrent chez Flore et moi pour nous dire bonsoir et nous embrasser.

— Dors bien, sois raisonnable, me conseille mon père.

Maman attendait-elle qu'il soit ressorti ? Elle entre presque aussitôt.

— Tu n'as rien à me dire ?

— Non.

Elle m'embrasse, puis me quitte. Je prends un livre et attends que tout soit silencieux.

Mes parents ne lisent pas longtemps, éteignent vite la lumière. Il faut dire à leur décharge que, par leurs obligations professionnelles, ils se lèvent de bonne heure. Viviane, pour prendre les consignes et ne pas nous laisser seuls, arrive tôt également. Vers minuit, je me lève. Sans éclairer – je connais par cœur les méandres de l'appartement – et pieds nus pour éviter tout bruit, je me dirige vers la chambre des parents, colle mon oreille au panneau de la porte. Je perçois un léger ronflement, ils dorment. Pour Flore, je sais qu'un tremblement de terre ne la réveillerait pas. Je vais au perroquet, retire le portefeuille de la veste de mon père, vérifie qu'il contient plusieurs billets, en prend deux de cent francs, remet tout en place. J'agis de même dans le bureau de ma mère. Le petit meuble n'est pas fermé. J'y trouve son sac, l'ouvre ; j'y découvre une enveloppe décachetée libellée à son nom, mais à l'adresse d'une boîte postale. Cela m'étonne ; toutefois, je ne lis pas. Dans une poche, plusieurs billets s'offrent à ma vue. J'en soutire deux, également de cent francs. Avec le tout, je pourrai payer mon billet de train.

Il ne me reste plus qu'à dissimuler les billets derrière un tableau fixé au mur de mon bureau, à me coucher et à dormir pour être en forme le lendemain.

Comme chaque matin, aux premiers bruits du camion qui ramasse les poubelles, je m'éveille. J'attends sans bouger que s'entendent les mouvements familiers de l'appartement. Sitôt mes parents sortis, je fais mine de rien, me prépare comme à l'accoutumée. Si Viviane m'observait avec plus d'attention, elle noterait mon féroce appétit au petit déjeuner. J'ignore l'heure et la consistance de mon prochain repas.

Face aux grands panneaux lumineux en gare de Perrache où s'affichent les horaires, je repère un train pour Le Puy avec changement à Saint-Étienne. Il part dans une demi-heure. À quatorze ans, je fais plus grand que mon âge ; de surcroît, bien habillé comme je le suis car ma mère veille à ce que la tenue de ses enfants ne dépare pas la famille, l'agent ne se préoccupe pas de mon identité lorsque au guichet j'achète mon billet.

Au-delà de Saint-Étienne, à partir de Chamalières-sur-Loire, je commence à retrouver le pays dans le défilé des gorges de la Loire. Un peu avant midi, j'aperçois les trois sanctuaires ; ils indiquent la ville du Puy. La haute statue de la Vierge, peinte de rouge et posée sur son dyke ; la cathédrale elle aussi haut perchée et Saint-Michel-d'Aiguilhe en arrière-plan, au nom si éponyme tant on se demande comment il peut tenir sur une pareille pointe ! Encore une minute et le train s'arrête.

Une fois au Puy s'installe l'incertain. Jusqu'à présent, pour les vacances, soit mon père soit mes oncles nous amenaient mes cousins et moi-même en voiture jusqu'à Saint-Andéol. Je connais la route et sais que je dois d'abord me rendre au Monastier-sur-Gazeille, prendre ensuite la direction du Béage, puis de Sainte-Eulalie, du mont Gerbier de Jonc, et enfin de Saint-Martial avant Saint-Andéol. Tout ce parcours représente environ soixante-dix kilomètres. Le problème est que je ne l'ai jamais parcouru qu'en voiture, sauf les quelques kilomètres à partir du Gerbier, voire de Saint-Martial, où souvent nous randonnions à bicyclette, comme dans les autres environs d'ailleurs, à commencer par ceux de l'Ardèche. Pas question de prendre un taxi : le peu qu'il me reste d'argent n'y suffirait pas et de toute façon ce serait le meilleur moyen de me faire repérer. Pour un autocar, il en est de même. À cette heure, mes parents sont prévenus car le collège ne badine pas sur les retards. Dès cet après-midi, ils vont alerter police et gendarmerie, communiquer mon signalement. Je serai recherché et, les cafetiers mis à part, nuls ne sont meilleurs indicateurs de police que chauffeurs de taxi et conducteurs d'autocar. Ma chance serait que papa et maman m'imaginent caché à Lyon chez des copains, ce qui me ferait gagner quelques jours de recherches inutiles. Mais je prévois le pire : sans doute ont-ils téléphoné à mes grands-parents. Ils savent bien que mes attaches s'agrippent à Saint-Andéol. Autre problème auquel je n'avais pas pensé : mes chaussures de ville ; avec elles, je ne pourrai longtemps marcher à pied, et surtout pas au long des lisières ou à travers les bois si je dois me cacher. Ayant pris ma décision sur un coup de tête, je réalise n'avoir rien préparé de pratique, sauf l'essentiel, le but de ma fugue.

En attendant, je quitte à pied la gare du Puy, prends la direction de Brives-Charensac en bord de Loire. Arrivé à Brives en début d'après-midi, mon estomac crie famine. J'entre dans une boulangerie, achète une baguette, la dévore en marchant. Mes pieds trop serrés commencent à s'échauffer et je me résous à faire du stop. C'est risqué, mais parcourir *pedibus* soixante-dix kilomètres en chaussures de ville me prendrait plusieurs jours ; sans compter qu'à coup presque sûr mon allure me procurerait un contrôle d'identité par la première patrouille de gendarmerie. À ma montre, je lis 5 heures de l'après-midi. Aucun véhicule ne m'a pris et j'ai marché sans presque m'arrêter. La route est vide, grise et poudreuse, presque frôlée par la Loire en contrebas qu'abritent des peupliers. J'arrive à l'entrée d'Arsac-en-Velay lorsque enfin à mon appel du bras un camion à enseigne d'une marque de fruits et légumes ralentit à ma hauteur, puis s'arrête un peu plus loin. Je me précipite.

— Tu vas où ?

— À Saint-Andéol-de-Fourchades, par Sainte-Eulalie.

— Pour Sainte-Eulalie, d'accord. C'est la fin de ma tournée ; ensuite, demi-tour : je rentre au Puy.

— Parfait. Après, je verrai.

Je monte, claque la portière. Le chauffeur me regarde avant de démarrer.

— Pour un auto-stoppeur, je te trouve plutôt bien habillé.

Ouf ! La repartie mensongère me vient aussitôt à l'esprit : novice en fugues, je n'avais pas préparé la moindre réponse à cette question pourtant probable.

— Un décès dans ma famille. Étudiant à Saint-Étienne, les miens m'ont averti précipitamment : je suis parti tel que vous me voyez. Au Puy, aucun horaire d'autocar ne convenait et je ne dispose pas d'assez d'argent pour me payer un taxi. J'ai dû opter pour le stop.

— Tu marches depuis Le Puy ?

— Non, quelqu'un m'a pris jusqu'à Brives-Charensac.

Mon second mensonge le convainc-t-il ? L'essentiel est qu'il ne me pose plus de questions. Bien au contraire, l'homme entreprend de me raconter sa vie au quotidien. Il est chauffeur-livreur pour le compte d'un grossiste en primeurs et ravitaille les magasins d'alimentation de la région.

— À cette époque, ça va. Mais l'hiver ! Je ne te dis pas. Tu possèdes de la famille à Saint-Andéol ?

— Mes grands-parents.

— Comment s'appellent-ils ? Je conserve des attaches à Saint-Andéol. Avec ma femme, nous nous y rendons parfois.

Le mieux me semble de ne plus mentir. Je donne le nom de mes grands-parents.

— Je ne les connais pas. Néanmoins, dans ta voix, je devine plus ou moins l'accent ardéchois.

— Avec mes cousins, j'y passe chaque mois de juillet.

— La Fonsine ? Ça te dit quelque chose ?

— Bien sûr ! Cet été, nous lui avons même ramené ses chèvres et son bouc. Ils s'étaient échappés.

— Ça alors ! Comme la terre est petite ! Figure-toi que par des parents éloignés ma femme se trouve parente avec elle. Mais, depuis quelques années, nous nous y rendons de plus en plus rarement. Les alliés de ma femme sont aujourd'hui tous décédés, enterrés à Saint-Andéol, tout en haut du cimetière, sous les branches des sapins.

— Je vois que vous connaissez bien le pays.

— C'est un cimetière si particulier ; tout en pente et en hauteur, niché presque en forêt ! Les morts n'ont qu'à lever la tête pour revoir leur village. Comment se porte la Fonsine ?

— Mal ; depuis la mort de son mari, elle survit, se déplace difficilement.

Notre conversation s'essouffle. Quarante-six kilomètres séparent Arsac de Sainte-Eulalie. Pour livrer ses marchandises, le chauffeur presque aussitôt s'arrête dans la traversée d'Arsac, puis en deux endroits au Monastier, et enfin à Sainte-Eulalie. Plus nous avançons, plus je retrouve mes repères entre la table verte du Mézenc et le cône de pierres grises du Gerbier, ce dernier à présent irisé par le soleil couchant. Ma montre indique 6 heures du soir ; dans deux heures à peine il fera nuit. Par le Gerbier et Saint-Martial, il me reste encore vingt et un kilomètres à parcourir jusqu'à Saint-Andéol. Sur toute sa surface, le lac, où il faisait si bleu lorsqu'en juillet nous nous baignions, n'offre pas aujourd'hui un seul frisson de vagues. Entre chien et loup, le crépuscule le moire. Si grand-père savait conduire et possédait une voiture, je pourrais à la limite lui téléphoner de venir me chercher. Mais peut-être refuserait-il de se taire, et plus encore grand-mère. Dans mon plan, parler me paraît prématuré.

À Sainte-Eulalie, sur la place du village, le camionneur s'arrête devant le magasin d'alimentation qu'il s'apprête à livrer.

— À cette heure, trouver une occasion pour te conduire là-haut ne sera pas facile.

— Bah ! Je vais reprendre la marche ; à quelques kilomètres de Saint-Andéol, je trouverai bien à me débrouiller ! En attendant, merci pour tout !

Il ne me répond pas. Immobile, les deux mains sur son volant, le regard perdu dans ses pensées, je le surprends à réfléchir.

— Attends. Peut-être existe-t-il une solution.

De l'autre côté de la place un garage demeure ouvert. Nous descendons.

— Suis-moi.

Nous traversons la place et entrons dans le vaste atelier au sol bétonné, maculé de graisses et de cambouis. Je reconnais l'odeur caractéristique des gaz brûlés et du gas-oil.

— Bonsoir Paul.

— Bonsoir.

— Ce matin, ne me confiais-tu pas qu'une de tes clientes de Saint-Andéol passerait ce soir récupérer sa voiture ?

— L'institutrice ? Oui, dans un petit moment.

— Voilà ; ce garçon s'y rend. Inutile de tout t'expliquer. Ta cliente pourrait-elle le monter là-haut ?

— Tu me poses une colle. Ça ne dépend pas de moi ; interroge-la. Si elle l'accepte, je n'y vois aucun inconvénient.

— Tu peux lui recommander le jeune homme de ma part.

— Merci, merci beaucoup. En attendant, si vous le voulez, puis-je vous aider à décharger vos marchandises ?

— Ça n'est pas de refus.

Je tombe ma veste et voilà comme à 6 heures du soir au village ardéchois de Sainte-Eulalie le jeune fils d'un couple célèbre du barreau lyonnais entreprend d'aider à décharger un camion de primeurs. De songer à l'air pincé de sa mère si elle l'avait surpris m'en fait oublier le poids des caisses de légumes et des sacs de pommes de terre. Tant pis pour mon beau pantalon maculé !

Je m'attendais à tout sauf à cette situation : me retrouver assis sur le siège arrière d'une voiture d'institutrice où devant moi, sur le siège avant du passager, se tient assis un énorme saint-bernard.

— Molière ne me quitte pas et me sert de garde du corps. Dans ces pays sauvages, une femme seule doit se prémunir, surtout de nuit. Pendant la journée, je l'enferme à l'école dans une pièce à tout faire. Je vous dépanne parce que vous m'êtes recommandé et me faites bonne impression.

— Merci madame. Au dire du garagiste, vous remplissez le poste d'institutrice à Sainte-Eulalie ?

— Oui, mais j'habite à Saint-Andéol où j'occupe le logement de l'ancien instituteur, dans la mairie.

Il me faut répéter toute mon histoire à l'exception bien sûr du décès. L'institutrice ne connaît pas mes grands-parents ; installée depuis peu au village, elle part tôt le matin pour rentrer tard le soir. Sans attaches dans la région, la jeune femme ne passera pas ses vacances ici. Je considère ce choix bien dommageable car je la trouve jolie.

Sa jupe courte découvre des cuisses lisses et bronzées dont je ne cherche pas à détacher mon regard. Il me revient à l'esprit l'image sévère des robes de ma mère qui descendent au minimum à mi-mollet.

Arrivés à Saint-Andéol, la nuit assombrit tout le bourg. La lune, ronde et de couleur pourpre, se lève au ras des cimes au-dessus des prairies. L'institutrice me demande où demeurent mes grands-parents. Il serait plus confortable de me faire déposer devant chez eux. Prudent, je la remercie de me laisser sur la place au prétexte qu'ils vivraient à deux pas.

Nul lampadaire n'éclaire Saint-Andéol. La ferme de mes grands-parents niche à la sortie du village, au pied du col de Joux, à presque un kilomètre. Sitôt la nuit tombée, vu les mille mètres d'altitude, il fait froid et je marche très vite pour tenter de me réchauffer un peu.

Une lune vive dans la nuit sombre dévoile enfin les formes massives et caractéristiques de notre demeure ancestrale. Dans la cour, une haute pyramide noire semble écraser la ferme ; c'est le douglas centenaire. Au vu de la façade, porte et volets fermés, tout me semble endormi. Je repère cependant un soupçon de lumière par la jalousie disjointe d'un contrevent. À cette heure, la traite terminée, leur soupe avalée, grand-père Hippolyte et grand-mère Amélie doivent regarder la télévision. Je respire à fond, me décide, frappe fort du poing sur le panneau de bois. Presque aussitôt, je reconnais les aboiements d'Ida ; je la sens renifler derrière la porte. Il me semble qu'elle pleure des petits cris plaintifs. La chienne a reconnu mon odeur. Suivent ensuite quatre pas dans des pantoufles. La lampe extérieure s'allume et je distingue la couleur bleue de la porte estompée par la nuit.

— Qui est-ce ?

— Vincent.

— Vincent ?

— Oui, votre petit-fils.

Se pourrait-il que mes parents n'aient pas téléphoné ? Je repère la façon de grand-père de tourner la clé dans la serrure. Il entrebâille la porte, puis ouvre. Ida se frotte contre mes jambes, se relève pour une caresse.

— Toi !

— Pépé !

— Mon pauvre petit ! À cette heure !

— Mémé !

Comme chez elle, les larmes me montent aux yeux. Très fort, tour à tour, ils me serrent dans leurs bras. Je retrouve l'odeur de fumée de leurs vêtements.

— Mais, dis-nous, tes parents te savent-ils ici ?

— Ils ne vous ont pas téléphoné ?

— Non.

— Alors ils ignorent tout. Je vais vous raconter.

— Attends, tu es gelé. Ôte tes souliers et ta veste.

Grand-mère va à son armoire, en revient avec sur le bras droit un gros pull de laine tricoté par elle-même et pour mon grand-père ; de son autre main libre, elle serre de vraies charentaises.

— Mets ça et installe-toi devant l'âtre.

L'immense cheminée, pleine de flammes claires, jette une chaleur vive. Grand-père y pose une bûche en renfort et grand-mère recharge le poêle à bois après avoir éteint la télévision.

— Je vais te préparer un chocolat bien chaud. Qu'as-tu pris à midi ?

— Je me suis acheté une baguette.

— Nous avons déjà mangé la soupe. Je vais en réchauffer un bol et battre une omelette.

Grand-père s'assoit, le flanc à la cheminée de façon à pouvoir m'observer sans quitter mamie des yeux. Tous les deux se taisent, ne me questionnent pas. Grand-mère verse du lait dans une petite casserole à même la plaque de son fourneau à bois dont elle refuse de se séparer pour une cuisinière moderne, râpe la tablette puis touille la préparation.

Je me décide et, m'efforçant de ne rien oublier, raconte mon aventure depuis la veille au soir. Tandis que ma grand-mère cuisine, tous les deux m'écoutent sans un mot ; parfois, je les surprends à échanger un regard.

Mémé emplit un bol de son chocolat brûlant, me l'apporte et le dépose entre mes mains. Comme il sent bon ! Mes paumes s'en réchauffent ; il me rappelle tant de souvenirs que je m'arrête de parler pour porter le trésor à mes lèvres. C'est un chocolat à s'en faire mourir : moelleux, velouté, parfumé, presque grisant. Malgré mes yeux baissés pour mieux savourer, je surprends mes grands-parents à retrouver les gestes de tendresse que rarement je leur ai vus ; ils se prennent la main, se sourient tous les deux.

Le bol entièrement vidé, je confie à ma grand-mère :

— Merci mémé ! Un vrai régal, tu sais ! Le feu, le chocolat, j'en suis tout réchauffé !

Je les sens en attente, en souci et termine mon récit.

— C'est pour cela que je suis venu chez vous. Je veux quitter le collège ; comme mes parents n'y consentiront jamais, s'ils veulent me revoir, ils devront l'accepter.

— Et que feras-tu s'ils refusent ? Nous te voulons bien ici, mais ils viendront te chercher.

Je ne réponds pas. Comme si se transmettaient les pensées, le téléphone sonne ; grand-père se lève pour aller décrocher.

L'appareil téléphonique se tient à l'autre bout de la salle et pépé marche doucement.

— Je parie que c'est Clément, l'avertit ma grand-mère.

Enfin, grand-père décroche.

— Allô ?

— ...

Pépé se tourne vers nous ; mémé et moi, nous nous approchons.

— Oui, il se trouve ici. Son arrivée date d'une demi-heure.

— ...

— De Lyon, par le train jusqu'au Puy, puis à pied, puis en stop.

— ...

— Il claquait presque des dents. Souviens-toi : à Saint-Andéol, les nuits sont froides. Il s'est réchauffé aux flammes de la cheminée et ta mère lui a préparé un bon chocolat brûlant.

— ...

— Je te le passe.

Pépé se tourne vers moi :

— Je te passe ton père.

— Vincent ? C'est papa. Mais pourquoi cette escapade ? Le collège nous a prévenus et enfin nous avons résolu d'alerter la police. Flore, ta sœur, a deviné juste et estimé que tu ne te cachais pas à Lyon mais plutôt te trouvais-tu à Saint-Andéol.

Enfin, nous voilà rassurés. Un instant ; permets que je tranquillise ta mère et ta sœur.

— Allô ?

— Oui papa, je suis là.

— Je répète ma question ; pourquoi agir ainsi ? Imagines-tu notre souci ?

— Tu ne dois t'en prendre qu'à toi-même. Hier soir, tu refusais de me laisser quitter le collège pour devenir charpentier de marine. Tu ne m'as pas entendu.

— Mais enfin, Vincent, interrompre tes études, c'est de la folie ! Tu gaspilles ton avenir ; ta mère s'en trouve malade.

— Quoi qu'il en soit, ma décision est prise : je ne changerai pas d'avis. Même si vous me faites ramener de force, jamais je ne remettrai les pieds au collège ; et si vous voulez me revoir, il faudra me promettre d'accepter.

— Accepter quoi ?

— Ce que je te répétais hier soir ; soit entrer en apprentissage chez un maître charpentier, soit me faire admettre dans un lycée technique pour apprendre la charpente.

Au silence qui suit, je sens mon père enfin persuadé de ma décision.

— Mais enfin, d'où tiens-tu cette idée fixe ?

— De nul autre que de moi-même ! Je n'ai jamais apprécié ni les études, à part le dessin, ni le collège ; depuis toujours, je m'accomplis en travaillant de mes mains. Souviens-toi : je te confiais cette vocation il y a des années ; malheureusement, tu ne m'écoutais pas.

— Mais cesse de rêver, mesure enfin la vie que tu vas mener ! Toujours en plein air, dans le vent, sous la pluie, au soleil ! À la limite, si tu aimes dessiner, fais ce que te conseille ton professeur de dessin ; passe ton bac et puis entre aux Beaux-Arts !

— Je ne cherche pas à dessiner pour dessiner ; je le veux pour mon travail.

— Tu vas rendre ta mère malade ; elle qui entretient pour toi une si haute idée de carrière au barreau ou dans la magistrature, voire dans le notariat.

— C'est justement ce que je refuse. Je veux construire de belles charpentes de marine, mais pas seulement : tout m'attire dans le travail du bois.

— Ah ! Mais je comprends ! Cette vocation soudaine t'est venue en repérant la charpente du grenier de la Fonsine.

— Cette découverte a seulement éclairé ce que je cherchais. Mais, au collège, je me rendais compte que ma vie ne s'épanouissait pas dans les études ; ma vocation se trouvait dans mes mains.

Mon père se tait ; dans l'écouteur, je perçois qu'il s'adresse à ma mère. Il me la passe.

— Vincent ?

— Oui, maman.

— Tu veux donc me faire mourir !

— Bien sûr que non. C'est toi qui refuses de m'entendre.

— Demain et samedi, ton père et moi sommes pris par nos clients ; quant à Flore, elle a cours au collège. Sans attendre dimanche, dès samedi soir nous nous rendrons à Saint-Andéol ; durant ces deux jours, chacun de notre côté, prenons le temps de réfléchir.

— C'est tout réfléchi, maman. Si papa et toi vous n'êtes pas d'accord pour me retirer du collège et me laisser devenir charpentier de marine, il devient inutile de venir me chercher. Nous ne nous reverrons plus jamais. Passe-moi Flore, veux-tu ?

Le silence dure un peu, je crains de ne pouvoir parler à ma jeune sœur, peut-être pour la dernière fois. Mais non, j'entends sa voix.

— Vincent ?

Dans sa voix, je découvre une réelle émotion.

— Bonsoir petite sœur.

— Attends-nous, ne fais pas de sottise. Je ne veux pas que tu nous quittes.

— Alors aide-moi à convaincre les parents.

— J'essaierai. Je t'embrasse. À samedi soir.

— Ça ne dépend que des parents.

— Fais de grosses bises au pépé et à la mémé.

— Je te les passe.

Le visage inquiet, les yeux rougis de larmes retenues, grand-mère raccroche l'écouteur, la conversation téléphonique me paraît terminée. Peut-être mes parents rappelleront-ils demain soir. Mais de toute façon, je ne céderai pas. Sur mon assiette plate, grand-père dépose un bol de soupe fumante.

— Je ne comprends pas ta mère, confie la mémé tandis qu'elle casse les œufs pour l'omelette après avoir mis les lardons à rissoler dans la poêle. Pourquoi refuse-t-elle de te voir charpentier ? Car c'est elle qui dénie ce métier, ton père l'accepterait. De mon temps, chacun considérait charpentier comme une bonne profession. Une fille qui en épousait un se mettait pour la vie à l'abri du besoin.

Mémé ne saisit guère la différence entre charpentier ordinaire et charpentier de marine. Peu m'importe ; faute de coques de marine, construire de belles charpentes comme celle de la Fonsine ou de la ferme des Boutières me plairait énormément.

— Tu ne saisis donc pas ? Notre fils Clément, né de paysans comme nous, élevé à la campagne, peut comprendre ces choses. Sa femme, Carine, est issue de la bourgeoisie lyonnaise ; dans son milieu, travailler de ses mains signifie déchoir. Tu l'imagines annoncer à ses amis dans les dîners en ville : « Notre fils Vincent, charpentier de marine. » Ça ferait mauvais effet !

Et tous les trois nous éclatons de rire tellement grand-père caricature parfaitement maman.

La soupe brûlante me réchauffe complètement et l'omelette baveuse, délicieuse à souhait, achève de reconstituer mes forces. Elle exhale les parfums des prairies où picorent en liberté les poules de ma grand-mère. Chez mes parents, à Lyon, il faut dire potage et non pas soupe ; le second mot, selon ma mère, fait peuple. Voilà encore une fois ce que je reproche à mon père : lorsque maman s'exprime ainsi, papa fait mine de ne rien entendre.

Tandis que je me sers en fromage de chèvre, grand-père, profitant de l'absence de sa belle-fille, remplit à moitié mon verre de vin ; je les surprends tous les deux en un réciproque questionnement :

— Te souviens-tu, Hippolyte ? Tu rappelais toi-même à tes petits-fils après leur retour de baignade au lac Saint-Martial une lettre que ton lointain ancêtre aurait postée d'Amérique au retour de l'expédition de La Fayette ?

— Oui.

— Je ne l'ai jamais lue. Mais selon toi il écrivait avoir travaillé comme charpentier à Rochefort sur le chantier de la corderie royale où se construisait *L'Hermione*. Saurais-tu la retrouver pour Vincent ? Ce témoignage lui serait bien utile.

Grand-père relève la tête, cesse de manger, cherche dans sa mémoire en fixant du regard au plafond les poutres de châtaignier.

— Sans doute existe-t-elle toujours, mais où ? Personne ne l'a jetée puisque chaque génération l'évoque. Ma mère m'en apprit l'existence ; elle la connaissait par mon père. Selon elle, il lui en parla presque aussitôt marié. Laissez-moi réfléchir et attendez un peu : nous retrouverons cette lettre au grenier dans les coffres à vieux papiers ; personne ne les ouvre jamais. Pourvu que les rats ne s'y soient pas mis.

— Le grenier, je le connais ; chaque année aux vacances de juillet, j'y monte seul pour fouiller à mon aise. Mais jamais je n'ai découvert cette lettre.

— Pour cela, il conviendrait de déplacer tous les vieux meubles et les objets qui dorment, de tout retourner méthodiquement. Laisse-moi me souvenir ; cette lettre, selon ce que j'en sais, se trouverait dans un paquet de toile passée à l'huile de lin. Notre ancêtre le rapporta dans ses malles à son retour d'Amérique. J'entends encore ma grand-mère évoquer ce paquet à ma mère. Cela date de si vieux ! Nul n'a souvenir de les avoir lues.

Je surprends mes grands-parents à se regarder du bout des yeux et devine leur pensée.

— Il te reste deux jours entiers avant l'arrivée de tes parents. Occupe-toi à fouiller le grenier !

Il me faudra bien cela pour tout inventorier, et encore ! Sitôt entendues les révélations d'hier soir, j'avertissais mes grands-parents : j'allais sans attendre remuer tout leur grenier avant l'arrivée de papa et maman. Eux présents, Dieu seul savait ce qui pourrait survenir de notre confrontation !

Si la charpente en bois de châtaignier écarte les toiles d'araignées, il n'en est pas de même des meubles et autres objets épars abandonnés dans ce grenier. Depuis des générations, il ne fallait rien jeter. Tout est vieux, à mon avis hors d'usage et surtout recouvert de diverses poussières, de crottes de souris et autres restes de mouches desséchées. Pour préserver mes beaux habits, mémé m'a déguisé avec ceux usés du pépé : pantalon de velours passé, longue chemise et gilet de coutil. Je crois ressusciter un petit paysan d'autrefois et ris tout seul en imaginant l'indignation de maman si elle me surprenait ainsi ! Devant l'ampleur de la tâche, il me faut bien adopter une méthode. J'entreprends de repousser tout au fond du grenier les outils et objets manifestement impropres à recéler quelque cache que ce soit. Ce déménagement me prend déjà la matinée. Cela fait, j'entame mes recherches par les meubles, ou du moins ce qui à la rigueur peut encore passer pour tel, vu leur état vermoulu et déglingué. Souvenir de lectures de flibuste ? Je commence par les coffres. Un à un, je les déplace dans un espace à peu près libre où je pourrai les vider. D'abord, soulever le couvercle, vérifier les doublures et le fond, extraire et poser sur le plancher tous les chiffons, ficelles, boîtes plus ou moins vides, livres en lambeaux, vêtements hors d'usage, couverts et ustensiles de cuisine cabossés, parfois même des outils ébréchés et des vieux billets de banque à présent périmés. À même pas quinze ans, je me surprends moi aussi à conserver, à ne pas jeter. En fin de première journée, j'ai repéré et mis à l'écart plusieurs outils en bon état, aptes à sculpter le bois, et notamment des gouges, ainsi et surtout que les albums de famille avec leurs photos noir et blanc passées ou couleur sépia. Je les descendrai ; peut-être mes grands-parents pourront-ils identifier les visages ? En revanche, je suis inquiet de ne retrouver aucune liasse de lettres et encore moins le fameux paquet. Pourtant, dans la famille, on a bien dû conserver les lettres, au minimum celles que mon arrière-grand-père Marc écrivait du fond des tranchées en 14-18.

— Alors, où en es-tu ? interroge grand-mère après chacune de mes descentes du grenier lorsque empoussiéré de la tête aux pieds je me présente dans la salle.

— Toujours pas de paquet. Et il ne me reste à fouiller qu'une armoire à trois pieds et une commode sans dessus.

— Peut-être le paquet et la lettre ne se trouvent-ils pas au grenier ? En attendant, va te laver ; tu es blanc de poussière !

Sur le plan de l'hygiène, mémé est intraitable ; compte tenu de mon état, avant chaque repas, elle m'envoie faire ma toilette, et pas seulement les mains et le bout du nez !

Mon grand-père, peu surpris de l'inutilité de mes recherches, intervient.

— Si le paquet et la lettre n'ont pas été montés dans le grenier, je ne vois pas où ils peuvent être. Je m'en souviens parfaitement : ma mère me les montra sans les ouvrir, et c'est elle qui les rangea.

— Une femme ne choisit pas le grenier pour y mettre à l'abri des souvenirs de famille. Elle les cache dans son armoire, ou les confie à l'un de ses enfants avec charge d'en prendre soin après elle.

— Tu crois que…

— Après tant d'années, la mémoire est infidèle. Peut-être ta mère s'est-elle contentée de te montrer ce paquet avant de le confier à ta sœur ? À moins qu'elle ne te l'ait remis en mains propres ? Si ça se trouve, tu ne te souviens plus de l'endroit où tu le rangeas.

— Si ma sœur Lucie le détient, autant dire que nous ne le reverrons pas.

Comme dans presque toutes les familles, la mienne recèle un secret. C'est seulement depuis l'an dernier, et par inadvertance, que je l'ai découvert. En juillet, je bricolais dans l'atelier de grand-père. Papa, son frère et son autre sœur parlaient sans précaution sous le *fenestrou*[1] resté ouvert. J'appris ainsi l'existence de tante Lucie, aînée de mon grand-père, disparue puis retrouvée dans une maison lyonnaise en 1936. Depuis, nul n'en parlait dans la famille, et surtout pas devant les enfants. À treize ans, j'ignorais ce qu'étaient ces maisons. Dès la rentrée de septembre, je me renseignai dans la cour de récréation ; mes condisciples, plus instruits que moi, se moquèrent mais me donnèrent la réponse.

Pépé et mémé se regardent, s'aperçoivent que leurs langues ont fourché. Je fais l'innocent.

— C'est qui la tante Lucie ?

— Ma sœur aînée qui a mal tourné. Tu ne devrais pas le savoir. N'en parle pas à tes parents. Ils nous reprocheraient de te l'avoir révélé et pour le coup ta mère t'interdirait pour de bon de revenir ici.

— Voyons, pépé, c'est impossible. Ta sœur Lucie avait dix-huit ans lorsqu'elle est partie pour ne plus revenir. Jamais ta mère ne lui aurait confié ce paquet. Quoique ? Elle me l'a montré à moi alors que ta sœur vivait encore ici.

— Elle te l'a montré ou elle te l'a donné ?

— Montré seulement.

— Réfléchis, cherche bien : es-tu certain de ne pas avoir remis ce paquet au père de Vincent,

1. Fenestrou : *petite fenêtre.*

notre fils Clément ? Après tout, c'eût été tout naturel. En ce cas, ledit paquet se trouverait peut-être chez ses parents, à Lyon.

— Non, je ne suis pas encore gaga et je m'en souviendrais.

— Alors, effectivement, je pense qu'il faut plutôt investiguer ici. Écoute Vincent, cet après-midi, termine de fouiller la commode et l'armoire du grenier. Ton pépé et moi, nous allons chercher dans la grand-salle et les autres pièces.

Après le café – à Saint-Andéol, j'acquiers de mauvaises habitudes : outre le vin, je prends une tasse de café ! –, je remonte dans le grenier, inventorie avec soin les trois tiroirs de la commode, vide totalement l'armoire, déverse tout ce qui dort empilé sur les rayonnages, retourne les tiroirs, ne trouve rien.

Lorsque je redescends, grand-mère a complètement vidé son armoire et étalé son contenu sur la longue table de la salle. Comme le grenier, l'armoire ne recèle aucun paquet de lettres.

Il ne reste à fouiller que les deux tables de nuit et la commode. Je laisse cela à mes grands-parents ; leur chambre ne me regarde pas. Comme souvent à la campagne, elle était auparavant celle de mes arrière-grands-parents. Mais alors, avant son mariage, où dormaient donc grand-père, ses frères et sœurs ? Pardi, dans la chambre que je partage avec mes cousins et dans celle où dort

Flore lors de ses rares séjours ! Et si mon arrière-grand-mère Célestine avait rangé le paquet dans la chambre de ses fils et que grand-père ne s'en souvienne plus ?

Aussitôt, je grimpe les marches de l'escalier de bois qui conduit à notre chambre, nous les garçons. J'ouvre les tables de nuit, rien ; je fouille l'armoire à linge, rien ; je me rends dans la chambre où dort Flore, rien. Je sonde les murs du poing, ne décèle aucun vide. De toute façon, ce paquet ne constitue pas un trésor, pourquoi le cacher ? Non, s'il est dans la maison, il se trouve à portée de main.

Suis-je bête ! Si ça se trouve, il dort caché dans la chambre de mes parents, chambre qui se trouvait être celle de Célestine veuve lorsque mes grands-parents jeunes mariés emménagèrent dans la sienne. À cette époque, plusieurs générations habitaient la même maison de famille et les pièces abritaient successivement les ménages au fur et à mesure des mariages et des décès. Si tel est le cas, pourvu que papa ou maman n'aient pas découvert le paquet ! Ma mère ne se serait pas gênée pour se l'approprier et l'emporter à Lyon sous le manteau plutôt que de le remettre à son beau-père.

Je pousse la porte de la chambre où durant leurs séjours dorment mes parents, ouvre l'armoire presque vide qui ne contient que les quelques vêtements portés ici par mon père. Je me baisse, tire à moi la porte de sa table de nuit. Tout en bas, un paquet ficelé dans une toile passée à l'huile de lin. Eurêka ! Comme souvent, nous cherchions loin ce qui dormait à portée de main.

Je descends quatre à quatre les marches de l'escalier, déboule paquet à la main dans la salle où déjà de dépit grand-mère rempile tout dans son armoire.

— Pépé ! Mémé ! J'ai trouvé le paquet.

Ils s'approchent ; grand-père le prend, le tourne et le retourne entre ses doigts calleux.

— C'est bien ça, je reconnais la toile. Où l'as-tu déniché ?

— Dans la table de nuit de papa.

— Je ne l'ai jamais confié à ton père. Il l'a déniché quelque part. Tu parles d'un roublard celui-là !

— À mon avis, ce n'est pas Clément, c'est Carine. Quand elle est ici, ta belle-fille fouine partout. Je l'ai surprise plusieurs fois. Si ça se trouve, ton père ignorait la présence dans sa table de nuit de ce paquet dérobé. Lui-même n'est pas curieux et ne se soucie de rien.

Pépé plonge sa main dans sa poche, en tire son Opinel, ouvre la lame et tranche la cordelette. Il déplie la toile cirée, dévoile le contenu. À l'époque de l'expédition de La Fayette, les enveloppes n'existaient pas ; un vieux cachet tout sec et fendillé de cire rouge brisée dévoile aussitôt la lettre bistre pliée en quatre. Sous elle apparaît une liasse d'épaisses feuilles de papier. Sur la première est imprimé en gros caractères :

LEXIQUE DES TERMES EN CHARPENTE NAVALE DU VAISSEAU L'HERMIONE

— Mais c'est merveilleux !

J'avoue que je laisserais volontiers la lecture de la lettre pour me jeter sur les pièces du lexique ; je subodore y découvrir tout ce que j'ignore et désire tant apprendre sur le métier de charpentier de marine ! Mais la main de grand-père saisit sans attendre la lettre de notre aïeul ; déjà, il la déplie en prenant garde de ne pas la déchirer aux pliures tellement le vieux papier pourtant épais a subi les outrages de sa dessiccation durant toutes ces années. Notre aïeul date sa lettre du 20 juillet 1776. Je calcule de tête : cela fait deux cent seize ans ! Le miracle est qu'elle existe encore, qu'elle ait survécu à toutes les vicissitudes des deux siècles traversés. Tremblant des mains, tentant de maîtriser son émotion, grand-père entreprend de la lire. Tout ouïe, grand-mère et moi attendons ; impatients, nous imaginons que grand-père ne peut déchiffrer l'écriture. C'est tout le contraire : il admire l'élégance de la vieille plume.

— Je vous la confierai après. C'est presque de la calligraphie ; et tout à la plume d'oie, sans doute. Paysan né de paysans, notre ancêtre ne pouvait savoir écrire. Seul un écrivain public pouvait tracer de si belles lettres !

Il tousse pour s'éclaircir la voix, commence :

« Bâton Rouge, ce vingt juillet de l'an 1776.

« Ma très chère Victorine,

« Je préfère m'adresser à ma petite sœur plutôt qu'à notre vieille maman compte tenu que j'ignore si elle vit encore après toutes ces années.

« Dès mon départ de Saint-Andéol, nous rejoignîmes le mont Gerbier de Jonc où la Loire prend sa source et puis suivîmes son cours en marchant tout du long jusqu'à Nantes. Cela nous prit trois mois. Entre-temps, nous perdîmes un compagnon qui s'estoit noyé à Chamalières-sur-Loire, victime de brigands. Avec les autres, je rejoignis ensuite Rochefort. Là, j'avois réussi à me faire embaucher comme charpentier sur le chantier de la corderie du Roy où se construisoit *L'Hermione*, le vaisseau de La Fayette. Le travail estoit dur, mais ce métier me passionnoit. De plus, je m'y liois d'amitié avec un contremaître qui me confia cent trente-quatre feuillets sur lesquels estoient notés tous les termes usités en charpente navale. Malheureusement, sitôt la construction du vaisseau achevée, je n'avois plus de travail. Comme les officiers qui surveilloient la construction paraissoient fort satisfaits de moi, ils me gardèrent pour œuvrer à l'armement du vaisseau et par là même je pus m'embarquer comme marin pour la traversée. Je ne vais pas tout te dire, ma pauvre Victorine, ce seroit trop long ; sache seulement qu'une fois en Amérique il a fallu se faire soldats et nous nous sommes battus et bien battus contre les Anglois. La paix signée et les Américains devenus indépendants, nous dûmes marcher vers le sud pour nous établir en Louisiane où avec d'autres nous pûmes construire le village de Bâton Rouge. C'est d'ici que je t'écris. Je veux seulement te confier m'être marié et être devenu père. Si Dieu le veut, dès que nos enfants seront grands et établis à Bâton Rouge, avec ma femme nous quitterons le pays pour revenir à Saint-Andéol. Je m'y ferai charpentier.

« Notre mère vit-elle encore ? En ce cas, embrasse-la.

« Prends soin de toi, Victorine, et à bientôt de se revoir.

« Ton frère Aubin qui t'embrasse très fort. »

— Eh bien ! s'exclame grand-père : deux cent seize ans ! Si ça se trouve, la charpente de la Fonsine, c'est notre aïeul Aubin qui l'a construite à son retour !

À cette évocation, je sens mon cœur entreprendre de battre la chamade.

Puis, avec d'infinies précautions, sans replier la lettre, le pépé tend celle-ci à la grand-mère. Tandis qu'elle la lit, j'observe son visage dont les traits se figent d'émotion.

— Plus de deux siècles ! Et personne ne l'avait lue ! À ton tour Vincent ; lis. Voilà pourquoi depuis l'enfance tu veux te faire charpentier de marine : le sang de ton aïeul coule dans tes veines !

Il m'est bien difficile de décrire l'émotion ressentie à la lecture de cette lettre. Je la déchiffre doucement, la savoure en silence, sans remuer les lèvres. Mais mon regard ne quitte pas la liasse épaisse des feuillets. Grand-père a raison : davantage qu'écrite, cette lettre semble calligraphiée. Comment mon ancêtre a-t-il pu rencontrer un homme sachant écrire de telle sorte ? Comme j'aimerais connaître les mystères de sa vie ! Lorsqu'il était enfant, sous le roi Louis XV, les petits paysans d'ici et même d'ailleurs n'apprenaient pas à écrire. Sans doute ne connaîtrais-je jamais la réponse à cette question ! En revanche, ce que je veux apprendre de suite, est la signification de tous les termes de charpente couchés sur ces feuillets. Je tends la lettre à grand-mère qui déjà a chaussé ses lunettes. Sans attendre, j'entreprends l'examen immédiat des feuillets et découvre leur classement par ordre alphabétique.

Tous sont numérotés à partir du premier. Pour en connaître le nombre, je retourne la liasse entière et consulte le dernier ; il porte le n° 134. Mon aïeul a choisi de consacrer un feuillet pour chaque nom. Ce sont des mots que j'ignore ; même lors de nos vacances à l'océan, à l'occasion des conversations avec les marins-pêcheurs, jamais je ne les entendis prononcer. Je n'en cite ici qu'un seul, celui qui marquera le plus mon aventure, le « trait de Jupiter » : *assemblage de charpente servant à réunir deux pièces de bois bout à bout et capable de résister à des efforts de traction ; il doit son nom au fait que sa forme rappelle celle d'un éclair et que Jupiter était le dieu de la foudre. Le trait de Jupiter se compose de deux biaises à redent, de deux barbes et de deux clés de serrage.*

Tous ces mots tracés en si belle écriture me font rêver, s'inscrivent dans ma mémoire ; jamais je ne les oublierai.

Tandis que un à un je tourne les feuillets, grand-père les lit à mes côtés. Grand-mère, debout, déchiffre par-dessus nos épaules. Après les avoir feuilletés dans le désordre, nous en entreprenons une lecture exhaustive, dans l'ordre de leur classement. Le jour décline, il va se faire 6 heures. Nous n'en aurons même pas déchiffré le quart.

— Et les bêtes ?

C'est ma foi vrai ; l'heure vient de traire les belines et Sultane. Je resserre le paquet dans sa toile cirée et le dépose dans un tiroir du buffet ; on ne sait jamais qui peut se présenter à l'improviste et nous préférons ne pas avoir à donner des explications. Début septembre, les journées restent encore belles et chaque jour mes grands-parents mettent au pré leur petit troupeau. Il touche à la prairie de la Fonsine par un bosquet encombré de grosses pierres, restes de moraine. La Sultane se régale des regains revigorés par les rosées nocturnes et les belines en font autant des haies encore fournies. Au-delà s'étendent des prairies que traversent d'un pas lent les grandes vaches ferrandaises à la robe pie rouge ; le chien du voisin les ramène, paisible lui aussi. Dans le pré, ça sent l'automne, la pomme et le coing mûr, une odeur de fin d'été. Parfois, une poire hâtive tombe du petit poirier rond que grand-père, dans ses jeunes années, a planté près de la barrière d'entrée ; le fruit s'écrase à terre avec un bruit mouillé.

Tandis que vers l'étable nous poussons notre petit troupeau, la sonnerie du téléphone me parvient insistante à travers les vitres minces de la fenêtre fermée.

— Pépé ! Ça sonne !

Déjà, la mémé s'occupe à placer ses biquettes.

— Vas-y toi ; si c'est pour nous, dis de rappeler dans un moment, après la traite.

Je me hâte vers la porte d'entrée, l'ouvre, la referme, décroche.

— Allô ?

— Vincent ?

Je reconnais de suite la voix de Flore.

— Bonsoir petite sœur.

— Bonsoir grand fou !

— Tu m'appelles de l'appartement ?

— Oui, j'arrive du collège et profite que ni papa ni maman ne sont encore rentrés. Ça va mal !

Je me doutais bien que la conversation téléphonique du jeudi soir aussitôt après mon arrivée à Saint-Andéol s'était trop bien passée, pas assez virulente ; son calme cachait quelque chose.

— C'est-à-dire ?

— Maman ne veut pas céder et comme à l'accoutumée a obtenu gain de cause de papa. Si tu n'acceptes pas de reprendre tes cours au collège – ils ont arraché du proviseur que tu puisses y revenir malgré ta fugue –, les parents te placeront en pension dans un autre établissement.

— De toute façon, je ne céderai pas. Cette décision, ils te l'ont communiquée ?

— Bien sûr que non ; ils se doutent bien qu'en ce cas je t'aurais prévenu. Je l'ai apprise comme tu le sais : en écoutant derrière la porte du bureau de papa lorsque je surprends maman à y entrer.

Je reconnais bien là ma petite sœur solidaire de son grand frère !

— Merci Flore. Un homme prévenu en vaut deux. Je vais réfléchir à ce que je dois faire. Mais ni je ne reprendrai mes cours ni je n'irai en pension, et encore moins renoncerai-je à me faire charpentier de marine. Il faudra bien qu'ils cèdent : ou alors, tant pis pour eux ! Si tu le peux, continue de me prévenir. Je t'embrasse.

J'hésite un instant, tant pis, je veux savoir.

— Dis-moi, petite sœur. Depuis quelque temps, je te trouve pâlichonne. Tu vas bien ?

— Rassure-toi, ce n'est rien. Un peu de fatigue, c'est tout. Ça va passer.

— Tu en as parlé aux parents ?

— Non, mais ils se sont inquiétés. Ils auraient voulu m'emmener consulter le médecin. Je les ai rassurés ; c'est inutile.

— Prends soin de toi. Je t'aime bien.

— Et moi, j'ai peur pour toi, Vincent ; sois prudent. Mais tu peux compter sur ta petite sœur, comme tu l'appelles ; elle te préviendra. Embrasse pépé et mémé.

— Je le fais de suite. À bientôt.

Je réfléchis, raccroche et me dirige vers l'étable. Mes grands-parents m'aiment tant et m'accordent une telle confiance que je n'ai pas le droit de leur taire la vérité.

À ma mine, tous les deux subodorent la mauvaise nouvelle.

— Ta mère a appelé ?

Pépé sait bien que si c'eût été son fils, papa aurait demandé à lui parler d'abord.

— Non, c'était Flore.

— En cachette de vos parents ?

— Oui, il le fallait.

— C'est grave ?

— Ils veulent me placer en pension si je ne retourne pas au collège.

— Eh bien, elle n'y va pas de main morte.

Grand-père n'ignore pas que l'idée ne peut venir de son fils.

— Ta mère manque de cœur, je ne l'ai jamais comprise, ajoute ma grand-mère.

— Maman ne manque pas de cœur, elle me veut à son image. Mais je ne céderai pas. Ça fera ce que ça fera.

— C'est-à-dire ?

— Je vais réfléchir.

Ils se doutent que c'est tout réfléchi ; cependant, ce soir, le temps n'est pas venu et je ne révélerai rien.

— Je te reconnais bien là comme le petit-fils de ton grand-père ; à vingt ans, en 1943, plutôt que de partir au STO en Allemagne, il a préféré prendre le maquis.

Cela, je le savais. Tout finit par se savoir. Je n'ignorais pas non plus que la conduite de mes grands-parents maternels pendant l'Occupation questionnait la famille paternelle.

— Il faut savoir ce que l'on veut. Mais ne fais pas de sottise ; les deux époques ne se peuvent comparer.

Pour m'occuper l'esprit, je vais chercher la brouette, empoigne la fourche, ôte les litières souillées, en charge la brouette, la roule sur la planche à cet effet pour la verser au haut du tas de fumier, revient à l'étable, soutire de la paille fraîche à une botte, l'étale sous la Sultane et les biquettes. Grand-père a rempli son seau, il verse le lait dans le bidon, porte ce dernier au frais. Grand-mère et moi demeurons seuls. Les doigts de mémé, bien qu'engourdis d'arthrite, tirent les trayons sans s'arrêter.

— De toute façon, te placer en pension ne servira à rien. Tu n'étudieras pas contre ton gré.

J'observe ma grand-mère changer de chèvre et entreprendre la traite de la dernière des quatre. Grand-père revient, rince le seau vide. À nouveau bien calée sur son trépied, mémé me confie :

— Samedi soir, arrange-toi pour disparaître un moment à l'arrivée de tes parents. Ton grand-père et moi, nous en profiterons pour les prendre entre quat'z-yeux.

Les bêtes soignées, leur litière propre, nous allons dîner.

Le repas terminé, en guise de veillée, je vais au tiroir du buffet, en retire le paquet, l'apporte sur la table, déplie la toile cirée et reprends la lecture où nous l'avions laissée.

Le feuillet porte en titre le mot « Épite » : *petite cheville de bois ; il en est de rondes et de carrées, pour boucher les trous qui se trouvent accidentellement dans les pièces de bois. Il s'en trouve en forme de coins, pour être enfoncées dans les extrémités des gournables, afin d'arrêter celles-ci à leur place.*

Je reconnais ce mot que j'ai lu tout à l'heure. Chaque définition reporte ainsi à plusieurs mots dont il faut rechercher le sens sur d'autres feuillets. Mon esprit se prend à voguer sur de vrais vaisseaux à voiles au temps des grands marins. Sans m'en apercevoir, je somnole, rêve étraves et proues, petits et grands cacatois, huniers et vergues de misaine.

Une main me secoue ; je sursaute, c'est celle de mon grand-père.

— Il faut aller dormir. Tu n'as pas encore tes quinze ans et ta journée fut aussi laborieuse que longue. Une bonne nuit te remettra d'aplomb. N'est-ce pas, mémé ?

— Absolument.

Effectivement, le sommeil me prend. Je rassemble les feuillets, les enveloppe dans leur toile cirée, embrasse mes grands-parents et emporte avec moi le paquet dans ma chambre.

Un rêve me réveille : mère et grand-mère se battent dans la cour. Je me lève, frotte mes yeux, marche pieds nus vers la fenêtre, en ouvre grand les battants ainsi que les volets. Je découvre un ciel me semble-t-il moins sombre ; les étoiles s'effacent, la nuit déjà pâlit. C'est l'heure fraîche qui précède le jour. Il me semble qu'il gèle, je referme tout et me recouche. Pelotonné dans mon lit, j'essaie de me rendormir mais n'y peux parvenir. Je peaufine mon plan. Surtout, ne rien oublier si je veux pouvoir faire céder mes parents.

Dès le matin, je fais part de mon désir de prendre l'air.

— Hier, je suis demeuré trop longtemps enfermé. Aujourd'hui, si vous le voulez bien, je conduirai les chèvres et la Sultane au pré de Joux. Ça me fera marcher et respirer. Je les ramènerai pour midi.

Effectivement, mes grands-parents possèdent un autre pré sur le versant nord du col de Joux, dans la direction du Cheylard. Cette nuit, humant l'air froid, je ne m'étais pas trompé ; il a gelé et l'attestent certaines plaques blanches abritées du premier soleil. Dans une heure, sous l'effet de ses rayons, elles auront disparu. Pour me rendre au col de Joux, il faut passer devant la ferme de la

Fonsine. À l'identique de notre retour de baignade en juillet, je prends grand soin que la brave dame m'aperçoive et en signe de bonjour mouline l'air de mon bâton lorsque je la surprends à observer derrière la fenêtre de sa cuisine, embusquée telle une chatte aux aguets. Sitôt les bêtes enfermées dans le pré, je prends mes jambes à mon cou, effectue un long détour par les prairies derrière les haies pour me retrouver derrière la ferme de la Fonsine. Sourde comme elle l'est, la brave femme ne dérangera pas mon projet.

Ce matin, pelotonné dans la tiédeur du lit, j'ai réfléchi. Il me faut trouver un endroit sûr où je puisse à la fois me tenir caché et en même temps me ravitailler si mes parents mettent longtemps à céder. Courir ne m'a pas essoufflé ; néanmoins, je m'arrête à l'approche de la ferme, observe l'arrière-cour de l'abri du muret. D'un coup d'œil exercé, je repère le robinet fiché dans le mur et sous lui un petit abreuvoir creusé dans la pierre où buvaient les bêtes au retour de pâture. Aujourd'hui, ces bassins font la joie des villageois pour y planter leurs fleurs. Je m'en approche, tourne la poignée ; l'eau coule. Pour mon projet, cette vérification s'avère indispensable. Nul bruit, nul signe de vie. Cependant, je dois prendre garde à ne pas avoir à traverser l'étable, ni même à m'en approcher ; l'odeur du bouc est telle qu'à coup sûr ma grand-mère la détecterait sur mes vêtements et il me faudrait à nouveau imaginer une fable pour m'en expliquer. Le moment venu, chacun pensera évidemment au grenier de la Fonsine. Qui me cherchera ? Parents, gendarmes ? Préviendrai-je mes grands-parents ? On fouillera le grenier, mais comme je n'y serai pas, on examinera partout ailleurs malgré les hauts cris de la Fonsine qui jurera de bonne foi sur ses grands dieux : « Jamais je n'ai aperçu Vincent rôder chez moi ! » Le plus fort sera qu'elle ne mentira pas.

Enfants, dans sa ferme, nous jouions à cache-cache. Mes deux cousins et moi y avions découvert, adossé à la cuisine, un bûcher intérieur. La burle souffle si fort en hiver sur la neige parfois épaisse de plusieurs mètres au col de Joux ! Pour s'en protéger, une petite porte intérieure permettait à la Fonsine d'aller s'approvisionner en bûches et en fagots sans avoir à lutter contre les rafales glacées. Au-dessus du rang de bûches entassées bien alignées, une petite trappe imperceptible entre deux poutres ouvrait sur un recoin dont personne ne semblait se servir depuis longtemps. À quoi le destinait-on au moment de la construction de la ferme ? Nul ne le sait plus. Ce réduit se présentait si bas et si étroit qu'on ne pouvait s'y tenir debout. Un jour, attentif à une conversation de mon grand-père et du curé qui aimait à visiter ses ouailles, j'appris de ce dernier que, dans nombre de fermes construites avant la Révolution de 1789, des caches furent par la suite aménagées pour y abriter des prêtres réfractaires. Le plus important de la découverte restait que de cette niche nous pouvions, à travers les interstices des planches disjointes par l'effet du temps, écouter ce qui se disait à la cuisine. Ainsi, enfants, nous nous instruisions sur les secrets parfois croustillants de la vie des grandes personnes. Aujourd'hui, peu m'importaient les secrets de la Fonsine pour l'usage que j'en ferais. Toujours est-il que cette cache s'adossait au conduit de la cheminée et que, l'hiver, l'air y restait tiède. Nous l'avions vérifié à l'occasion de vacances de Noël passées à Saint-Andéol.

Je m'assure que le recoin demeure toujours accessible, le visite, redescends par le bûcher, quitte la cour intérieure et, prudent comme un Sioux, rejoins le pré où broutent la Sultane et les quatre belines. À ma montre, les aiguilles indiquent 11 heures et demie. Avec mes bêtes, je reprends la petite route empruntée ce matin. La Fonsine se trouve dans sa cour ; cela tombe à merveille et j'entre lui dire bonjour.

— Tu es revenu de Lyon ?

— Oui, j'avais besoin de prendre le bon air.

Elle me dévisage, dubitative.

— Eh bien, tu l'as pris. Je ne t'ai pas aperçu quitter ton pré.

— Une fois le soleil levé, l'air n'est pas froid.

— Tu as raison. Comment se portent l'Hippolyte et l'Amélie ?

— Ils vont bien.

— Donne-leur le bonjour.

— Merci, bon appétit.

— Toi de même.

Je cours, rattrape mon petit troupeau et arrive chez mes grands-parents sans que rien n'ait paru de mon escapade.

— Alors, as-tu bien pris l'air ?

— Oui, j'en ai profité. À propos, vous avez le bonjour de la Fonsine.

La table est mise, je n'ai plus qu'à m'asseoir. Mon grand-père ne dit rien, me regarde manger le bœuf aux carottes que grand-mère prépare si savoureux ; cependant, je ne le sens pas tranquille, il craint de ma part une folie.

— Dis-nous, Vincent, si tes parents s'entêtent à te placer en pension au cas où tu refuses à toute force de reprendre tes cours, que feras-tu ?

Je suspends ma fourchette, hésite à répondre. Mentir à mes grands-parents m'est impossible tant ils m'ont toujours chéri et fait confiance. Je les aime trop pour cela. Pourtant, je ne peux tout avouer. Si je leur cache mes intentions, ils se retrouveront avec mon père dans la même situation que moi-même vis-à-vis d'eux. Pour ma mère, ils n'éprouveront sans doute pas le même cas de conscience. En revanche, envers papa, il m'est impossible de les imaginer mentir à leur fils.

— Je me sauverai et ne reparaîtrai que lorsqu'ils accepteront de me laisser réaliser ma vocation.

Entre eux deux, je surprends l'échange de regards.

— Voyons, ce n'est pas raisonnable, tu seras retrouvé. De plus, l'été se termine et déjà les nuits sont froides.

— Je connais une cache où je pourrai attendre.

— Tu nous mets dans l'embarras. Si tu nous révèles ton secret, je me vois mal mentir à ton père. À l'inverse, au cas où tu refuserais de nous confier quoi que ce soit, te rends-tu compte de notre souffrance ? Tu nous vois t'imaginant crevant de froid et de faim dans un trou sans savoir où te trouver ?

— Là où je me tiendrai caché, je ne ressentirai ni le froid ni la faim. Je n'ignore pas pour vous la difficulté de mon absence, moins toutefois que pour mes parents responsables de tout cela. Dès qu'ils auront changé d'avis, je reviendrai.

— Et comment le sauras-tu si nul ne peut te joindre ?

Je l'avoue ; pour le coup, je n'avais pas réfléchi à cette difficulté. Effectivement, comment me prévenir dans mon recoin chez la Fonsine puisque tout le monde l'ignore ?

Nous nous taisons. Il existe bien une solution, mais elle requiert une confiance totale.

— Si je vous confie mon secret, pouvez-vous me jurer que vous ne le révélerez pas ?

Je les observe se consulter en silence. Après presque un demi-siècle de vie à deux, beaucoup de choses entre eux peuvent se dire sans parler.

Enfin, d'un presque imperceptible mouvement des paupières, ils me semblent d'accord.

— Soit, nous nous tairons, sauf s'il faut mentir à ton père.

— Vous n'aurez pas à mentir ; je me tiendrai serré chez la Fonsine. Elle-même ignorera que je me cache chez elle. Je ne peux vous en dire plus. Vendredi soir, lorsque papa et maman arriveront, je leur poserai la question. S'ils refusent, je disparaîtrai durant la nuit. Vous n'aurez au matin qu'à leur révéler mes conditions : je ne reparaîtrai qu'avec leur promesse de me laisser devenir charpentier de marine.

Grand-mère réfléchit. Jusqu'à ce moment, elle s'est tue.

— Imagine que ta mère persiste dans son refus, que deviendras-tu ?

— Elle dira oui. Sinon peut-être enfin mon père saura-t-il s'imposer ? Je suis certain que sans elle il m'aurait déjà donné son accord.

— Ton grand-père et moi, nous le pensons aussi. Mais, dis-nous, ce « oui » tant attendu, comment tes parents te le feront-ils connaître ?

J'hésite un peu, et pourtant c'est tout simple.

— Pépé, dans la nuit qui suivra leur réponse, lorsque tout le monde dormira, tu n'auras qu'à quitter la ferme en silence et glisser un papier blanc sous la porte de la Fonsine. D'où je serai, je le verrai. Cela te rappellera le temps de la Résistance.

Grand-père se rappelle-t-il la confidence du vieux curé de Saint-Andéol ? Il sourit.

— Très bien, je sortirai en pantoufles.

Une brusque interrogation me vient à l'esprit.

— Mais, j'y pense : si une fois revenu, ils ne tiennent pas leur promesse ?

— Un parjure ? C'est impossible. Ils auraient affaire à nous ! Ta mère ne connaît pas encore le grand-père Hippolyte et la grand-mère Amélie ! Pas vrai, mémé !

— Oh que oui ! Je lui briserai mon balai sur l'échine !

Tout l'après-midi, nous avons repris la liasse de feuillets. L'un d'eux a particulièrement retenu notre attention, « Moustaches » : *pièces de bois clouées sur la lice de pavois, de part et d'autre de l'étrave, avec une découpe en galoches, parfois appelées fargues.*

Ces moustaches de bois nous ont détendus à tel point qu'un fou rire nous a pris tous les trois. Ensuite, il a fallu reprendre les feuillets, chercher les définitions de chaque mot afin de bien connaître ces surprenantes moustaches !

Tous les trois, le samedi soir, nous attendons. De Lyon à Saint-Andéol-de-Fourchades, en voiture, il faut compter au moins trois heures, surtout en fin de semaine. Vers les 9 heures, à la nuit noire, nous devinons les longs faisceaux des phares qui balaient les talus à la sortie du bourg. La voiture s'avance vers nous, ralentit, puis tourne dans la cour. Sur le siège arrière, je devine Flore. Négligeant mes parents dont j'abandonne les joues à grand-père et grand-mère, c'est vers elle que je me précipite pour l'embrasser très fort.

— Merci d'être venue.

— Je ne voulais pas te laisser seul. Ils sont très remontés.

— Nous aussi.

Saisit-elle ce « nous » qui englobe nos grands-parents ? Je m'avance vers papa, nous nous embrassons comme si de rien n'était, puis vers maman. Tandis que son visage s'approche, je lis dans ses yeux à la fois dureté et inquiétude.

— Bonsoir maman.

— Bonsoir mon fils.

Maman se trahit en ne m'appelant pas par mon prénom. Je me le tiens pour dit.

— Ne restons pas dehors. Rentrons. Inutile de prendre froid, dit grand-père.

Grand-mère s'est appliquée à dresser une table de fête. Une nappe blanche recouvre le bois bruni et elle a sorti ses vieux couverts d'argent, son service de porcelaine. Grand-père a déplacé les bancs pour les disposer de part et d'autre de la cheminée ; des deux côtés de la longue table, il les a remplacés par des chaises de paille afin que Maman ne puisse se plaindre de son dos comme à l'accoutumée. Enfin, comme ma mère n'aime pas la soupe – et pourtant dieu sait si grand-mère la cuisine délicieuse avec les seuls légumes de son jardin ! –, un plat plus lyonnais la remplace : saucisson cuit et pommes de terre. Grand-père prend sa place en bout de table, papa à l'autre bout, maman et grand-mère sur un côté, Flore et moi en vis-à-vis. Attentif à ne pas provoquer d'emblée d'inutiles étincelles, je m'assois face à grand-mère. Durant le repas, la conversation tourne mais sans encore accrocher. Au dessert seulement, je perçois un regard de maman vers papa.

— Nous ne resterons pas et repartirons dès demain matin. Le proviseur s'est montré compréhensif et accepte de te reprendre au collège. Mais il ne pourra te l'accorder deux fois : ne recommence pas. Ta mère et moi, nous te pardonnons ; tu n'imagines pas comme tu nous as fait souffrir.

C'est mon père qui a parlé ; tel le jeune coq qui s'apprête au combat, je le dévisage et lui réponds.

— Vous ne m'avez pas compris. Ma voie n'est pas dans les études. Je veux faire charpentier de marine.

Pour le coup, maman explose :

— Il ne s'agit pas d'une profession pour toi ! Tu vaux mieux que cela, et ta famille aussi.

— C'est un métier aussi honorable que le droit dans un bureau. Et puis tu te trompes : on recherche toujours des charpentiers de marine pour la charpente navale. On va même reconstruire *L'Hermione*.

— Toujours la même chanson ! Tu as la tête dure ; d'où tiens-tu ces idées ?

— Je les ai toujours eues ! Je ne me suis jamais caché. J'aime le dessin et le bois. Malgré cela, vous ne m'avez jamais cru !

Excédé, je repousse ma chaise, quitte la salle, grimpe quatre à quatre dans ma chambre. De celle-ci, je m'introduis dans le cagibi où je m'allonge sur le plancher.

— Mais enfin, rétorque grand-mère à sa belle-fille, pourquoi vous acharner à contrarier la vocation de Vincent ? Car c'en est une, il ne changera pas. Vous ne pourrez le forcer. Ou alors vous le perdrez et toute votre vie pleurerez votre entêtement.

— Écoutez-moi madame, il s'agit de mon fils. Ce n'est pas vous qui décidez. Je subodore d'ailleurs que c'est ici, chez vous, qu'il a imaginé cette prétendue vocation, comme vous dites. Nous n'aurions jamais dû vous le confier en juillet. L'an prochain, il ne reviendra pas.

Papa ne réplique pas. Un silence se fait. J'entends un bruit de chaise vivement repoussée.

— Et toi, tu ne dis rien !

— Tu vas trop vite, tu t'énerves.

— Dans ces conditions, malgré la nuit, nous repartons immédiatement à Lyon. Je t'en prie, monte chercher ton fils et démarrons tout de suite.

Je reconnais la voix de grand-père.

— Rouler de nuit dans ces pays n'est guère prudent. Attendez au moins jusqu'à demain matin ; la nuit porte conseil.

— Tu as raison, papa. Allons dormir. Demain matin, je parlerai à Vincent ; et puis, quoi qu'il en soit, nous partirons. Une fois à Lyon, nous lui trouverons un internat réputé pour les adolescents comme lui. Il oubliera ses idées folles. Bonsoir.

Sans attendre, je me relève, quitte le cagibi, entre dans la chambre, enlève seulement mes chaussures et me couche. Je perçois des petits pas sur les marches de l'escalier ; Flore rejoint sa chambre. Au passage, elle ouvre ma porte, s'approche :

— Tu dors ?

— Non.

— Ça a bardé. Tu as entendu ?

— Oui.

Comme mes cousins et moi, elle n'ignore pas les ressources du cagibi.

— Nous repartons à Lyon dès demain matin.

— Je ne serai plus ici. Ne dis rien et ne te fais aucun souci. Embrasse-moi.

Elle me pose un baiser sur la tempe.

— Sois prudent.

— Ta santé, ça va ?

— Oui.

— Prends soin de toi. Embrasse-moi.

Elle s'approche, nous échangeons deux bisous. Je perçois les pas secs de ma mère puis ceux plus lourds de mon père. Ni l'un ni l'autre ne poussent ma porte pour un bonsoir ou même simplement s'assurer que je suis dans mon lit.

La chambre de mes grands-parents se trouve au rez-de-chaussée, accolée à la salle. Cependant, je repère l'effleurement quasi inaudible des marches de bois sur l'escalier. Je possède l'oreille fine et celle-ci ne me trompe pas ; une main prudente sur la poignée ouvre la porte de ma chambre, puis la referme. Je repousse drap et couvertures, me redresse : c'est grand-mère ; elle s'approche, parle à mon oreille :

— Je savais que tu ne dormais pas. Je me suis fâchée avec ta mère. Ils repartent demain.

— Flore est venue me prévenir. Je pars me cacher cette nuit.

— Je m'en doutais. Sois prudent. Prévoyante, je t'avais préparé un casse-croûte. Prends ce sac.

Elle me le glisse sous le drap.

— Fais attention, mon petit. Mais je demeure persuadée que ton père t'écoutera à la fin. Je t'embrasse.

Sur ma joue, je sens ses lèvres douces et lui rends son baiser. Comme elle s'en retourne, la porte s'ouvre et c'est grand-père. En chaussettes, nous ne l'avons pas entendu monter.

— Je vous laisse tous les deux, entre hommes. À bientôt mon petit.

Et, dans le noir, je devine son doigt qui essuie une larme.

— Ta mémé t'a raconté ?

— Oui.

— Voilà. Comme tu le sais, en 1943, par refus du STO, j'ai pris le maquis. Au début, ma seule arme dans les bois était mon couteau, un Pradel que mon père m'avait offert à quatorze ans, pour mon certificat d'études. Un couteau à forte lame, inusable, avec un poinçon. Je l'ai toujours. Le voici. Avec lui, tu pourras te sortir de n'importe quelle situation. Prends-le, je te le donne, désormais il t'appartient. Fais-en bon usage. À présent, écoute-moi ; je vais ramener ton père à la raison. Je t'embrasse.

C'est le soir ; toute la journée, sa barbe a poussé. Comme était douce la peau de Flore !

Je remonte sur moi le drap et la couverture, attends dans la ferme le silence absolu. L'unique risque auquel je n'ai pas assez pensé consiste dans la réaction d'Ida ; mais, à bien y réfléchir, la chienne me connaît suffisamment. Elle passe la nuit dans la salle, à proximité de l'âtre et sur une vieille couverture pliée en huit que grand-mère lui a abandonnée. Si elle se lève et pleure à mon passage, une caresse suffira pour la faire se recoucher. Les seuls qui puissent l'entendre sont mes grands-parents ; leur chambre est contiguë à la grand-salle. Ils ne vont pas me dénoncer.

III

Cache-cache

La phosphorescence des aiguilles de ma montre indique 11 heures du soir. Le silence règne, absolu ; il est temps. Je me glisse hors du lit, laisse couvertures et drap largement ouverts pour ne surtout pas cacher l'évidence de ma fugue. Je glisse dans ma poche le couteau, saisis d'une main mes chaussures, de l'autre le sac au casse-croûte de grand-mère, trouve sans éclairer la porte de la chambre, l'ouvre sans aucun bruit, la referme. Pour n'éveiller personne, je choisis de descendre en chaussettes les marches de l'escalier, débouche sur les carreaux de la salle. Dans l'âtre rougeoyant, quelques flammèches et des braises bien vives éclairent suffisamment pour lacer mes chaussures. Ida soulève une paupière, puis l'abaisse et ne bouge pas. Je traverse la pièce ; complice, grand-père n'a pas tourné la clé. Sans doute mes grands-parents m'entendent-ils sortir et sourient-ils d'avance à la réaction de mes parents le lendemain matin. Dehors, la nuit dort sans étoiles, étouffée de nuages ; la lune, pourtant à son plein quartier, peine à les traverser. Je ne ressens pas le froid. Vite, je marche vers la ferme de la Fonsine au pied du col de Joux.

Émergeant de l'obscurité, je devine le bâtiment, me glisse à quatre pattes sous le barbelé de la clôture, traverse la prairie, contourne la grange, retrouve la cour intérieure. Une ampoule électrique luit au-dessus de la porte. La Fonsine craindrait-elle la nuit ? Comme certaines vieilles personnes de la campagne, elle laisse une lumière allumée pour détourner les voleurs. Toujours est-il que cela m'arrange. Je rejoins le bûcher, en escalade les bûches, accède à l'ouverture de la trappe, la soulève et m'introduis dans le recoin. Il ne me reste plus qu'à m'enfermer et m'allonger sur les planches, c'est-à-dire le plafond de la cuisine. Aussitôt, je ressens sa douceur tiède qui monte à travers les interstices. Si mes souvenirs sont exacts, le recoin se situe à l'aplomb du fourneau. Ainsi, non seulement je ne souffrirai pas du froid, mais encore mon odorat sera-t-il agréablement chatouillé des arômes culinaires de la Fonsine ; à Saint-Andéol, nul n'ignore ses talents, moi-même encore moins que les autres. Lorsque durant les vacances avec mes cousins, encore enfants, nous rentrions les chèvres et les vaches en fin d'après-midi, elle nous guettait, parfois nous appelait ; sur la longue table de sa cuisine, trois parts de gâteau, de tarte aux myrtilles ou de galette au sucre nous attendaient !

Je mets longtemps à m'endormir. Dans la ferme de mes grands-parents, j'imagine qu'il en est de même ; pépé et mémé s'inquiètent pour moi, papa et maman se demandent comment ils vont s'extirper de cette impasse. À l'heure qu'il est, j'espère que Flore s'est endormie. Il le faut pour le retour de ses forces. Et moi, quand le sommeil m'a-t-il rendu visite ? À quatorze ans, je ne lui ai sans doute pas résisté bien longtemps.

Le bruit des cercles du fourneau me réveille sans pitié. Totalement inaccoutumé à dormir sur des planches, même tièdes, je ressens des courbatures et m'évertue dans cet espace réduit à effectuer toutes sortes de mouvements pour les évacuer. Le problème demeure la hauteur du plafond ; le recoin est si bas que je ne peux me tenir debout. Pour me déplacer, me retourner, la seule solution est la marche à quatre pattes. Me parviennent de la musique et des informations ; Fonsine ouvre la radio. Je dois avouer qu'elles ne m'intéressent guère. À présent, le ronronnement du moulin à café électrique se fait entendre et presque aussitôt je devine la mise en route de la cafetière et les glouglous d'eau bouillante qui remonte et arrose le café. Je m'allonge à plat ventre, colle un œil à l'interstice de deux planches. J'aperçois Fonsine trancher ses tartines, les beurrer, y étaler sa confiture ; j'en connais le parfum. Comme mon hôtesse peut à peine marcher, mes cousins et moi cet été avons cueilli pour elle et sur ses buissons des mûres à pleines *biches*[1].

Tendant le cou, je vérifie que le bas de porte soit dans mon champ de vision pour l'arrivée du papier blanc. Il l'est. Je n'imaginais pas que ces arômes et cette vision puissent me donner une telle faim. J'ouvre le sac de grand-mère et, dans la pénombre marbrée des seuls rais de lumière qui parviennent à moi entre deux planches, je découvre une miche de pain, un saucisson, des fromages de chèvre, des pommes. Dans ma poche, le couteau de grand-père se rappelle à mon attention ; je l'ouvre, tranche dans le pain et le saucisson, satisfais mon appétit en prenant bien garde de ne faire aucun bruit.

Heureusement, Fonsine ne possède aucun chien ; depuis belle lurette il aurait levé la tête, aboyé, et j'étais repéré. Grand-mère a bien fait les choses, mais elle a oublié l'eau. Le pain et surtout le saucisson m'ont donné soif et je devrai sortir pour boire au robinet de la cour.

La solution consiste à attendre le départ de Fonsine vers l'étable où l'appelle la traite de ses

1. Biches : *pots en fer-blanc étamé.*

biquettes ; elle ne pourra m'entendre ouvrir la trappe puis quitter mon recoin. Je ne dois surtout pas manquer son départ.

Pour cela, je m'allonge à plat ventre, un œil contre l'interstice. Tandis que je cassais la croûte, elle terminait ses tartines en buvant son café. J'en meurs d'envie. À présent, elle rince son bol et sa cafetière, les dépose sur l'égouttoir, s'empare d'une éponge, essuie sa table. Je l'observe ôter son tablier et le poser sur le dos d'une chaise devant son fourneau afin qu'il sèche.

Pour traire, une petite demi-heure lui sera nécessaire. Ensuite, elle poussera ses belines hors de l'étable, les fera boire à l'abreuvoir de pierre, puis les lâchera dans le pré. C'est beaucoup plus de temps qu'il ne m'en faut. Contrairement à la plupart des fermes d'autrefois où une porte intérieure reliait la grand-salle à l'étable – d'où la présence des odeurs de bouc et de bouses dans presque toutes les pièces –, animaux et personnes vivent ici séparément. Fonsine sort enfin par la porte d'entrée.

Je soulève la trappe, quitte mon recoin, descends par le tas de bûches, longe le mur du bâtiment. La Fonsine pourrait m'apercevoir à travers les fenestrous ; vite, pour l'éviter, je me baisse en longeant la porte arrière de l'étable. Je bondis au robinet, en tourne la poignée pour boire, mes deux mains en louche sous le filet d'eau. Je n'ai pas encore calmé ma soif que je repère un bruit de voix. Celles de mon père et de grand-père ! J'avance un peu, m'assure qu'ils se dirigent vers la porte d'entrée. Fonsine ne leur répondra pas, ils réaliseront que c'est le moment de la traite et frapperont à celle de l'étable. J'en profite pour avaler encore quelques gorgées, ferme le robinet et prends la garde.

— Qui est-ce ? lance Fonsine de sa chaise de traite.

— Hippolyte et Clément.

— Entrez ! répond Fonsine sans quitter sa chaise pour ne pas contrarier sa chèvre en interrompant la traite.

La porte arrière de l'étable est délavée d'années ; par les interstices de ses planches disjointes, je vois suffisamment. Il s'agit bien de papa et de pépé.

— Qu'est-ce qui vous amène à cette heure ? questionne Fonsine tandis que père et grand-père s'approchent.

— Ce matin, Vincent ne nous a pas rejoints au petit déjeuner. Nous avons trouvé son lit vide. Il est parti. Nous l'avons cherché partout. Vous ne l'auriez pas vu rôder chez vous ?

— Absolument pas. Je l'ai aperçu hier matin tandis qu'il conduisait ta Sultane et tes chèvres au pré, mais pas aujourd'hui.

Père et grand-père se regardent. Pépé ne prononce pas un mot, abandonne ce soin à papa. Par l'interstice entre les deux planches, j'observe son visage goguenard ; comme il sait bien son rôle !

— Nous autoriseriez-vous à monter dans votre grenier ? Vous savez sa passion pour votre charpente. Cet été, il en avait même fait un croquis. Peut-être y est-il retourné ? Nous sommes arrivés hier soir et devions repartir ce matin. Qu'en pensez-vous, père ?

Grand-père se tait pour ne pas mentir. C'est Fonsine qui répond.

— Ça m'étonnerait ; je connais bien Vincent. Il ne serait jamais monté dans mon grenier sans ma permission. Mais allez voir, si vous y tenez.

Pour monter au grenier, ils vont devoir passer par la grange et contourner le bâtiment. Vite, je cours au bûcher, escalade les bûches et rejoins mon recoin.

Tel le lièvre de La Fontaine, j'attends, attentif au moindre bruit. Je repère enfin celui de la porte arrière de l'étable qu'ouvre Fonsine pour libérer son bouc et ses chèvres. C'est bien cela ; dans l'arrière-cour, autour de l'abreuvoir, sonne la clochette de Margot. Ainsi Fonsine nomme-t-elle la plus robuste de ses belines ; c'est à son cou qu'elle attache un collier muni d'une petite cloche. De cette façon, quand les biquettes s'aventureront par les prairies, Fonsine saura où broute son petit troupeau. Elle se prétend sourde, sauf pour ses belines. Nulle biquette ne s'écarte de Margot, pas même le bouc.

À ma montre, un quart d'heure est passé. Fonsine retrouve son fourneau, le recharge de bûches ; je l'imagine s'être rendue à son cellier quérir des pommes de terre – des *treufles* comme il se dit encore ici –, car je la vois revenir avec trois ou quatre patates dans les mains et entreprendre de les éplucher. À peine en a-t-elle pelé une qu'un coup retentit contre la porte.

— Entrez ! répond-elle.

La porte s'ouvre et c'est à nouveau père et grand-père. Ils n'ont pas pris le soin d'ôter d'un revers de main les toiles d'araignées demeurées accrochées à leurs jambes de pantalons et je dois me pincer le nez pour ne pas rire trop fort de la réaction prévisible de ma mère. Quant à ma grand-mère, elle en a vu bien d'autres !

— Alors ? Vincent se trouvait-il au grenier ?

— Non, et personne n'y est monté depuis longtemps. Voyez plutôt l'état où se trouve votre grange ! dit mon père en tentant d'arracher mais en vain les toiles demeurées accrochées au velours de son pantalon.

— Je vous avais prévenus, Vincent n'a pas paru ce matin.

Grand-père, fidèle à sa conduite, se tait. J'observe papa, le devine excédé de ce silence.

— Mais enfin, dis quelque chose !

— Que veux-tu que je dise ? Votre entêtement à son égard, Carine et toi, vous a conduits où vous en êtes. Je connais Vincent ; il a de qui tenir et sait se montrer têtu. Quand une idée lui trotte par la tête, il ne la lâche pas !

D'où je me trouve, je jubile des paroles de grand-père et encore davantage de la tête de mon père. Au fond de lui-même, il sait bien que pépé a raison. Mais comment faire changer d'avis à maman ?

D'autant plus que pour faire monter la sauce, le pépé en rajoute, retourne le couteau dans la plaie. J'observe sur son visage un petit sourire en coin.

— Le mieux serait de prévenir les gendarmes, d'organiser une battue.

— Ma parole, tu es fou ! Tu ne connais pas Carine ! Jamais elle ne se prêtera à pareil scandale ! Notre fils recherché par la gendarmerie ! Mais où diable est-il parti ?

Excédé, papa tape du talon sur les carreaux de brique rouge qui carrellent la salle et si fort que le coup résonne jusqu'à mes oreilles.

Fonsine termine l'épluchage de ses pommes de terre.

— Tout ce que je peux vous dire est que votre fils ne se trouve pas ici. Si je le vois, je lui parlerai et vous ferai prévenir. À présent, laissez-moi préparer mon ragoût.

Tous les deux s'excusent et sortent. Seul grand-père serre la main de Fonsine.

Comme beaucoup de personnes seules, et particulièrement les veuves, celle-ci se parle à elle-même.

— Ça devait bien arriver avec une mère pareille et ses idées de grandeur ! Un si gentil garçon, et qui dessine si bien ! Pourvu qu'il ne soit pas parti loin, qu'il ne lui arrive rien, qu'il nous revienne bien vite ! Pauvre petit. Et un père qui ne dit mot. Charpentier, pourtant, en voilà un beau métier !

Comment sait-elle cela ? J'imagine les confidences avec mes grands-parents ! Il n'empêche, c'est bien la première fois que je surprends de tels compliments. Brave Fonsine, à la première occasion, je vous revaudrai ça !

Je m'allonge sur le dos, songe comme le lièvre, attends que le temps passe. Dans la ferme des grands-parents, en ce moment, la discussion doit se faire âpre. J'imagine les grands mots, les attaques, les reparties, les fausses résolutions et le sourire de Flore cachée dans le cagibi. Elle aussi doit beaucoup penser à moi.

Une odeur de cuisine, de ragoût, me caresse les narines et m'éveille. Cette nuit, je n'ai guère dormi et le sommeil m'a pris. Est-ce la chaleur du fourneau ? Un coulis d'air dans le recoin ? Sans qu'il prévienne, un énorme éternuement auquel je ne puis rien me secoue tout entier. Je ne vois pas Fonsine, mais l'entends.

— Holà ! Que se passe-t-il là-haut ?

L'éternuement m'a tellement remué que je ne peux m'empêcher de me moucher.

Fonsine devine aussitôt qui se cache. Je l'imagine lever la tête et l'entends me parler bien fort :

— C'est toi, Vincent ?

J'hésite.

— Si c'est toi, réponds, tu me rassureras. Depuis la visite de ton père et de ton grand-père, je me fais un sang d'encre. Sois tranquille, je ne te dénoncerai pas. Tu peux descendre.

— C'est bien moi, madame. J'arrive.

À quatre pattes, je vais à la trappe, la soulève, me glisse sur le tas de bûches, descends, contourne le bâtiment en prenant garde à ne pas être vu, frappe à la porte d'entrée.

— Entre, inutile de te faire voir !

Je pousse la porte, la referme bien vite, m'avance penaud vers Fonsine qui m'ouvre ses bras en grand. Je ne peux retenir mes larmes, et elle les siennes. Si seulement maman m'aimait comme elle !

— Mon pauvre petit ! Ton père et ton grand-père te cherchent. Que t'a-t-il pris de te sauver ?

Tandis qu'elle s'active à faire rissoler dans sa cocotte les morceaux de collier et d'épaule pour son ragoût, je lui raconte tout : le refus de mes parents à me laisser devenir charpentier de marine, ma fugue de Lyon, la découverte du paquet de lettres, la discussion de la veille, la menace de pension, mon idée de chantage pour obtenir un oui, la cache avec la complicité de mes grands-parents.

— Eh bien, voilà qui ne sera pas facile ! Dis-moi, qui t'a indiqué cette cache ?

— Personne. Avec mes deux cousins, pendant les vacances, il y a de cela quelques années, je l'ai découverte au cours d'une partie de cache-cache dans votre ferme sans que vous le sachiez. Je me suis ressouvenu d'elle.

— Elle devait rester secrète. Connais-tu l'histoire de France ?

— Oui.

— Cette ferme date d'avant la Révolution de 1789. En 1793, les prêtres étaient pourchassés. Pour leur venir en aide, les paysans aménagèrent des caches dans leurs fermes. Les résistants les réutilisèrent durant l'Occupation. Ton grand-père connaît celle-ci. Mais il a feint de l'ignorer lorsque tu lui en as parlé. Et depuis quand t'y tiens-tu ?

— Cette nuit.

— Si je comprends bien, tu n'as rien mangé depuis hier soir ?

— Si, grand-mère m'avait donné un casse-croûte. Je l'ai entamé ce matin.

— Je vais rajouter des treufles à mon ragoût. À midi, tu auras faim.

Elle retourne au cellier, rapporte deux ou trois pommes de terre qu'aussitôt elle entreprend d'éplucher.

— Tiens, pendant que j'épluche, prends la cuillère en bois et touille dans la cocotte afin que la viande n'attache pas.

Je me lève, saisis le manche, tourne et retourne les morceaux. Là encore, quelle différence ! Chez mes parents, ni ma sœur ni moi n'étions autorisés à rester dans la cuisine. Maman l'interdisait. « C'est le domaine de Viviane, non le vôtre. » En revanche, les mercredis, sitôt maman partie, Flore et moi en profitions pour flâner dans la cuisine à respirer les bonnes odeurs !

— Je repense au paquet de ton ancêtre ; je vais te dévoiler un autre secret que jamais sans doute ton grand-père ne t'a révélé. Lui-même doit l'ignorer. Je l'ai découvert par un devis et une facture classés dans les papiers de famille retrouvés après la mort de mon défunt mari. Si cela t'intéresse, je te le montrerai. Voici l'affaire ; lorsque fortune faite ton aïeul revint d'Amérique avec sa femme, il ne supporta pas de rester les deux pieds dans le même sabot. Ce n'était pas son genre. Il s'établit charpentier à Saint-Andéol. À cette époque, après Napoléon, le village se développait. Il édifia plusieurs charpentes, dont celle de cette ferme, afin d'en rehausser le grenier. Il se montrait toujours passionné par la coque de *L'Hermione* à laquelle il avait travaillé et donnait de mémoire à ses charpentes la forme d'une coque de navire renversée. Il paraît que la mienne ressemble à celle de *L'Hermione* à l'envers. Si ça se trouve, c'est pour cela que tu l'as dessinée ! Dans les familles, inconsciemment, la mémoire se transmet.

Je rapporte alors à Fonsine la conversation surprise à Rochefort et le projet de reconstruction de *L'Hermione* à l'identique.

— Lorsque je surpris cette conversation, je me jurai de travailler à ce chantier. Depuis toujours je suis attiré par le travail manuel. À la vue de la charpente de votre ferme, j'ai découvert ma vocation de charpentier. Aujourd'hui, je veux plus précisément devenir charpentier de marine et mes parents s'y opposent. Tant pis pour eux ; s'ils ne changent pas d'avis, ils ne me reverront plus.

Fonsine sourit à mon propos.

— Tu n'as que quatorze ans et ne peux te passer de tes parents. Eux-mêmes feront tout pour te retrouver. Ils t'aiment ; à leur façon, mais ils t'aiment. Je demeure persuadée que tes grands-parents tentent en ce moment de les amener à la raison. En attendant, tu ne vas pas demeurer caché dans ce recoin. Je possède deux chambres inoccupées. Mon fils et ma fille y logent durant leurs congés. Tu vas t'y installer au chaud. On dort mieux dans un lit que sur des planches. Remonte dans la cache et redescends avec le paquet et le reste de ton casse-croûte. Pendant ce temps, je dresse la table.

Complices, nous savourons le ragoût ; je le trouve délicieux. Depuis longtemps je n'en avais pas mangé car maman trouve ce plat trop commun et peu diététique. L'idéal pour elle serait une cuisine de crudités, de viandes et poissons grillés. Papa s'en plaint assez, lui qui tout au contraire se régale de plats bien mijotés et généreux en sauce ! Je sais qu'il ne s'en vante pas, mais avec des copains, si maman est occupée durant midi par la préparation de ses dossiers, il se régale dans les bouchons lyonnais. De même que grand-père, Fonsine me remplit à moitié mon verre de vin. Si maman nous voyait ! Comme souvent, la table est placée de telle façon que, d'où Fonsine est assise, elle puisse voir la route.

— Vite, va à ta chambre, et n'en bouge pas ! Nous avons de la visite.

Je file avec le paquet tandis qu'elle ôte mon assiette, mes couverts, ma serviette, le sac du casse-croûte de grand-mère posé sur la table pour les dissimuler sous l'évier. D'un coup de torchon bien appuyé, elle essuie la place que j'occupais à table. Immobile derrière la porte de la chambre, j'essaie d'écouter. Fonsine connaît le visiteur puisque je l'entends ouvrir la porte d'entrée sans demander : « Qui est-ce ? » Je discerne un bruit de pas sur le carrelage, reconnaît la voix de grand-père.

— Bonjour Fonsine.

— Bonjour Hippolyte. Vous revoilà ?

Un silence se fait et j'imagine grand-père examiner la salle, s'assurer que n'existe aucune trace du passage de son petit-fils.

— Fonsine, je suis revenu vous parler.

— De quelque chose que vous ne m'auriez pas dit ce matin ?

— Puis-je vous faire confiance ? Saurez-vous vous taire ?

— Vous me vexez ; vous avez la mémoire courte. Il me semble que pendant l'Occupation, si je n'avais pas su me taire, comme vous dites, les Allemands vous auraient découvert.

— C'est vrai, excusez-moi. Mais à cette époque votre mari, le pauvre Lucien, se tenait caché avec moi au-dessus de votre fourneau ; vous savez où. Vous n'alliez pas nous dénoncer tous les deux. Aujourd'hui, c'est différent ; je viens pour autre chose.

— Je vous écoute, Hippolyte.

— Voilà, ce matin, en présence de Clément, je ne pouvais parler. J'avais juré à Vincent de me taire.

— C'est bien de tenir ses promesses. À propos, votre petit-fils, vous l'avez retrouvé ?

D'où je me tiens caché, je me pince pour ne pas rire tant Fonsine joue bien son rôle et s'amuse de l'embarras de grand-père !

— Moi oui, je sais où il se trouve ; mais sa grand-mère et moi, nous lui avons promis le silence.

— Dites-moi, qu'ai-je à voir en cette affaire ?

— Vous m'avez bien promis de vous taire ?

— Décidément, vous ne faites guère confiance. C'est la seconde fois que vous remettez ça.

— C'est qu'il faut que je sois sûr. Vincent est caché chez vous.

— Chez moi, où ça ? Dans la mangeoire des chèvres ?

— Mais non, dans la cache !

— La cache au-dessus de mon fourneau ?

— Oui, depuis cette nuit.

— Eh bien ! Vous m'en apprenez de belles ! Je vous assure, il n'a pas fait de bruit ; j'ignorais totalement sa présence. Le mieux est que vous l'appeliez. Vous n'allez pas laisser croupir votre petit-fils dans ce recoin.

— Vincent ! ! ! Vincent ! ! ! C'est ton pépé, tu peux sortir. Il faut que je te parle.

Jouant le jeu de Fonsine, je me garde de répondre et perçois contre la porte derrière laquelle je me tiens un gros poids qui l'effleure. À tous les coups, c'est elle.

— Si ça se trouve, il ne s'y trouve plus !

— C'est impossible, il ne devait pas bouger ! Quelle idée lui est venue ? Pourvu qu'il ne soit pas parti ailleurs, dans la forêt ou plus loin encore.

Je repère le mouvement de la poignée que la main de Fonsine tourne derrière son dos. La porte s'entrouvre. Je sors.

— Pépé !

— Vincent !

— Mais que s'est-il passé ?

Sans attendre de réponse, nous nous précipitons dans les bras l'un de l'autre. Je retrouve son odeur ardéchoise et sa barbe qui chatouille.

— Il s'est passé que Vincent a éternué et qu'il est descendu.

— Mais pourquoi ne pas me l'avoir dit ? Je me faisais du souci, craignais le pire !

— Pour vous punir de ne pas m'avoir fait confiance. Comme si je n'avais pas eu le courage de me taire lorsque vous aviez les Allemands aux fesses ! C'était bien autre chose ; je risquais gros alors.

— C'est moi, madame, qui ne voulais pas.

— N'en parlons plus. Vincent m'a tout confié et je lui ai révélé autre chose. Où en êtes-vous avec ses parents ?

— Ça ne s'arrange guère. Ton père et ta mère, surtout elle, comme tu l'imagines, veulent d'abord te retrouver, se persuadent que tu les écouteras une fois en leur présence. Le plus grave, et c'est la raison pour laquelle je suis venu en leur absence, tient dans la décision qu'ils ont prise de rencontrer le maire, dans le bureau duquel ils se trouvent en ce moment à la mairie, après lui avoir téléphoné.

Grand-père me considère.

— Tu comprends à présent pourquoi tout à l'heure je paraissais si soucieux lorsque tu ne répondais pas de la cache.

— Pardon pépé.

— Ce n'est rien. Venons au fait. Tes parents ne m'ont pas révélé l'objet de leur visite au maire. Mais il n'est pas difficile à deviner. Tu sais, ils sont réellement soucieux. Ils t'aiment. Ta grand-mère et moi sommes persuadés qu'ils céderaient beaucoup pour te retrouver.

— Et Flore ?

— Avec ta grand-mère, elle se tient auprès du téléphone. Bref, nous craignons qu'ils prennent avis du maire avant de solliciter une recherche par la gendarmerie. Tu es mineur, la disparition d'un garçon de quatorze ans ne constitue pas une mince affaire. Voilà ce que je te propose ; tu écris sur un papier que tu reviendras dès l'engagement de tes parents pour une orientation vers un lycée technique ou un apprentissage chez un maître charpentier. Ce papier, je m'arrangerai pour le trouver devant la porte. Aussitôt je téléphonerai à la mairie. Ta grand-mère et moi restons persuadés qu'ils accepteront. Qu'en penses-tu ?

— Tu me dis que maman m'aime vraiment ?

— Mais bien sûr, mon garçon. Elle est comme elle est, tu ne la changeras pas ; ta mère veut pouvoir se montrer fière de toi, mais à sa façon, celle de son milieu. À toi, plus tard, de faire en sorte qu'elle puisse l'être par ton futur métier.

— Et papa ?

— Il t'aime, lui aussi. C'est mon fils ; élevé à Saint-Andéol, il n'a rien oublié. Cependant, aujourd'hui, il se retrouve enfermé dans son nouveau milieu, refuse de se mettre ta mère à dos. Et puis, je veux te dire, ton père n'aime pas les conflits. Il souhaite sans le dire que ta mère et toi vous vous mettiez d'accord. En son for intérieur, ce qu'il veut, c'est ton bonheur ; de fait, peu lui importe ton métier ! Qu'en pensez-vous Fonsine ?

— Je me répète : il s'agit d'une affaire de famille ; je n'ai pas à y mettre mon nez. Cependant, Hippolyte, puisque vous me demandez mon avis, je vous approuve. Écoute ton grand-père, Vincent. Tu viens de donner une bonne leçon à ta mère. Elle est prête pour comprendre. N'en abuse pas, écris.

Je réfléchis ; plus peut-être que mes parents, c'est le souci de Flore qui me décide. Si je dois partir, pourra-t-elle le supporter ? L'idée de la savoir malade à cause de moi m'est insupportable.

— Très bien ; avez-vous un papier et un crayon ?

Fonsine va au buffet de la cuisine où dans le tiroir de droite se trouve un bloc de papier à lettres sur lequel elle écrit ses listes de courses et un crayon.

— Voilà mon garçon. Je m'assois.

Chère maman, cher papa,

Je sais que vous me cherchez ; où je suis, vous ne me trouverez pas. Si vous me promettez de me laisser quitter le collège pour entreprendre mon apprentissage de charpentier, je reviendrai. Sinon vous ne me reverrez jamais.

Pour la réponse, si c'est oui, que papa place sa voiture sous le douglas dans la cour de la ferme et non pas devant l'entrée comme il le fait d'ordinaire.

Je vous embrasse, ainsi que Flore.

Vincent.

Depuis une heure, grand-père est reparti. A-t-il déjà déposé le papier dans la cour de la même façon que je l'aurais jeté moi-même de la route ou attendra-t-il la nuit ?

— À mon avis, me dit Fonsine, il n'a pas attendu. Averti de ta disparition, le maire engage sa responsabilité s'il n'alerte pas la gendarmerie de suite ; et tes parents le savent comme lui, sans doute mieux de par leur profession. Le problème reste que de chez moi on ne peut apercevoir la ferme de tes grands-parents.

— Ce n'est pas un problème ; je vais sortir, passer par la prairie et me dissimuler derrière la moraine du bosquet.

Le terme paraît impropre mais ici chacun désigne ainsi cet amas de grosses pierres des temps géologiques.

— Le paquet de lettres, je peux vous le confier ?

— Bien sûr, rassure-toi ; comme je l'ai répété à ton grand-père, je sais garder un secret. Dans la ferme, il n'existe pas que la cache au-dessus du fourneau. Elle en recèle d'autres. Mis à part mon défunt mari qui les surveille d'où il nous voit, nul ne les connaît. On ne sait jamais ! Elles peuvent encore servir.

Du seuil de la porte, j'examine la prairie, traverse la cour, passe sous le barbelé, précipite ma course jusqu'au bosquet. À l'abri des vieux chênes, entre les trois rochers, je choisis le plus élevé, me dissimule de telle façon que je puisse surveiller la ferme des grands-parents sans être repéré. À ma montre, je lis 3 heures. Comme je commence à me lasser du temps qui passe, je remarque sur la route remontant du bourg la voiture de mes parents. Arrivés à la ferme, ils ralentissent et se garent devant l'entrée. Les portières s'ouvrent et presque aussitôt j'observe ma mère qui se baisse pour ramasser quelque chose. Dans ses doigts, je reconnais le papier blanc. Elle le dépouille et sans doute appelle-t-elle mon père qui s'en empare et le lit aussitôt. Ils se concertent. Soulagé, je les observe ouvrir la porte et pénétrer dans la grand-salle.

J'imagine devant l'âtre ou autour de la longue table le conciliabule avec mes grands-parents et peut-être même Flore ; le conseil de famille ne dure guère. Papa sort, s'installe au volant, recule la voiture dans la cour jusqu'à se garer sous le douglas dont les longues branches la dissimulent. Je l'aperçois quitter son siège, soulever quelques branches pour retrouver le jour ; il s'immobilise devant elles d'où je le surprends à observer les alentours. Sans doute espère-t-il me repérer. Enfin, papa revient sur ses pas. Ma mère se tient sur le seuil. Tous les deux entrent puis referment la porte. Si je n'écoutais que mon cœur, je me précipiterais. Mais je suis prudent, crains un piège de mes parents, ou plutôt de ma mère. Mon réel souci est de ne pas dévoiler le lieu où je me tiens ; la cache peut encore servir. Il convient donc d'attendre la nuit qui à cette époque de l'année arrive après 7 heures. Je dispose de tout mon temps ; d'où je demeure niché, personne ne peut me surprendre. Sans doute ont-ils téléphoné au maire afin qu'il informe la gendarmerie de suspendre les recherches.

Le soleil se porte maintenant au ras de l'horizon. Pour la première fois je me retrouve à cette heure dans le bosquet de chênes dont les longues branches feuillues noircissent la pénombre. Derrière moi, un frisson parcourt les arbres. Je perçois une odeur âcre et rance, un remugle de pourriture mélangée de terre humide et me retourne ; une jeune laie s'enfuit. Elle fouissait l'humus des feuilles pourries à la recherche de glands tombés des chênes. La nuit s'installe et j'estime le temps venu de quitter le rocher pour retrouver les miens. Il me faut faire attention où je pose le pied ; souvent, je bute contre de grosses racines auxquelles je ne prenais pas garde quand il faisait jour ; elles courent en serpentant au ras du sol comme des veines sur une main. Enfin, je retrouve l'herbe rase de la prairie, traverse celle-ci en courant, la quitte en me glissant sous le barbelé ; au cas où l'on m'observe, je m'applique ensuite à marcher sans me presser jusqu'au gros bâtiment de pierres grises.

Tous sans doute doivent m'attendre, ou surveiller la cour ; au premier coup sur la porte, elle s'ouvre. C'est ma mère.

— Tu nous as fait très peur ; ne recommence jamais.

Elle me prend dans ses bras ; dans le regard qu'elle me porte, je lis qu'elle ne me grondera pas. Nous nous embrassons et à mon tour je la serre contre moi. Toutefois, je me tais. Elle n'ajoute aucun mot.

Mon père attend son tour, nous nous considérons.

— Enfin Vincent, te revoilà !

— Papa !

Nous nous embrassons, mais de baisers plus tendres, sans retenue. Maman se contrôlait ; cette différence, je la ressens.

Derrière papa, j'aperçois Flore et ses larmes dans les yeux ; en réponse, les miennes, je ne peux les retenir. À bientôt quinze ans, je suis grand ; ma taille atteindra l'an prochain celle d'un adulte. La sienne, en revanche, à douze, ne m'arrive qu'à mi-bras. Entre elle et moi, c'est presque de l'amour, une si grande complicité ! À l'oreille, en messe basse, nous nous confions des choses en nous tenant serrés. Écartant mon visage du sien, j'aperçois celui de grand-mère qui sourit tant elle sait.

— Mémé !

— Tu as gagné ! Je voyais juste, me susurre-t-elle en m'embrassant.

Grand-père se tient debout, tout sourires. Pour la bonne cause, comme il sait bien mentir !

— J'ignore où tu te cachais et préfère l'ignorer. M'est avis que tu n'as pas dû avoir chaud la précédente nuit. Vite, réchauffe-toi devant l'âtre !

Négligeant de m'embrasser, pépé me donne une tape sur l'épaule. Qui a posé le papier sur le buffet ? Papa ou maman ? Je l'aperçois ; personne ne l'a caché ou bien gardé pour lui.

— Nous allons mettre le couvert et passer à table.

Je crains que, profitant du repas, ma mère tente de m'embobiner entre la poire et le fromage. Excellente avocate d'affaires, paraît-il, alors que papa est pénaliste, elle sait s'y prendre.

Dévisageant mes parents l'un après l'autre, il me semble préférable de préciser les choses avant de nous asseoir.

— Nous sommes bien d'accord ? Je quitte le collège et entreprends ma formation de charpentier ?

Je lis chez ma mère une ultime défense, un regret inavoué. Papa s'avance d'un pas ; que ne l'a-t-il fait plus tôt !

— Nous ne reviendrons pas sur notre parole. Sitôt à Lyon, je t'aiderai dans tes recherches.

Le dîner est difficile. Chacun s'efforce à la détente, mais ne se livre pas.

Le lendemain matin, je retourne chez Fonsine récupérer le paquet.

— Alors ?

— Alors c'est d'accord. Tout à l'heure, nous repartons à Lyon. Je n'oublierai rien, merci pour tout, madame.

— Va ton chemin, mon garçon, marche droit jusqu'au bout de ton projet ; ne t'occupe de rien d'autre. Et souviens-toi : tu peux revenir t'inspirer de la charpente !

Nous nous embrassons. La voiture est chargée. Avant de quitter les grands-parents, tous les deux me déclarent :

— Nous t'attendons cet été.

Je surprends le regard de ma jeune sœur.

— Avec Flore !

Maman a-t-elle oublié sa décision de fin juillet ? Sans doute pas, mais elle se tait. L'eau qui dort noie mieux que les torrents.

IV

Le trait de Jupiter

Au pied de la Croix-Rousse, là où les canuts se regroupaient, l'atelier s'étend tout en longueur. Sitôt entré, je caresse de la paume le bois rugueux et blond des poutres, des chevrons et des planches. À l'extérieur, sous un abri, attendent empilés des troncs de chêne, de hêtre et de sapin déjà sciés en longues planches épaisses séparées par des tasseaux afin qu'elles sèchent bien. Mon cœur s'emplit de joie et se soulage à l'écoute des propos tenus à mon père par le maître charpentier.

— C'est bon signe. Certains garçons viennent se présenter pour un apprentissage sans la moindre attention au bois. Comment peut-on devenir charpentier-menuisier sans aimer la matière du métier ? Et, quand on aime le bois, c'est comme avec une femme, on le regarde, on le caresse !

Papa sourit à ces propos et je devine pourquoi ; jamais il ne m'a encore surpris prêter attention aux filles !

— Ainsi, tu veux devenir charpentier ?

— Oui monsieur. Vous ne me reconnaissez pas, mais Julien, votre fils, me présenta à vous pour visiter votre atelier. Âgés de onze ans, nous étions tous les deux en sixième ; j'ai changé depuis. Pour mon apprentissage, je me suis souvenu de vous.

— Eh oui ! Cela fait quatre ans. J'aurais bien aimé que Julien prenne ma suite, mais c'est ainsi, il envisage tout autre chose.

Un sourire effleure les lèvres de papa ; aujourd'hui, il comprend chez son fils ces choses de la vie.

Je n'ose pas pour le moment prononcer les mots « charpentier de marine ». Il me paraît nécessaire de conserver pour moi ce secret.

— Il ne s'agit donc pas d'un coup de tête ; quatre années sans changer d'avis, à ton âge, c'est rare. Tu me confortes dans mon jugement ; je confiais à ton père que j'augurais bien de ton apprentissage en observant ton intérêt pour le bois. Laisse-nous régler à deux les détails de ton contrat ; profites-en, donne-toi le temps d'examiner l'atelier, y compris les machines. De nos jours, les jeunes gens intéressés par les métiers manuels ne courent pas les rues. Sache cependant que tu ne passeras ici qu'une partie de ton apprentissage.

L'autre tronçon sera consacré à l'enseignement général. Travailler de ses mains ne signifie pas être ignare.

L'ambiance du collège ne m'avait jamais convenu. Je me connaissais solitaire et répugnais à retourner dans un établissement scolaire, fût-il technique. Malgré cela, au collège, dès la sixième, je me liai avec un camarade par la profession de son père. L'écoutant parler, j'appris que ce dernier exerçait le métier de menuisier-charpentier. Au fil des jours, je découvris même que, jeune homme, ce dernier avait été reçu compagnon après son Tour de France. Attiré par le travail manuel, j'amenai Julien à me présenter à son père. Celui-ci me parla de son métier, de son atelier. Le lendemain, j'interrogeai son fils, mon camarade, et demeurai tout surpris par son refus d'envisager la succession paternelle. Posséder le bonheur, et pour moi l'insigne honneur, d'être fils de menuisier-charpentier, compagnon du Tour de France, et ne pas vouloir lui succéder me semblait totalement incompréhensible ! Du coup, nos relations s'espacèrent.

Néanmoins, je n'oubliai pas le père. Je me rappelais le lieu de l'atelier à la Croix-Rousse, me souvenais du nom de famille. À Saint-Andéol, papa m'avait proposé de m'aider dans mes recherches. Il tint parole et, dès notre retour à Lyon, téléphonait pour prendre rendez-vous.

Outre le bois, les machines m'attirent. Beaucoup ne me sont pas inconnues. Scie circulaire à table, dégauchisseuse, perceuse à colonne, défonceuse, rabots, varlope, fraises de toutes sortes s'étalent sous mes yeux, s'offrent à mon regard, sans compter une multitude d'autres outils dont j'ignore le nom, subodorant toutefois leur destination. Je m'approche, les examine, les touche, les empoigne comme pour m'en servir quand il s'agit d'outils légers tels que les scies et les rabots. Placés sur un panneau fixé au mur, je remarque des compas, des équerres, toutes sortes de marqueurs. Dans un coin s'élève une ébauche d'escalier à vis ; je m'arrête, examine, m'efforce d'en comprendre le secret d'architecture. Me retournant, je découvre, mise en valeur sur une estrade et protégée des poussières dans une cage vitrée, une magnifique charpente en miniature. Il m'est impossible de me retenir et m'exclame à voix haute :

— La charpente de la Fonsine !

Dans le cagibi tenant lieu de bureau où ils remplissent et signent les feuillets du contrat, papa et le maître d'apprentissage se retournent ; par la porte ouverte, tous les deux réagissent à mon exclamation. Le maître se lève, s'approche :

— L'un de mes chefs-d'œuvre. Je souhaite qu'un jour tu réalises le tien.

Mon père vante mon croquis de la charpente. Le maître reprend :

— Parfait ! C'est parfait. Savoir dessiner et croquer constitue un atout dans le métier, une base quasi indispensable. As-tu conservé ton croquis ?

— Oui, monsieur.

— Eh bien, puisque nous sommes convenus avec ton père que tu commencerais lundi, n'oublie pas de me l'apporter.

Pour débuter mon apprentissage à l'atelier, je devais me présenter muni d'une salopette bleue. Le samedi précédent, suprême humiliation pour ma mère, elle dut m'accompagner dans un magasin de vêtements de travail pour l'essayer et l'acheter. Elle hésita pour y entrer, prenant garde que personne parmi ses connaissances ne nous aperçoive. Afin de ne pas y revenir de sitôt, elle en acheta trois ; de plus, une fois sortis, elle me déclara :

— À ton âge, on grandit vite. Pour les prochaines, tu viendras seul.

Je n'en demandais pas tant !

— Oui, maman.

— Choisir un pareil métier, c'est l'assumer.

Pour ne rien oublier, elle ne put s'empêcher d'ajouter :

— Sois prudent ; prends garde de ne pas te blesser. Il ne manquerait plus que tu te coupes un doigt. C'est à cela qu'on reconnaît les menuisiers.

Certes, je n'avais pas pensé à cette éventualité ; je lui en sus gré et j'esquissai un sourire qu'elle surprit.

— Inutile de sourire. Ce que je dis est vrai.

De retour dans l'appartement, je me changeai et me présen.tai à Flore en salopette.

— Comment me trouves-tu, petite sœur ?

— Oh ! Un canut de la Croix-Rousse !

Évidemment, maman nous surprend :

— Tu me feras plaisir de ne pas te promener vêtu ainsi dans l'appartement ; imagine que nous ayons de la visite.

— Ma pauvre maman, rétorque Flore, tu ne changeras jamais !

Les deux mains du maître charpentier étalent sur l'établi la feuille de papier.

— Tu dessines bien. Peaufine cependant tes perspectives quand tu croques. En revanche, pour tracer, ça ira. Tu commenceras avec moi dans cet atelier. Par la suite, tu travailleras dans le second atelier, avec d'autres ouvriers et compagnons. Quand nous le visiterons, je te présenterai. Il est beaucoup plus vaste ; les charpentes exigent de l'espace et du volume.

D'un geste de la main, par-delà une porte ouverte, au fond d'une longue cour pavée, s'élève un bâtiment ; j'imagine sous son toit des charpentes en cours de construction.

— Le premier des exercices, leur base à tous, consiste à assembler. Tout l'art de la charpente réside dans l'assemblage. Il en existe quarante types. Tout d'abord, tu vas t'exercer à dessiner les pièces à assembler ; entraîne-toi sur cette planche de frêne ; son bois très dur te permettra de bien tracer ton trait, sans la moindre imprécision. L'art du trait reste essentiel chez nous. Lorsque j'avais ton âge, je l'apprenais à l'école du trait de Romanèche-Thorins, entre Villefranche-sur-Saône et Mâcon, au pays du bon vin. Aujourd'hui, l'école est devenue un musée. Demande à ton père de te le faire visiter un dimanche : nombre de chefs-d'œuvre des compagnons charpentiers y sont conservés. Tu possèdes, semble-t-il, le talent de dessiner, c'est déjà beaucoup. Avec ta règle, ton compas, ton équerre et ta pointe à tracer, je vais te laisser travailler. À partir des trois formes géométriques élémentaires, le carré, le cercle et le triangle, imagine diverses figures. Ensuite, tu les découperas dans ton carré de frêne pour apprendre à les réunir, c'est-à-dire les assembler.

Derrière moi, adossée au mur de l'atelier, se trouve dressée la planche de frêne. De mes deux mains, je la saisis puis la couche sur le plan de travail. Au coup d'œil, elle doit mesurer plus de trois mètres de long sur un de large et la manier n'est pas aisé. Heureusement, je suis costaud. À leur place, bien en vue, je repère l'équerre, la règle graduée et la pointe à tracer. Mine de rien, bien qu'absorbé par sa propre tâche, le maître observe mes mouvements.

— Lorsque tu t'apprêtes à découper, fais en sorte de générer le moins de déchets possible ; le bois coûte cher. Contente-toi pour aujourd'hui d'une découpe de cinquante sur cinquante. Vérifie si les côtés de ta planche sont droits et, si oui, profites-en.

Je tente d'ajuster l'équerre à la planche, constate que celle-ci n'est pas d'angle.

— Maître, dois-je la scier pour la mettre d'équerre ?

— Ne m'appelle pas maître, c'est trop cérémonieux. Dis simplement patron. Pour répondre à ta question, absolument ; il convient de toujours partir du bon pied. Lorsque tu posséderas le métier, tu scieras à la machine. Pour apprendre, il n'est pas mauvais de commencer par un outil à main.

J'entreprends de bloquer ma planche sur le plan de travail lorsque s'ouvre une porte intérieure. Une femme, que je suppose être la mère de mon copain Julien tant leur ressemblance me frappe, s'avance vers moi avant de rejoindre le maître. Je relève la tête de dessus mon ouvrage :

— Bonjour madame.

— Bonjour ; vous êtes Vincent, le nouvel apprenti, je suppose ?

— Tu supposes bien, réplique le maître à son épouse.

— Il déjeunera avec nous ?

— Oui, ce sera plus facile pour lui. Ses parents demeurent dans le quartier Saint-Jean, près du palais de justice ; Vincent ne peut y retourner tous les midis. De surcroît, le restaurant à même pas quinze ans ne représente pas forcément la bonne solution.

Elle va à son mari, lui glisse deux mots à l'oreille, retourne d'où elle vient.

— Notre logement se trouve au-dessus de l'atelier. Un escalier les rejoint.

À l'aide de l'équerre, je trace mon trait, mesure cinquante centimètres avec la règle, entreprend de scier. À Saint-Andéol, dans l'atelier de grand-père, comme dans celui aménagé chez mes parents, j'ai déjà beaucoup découpé. Le maître s'en rend compte.

— Je vois que tu n'es pas novice.

Pour lui répondre, je lui conte ce qu'il convient de mon histoire.

— Eh bien, voilà qui s'appelle être motivé. Moi-même, dès l'enfance, travailler le bois m'attirait. En vérité, je n'envisageais pas d'autre métier.

Le carré se trouve à présent presque découpé ; je glisse ma main gauche par-dessous afin qu'il ne produise aucune écharde lorsque la pièce se détachera. Le maître vient à moi, saisit la découpe, plaque l'équerre contre son angle, examine l'ensemble.

— C'est parfait, tu as bien mesuré et correctement suivi le trait en sciant. Tu peux maintenant dessiner.

Jusqu'à présent, je travaillais d'inspiration, au coup d'œil. À partir d'aujourd'hui, je dois dire adieu à tout cela. Comme l'a prescrit le maître, je place à mon côté l'équerre, le compas et la règle. Par quoi vais-je commencer ? Le cercle me paraît préférable ; j'enfonce la pointe de mon compas, trace le cercle, mesure le diamètre, m'empare de la règle, puis de l'équerre, délimite un carré qui englobe mon cercle. Du coup, les figures s'ajoutent, se donnent naissance les unes aux autres ; je ne vois pas le temps passer. Une inquiétude naît : comment vais-je sans erreur découper dans le bois toutes ces formes et, surtout, pourrai-je ensuite les assembler ? Absorbé dans mes dessins, je n'entends pas le maître s'approcher.

— Tu as bien travaillé. Cet après-midi, nous sélectionnerons quelques-unes de tes figures et tu les découperas. Demain, nous passerons à l'assemblage. En attendant, allons déjeuner. Mais auparavant, changeons-nous, ôtons nos salopettes et lavons-nous les mains.

Je le suis vers un lavabo ; sous le filet d'eau tiède, l'un après l'autre, nous nous savonnons énergiquement.

— Lorsque j'effectuais mon Tour de France, la mère du gîte, dans quelque ville que ce fût, se montrait intransigeante sur l'hygiène et la tenue. Pas question le soir après la journée de travail de se présenter à table malpropre ou négligé ! Ce sont de bonnes habitudes que je te conseille d'acquérir dès aujourd'hui. Si un jour tu décides d'entrer dans le compagnonnage, tu seras préparé.

— Passe-toi également un coup de peigne, la patronne et ma fille t'en sauront gré.

Tandis que je me coiffe, mon imagination bat la campagne. À qui ressemble cette fille ? À son frère Julien ? Quel âge peut-elle avoir ?

Le maître me précède sur les marches couleur cerise de l'escalier intérieur menuisé par lui-même ; il accède à leur logement. Dès la porte ouverte, j'aperçois une table dressée avec quatre couverts. Débouchant de la cuisine, une jeune fille paraît, un pot à eau dans une main, une carafe de vin dans l'autre. Elle s'attendait à me voir et ne semble pas surprise. Au premier coup d'œil, je lui donne mon âge, quatorze ou quinze ans. Brune, ses yeux noirs brillent ardents ; de longs cheveux bouclés soulignent l'ovale de son visage et ne dissimulent pas de mignonnes oreilles percées d'anneaux luisants que je devine d'or fin. Entre son nez en trompette et son petit menton, je repère sa bouche aux jolies lèvres ourlées.

— Noëlline, je te présente Vincent, le nouvel apprenti. Il connaît Julien ; tous les deux fréquentaient le même collège.

Ému, je demeure muet.

Nous nous tendons la main.

— Bonjour.

— Bonjour.

Elle doit se demander comment il se fait qu'un collégien, issu d'un établissement parmi les plus huppés de Lyon, se retrouve apprenti menuisier-charpentier dans l'entreprise familiale. Je parierais qu'elle s'en enquerra à son frère.

La fille du maître ressemble à son père, plantée solide comme lui. Flore possède des traits plus fins, mais Noëlline se présente plus nature avec ses mèches bouclées en désordre autour d'un front de gitane. Je ne me souviens pas avoir jamais rencontré un regard aussi luminescent. Plus attentivement que tout à l'heure dans l'atelier, j'examine sa mère, ses cheveux châtain clair et son regard presque bleu. Son fils Julien possède ses traits. Dans beaucoup de familles, les filles tiennent du père et les garçons de la mère. Flore ne ressemble ni à papa ni à maman ; comme ceux de ma mère, mes cheveux tirent sur le brun et mes yeux sur le noir.

— Assieds-toi, ne reste pas debout. Tu sais, dans le métier, nous le sommes bien assez. Alors, une fois devant la table, autant s'asseoir.

Le maître prend place face à madame, il m'indique celle libre entre eux deux. J'imagine que je m'assois sur la chaise de Julien, en vis-à-vis de Noëlline.

La patronne, comme le maître appelle son épouse, nous a préparé un repas propre à reconstituer les forces de travailleurs manuels, avec en entrée une salade de harengs et leurs pommes de terre chaudes, plat que j'apprécie d'autant plus que maman n'en prépare jamais, pour l'habituelle et sempiternelle raison qu'il s'agit selon elle d'un mets qui fait « peuple » et par trop calorique. Noëlline reste silencieuse, mange de bon appétit, et sans doute attend-elle que je parle.

Mais, ne sachant que dire, je me tais. Du coup, son père anime la conversation.

— Tu m'as fait la confidence que certains à Rochefort envisageaient de reconstruire *L'Hermione*, le vaisseau de La Fayette. Il va leur falloir trouver des charpentiers de marine ; il n'en existe plus guère.

Du coup, je me lâche. Tout à l'heure, encore sur mes gardes, je n'ai pas tout confié.

— C'est mon projet, patron ; je veux devenir charpentier de marine.

Interpellés par ma révélation, tous les trois, mais plus encore Noëlline, suspendent leur fourchette.

— Et d'où te vient cette idée ?

— C'est difficile à expliquer. Sans doute la vision en Ardèche, au village des grands-parents paternels, de la charpente d'une ferme voisine. Là-bas, tout le monde nomme la propriétaire Fonsine ; de fait, son prénom est Alphonsine.

Je me tourne vers le maître :

— Cette charpente, patron, vous la connaissez ; je vous en ai montré le dessin. La conversation surprise à Rochefort sur la reconstruction de *L'Hermione* ne quitta jamais mon esprit. Le rapprochement me sautait aux yeux. La charpente du grenier de la Fonsine me paraissait une coque de navire renversée.

Tous les trois sourient au surnom de cette femme qui, seule avec mes grands-parents, m'avait compris ; je lis sur leur visage un rire retenu.

— La Fonsine ? interroge Noëlline.

Pour la première fois, la fille du patron m'adresse la parole. Je rougis à sa question et plus encore sous son regard dont le noir s'accorde avec le mien. Comment lui répondre ? Je me retiens de manger. Ses parents m'observent ; sans doute se rendent-ils compte que leur fille ne me laisse pas indifférent. À bientôt quinze ans, je n'ai pas encore eu de véritable copine et ne connais rien aux filles.

— La voisine de mes grands-parents au village de Saint-Andéol-de-Fourchades, le village natal de mon père. C'est dans le grenier de sa ferme que se trouve la charpente.

— Et toi, tu te plais dans ce village ? interroge la patronne.

J'apprendrai plus tard qu'elle se prénomme Geneviève.

— Oh que oui ! Davantage qu'à Lyon ; j'aime la nature et le grand air. J'y passais mes vacances dans l'herbe et sous les arbres ; parfois au lac de Saint-Martial.

— Je te l'avais bien dit ! rétorque le patron. Outre l'amour du bois, le métier de charpentier t'ira comme un gant ! Dans la charpente, mis à part la découpe en atelier, tout s'effectue dehors : assemblage, montage, pose, etc. Si tu aimes le soleil, le vent, la pluie et parfois même la neige, tu seras servi !

Le maître poursuit, et je sens bien qu'il me taquine.

— Quoique… charpentier de marine, tu ne verras pas souvent le jour ; une fois la carène assemblée, il faut œuvrer tête baissée dans la coque et parfois même plié en deux sous les ponts.

— Vous avez travaillé sur les chantiers de marine, patron ?

— Passage obligatoire du Tour de France des charpentiers. Dans les années 60 se construisaient encore en bois des bateaux de plaisance et aussi pour la pêche.

— Et dans quel port, papa ?

— À Douarnenez, entre Quimper et Brest. Nous nous retrouvions à plusieurs compagnons dans un bon gîte tenu par une brave mère. Au cas où cela t'intéresserait, et si tu effectues un jour ton Tour de France, peut-être un maître charpentier de là-bas te prendra-t-il aspirant compagnon avec lui.

Tout en achevant ma tasse de café, je me prends à rêver de ce port. Je surprends un regard de Noëlline. Aussitôt, elle se lève au prétexte que l'heure est venue de retourner à son collège ; elle s'abstient de me révéler lequel. Le maître replie la lame de son couteau dont le claquement sec signifie la reprise du travail.

— On y va, compagnon ?

Je recule ma chaise et me lève, esquissant un sourire et me jurant de l'être un jour.

Les tracés du matin semblent convenir au maître. Comme tous les manuels, il sait combien les longs discours font les courtes journées. En silence, il examine. Je me tais, attends son verdict. Appuyé des deux mains sur le plan de travail, il réfléchit.

— Voilà ; puisque tu te dis intéressé par la charpente de marine, à partir des cercles et des triangles que tu as tracés, tu vas réaliser un trait de Jupiter. Je le considère comme un test ;

il m'a pour cela été choisi comme surnom de compagnon : Jupiter la Croix-Rousse.

À cette révélation, il me semble que plus jamais je ne le regarderai de la même façon. Je revois aussitôt le feuillet de mon ancêtre où il décrit ce trait. Cependant, je fais mine d'en découvrir l'expression.

— Je l'ignorais, patron.

— L'occasion ne s'est pas présentée. Il s'agit d'un assemblage de charpente servant à réunir deux pièces de bois bout à bout, et capable de résister à des efforts de traction ; il doit son nom au fait que sa forme rappelle celle d'un éclair, et que Jupiter était chez les Romains le dieu de la foudre. Le trait de Jupiter se compose de deux coupes biaises[1] à redent[2], de deux barbes[3] et de deux clés de serrage[4]. Cette pièce est souvent utilisée dans les charpentes navales. Je te laisse choisir tes outils. Pour bien apprendre, le mieux consiste à comprendre par toi-même. Toutefois, si tu ne trouves pas, inutile de perdre ton temps à

1. *Biaise : coupe en oblique par rapport à la direction principale.*

2. *Redent (ou redan) : découpure en forme de V ou de dent.*

3. *Barbe : petite pièce de bois de forme aiguë utilisée en charpente de marine.*

4. *Clé de serrage : pièce mobile servant à serrer ou desserrer un assemblage.*

trop chercher. En pareil cas, rejoins-moi ; tu me trouveras dans le bâtiment d'assemblage.

Sans un mot inutile, le maître s'éloigne. Ce soir, dans ma chambre, je vérifierai dans le paquet de lettres ; depuis sa découverte, jamais je ne m'en sépare. Pour le moment, la description du maître me suffit. Parmi les triangles tracés ce matin, je repère un isocèle qui me paraît convenir pour modèle. Je saisis le compas, vérifie l'égalité des deux côtés ; mon modèle ainsi délimité, le plus délicat reste à faire : scier pour découper. Pour économiser le bois, je scierai en deux parties égales le plateau obtenu ce matin ; une pour les deux coupes et une pour les deux barbes. Sur le plan fixé au mur où d'un coup d'œil se repère chaque outil, je décroche la scie égoïne, la mieux adaptée selon moi aux coupes droites pour l'œuvre demandée. Ainsi le veut le maître ; commencer l'apprentissage par les seuls outils à main pour bien comprendre le bois.

— Si tu commences par les machines, tu deviendras certes un très bon ouvrier, mais tu ne saisiras pas le sens du geste. La main ne peut l'éprouver que par elle-même, me confiait-il ce matin.

Le manche bien en main, la lame sur le trait, je vérifie par l'équerre la verticalité de ma scie, m'assure que tout va bien avant la mise en mouvement du geste de va-et-vient. Surtout, rester souple, ne pas trembler, surveiller en permanence à la fois la morsure exacte de la lame sur le trait et son axe vertical par rapport à ce dernier. Je commence par la base du triangle, c'est la clé de tout ; je m'applique tant, me surveille tellement, que j'en prends chaud. Ouf ! La base est découpée. Je retrouve mon souffle, entreprends de scier le premier côté de l'angle. Ça y est ; la lame arrive au point central, le sommet du triangle. Je délasse mon bras par quelques mouvements, me replace en position, débute la découpe du second côté. La lame touche le sommet ; comme ce matin, je passe ma main sous la pièce afin de la recueillir sans provoquer d'échardes.

— Eh bien ! Mais tout cela me semble parfaitement correct !

Je ne l'entends pas prendre place derrière moi ; le maître est revenu par une autre porte, celle du bureau.

J'apprendrai par la suite que ce local possède deux entrées ; l'une donne sur l'atelier, l'autre sur la cour et le bâtiment d'assemblage. Il retire de ma main la pièce triangulaire, la place dans sa paume, la tourne et la retourne.

— Tu as scié droit, sans dévier et surtout sans trembler. C'est bien. Je suis revenu pour apprécier ton travail. Je voulais te tester. Tu dois à présent découper le second triangle à l'identique, puis les scier deux par deux. Je te révélerai ensuite le secret de ce fameux assemblage. Aujourd'hui, il se fait automatiquement à la machine. Cependant, pour ton projet, cela peut t'être utile un jour de savoir le réaliser à la main. Dans des situations particulières et difficiles d'accès, la machine est impuissante. Peu de charpentiers, hormis les compagnons, en dominent parfaitement la réussite. Le trait de Jupiter est à la charpente navale ce que la botte de Nevers est à l'escrime ! L'exercice fait partie des pièges tendus aux apprentis pour devenir aspirant. Tu en verras d'autres ! Si tu maîtrises ce trait, les maîtres charpentiers te tiendront en estime. Bien peu d'entre nous y accèdent.

À partir de cet exercice, je prends confiance en moi. J'avais la vocation, le désir de réussir, il me manquait le travail.

Tous les jours, pendant quatre ans, le maître me fera acquérir l'usage des outils à main, puis des assemblages, puis des machines. Un jour, il me conduira à l'atelier de montage où je resterai sans voix à la contemplation des pièces de charpente prêtes à être transportées sur les chantiers. Il me présentera ses compagnons, charpentiers de métier, qui chacun à leur tour m'expliqueront leur savoir et leur art.

— Demain, tu nous accompagneras sur un chantier à Romanèche-Thorins. Il s'agit de la reconstruction d'une charpente de maison vigneronne. En fin de quinzaine, une fois la charpente posée, je t'emmènerai visiter le musée des compagnons charpentiers. Il abrite leurs chefs-d'œuvre.

C'est une belle maison en pierres roses du pays où se fait l'un des meilleurs beaujolais. Sa charpente a résisté plus de trois siècles aux hivers et aux étés. Hélas, elle n'est pas faite de bois de châtaignier. Les parasites s'y sont mis, il est temps de la changer. Toutes les pièces ont été découpées, vérifiées à l'atelier. Pour monter et assembler la charpente, il nous faudra deux semaines.

Le deuxième vendredi après-midi, après le déjeuner à l'auberge du pays, le maître charge le chef de chantier de surveiller le retour à Lyon de tous les matériels et me conduit à l'entrée du village. Empruntant une allée de gravier parfaitement ratissé, nous accédons à une haute maison blanche dans laquelle nous entrons par une porte de chêne sculptée de bas-reliefs, abritée sous un cintre de briques rouges.

— C'était l'école de Pierre-François Guillon, notre maître à beaucoup. Il l'a fondée et y a enseigné pendant plus de cinquante ans le dessin appliqué à la construction, à la charpente, à la menuiserie et à la coupe des pierres. Après sa mort, l'école est devenue musée. Il y abrite les chefs-d'œuvre des compagnons pour l'instruction des aspirants.

Ma première surprise va à l'hôtesse d'accueil ; elle salue mon maître comme s'il était de la maison.

— Jupiter la Croix-Rousse ! Que nous vaut cet honneur ? Je désespérais de vous revoir.

— J'ai beaucoup de travail, vous savez. Je vous présente Vincent, pour le moment apprenti, mais je ne doute pas qu'un jour il soit reçu aspirant et ensuite compagnon. Après trois ans d'apprentissage, Vincent en possédera la trempe.

Elle me sourit.

— Vous allez lui faire découvrir votre chef-d'œuvre, j'imagine ?

— Chut, n'en dites pas davantage. Toi, suis-moi.

Par un large escalier de bois, nous accédons à une salle. Bouche bée, je demeure sidéré à la vue des chefs-d'œuvre. Tels les gardiens du temple, leur présence me laisse coi.

Objets inanimés, avez-vous donc une âme !

Le vers de Lamartine s'applique tout à fait aux chefs-d'œuvre parfaitement encaustiqués qui dorment sous nos yeux. Presque tous sont des miniatures, encore plus difficiles à réaliser que les originaux ! Ils témoignent du savoir, de l'habileté, de la patience et de l'imagination des jeunes aspirants animés par le désir de se surpasser pour être reçus compagnons. Je comprends aussitôt la parole surprise à Rochefort : « Sur le chantier de *L'Hermione*, ne travailleront que des compagnons ! »

Serai-je capable de le devenir ? Sous le sourire de Jupiter la Croix-Rousse, face à ces chefs-d'œuvre, je me sens bien petit. Parmi eux, en début de salle et à droite, un escalier à dessous coulissant, pure merveille en bois de cerisier, retient mon attention. Je tourne tout autour, l'examine dans les moindres détails, essaie de comprendre. Le maître sourit toujours.

— C'est votre chef-d'œuvre, patron ?

— Comment as-tu deviné ?

— Il est signé ! L'une des rampes est assemblée à partir de deux pièces. Le trait de Jupiter !

V

Noëlline

Ce lundi 2 septembre 1996, dans ma dix-huitième année, avec en poche mon bac pro de charpentier, « mes » deux familles réunies à Lyon sur le quai de la gare de Perrache attendent le train pour Clermont-Ferrand, à destination de Châteauroux par Montluçon. J'entreprends mon Tour de France qui, selon la règle des compagnons, devra durer au moins trois ans. L'absence de Julien se remarque. Je dis « mes » car, au fil de ces quatre années d'apprentissage en alternance chez le maître charpentier et les cours au lycée professionnel, celle de Noëlline devenait au fil des jours ma seconde famille. Certes, l'accueil du maître et de son épouse Geneviève m'accordait progressivement l'état de fils d'adoption mais l'essentiel s'inscrivait dans la relation amoureuse naissante entre leur fille et moi, non encore révélée à nos parents. Évidemment, tous s'en doutaient. Comment cacher notre attirance, et pourquoi ? J'entame mon Tour de France. Le temps était passé de marcher à pied d'une ville à l'autre pour rejoindre les meilleures entreprises où je trouverais des compagnons finis[1] capables de me faire progresser dans mon métier jusqu'à la production de mon chef-d'œuvre, épreuve indispensable au compagnon. Cependant, respectueux de la règle, mon maître d'apprentissage m'offrit pour mon voyage une canne symbolique, plus petite et plus sobre que la grande des compagnons ; elle ne présente pour unique inscription que l'équerre et le compas, pictogramme incontournable des charpentiers, gravé par mes soins à temps perdu. Pour la personnaliser, j'en sculptai le pommeau et en ferrai la pointe. Sur le cône de fer, j'y martelais un V, lettre initiale de mon prénom. Comme première étape, ma préférence bien sûr allait au port de Rochefort où je savais que cette année se lançaient les appels d'offre pour la reconstruction de *L'Hermione*. Mon maître me conseilla plutôt un compagnon

1. *Compagnon fini : il existe quatre états chez les compagnons ; aspirant, titre qui permet d'entreprendre le Tour de France après l'apprentissage ; compagnon, après la réception du chef-d'œuvre à l'issue du Tour de France ; compagnon fini qui autorise à former les futurs compagnons (aspirants) ; maître, titre et état réservé aux responsables des associations compagnonniques.*

charpentier fini de Châteauroux ; pendant son propre Tour de France, tous les deux partageaient la même cayenne. Jupiter la Croix-Rousse appréciait ses compétences en charpenterie d'art.

— La reconstruction de *L'Hermione* n'occupera pas toute ta vie. Ce chantier achevé, tu ne construiras pas éternellement des charpentes navales ; le métier est trop dur. Crois-en ton maître : ne te limite pas à construire des charpentes ordinaires ou des escaliers comme tu l'as fait avec moi pour ton apprentissage. En revanche, ton goût pour le dessin et les vieilles choses fera de toi un excellent compagnon dans la restauration des charpentes historiques ; châteaux, églises, vieilles demeures. Sur ce créneau, le marché est immense, en plein développement. Toutes ces vieilles charpentes datent de plusieurs siècles ; au fil des ans, la plupart seront à reconstruire. Profite de cette expérience pour tailler[1] ton chef-d'œuvre et être reçu compagnon. Les recherches et préparatifs terminés pour la reconstruction de *L'Hermione*, tu disposeras de tout ton temps pour gagner Rochefort et réaliser ton projet. Rassure-toi, tu ne postuleras pas en retard ; il faudra bien aux concepteurs et autres organisateurs deux années de calculs, de plans, de mise en place et de recueils de fonds avant les premiers coups de scie. Compagnon, tu

1. *Tailler : réaliser, en langage compagnonnique.*

arriveras suffisamment tôt pour te faire embaucher. La vie est longue, tu sais. Un jour viendra où tu choisiras de revenir en Ardèche, le pays de tes aïeux, pour t'y établir charpentier et reconstruire de vieilles charpentes.

— Vous me connaissez bien !

— Comme si tu étais mon fils !

À ces mots, je lis dans son regard l'amertume de l'absence de Julien.

Sur le quai, j'observe ma famille de sang. Papa me sourit, heureux de me savoir content. Flore, une trop sage jeune fille de seize printemps à présent, toute pâlichonne et amaigrie, admire son grand frère, heureuse et réconfortée de l'avoir vu résister à notre mère.

Durant ces quatre années passées à l'observer, je ne me faisais pas à sa petite mine. Son piano était tout ce qui lui restait tellement ses forces la trahissaient. Entre deux sonates de Chopin, son compositeur préféré, je lui parlais parfois de sa santé. Flore, que pour la taquiner j'appelais parfois Fleurette, me répondait que ça allait passer.

Un jour, j'interrogeai papa :

— Ne te fais pas de souci. Des petits problèmes de jeune fille.

Je n'insistais pas, me refusais à interroger ma mère, évitais d'importuner ma jeune sœur. Aujourd'hui, je sens bien cependant que tous les trois me cachent quelque chose. Néanmoins, il me faut entreprendre mon Tour de France de compagnon pour aller au bout de mon projet.

Maman, quant à elle, affiche le visage résigné qu'elle adopte pour chacune des étapes de ma vie. Le jour des résultats du bac, c'est à peine si elle me félicita ; dans sa culture bourgeoise, un bac pro faisait figure de demi-bac, à peine avouable à sa famille et encore moins à ses amis. J'observe son visage de profil ; nos traits présentent beaucoup de ressemblance, au contraire de notre façon de voir la vie. Chez elle, tout est dans le rang social, dans la présentation ; en mon for intérieur, je me préoccupe de la réalité des cœurs.

Le maître, par contre, se montre satisfait de son élève :

— Travaille, écoute ; sois comme tu le fus avec moi. J'en suis persuadé ; un jour, tu seras reçu compagnon charpentier.

Auguste – son prénom ne me fut révélé par Noëlline qu'en fin de première année de mon apprentissage – me tend une main que je serre très fort. Geneviève, qu'au fil du temps je considérai comme ma seconde maman, parfois même la première tant je ressentais au plus profond de mon être son affection pour moi, m'embrasse sans prêter attention à ma mère. Ses lèvres me glissent à l'oreille :

— Écris-nous et téléphone souvent.

Sans aucune confidence et progressivement, la maman de Noëlline comprenait tout : l'absence d'affection chez ma mère et l'amour non révélé entre sa fille et le jeune apprenti de son mari. Plus âgée que Flore de deux ans, Noëlline affichait comme moi dix-huit printemps, mais des printemps fleuris, pleins de vigueur et de santé, ceux que j'aurais tant souhaité voir éclore chez ma sœur. Je trouve Noëlline si jolie, ses yeux si enfiévrés d'amour ! Son sourire pour moi m'accroche à son cœur.

Le train entre en gare. Sans rien dire à personne, nous montons tous les deux dans la voiture, passons dans le couloir à l'abri du compartiment et, cachés des nôtres, nous nous embrassons comme nous le faisons au cinéma ou le dimanche dans la barque sur le lac du parc de la Tête d'Or. Nous savons que nous ne serons pas longtemps sans nous revoir. Le coup de sifflet du chef de train nous sépare, elle s'élance, saute sur le quai et longtemps, très longtemps, jusqu'à ce que sa silhouette et les boucles brunes de sa chevelure disparaissent, je m'efforce à la deviner.

Pour la première fois, je me sépare des miens. Comme s'ils voulaient m'empêcher de partir, sitôt assis dans le compartiment, les visages de mes deux grands-parents, comme celui de la Fonsine, se rappellent à mon souvenir. Durant ces quatre années, chaque été je me rendais à Saint-Andéol ; comme nous ne nous revoyions qu'une fois l'an, à chaque arrivée, la même réflexion s'échappait de leurs lèvres :

— Tu as encore grandi !

Il est vrai qu'à travailler de force je devenais costaud.

— Fort comme un Turc ! disait grand-mère Amélie.

Le dernier été, quelques jours avant de repartir pour Lyon, le malheur frappa ; un matin, grand-père Hippolyte conduisant la Sultane et les chèvres au pré, remarqua les volets fermés chez Fonsine. Au retour, pris d'inquiétude, il cogna à la porte. Nulle réponse. Il insista, prit peur, revint en marchant vite, téléphona aux pompiers. La Fonsine reposait morte dans son lit. Le temps que soient prévenus son fils et sa fille et qu'ils arrivent, il fallut prendre soin des chèvres tandis que le maire faisait lever le corps. Après les funérailles, ses enfants se montrèrent fort embarrassés des belines. Ils proposèrent à mes grands-parents de les recueillir. Du coup, les chèvres de la Fonsine, accompagnées du bouc, quittèrent l'étable de leur maîtresse pour rejoindre celle de grand-mère. Je me promets, sitôt rendu à Châteauroux, d'adresser une carte à mes grands-parents, bien seuls désormais à Saint-Andéol.

Le train n'est pas un rapide, seulement un express. Son premier arrêt me ramène à Noëlline. Je ferme les yeux pour revoir son visage. Sitôt arrivé, je lui écrirai. Nous en sommes convenus ainsi plutôt que nous téléphoner ; chez ses parents, le récepteur se trouve dans le couloir, entre la cuisine et la salle à manger ; cela fait que toutes les conversations peuvent être entendues. Noëlline, en première année d'études à l'institut en soins infirmiers, aime écrire, et moi aussi ; ma mère se trompe en considérant ceux qui travaillent de leurs mains comme des illettrés. Si elle avait vraiment étudié au lieu de bachoter, maman aurait médité la belle parole du philosophe grec Anaxagore : « L'homme pense parce qu'il possède une main. »

Le train ralentit, je regarde ma montre, nous entrons en gare de Châteauroux. Sac au dos, canne à la main, je quitte la voiture, examine le quai. Un homme attend, large d'épaules, court et râblé. Pour être reconnu, ses doigts serrent sa canne de compagnon. Je m'approche, le salue. Il m'offre une main ouverte que je ressens solide.

— Vincent, aspirant charpentier itinérant, recommandé par maître Auguste, Jupiter la Croix-Rousse.

— Besançon la droiture, compagnon fini qui t'accueille au pays.

Sa figure me semble sculptée, sa peau tendue sur les os. Une barbe courte et des cheveux bruns frisent comme la laine des brebis noires du Velay que j'aperçois broutant les prairies de Haute-Loire avant l'Ardèche. Plutôt qu'un charpentier castelroussin, il semble un pâtre grec. Ses yeux vifs et rieurs me rassurent. Cet homme, je le sens bon.

— Je vais te conduire à la maison et te présenter à la mère.

La « maison », dans le langage des compagnons, ne signifie pas seulement le domicile. Elle est d'abord la demeure qui accueille tous les aspirants et compagnons faisant étape dans la région. Nous montons dans une camionnette garée devant la gare. Durant le parcours, il parle peu, seulement pour me désigner les bâtiments de sa charpenterie lorsque nous les longeons.

— La maison des compagnons se trouve à un kilomètre ; tu pourras venir à pied. Si tu le souhaites, à midi, tu déjeuneras à la cantine de l'entreprise, mais le plus souvent sur les chantiers lorsque nous serons en déplacement.

Au 114, rue de Bellerive, c'est une jolie construction, de vieux style, comme souvent les maisons des compagnons, rebelles à l'architecture en cubes. Le patron gare la camionnette dans une cour pavée au fond de laquelle se dessine l'entrée. Une épaisse vigne vierge, aux feuilles encore vertes à cette époque, rafraîchit la façade. Les fenêtres grandes ouvertes semblent vouloir approvisionner la demeure du soleil et de l'air d'un été finissant. Le patron frappe à la porte. Sur les tommettes, des pas légers s'approchent, la poignée tourne. Une belle femme nous accueille, de peut-être quarante ans, assez grande, les yeux vifs, cheveux châtain clair coiffés en chignon.

— Bonjour mère. Je vous présente Vincent, aspirant charpentier itinérant ; il nous vient de Lyon, adressé par son maître Jupiter la Croix-Rousse. Colette la bienvenue, mère.

Auguste m'a tant parlé du rôle de la mère, du respect que tous nous lui devons, du soin qu'elle a des compagnons de sa maison ! Je m'incline profondément, n'ignore pas que l'appeler madame est interdit.

— Bonjour mère.

— Bonjour Vincent.

Avant de nous quitter, mon nouveau patron me réexamine à nouveau, comme s'il voulait s'assurer qu'en moi se recèle réellement l'étoffe d'un futur compagnon. L'examen doit le rassurer ; il me tend la main, prononce ces paroles lapidaires :

— Le travail prend à 7 heures. À demain.

Depuis mon apprentissage, je sais que chez les compagnons toute parole inutile est blâmable, pour une raison toute simple : elle fait perdre du temps.

À son tour, la mère me détaille. Auguste m'a prévenu ; dans les maisons des compagnons, chez la mère comme ils disent, la tenue se doit d'être irréprochable et la propreté rigoureuse. Avant de prendre le train, j'y ai veillé.

— Je vais te montrer la maison ; suis-moi. Devant toi est affiché le règlement ; tu le liras. Sur ta droite, la salle à manger. Le dîner se prend à 19 heures. Après le repas, chacun reste libre mais, à 23 heures, tous doivent se trouver dans leur chambre et je ferme la porte d'entrée. Bien entendu, tu ne peux introduire dans la maison une personne étrangère sans mon autorisation. Viens. Voici la cayenne.

La mère ouvre une porte sur une grande salle carrée, meublée de fauteuils, de tables robustes et de chaises solides. Manifestement, le mobilier reflète le tour de main des compagnons. Les murs sont habillés de menuiserie. Des maquettes de charpentes, des œuvres de menuisiers, des meubles, des escaliers miniatures, des portes, des fenêtres décorent la cayenne.

— Les chefs-d'œuvre offerts par les partants ; cette maison accueille les métiers du bâtiment, à l'exception des métalliers, qui s'organisent à part. C'est beau ?

— Oh que oui !

Je n'arrive pas à détacher mon regard des miniatures de toutes sortes.

— Un jour, tu en réaliseras une. À quoi te destines-tu ?

— À la charpente navale.

— Ici, à Châteauroux ? À part les barques de pêcheurs sur l'Indre, je ne vois guère de navires chez nous.

— C'est ma première étape ; ensuite, je poursuivrai mon Tour de France à Rochefort où se reconstruira *L'Hermione*.

— *L'Hermione* ?

— La frégate de La Fayette.

La mère s'attarde à me jauger, sourit.

— Tu es le premier ainsi. Mais il en faut un. Montons à ta chambre.

La fenêtre ouverte donne sur la cour pavée. Je la ferme car la fraîcheur s'installe. C'est une chambre d'étudiant à laquelle s'ajoute un cabinet de toilette avec douche. Un lit, une table, deux chaises en composent l'ameublement, ainsi qu'une armoire et des rayonnages.

— Ça ira ?

— Très bien.

— La propreté et le rangement de la chambre restent à ta charge. Seuls le sol et les vitres sont entretenus par la maison. À présent, je suppose que tu dois souhaiter t'installer et peut-être te reposer. À tout à l'heure pour le dîner.

Je vide mon sac sur le lit, pose ma canne. À ma montre, il est 5 heures. Je dispose de tout mon temps.

Dans la rue, à travers la vitre de la camionnette, j'avais repéré un bar-tabac-presse et sa terrasse. Vite, quitter la maison, marcher jusqu'à retrouver ce commerce. Une fois sur place, je fais pivoter les présentoirs, découvre deux cartes postales à mon goût ; l'une présente un couple se laissant dériver sur une barque, au fil de l'Indre. Je la choisis pour Noëlline. Elle lui rappellera nos après-midi sur la Saône ou le lac du parc de la Tête d'Or. Sur l'autre carte, des biquettes broutent en paix l'herbe d'une prairie fleurie. Je la retiens pour mes grands-parents de Saint-Andéol. J'achète également deux enveloppes ; à part mes destinataires, nul ne doit me lire.

Châteauroux, le 2 septembre 1996.

Noëlline chérie,

Sur le trajet, j'admirais des paysages que tu aurais aimés et j'ai pensé à toi ! Je suis bien installé et je commence demain. Aujourd'hui lundi, l'entreprise travaille. Elle doit en conséquence demeurer fermée samedi et dimanche. Nous n'allons pas attendre un an pour nous revoir. Je me renseignerai sur les horaires des trains pour te rejoindre à Lyon dès que possible.

Je t'aime et je t'embrasse comme tu le sais.

Vincent.

N.B. : La carte est trop petite, je t'écrirai désormais sur du papier à lettres. J'ai oublié de noter mon adresse ; demain, tu l'auras.

Châteauroux, le 2 septembre 1996.

Chers pépé et mémé,

Me voici à pied d'œuvre pour restaurer de belles charpentes à l'ancienne, comme celle de la Fonsine. Tout va bien. Prenez soin de vous. Je vous embrasse très fort.

Vincent.

Le temps de trouver une boîte aux lettres, il est 6 heures. Pas question de me présenter en retard pour le dîner. Dès la porte poussée, je perçois dans la maison un bruit absent lors de mon arrivée. Il me semble pénétrer dans une ruche. Des jeunes gens de mon âge montent et descendent les marches de l'escalier, certains dans la cayenne discutent assis dans les fauteuils, d'autres, dans la salle à manger, s'apprêtent à prendre place à table. La mère survient, me repère :

— Viens, je vais te présenter et t'indiquer ta place. Elle sera provisoire ; dans les jours qui viennent, tu en choisiras une selon tes affinités.

Dans la salle à manger, elle attend que tous fassent silence pour l'écouter. Connaissant la règle, ils se taisent et guettent pour s'asseoir que la mère ait parlé. D'ordinaire, me confie-t-elle, ils n'attendent pas.

— Je vous présente Vincent, aspirant charpentier. Il nous vient de Lyon et son compagnon fini est Besançon la droiture. Bon appétit à tous.

Elle m'indique la place libre, je salue mes trois voisins de table, m'assoit. Un par un, ils se présentent à leur tour.

— Robert, aspirant menuisier, de Dijon.

— Louis, aspirant charpentier, de Besançon.

— Jean, aspirant tailleur de pierre, de Lille.

— Merci, bon appétit.

— Où faisais-tu ton apprentissage à Lyon ?

— Chez maître Auguste, Jupiter la Croix-Rousse.

— J'ai entendu parler de lui. Tu as dû beaucoup apprendre, selon ce qu'il se dit.

— Oui, c'est un vrai maître.

— Toi aussi, tu veux devenir compagnon charpentier ? questionne Louis.

— Plus précisément charpentier de marine. Jupiter la Croix-Rousse m'a cependant conseillé de poursuivre mon perfectionnement en charpente terrestre.

Tout au cours du dîner – un repas de jeunes gens travailleurs manuels chez qui les fatigues de la journée génèrent le soir un solide appétit ! –, notre conversation consiste à parfaire nos présentations, à préciser ce que nous avons réalisé ; en revanche, nous parlons peu de nos projets.

— Après le dîner, si tu le souhaites, pour connaître les autres, rends-toi avec nous à la cayenne.

La vaste pièce bruit de mille conversations ; nous sommes quarante-huit itinérants et je me déplace d'un groupe à l'autre pour me présenter à chacun. Ils viennent de toute la France, et même de Wallonie, du Luxembourg et de Suisse romande. Pour certains, comme moi, c'est leur première étape ; pour d'autres, il s'agit de leur ultime. Ceux-là se consacrent presque entièrement à la réalisation de leur chef-d'œuvre, échangent et se conseillent entre eux. Ils ont fait quatre villes, parfois cinq et même six ; bientôt, ils pourront postuler au titre de compagnon reçu. Je n'en suis pas encore là et réalise seulement la longueur du voyage qu'il me reste à parcourir. Jupiter la Croix-Rousse, mon maître et père de Noëlline, m'a prévenu. Ici, dans la cayenne, à voir les gaillards qui m'entourent, je prends davantage conscience de la difficulté à devenir compagnon, mais je sais ce que je veux et j'y arriverai. Compagnon reçu du Tour de France, maître comme le père de Noëlline, c'est un tout autre combat que bachoter des examens. Ma mère devra bien l'accepter. Au fait, me voici entre trois mères : Carine, la mienne, celle de sang ; Geneviève, celle de Noëlline, et Colette la bienvenue, celle d'ici.

— Dans l'entreprise, on travaille en équipe. Chacun apporte ses connaissances et sa force. Nul ne peut assembler seul une charpente. Jupiter la Croix-Rousse t'a déjà tout appris. Mais il est artisan, ne peut construire que des charpentes simples, qui ne sont pas plus faciles pour autant. Ici, nous restaurons de grandes et magnifiques structures. L'expérience te servira en charpente de marine. Je pense d'ailleurs que le maître t'a surtout adressé à moi au vu de ton projet.

Effectivement, le bâtiment d'assemblage s'élève presque autant qu'il s'étale ; il me semble une vaste cathédrale dans laquelle se reconstruit la charpente d'un château. Des ouvriers s'affairent sur des échafaudages, découpent, ajustent, forent, assemblent et serrent des pièces de bois entre elles.

— Devine le nom du château ?

Ignorant de la région, je donne ma langue au chat.

— Il s'agit du château de Nohant. L'écrivain le plus célèbre de l'Indre, celle qui a le mieux écrit sur les compagnons, habitait ce château, à vingt kilomètres environ de Châteauroux.

— George Sand !

— Tu as trouvé !

Tous les compagnons et aspirants charpentiers connaissent son nom. C'est leur grand-mère à tous. Ils ont lu *Le Compagnon du Tour de France*, y compris moi-même qui pourtant ne lis pas assez.

— Elle y a vécu une magnifique histoire d'amour avec Frédéric Chopin, un très grand musicien.

Ce propos me ramène à Flore, passionnée de piano et qui joue du Chopin ; je m'imagine déjà lui écrire ce que je fais.

— Suis-moi.

Il m'emmène dans une vaste salle où sur des plans inclinés cherchent, mesurent et tracent des plans toute une équipe d'hommes et de femmes vêtus de blouses blanches ou grises. Devant une planche à dessin, un homme semble se concentrer dans sa réflexion.

— Je te présente M. Vivien, notre architecte.

— Bonjour monsieur.

— Voici Vincent, aspirant charpentier. Notre charpenterie constitue la première étape de son Tour de France. Il nous arrive de Lyon.

— Bon séjour chez nous.

— Pour commencer, tu vas passer quelques jours en bureau d'études. La restauration est un art compliqué qui nécessite de prendre le temps du calcul et de la réflexion. Au fil des années, nous en sommes arrivés à la conclusion que le mieux pour éviter les erreurs consistait à construire la charpente ici même, dans nos ateliers, la démonter et seulement ensuite l'installer. Tous ces vieux châteaux, églises ou maisons de maître réservent tant de surprises ! Nous démontons leurs vieilles charpentes, prenons les mesures de chaque élément, puis reconstruisons le tout à l'identique.

Jupiter la Croix-Rousse m'avait prévenu : « Tu verras, ce sont des hommes de l'art ! » Je me revois dessiner dans le grenier de la Fonsine.

— Enfant, avec mon seul carnet et un crayon, je croquais sur le vif, et même une charpente de ferme ardéchoise, construite pour durer, uniquement en bois de châtaignier ; il éloigne les parasites.

Je ne peux m'empêcher de raconter mon aventure.

— Eh bien, c'est parfait. Je te laisse avec l'architecte. Bon travail.

Sur de grands panneaux de bois sont épinglées des photos du château de Nohant et plus particulièrement de sa charpente à nu. Je m'en procurerai une que j'adresserai à Flore.

Le soir, lorsque je rejoins la maison des compagnons, la mère m'adresse un signe discret :

— Tu dois rappeler ce numéro.

Elle me tend un papier ; j'en prends connaissance. Colette la bienvenue lit sur mon visage comme une contrariété, une inquiétude, de toute façon une interrogation.

Le numéro de téléphone est celui de mes parents.

— Puis-je téléphoner ?

— Bien évidemment. Installe-toi dans la cabine à côté de mon bureau.

J'écoute la sonnerie, mais personne ne décroche. J'attends, quelqu'un répond enfin.

— Allô ?

Je reconnais la voix, celle de papa.

— Vincent ?

— Oui, toi ou maman m'avez demandé de vous rappeler.

— Merci de l'avoir fait.

L'appréhension fulgure en mon esprit.

— Flore ?

— Oui, ta sœur a été victime d'un malaise au lycée. Le médecin l'a fait hospitaliser. Ta mère se trouve à son côté.

— Pourquoi ne pas m'avoir dévoilé la vérité ? Depuis plusieurs mois, je vous interrogeais souvent. À chaque fois, tu me répondais que ce n'était rien. Les médecins connaissent-ils sa maladie ?

— Pour le moment, ils pratiquent des examens : analyses de sang, prélèvements de moelle, etc.

— L'entreprise ferme le samedi et le dimanche. Je prendrai le train vendredi soir. Embrasse Flore pour moi. Je t'embrasse toi aussi.

Il s'attendait bien à ce que je ne parle pas de maman. Sitôt après le repas, plutôt que de descendre à la cayenne, je monte dans ma chambre écrire une lettre à Noëlline. Une fois écrite, je quitte la maison des compagnons et m'en vais la poster moi-même à la gare. Nous sommes mardi soir, elle la recevra jeudi. De retour à la maison, la mère m'aperçoit.

— Mon père m'a appris une mauvaise nouvelle. Ma sœur Flore est hospitalisée. Je suis allé poster une lettre. Je ne resterai pas samedi et dimanche, mais retournerai à Lyon directement vendredi soir.

— Très bien. J'espère que ce n'est pas trop grave.

Mercredi soir, je téléphone chez mes parents et dans la cabine retiens difficilement mes larmes. Les examens pratiqués décèlent une leucémie. Comme tout un chacun, j'ai entendu parler de cette terrible maladie. Mais j'en ignore la signification exacte et me fais préciser le mot par mon père.

— Pour le dire vite, il s'agit d'une prolifération des globules blancs dans la moelle osseuse ; elle entraîne un déficit immunitaire.

— C'est grave ?

J'écoute son silence ; il se résout enfin à ne pas me mentir.

— Oui.

Lorsque samedi à l'hôpital j'entrerai dans la chambre de Flore, je ne veux pas me présenter les mains vides. Les trois jours suivants, je me renseigne, recueille toute la documentation qu'il m'est possible de trouver sur le séjour de Chopin à Nohant. À Châteauroux, je déniche une carte postale figurant un dessin le représentant au piano sous les yeux de George Sand. Le regard de l'écrivaine tourné vers le musicien ne trompe pas. Ils partagent un amour vrai. Je sens que Flore appréciera. Sans doute conservera-t-elle la carte dans le tiroir de sa table de nuit.

Mon travail me passionne, me distrait s'il est possible de l'image de Flore allongée dans son lit. Je mesure, trace des traits, dessine ; les charpentes du château ont peu à voir avec celle du grenier de la Fonsine, pas davantage avec celles des riches villas lyonnaises auxquelles se consacrait Jupiter la Croix-Rousse. Vendredi matin, l'architecte m'entraîne dans le bâtiment d'assemblage pour s'assurer de la conformité des arêtiers avec les plans.

— Tu comprends, s'il existe le moindre écart, tout sera à revoir. Inutile de nous établir sur place si nous ne sommes pas certains de tout. Au XVIIIe siècle, époque de la construction du château, maçons et charpentiers ne disposaient ni de nos instruments de mesure ni de nos bureaux d'études. Nonobstant, ils avaient l'œil et ne se trompaient guère. Aujourd'hui, nous sommes si techniciens que nous perdons confiance et sans cesse devons vérifier.

De grandes échelles, des nacelles permettent de s'insinuer partout, de s'élever au-dessus de l'ensemble. La charpente, dont seules les pannes et les fermes sont assemblées, me semble un paysage. Nous visitons les noues, nous assurant de leur précision. Je caresse les bois.

— Uniquement du chêne. Seuls les chevrons et les lattis sont en pin d'Oregon, ou en douglas, comme on dit aujourd'hui. Le chêne, nous le faisons venir des forêts de Tronçais, dans l'Allier, ou de Meillant, dans le Cher. Ce sont les plus près d'ici. Pas question de lamellé-collé, uniquement du vrai bois, du brut.

Tout le jour ainsi nous nous promenons dans les airs, vérifiant tout et point par point. Tant que l'ossature ne présentera pas une totale garantie, nous n'irons pas plus loin dans la construction.

— Normalement, lundi nous nous déplacerons à Nohant pour organiser le chantier de déconstruction. C'est presque aussi difficile.

J'ai quitté Lyon depuis cinq journées seulement et, lorsque vers 22 heures le train s'arrête sous les longues verrières de la gare de Perrache, il me semble revenir de très loin. Sur le quai, je reconnais mon père, Noëlline et ses parents.

— Bonsoir papa.

Nos deux regards s'interrogent, Noëlline s'approche ; pourquoi désormais dissimuler notre amour ? Nous nous embrassons d'un bécot sur les lèvres. Yeux dans les yeux, ses parents me serrent la main. Dès les premiers mots, je comprends que tous les deux connaissent la maladie de Flore. Noëlline, étudiante en soins infirmiers, les a prévenus et leur a expliqué. Nous tenant par la main, je me rapproche de mon père.

— Comment va-t-elle ?

— Le service spécialisé de l'hôpital Édouard-Herriot débute lundi une chimiothérapie. Nous en connaîtrons le résultat dans trois mois.

— Trois mois ?

— Oui.

— Et pendant ces trois mois, l'hôpital la gardera ?

— Oui, l'organisme de ta sœur présente un grave déficit immunitaire. Elle ne peut vivre que confinée.

— Je pourrai la visiter ?

— Bien sûr. Mais tu ne devras ni l'embrasser, ni la toucher, ni lui remettre quoi que ce soit qui n'ait été stérilisé.

Il me revient aussitôt en mémoire la carte postale que je lui ai expédiée ; Noëlline me surprend à retenir une larme.

— Maman n'est pas venue ?

— Je l'ai laissée à l'hôpital avec ta sœur ; à cette heure, elle doit être rentrée à l'appartement. Pour se tenir plus près de Flore, elle a décidé de réduire son activité, d'abandonner un certain nombre de dossiers à ses collègues de cabinet.

L'image qui en moi restait celle de ma mère jusqu'à ce jour se trouve brouillée par cette information. Maman depuis toujours sacrifie tout à sa carrière d'avocat d'affaires ; elle nous révéla un jour à Flore et à moi ne s'être arrêtée que deux semaines seulement après nos naissances pour ne pas ralentir la montée en puissance du cabinet. Je ne la reconnais pas ; ou plutôt, n'aurais-je jamais connu ma mère ?

— Papa ?

— Oui ?

— J'accompagne Noëlline et ses parents jusque chez eux. Je rentrerai plus tard. Embrasse maman. Ne te fais aucun souci.

La voiture remonte lentement les rues pentues de la Croix-Rousse. Noëlline et moi, amoureusement assis sur le siège arrière, tenons nos mains serrées. Dans le rétroviseur, je surprends le regard du père ; il ne peut s'empêcher de guigner vers sa fille.

— As-tu dîné, Vincent ? interroge Geneviève, la maman de Noëlline.

— Non, mais je n'ai pas très faim. Et puis mes parents m'attendent.

— Le temps que tu sois rentré, ils seront couchés. Reste dîner chez nous.

Je mens ; depuis midi, je n'ai rien pris et la journée dans la haute charpente m'a creusé l'appétit.

Tandis que sa mère fait réchauffer la soupe, son père descend quérir au cellier un jambon cru. Noëlline dresse la table ; tandis qu'il tranche, Jupiter la Croix-Rousse me fait parler, veut connaître mes cinq premières journées.

— Je suis bien heureux que tu sois là-bas, chez mon ami compagnon Besançon la droiture. Tu vas apprendre ce que je n'ai pu t'enseigner faute de chantiers suffisants en taille et difficultés. Une charpente de château, ça c'est de la belle ouvrage ! Un vrai travail de compagnon !

À table, Noëlline et moi, nous nous asseyons côte à côte ; nos genoux comme nos pieds s'effleurent. Sa mère le devine, sourit. Elle doit se demander : « Vont-ils pouvoir attendre ? »

J'aime Noëlline mais ne me quitte pas la pensée de Flore que j'imagine allongée pâle et amaigrie au fond de son lit d'hôpital. Ma seconde famille lit cela sur mes traits.

— Il faut garder espoir. Aujourd'hui, la médecine a réalisé de grands progrès dans le traitement de ces maladies.

Je les dévisage tous les trois, et davantage Noëlline, prends mon souffle :

— Flore est atteinte d'un cancer de la moelle épinière, n'est-ce pas ?

— Ça y ressemble, répond Auguste.

— Essaie de voir toi-même le médecin, il sera plus précis, propose Geneviève.

Les silences parlent plus fort que les mots. Noëlline se tait. Je ne réponds pas aux suggestions de ses parents. Il me faut respirer l'air de la nuit, parler à celle que j'aime. Je croise son regard, elle comprend mon désir.

— Je vais marcher un peu avec Noëlline, je la raccompagnerai.

— On vous laisse, les amoureux. Quant à nous, à notre âge, l'heure est venue du repos. Bonsoir.

Tous les quatre, nous nous embrassons.

C'est la première fois qu'Auguste nous appelle « les amoureux ». Mais je sais bien que ni l'un ni l'autre ne dormiront tant qu'ils n'auront pas entendu la porte d'entrée se refermer sur leur fille à son retour ; ils ne seraient pas parents.

Le ciel humide et triste pèse sur la ville apaisée. La pluie menace la nuit de septembre totalement ennuagée, sans lune ni étoiles ; elle se révèle si douce et l'air si agréable une fois la circulation automobile interrompue ! Bras dessus, bras dessous, nous marchons sous les tilleuls tout le long du trottoir. Bientôt, nos pas s'arrêtent, je serre Noëlline contre moi et nous nous embrassons.

C'est notre premier baiser, profond. Je sens frémir son petit cœur de braises. S'il est possible, nos lèvres se soudent davantage encore, nos langues se caressent, étouffent nos haleines. Comme ma main entreprend de glisser sous ses vêtements, la sienne interrompt mon mouvement.

— Il ne faut pas ; je suis jeune fille, tu le sais. Si nous allons plus loin nous ne pourrons nous retenir. Marchons un peu.

Le ciel l'entend et vient à notre secours par quelques gouttes de pluie et bientôt une averse.

— Rentrons. Inutile de nous tremper.

Chez elle, Noëlline me confie un parapluie ; dans le couloir d'entrée, longtemps et à nouveau nous restons embrassés.

— Mes parents ne dorment pas. Il faut nous séparer ; à demain.

— Où ?

— Au pied de la Croix-Rousse, place des Terreaux, en début d'après-midi. Si tu le veux, nous prendrons un bus pour rendre visite à Flore.

— Merci. Je n'osais pas te le demander.

Un dernier baiser sur le perron et sous le parapluie je m'enfonce dans la nuit. Je marche vite mais j'en ai pour une bonne heure ; aucun bus ne me croise. La pluie tombe dru, s'éclate sur les trottoirs et dans la rue. Place des Jacobins, une prostituée m'aborde ; la pauvre fille est toute mouillée.

D'un sourire, je réponds non à sa proposition de monter bien au sec dans une chambre.

Pour ne pas les réveiller à mon retour, mes parents n'ont pas fermé la porte à clé. Dans le couloir, j'avise la chambre de Flore. En son absence, je n'ose y porter un regard indiscret. Pour la première fois, je réalise que peut-être ma sœur ne reviendra jamais. Derrière sa porte, j'imagine son piano solitaire où ses doigts ne courent plus. Les larmes me gagnent comme papa me rejoint.

— Je t'attendais et ne dormais pas.

— Et maman ?

— Elle a pris quelque chose pour s'endormir. Vous vous embrasserez demain matin. Dis-moi, cette jeune fille, tu l'aimes vraiment ?

Je plante mes yeux dans les siens.

— Évidemment.

— En ce cas, tu devrais la présenter à ta mère.

— Je ne sais pas.

— Tu connais maman ; sans cela, tu vivras une scène de plus.

— Je verrai demain. Bonsoir papa.

Au lit, je me tourne et retourne, imagine Noëlline agir de même dans le sien et Flore reposer sur son drap blanc.

Le bruit coutumier de Viviane occupée au ménage me réveille. Le sommeil m'a visité très tard et malgré l'agitation je somnole longtemps, les membres et le dos encore raidis de la journée dans la charpente. Je me revois en équilibre sur les fermes et les pannes, je repense à la carte postale que j'offrirai à Flore. Avant la moindre goutte de café, je vais téléphoner à Noëlline. Dans le couloir, je rencontre une mère inconnue. Son maquillage n'est pas fait, ses cheveux flottent décoiffés, elle se traîne en mules et robe de chambre. Même les jours où elle ne se rendait pas à son cabinet, du lever au coucher, maman se voulait impeccable.

Je m'approche. Elle me laisse l'embrasser mais n'embrasse pas.

— Bonjour maman.

— Bonjour Vincent.

— Je suis venu pour Flore.

— C'est bien, mais ne va pas la visiter.

— Comment cela ?

— Elle est placée en chambre stérile ; tout contact lui est interdit.

— Mais tu la vois bien, toi, et papa également.

— C'est différent ; de surcroît, nous prenons d'extrêmes précautions. Nous ne la touchons pas.

— J'irai.

— Tu n'iras pas !

— J'irai !

Le ton monte si haut que papa rapplique de son bureau :

— Que se passe-t-il encore ?

— Ton fils veut visiter Flore.

— Eh bien, c'est sa sœur.

— C'est ma fille, elle ne doit courir aucun risque ; tu as entendu les médecins !

— Nous la voyons bien, nous !

— C'est déjà beaucoup.

— Carine, je t'en prie.

— Il suffit, Clément.

Chacun me quitte, papa vers son bureau, maman vers la salle de bains. Une fois de plus, et comme toujours, papa a cédé. Je retourne à ma chambre, m'habille en vitesse, récupère le parapluie de Noëlline, m'assure que dans ma poche sont mes clés de l'appartement pour rentrer quand je voudrai, descends en courant les marches de l'escalier, traverse la place Saint-Jean, à deux pas du palais de justice. Après leur mariage, pour leur commodité professionnelle, mes parents se sont installés sur cette place, dans un vieil appartement bourgeois et de grande dimension, de surcroît parfaitement restauré, et surtout libre. En revanche, pour moi, aller chez Noëlline nécessite un long trajet. De l'autre côté de la place se trouve une brasserie. J'entre, commande un café, m'enferme dans la cabine.

— Noëlline ?

Bien sûr, elle reconnaît ma voix.

— Vincent ? Merci de m'appeler. Tu es déjà levé ?

— Je me suis disputé avec ma mère.

— Encore ?

— Elle refuse de me laisser voir ma sœur.

— Tu crois qu'elle en possède le droit ?

— Peu importe. Avant ma mère, je me rends de suite à l'hôpital. Veux-tu m'accompagner ?

— Bien sûr. Je préviens mes parents et te rejoins. Place des Terreaux, toujours ?

— Toujours.

Dans ma chambre, je ressentais une faim de loup et me régalais à l'avance de l'appétissant petit déjeuner préparé par Viviane qui connaît mon robuste appétit. Avec mon café, j'avale deux croissants, un pain au chocolat, en emporte un second, paie, quitte le bar et prend le bus.

Arrivé place des Terreaux, devant l'hôtel de ville, je repère Noëlline.

— Tu m'attends depuis longtemps ?

— Cinq minutes. Ce n'est rien.

— Excuse-moi.

Ses yeux noirs de gitane, ses boucles frisées profitent du soleil revenu. Seuls parmi la foule du samedi matin, j'embrasse ses jolies lèvres puis laisse errer les miennes sur ses paupières closes.

— Où ta sœur est-elle hospitalisée ?

— À l'hôpital Édouard-Herriot, malheureusement.

Le service qui la prend en charge est réservé au traitement du cancer et cela ne laisse aucun doute sur la maladie de Flore. Pour nous rendre de la place des Terreaux jusqu'au quartier des hôpitaux, il nous faut traverser tout Lyon. Au fond du bus, nous nous tenons serrés.

— Ainsi ta mère a de nouveau piqué sa crise ?

Depuis longtemps, je dis tout à Noëlline. Nous nous confions nos vies, remontons à nos enfances ; la sienne, choyée de ses deux parents, s'oppose à la mienne par la rigidité de ma mère et l'abdication de mon père.

— Hier soir, sur le quai, tu as entendu papa ; il annonçait que maman prenait du temps sur son travail pour le donner à Flore. Je n'en revenais pas de ma mère pour qui toujours le travail et la réussite passaient avant la famille. La maladie de ma sœur l'avait transformée, je la découvrais tout autre. Malheureusement, ce matin, j'ai vérifié qu'elle ne m'aime pas ; plus que cela, elle me déteste. Si le cancer m'avait frappé à la place de Flore, sans doute serait-elle indifférente à ma souffrance.

— Ne dis pas cela. Il existe quelque chose, je l'ignore et toi aussi, qui l'empêche de t'aimer comme tu le voudrais, mais elle t'aime à sa façon.

— Ce matin, sa détestation de moi l'a emportée. Si tes yeux l'avaient vue, tu ne dirais pas cela. Je te demande pardon, je m'emporte.

Son regard profond se pose sur moi, le mien lit dans le sien et nous nous embrassons longtemps, ignorant où nous sommes. Emportés dans notre baiser, au dernier moment seulement nous réagissons à l'arrêt du bus devant l'entrée du centre anticancéreux.

Comme tous les établissements hospitaliers, l'énorme bâtiment impose sa masse blanche. À midi, le soleil en réchauffe la blancheur, comme si cette couleur ne suffisait pas à évoquer la mort. Je prends la main de Noëlline.

— Monsieur, les visites ne sont autorisées qu'à partir de 13 heures.

L'hôtesse d'accueil se montre intransigeante, nous voilà devant deux heures d'attente. Le quartier des hôpitaux ne comporte guère d'espaces propres à rêver.

— Si tu veux, propose Noëlline, marchons jusqu'au cours du Docteur-Long et ses trottoirs totalement arborés.

Il ne nous faut qu'une vingtaine de minutes ; de hauts platanes encore feuillus se rejoignent et forment voûte au-dessus de la rue. Ils procurent au cours une ombre bienvenue, rafraîchissante à souhait en cette première quinzaine de septembre dardée des derniers rayons de l'été. Je ne suis pas riche et Noëlline, malgré ses dix-huit ans, ne dispose que de l'argent de poche donné par ses parents. Elle ne manque de rien, mais dans sa famille, malgré l'aisance du père, on ne dépense que le nécessaire. Comme je l'ai entendu dire quelquefois par Jupiter la Croix-Rousse : « Pas de mauvaises habitudes ! »

Nous repérons une terrasse abritée d'un sycomore et dissimulée dans la cour intérieure d'une brasserie.

— Deux sandwichs jambon-beurre.

— Qu'est-ce que tu bois ?

Noëlline s'interroge, peu habituée comme je le suis à déjeuner d'un sandwich en terrasse. Bien loin d'être rigides, ses parents sont d'esprit plutôt ouvert ; souvent, je l'ai vérifié. Cependant, chez eux, les repas se prennent à la maison, en famille, et à l'heure.

— Et toi ?

— Une mousse.

— C'est quoi ?

Je souris, le garçon également.

— Un demi à la pression.

— Alors, pour moi, ce sera un Coca ; je crains la bière.

Tandis que le garçon part chercher la commande, l'intimité de la terrasse nous attire l'un contre l'autre autour de la petite table. Nos doigts se cherchent, se trouvent, se desserrent au retour du garçon. À travers le feuillage du sycomore, le soleil se fraye facilement un passage et le visage de Noëlline s'en trouve tout éclairé. La lumière de midi donne à sa peau la couleur de l'or brun, ses yeux sombres dessinent de longues amandes. Elle me sourit, promène ses doigts sur ma paume, me procure un frisson. C'est notre façon à tous les deux de nous dire notre amour. En esprit, je culpabilise de ce bonheur alors que Flore souffre seule dans son lit. De plus en plus souvent je sens monter en moi le désir de Noëlline. Je sais que certaines filles utilisent la pilule pour aimer sans risquer. Nous n'en parlons jamais et je me retiens d'aborder ce sujet ; cependant, nous n'allons pas attendre indéfiniment. Platonique jusqu'à présent, notre amour se garde. Noëlline comme moi a dix-huit ans et le jour viendra de nous aimer autrement que par des baisers, des caresses et des effleurements, fussent-ils enfants d'Éros.

Lit-elle dans mes pensées ? Si oui, elle les repousse en regardant sa montre.

— Le temps d'arriver, mon chou, il sera l'heure.

— Allons-y.

Dans un coin de la terrasse s'élève un autre sycomore, mais au tronc plus épais et au branchage plus large et davantage feuillu. J'entraîne Noëlline entre mes mains, l'adosse contre l'arbre et l'embrasse. Sa bouche amoureuse savoure mes lèvres et me rend mon baiser ; longtemps nous demeurons étreints.

— Et Flore ? me susurre-t-elle.

— Tu as raison.

À présent, sous les arbres du long cours, à l'abri du soleil, nous marchons vite, main dans la main. Sans ralentir, je me tourne vers elle :

— Noëlline ?

— Oui ?

Je sens à l'intonation de sa voix qu'elle se doute de la question.

— Nous ne pourrons longtemps nous satisfaire de baisers. Je te désire, Noëlline.

— Moi aussi je t'aime, Vincent, mais il me faut le temps.

— Le temps ?

Elle me sourit, me serre plus fort la main.

— Le temps.

À l'entrée de l'hôpital, la grande horloge indique 13 h 15. Les visiteurs se multiplient, se répandent dans les couloirs, mobilisent les ascenseurs, envahissent les étages. À l'accueil, une nouvelle hôtesse nous indique que Flore occupe la chambre 17 de son service. Ce matin, la tourmente maternelle rendait impossible toute demande du moindre renseignement. Il nous faut passer par le bureau infirmier.

— Vous êtes ?

— Le frère de Flore et mon amie.

— Je vais m'assurer qu'elle accepte de vous recevoir.

L'infirmière revient, souriante.

— Votre sœur vous attend. Elle se montre même impatiente de votre visite. Cependant, ne la fatiguez pas en restant trop longtemps et, surtout, soyez optimiste avec elle. Dans ce type d'affection, le moral est tout.

Nous nous apprêtons à rejoindre sa chambre.

— Attendez, vous ne pouvez la voir ainsi. Votre sœur présente un grave déficit immunitaire. Elle doit vivre protégée de tout contact. Une paroi de verre la sépare des visiteurs. Vous vous parlerez à travers un Hygiaphone. Préalablement, vous devez revêtir une camisole et un masque. Pour qu'elle guérisse, respectez ces interdits.

— Je lui apporte une carte postale qu'elle appréciera. J'ignore si Flore vous en a parlé, mais ma sœur est passionnée de piano. Puis-je lui offrir sans risque ?

L'infirmière examine ma carte, sourit.

— Je ne joue pas du piano, mais je lis beaucoup. J'ai lu plusieurs romans de George Sand. Je vais passer votre carte dans un stérilisateur à radiations ; ainsi, elle ne sera pas endommagée et vous pourrez la lui remettre. En revanche, pendant le temps de la stérilisation, je vais vous demander de vous laver les mains avec ce liquide ; sinon, à nouveau, vous contamineriez la carte.

Ces procédures remplies, et que prévoyait Noëlline, l'infirmière déploie les camisoles que tous les deux enfilons bras en avant, puis nous présente les masques. Nos bas de visage disparus derrière eux, nous reconnaissons mal nos voix.

— Suivez-moi.

Elle frappe à la porte, un petit oui répond. C'est à peine si je reconnais le mot prononcé par Flore.

— Pas plus d'une demi-heure.

J'ouvre ; dans la pénombre de la chambre, à travers la vitre de protection, Noëlline et moi découvrons une jeune fille, pâlichonne certes et amaigrie, mais non allongée, assise le dos calé contre ses oreillers, et occupée à lire. La paroi de verre lui évite le masque, elle nous sourit. À travers l'Hygiaphone, nous entendons :

— Bonjour Vincent, bonjour Noëlline.

— Bonjour petite sœur.

— Bonjour Flore.

— C'est gentil à vous d'être venus. Tu as pu t'échapper de tes charpentes à Châteauroux ?

Je lui révélerai un jour que la vraie difficulté fut d'échapper à notre mère. Elle le devine.

— Regarde.

À travers la fente pratiquée à cet effet, je lui glisse la carte. Elle tend sa main pour la saisir et je remarque alors combien celle-ci est transparente et son bras amaigri. Sous sa peau diaphane, je lis le dessin de ses veines.

— Oh merci Vincent, merci. Moi qui aime tant Chopin ! Et George Sand également, car je lis moi aussi. J'aimerais un jour aller me promener à Nohant.

— Je vais bientôt participer à la reconstruction de la charpente du château. Sitôt que tu seras guérie, je te le promets, nous irons ensemble, tous les trois.

Plutôt que de répondre, elle me présente des yeux devenus tristes.

— Tu sais, je me sens de moins en moins de forces ; j'ignore si je pourrai.

Je dois contrôler tous les muscles du haut de mon visage pour retenir mes larmes. Noëlline et Flore le ressentent car je lis dans leurs yeux un infini chagrin, à peine retenu.

— Papa m'a confié hier soir que tu démarres ta chimio dès lundi. Dans trois mois, tu iras mieux.

Je me force à l'héroïsme.

— Patience, tu vaincras.

Il me semble qu'avec le soleil le moral de Flore s'en porterait mieux.

— Dis-moi, tu crains la lumière ou bien ce sont les infirmières ? Veux-tu que je relève le volet ?

— Non. Derrière ma paroi de verre, j'étoufferais si le soleil la touchait. Je serais comme un melon dans une serre !

Elle rit, c'est contagieux, et tous les trois nous rions de bon cœur !

Je jurerais reconnaître le bruit caractéristique du coup porté à la porte. À tous les coups, c'est maman ! La porte s'entrouvre sans même que Flore ait répondu par le petit oui de tout à l'heure. Je ne me suis pas trompé, c'est bien notre mère, suivie de papa. Je me retiens de rire à les découvrir tous les deux masqués, déguisés en fantômes par leur camisole.

Avant de dire bonjour à Flore, ma mère dévisage Noëlline, la considère en entier, attarde son regard sur sa jupe, un peu courte sans doute selon elle. Bien qu'elle l'ait déjà vue à mes côtés une semaine auparavant sur le quai de Perrache, elle fait mine de ne pas la connaître. Il est vrai que je ne lui avais pas officiellement présentée et, dans son monde, elle ne la connaît pas.

— Je peux savoir... ?

— Maman, je te présente Noëlline. Je voulais t'en parler ce matin, mais face à ta colère je dus m'enfuir.

À ma réplique, elle enfourche ses grands chevaux.

— Ma colère, comme tu dis, c'est toi qui la provoques !

Noëlline se réfugie contre moi, ne sait où se mettre. Ses parents forment l'un de ces trop rares couples qui après des années de mariage s'aiment, me semble-t-il, comme au premier jour. Durant mes quatre années d'apprentissage, je ne me souviens pas avoir jamais surpris chez eux une véritable scène de ménage. Bien que je l'en aie souvent prévenue, pareille crise surprend Noëlline.

La petite voix de Flore se fait entendre.

— Maman, je t'en prie, nous étions si bien ensemble ! Comment veux-tu que je me repose si tu cries aussi fort ? Pour moi, je suis si heureuse que Vincent et Noëlline se soient rencontrés. Alors fais-moi plaisir, embrasse-la.

Je surprends le sourire de papa ; il n'en revient pas de l'intervention de sa fille. Mon père s'approche et, à travers la vitre, il adresse à Flore un baiser du bout des doigts. Noëlline possède un cœur gros comme ça ; sans attendre, elle va vers ma mère. Maman ne peut que lui tendre ses deux joues l'une après l'autre et l'embrasser ensuite. À Saint-Andéol-de-Fourchades, au pays de mon père, tout le monde adopte le rite des trois bises. Pour maman, cela fait peuple et elle n'y consent pas, surtout avec ses beaux-parents. Noëlline, lyonnaise de naissance et de culture, n'en fait que deux et cette restriction convient parfaitement à ma mère.

— C'est si dommage de ne pas s'embrasser quand on le pourrait ! Derrière ma vitre, j'aimerais tant embrasser et me faire embrasser. Lorsque je sortirai d'ici, la première chose que je vous demanderai à tous sera de me faire plein de bisous !

— Je te le promets petite sœur !

— Attention, c'est la seconde promesse !

— La seconde ? questionne maman déjà inquiète.

— Un secret entre nous deux ; je veux dire, nous trois.

Un coup discret, c'est l'infirmière. Je regarde ma montre ; elle entre, la demi-heure est passée. Je note le numéro du téléphone de Flore à disposition sur sa table de nuit, l'embrasse du bout des doigts. Noëlline et moi nous efforçons de dessiner pour elle un sourire détendu. J'embrasse papa et remarque son baiser de tendresse sur les deux joues de Noëlline. Nous nous approchons de maman, elle ne détourne pas son visage ; en revanche, ses yeux planent ailleurs.

VI

Nouvelle famille

LE CHÂTEAU ÉLÈVE VERS LE CIEL sa vieille toiture d'ardoise. Besançon la droiture et moi-même l'apercevons de loin. Je pense à Flore, l'imagine dans son lit, protégée de sa paroi de verre, me promets de lui faire visiter le domaine des amours de George Sand et Chopin une fois la charpente du château remise à neuf et surtout la terrible maladie vaincue. Le maître conduit la camionnette ; derrière nous suit une fourgonnette et son équipe d'ouvriers couvreurs et charpentiers. Je suis rentré la veille pour rejoindre l'entreprise tôt ce matin. Vendredi soir, avant de nous quitter, le maître m'avait prévenu :

— Lundi, nous embauchons à 7 heures. Arrange-toi.

Noëlline et moi avons profité du dimanche pour une journée en amoureux ; à midi, j'étais l'invité de ses parents. Il me semble à présent faire partie d'une seconde famille pour une nouvelle vie. J'ébauche une autre explication : Julien n'a pas souhaité prendre la suite de son père. Serais-je pour ses parents le fils désiré ? Je confie à Noëlline ma conjecture. Elle réfléchit.

— L'idée ne m'en est jamais venue. À bien y penser, tu as peut-être raison. Papa et Julien ne se sont jamais entendus. Ils s'aiment, mais ne se comprennent pas. Comme de nombreux pères, il aurait souhaité voir son fils prendre sa suite. Je ressens mon frère comme le contraire de toi. Il se complaît au lycée, aime les études ; il est tout sauf manuel. Cela, papa le comprendrait ; en revanche, il souffre en silence de ne jamais recevoir la visite de son fils à l'atelier. Il vit cela comme une absence d'estime pour son travail. Ce qui lui a plu en toi est que dès votre première rencontre tu t'es intéressé au bois, aux machines et, surtout, tu as pris le temps d'admirer son chef-d'œuvre de compagnon sans savoir qu'il s'agissait du sien. Cela, mon père t'en saura toujours gré.

Entre l'église et les communs couverts de tuiles romaines, une longue mais sinueuse allée bordée de charmes et propice aux promenades joint le portail d'entrée à la cour du château ; sous les roues de la camionnette chargée d'outils, nous apprécions la chanson du gravier blanc. Comme autrefois le faisaient les cochers et les voitures à cheval, Besançon la droiture fait le tour de la cour puis s'arrête. Nous descendons. C'est une maison de maître davantage qu'un château, à la fois haute et large. Sa toiture à plusieurs pans retient mon attention.

— Admire, compagnon !

Affectueusement, le maître m'octroie parfois ce titre dont je rêve mais auquel je n'ai pas droit. Brusquement, sans m'y attendre, l'étincelle jaillit en mon esprit. Pour être reçu compagnon, je dois produire un chef-d'œuvre et jusqu'à hier j'ignorais encore mon choix. Pour Flore, je reconstituerai en bois de cerisier, puisqu'elle aime la couleur rouge, la maquette de la charpente du château où George et Frédéric vivaient à la fois leurs amours et le piano.

— Selon ce qu'il m'a été dit, la plupart des ardoises demeurent en bon état. Le dernier propriétaire les a renouvelées voilà cinquante ans, alors que la charpente demeure d'origine. Malheureusement, ici, les châtaigniers ne poussent pas comme en Ardèche où vivent tes grands-parents. Le sapin ne dure pas si longtemps. En conséquence, nous allons devoir déclouer les ardoises et les descendre par les échelles avant d'entamer le démontage de la charpente.

Tandis qu'il parle, les couvreurs hissent les échelles jusqu'au toit, grimpent aux barreaux. Les plus lestes entreprennent de déclouer puis détacher les premières ardoises, celles que bordent les gouttières. Ils les rejoignent en paquets de cinq ou six selon leur poids, les lient d'une ficelle de chanvre, crochètent ceux-ci à une corde passée sur une poulie. En bas, à la force de leurs bras, leurs compagnons donnent du champ à la corde pour descendre les charges. L'un d'eux, attentif, délie les paquets, trie les ardoises, retire celles en mauvais état, les rejette dans une benne. Brisées, elles se rendront une dernière fois utiles à l'empierrement des chemins creux, ou bien, pilées, serviront d'engrais aux hortensias. Je m'approche, caresse ces ardoises grises et parfois bleues que je découvre. La pulpe de mes doigts glisse à leur surface qu'éclairent les rayons du soleil encore naissant en ce début de matinée. Sa lumière joue de leurs tons mats ou brillants. Dire que durant des décennies ces ardoises ont connu tous les temps, toutes les saisons, reçu les pluies, les neiges, les bourrasques et les plus chauds soleils !

Un espace suffisant de charpente se trouve maintenant déshabillé. Mon nouveau maître monte à l'échelle, je le suis. Nous nous aventurons sur les voliges[1], en déclouons certaines pour vérifier l'état des lattis et des chevrons. Il sort de sa poche son Opinel, l'ouvre, plante la lame dans un

1. Volige : planche mince, jointive avec d'autres, utilisée dans la réalisation de couvertures.

chevron. Elle s'enfonce quasiment comme dans du beurre.

— Voilà le travail ! Le toit n'aurait pas passé l'hiver. Il faut à tout prix que fin septembre la nouvelle charpente soit posée. Normalement, c'est possible puisque dans les ateliers celle-ci se trouve déjà en partie reconstruite. Imagine le brasier en cas d'incendie ! Il n'empêche que nos prédécesseurs de l'époque ont fait du bon travail ; deux siècles et demi ! Te rends-tu compte ?

Le patron demande aux couvreurs de déclouer une longue bande d'ardoises jusqu'à la panne faîtière pour en vérifier l'état.

À quatre pattes, pour ne pas risquer de passer à travers les voliges et les lattis, nous nous propulsons vers le haut.

— À toi, plonge ta lame !

Je saisis le Pradel de grand-père, pique la panne de la pointe de la lame. Elle s'y enfonce sans besoin de bien pousser.

— Tu vois, pourrie presque à cœur.

Derrière nos ceinturons sont accrochés des arrache-clous. Nous déclouons quelques voliges, découvrons sous nos yeux l'immensité du grenier étalé sur tout le bâtiment. Son volume protège ainsi ce dernier du froid comme de la chaleur. Je souris, revois celui de la Fonsine qui pourtant me paraissait si vaste ; le grenier de Nohant en contiendrait plusieurs, peut-être sept ou huit !

Sur le plancher, nous apercevons des cuvettes éparpillées.

— Eh bien, les gouttières ne manquaient pas ; nous intervenons à temps !

— Viens, redescendons par l'échelle puis montons dans le grenier par l'intérieur du château.

À nouveau dans la cour et devant la façade, je m'attarde et admire en détail le travail de ceux qui ont menuisé la grande porte d'entrée à deux vantaux ; elle rutile de ses clous noirs plantés dans les panneaux de chêne.

— De la belle ouvrage, compagnon !

— Un chef-d'œuvre.

— Absolument ; à ce propos, as-tu réfléchi au tien ?

— Ce matin, je l'ignorais encore. À présent, il me semble avoir arrêté mon choix. L'idée m'en est venue d'un coup.

— Alors c'est la bonne ; le mieux est de t'y tenir. Quand on cherche, pèse et soupèse, hésite, rien de bon ne sort. La vérité se tient dans le premier déclic. Après, bien sûr, vient le temps de la réalisation ; il convient alors de se plier à la règle, à l'équerre, au compas, à l'épure et aux outils. Je ne te demanderai rien. En revanche, si tu as besoin, adresse-toi sans hésiter à Besançon la droiture. Il se tient à ton entier service.

— Merci maître.

Malgré sa demande du premier jour, je ne me résous pas à l'appeler « patron ». Je lui tends la main, il la prend et la serre d'une force peu commune. Comme chez les copains de Brassens, je vérifierai un jour la solidité du serment des compagnons.

Bien que personne ne nous ait reçus à notre arrivée dans la cour du château, le maître, par principe de politesse, heurte du poing la porte. Au téléphone, les services du conseil général, actuel propriétaire, avaient averti de venir sans s'annoncer, la gardienne était prévenue. Comme nous n'entendons rien, le maître frappe à nouveau, et deux fois. Ce coup-ci semble le bon. Un bruit de pas s'approche qui nous semble féminin. La petite porte encastrée dans le vantail de droite s'ouvre ; une vieille femme, ridée comme une pomme qui aurait passé l'hiver, se présente à nous.

— Excusez-moi, messieurs. Je cueillais des haricots verts au jardin et je n'entends plus très bien. M. Sauzaie m'a prévenue.

À ce nom, je réagis, repense à l'homme roux de Rochefort.

— Faites comme chez vous. C'est un grand jour pour le château ; sa toiture nous inquiète chaque année davantage. Pourvu qu'il ne pleuve pas durant les travaux ! Remarquez, le plancher du grenier est accoutumé ; les gouttières sont légion.

— Soyez sans crainte, madame ; nous bâcherons en cas de pluie.

Sur ces mots, elle tourne les talons, traverse dans l'autre sens le grand hall d'entrée et retourne d'où elle venait. Alors seulement je remarque ses pieds nus. Ses sabots une fois ôtés, elle n'avait pas pris le temps d'enfiler ses pantoufles !

Cela nous fait penser à faire de même pour nos grosses chaussures, à monter en chaussettes les marches du grand escalier ciré qui accède au premier étage, celui où vivaient les maîtres. Besançon la droiture s'arrête, examine l'ensemble. Je lui décris les escaliers à vis, chefs-d'œuvre de compagnons, que Jupiter la Croix-Rousse m'emmena découvrir au musée des charpentiers de Romanèche-Thorins.

— Je connais ce musée ; avec celui de Tours, les compagnons l'estiment un des hauts lieux de la charpente. Discret comme il se complaît, ton maître t'invita-t-il à découvrir son propre chef-d'œuvre ?

— Celui qu'il garde chez lui, exposé dans son atelier à l'abri d'une cage vitrée ? Oui, je l'ai admiré.

— Mais il ne t'a pas parlé de celui du musée de Romanèche ; je reconnais bien là mon ami Jupiter la Croix-Rousse. L'un des chefs-d'œuvre exposés est le sien. Il en réalisa plusieurs pour son seul plaisir. Je crois même qu'il s'en trouve un autre à

Tours. De fait, Jupiter est notre maître à tous, nous autres compagnons charpentiers.

Je souris.

— Il attendait que je le découvre moi-même. Je l'ai reconnu au trait de Jupiter utilisé pour une rampe de son escalier coulissant.

— Ce fameux trait de Jupiter ! Il demeure le seul à complètement le maîtriser.

Le visage qui m'apparaît en songe à son évocation n'est pas le sien, mais celui de sa fille, Noëlline. Que fait-elle à cette heure ? En cours, évidemment ; ce soir, je lui téléphonerai, après avoir appelé Flore. Depuis hier, je suis de la famille ; nous n'avons plus à nous cacher.

Un nouvel escalier mène au deuxième étage, un troisième à celui des domestiques et enfin, au fond du couloir dont le plâtre des cloisons demeure nu, une porte s'ouvre sur un dernier escalier ; il accède au grenier. Nous en gravissons les marches, encombrées de toiles d'araignées. Le maître sourit :

— Eh oui, il faut t'y faire ; ici, nous ne sommes pas en Ardèche. Pourtant, tout est de hêtre, le meilleur des bois de charpente après le chêne et le noyer, à l'exception bien sûr du châtaignier !

À ces mots prononcés, je m'interroge brusquement ; mes grands-parents sont-ils prévenus de la maladie de Flore ? À eux aussi ce soir, je téléphonerai.

Bras le long du corps, comme par respect, nous admirons la charpente. Tout en elle apparaît parfait, proportions, assemblages et beauté.

— Lorsque l'architecte est venu voici un mois relever les mesures, il n'en revenait pas de cette perfection. Nous savons que cette charpente fut réalisée par des compagnons ; sans doute pour cette raison George Sand leur a-t-elle dédié son roman *Le Compagnon du Tour de France.* Elle nous admirait beaucoup ; avec Marie-Madeleine, nous la considérons comme notre grand-mère à tous.

— Marie-Madeleine ?

— Jupiter la Croix-Rousse ne t'a pas expliqué ?

— Non.

— Cela m'étonne de lui ; la légende veut qu'après la mort du Christ l'ancienne pécheresse reconvertie par amour pour lui s'enfuit en Provence, évangélisa cette province romaine puis s'y retira à la Sainte-Baume. Les compagnons en ont fait leur patronne. Pourquoi ? La raison s'en perd dans la nuit des temps. Tout compagnon doit s'y rendre en pèlerinage une fois dans sa vie. Si tu y vas, ça se trouve vers Saint-Maximin, non loin d'Aix-en-Provence. Le paysage est magnifique.

Besançon la droiture se tait, le regard perdu dans l'examen de la charpente.

— Vois-tu, c'est presque un crime de déconstruire ce chef-d'œuvre. Avec l'architecte, nous allons toi et moi prendre soin de le reconstruire à l'identique.

Sa phrase me ramène aux propos surpris à Rochefort dans la bouche du compagnon de celui nommé Sauzaie : « *L'Hermione*, nous devrons la reconstruire à l'identique. » Châteauroux n'est qu'une étape de mon Tour de France et cette charpente à Nohant le premier de mes grands chantiers. Mon véritable projet demeure la frégate de La Fayette.

— Et la vieille charpente ?

— Nous en brûlerons les éléments une fois démontés ; il serait indigne de les laisser pourrir dans un coin. Respecter le travail des anciens ; cela aussi constitue l'esprit compagnon.

À présent, les couvreurs ont élargi la surface à l'air libre, le soleil pénètre à flots dans le grenier. Le maître plonge la main dans sa poche, en sort son Opinel et une craie, pique une lame du plancher. Il brise la craie en deux, m'en tend une moitié.

— Ça va, cette lame se trouve en bon état. Cependant, faisons de même pour toutes. Si la pointe de ton couteau pénètre trop facilement, marque le bois d'une croix blanche. Je proposerai son remplacement. Ce sera plus avantageux pour le département.

Notre démarche ressemble à celle des chercheurs de champignons ; courbés, nous avançons de lame en lame, piquons le bois de la pointe du couteau. Parfois, l'un de nous deux s'arrête, plante à nouveau, réfléchit, va plus loin ou au contraire trace la croix fatidique qui condamne la planche. Malgré les gouttières, à peine une dizaine de lames sont à changer.

À la position du soleil, Besançon la droiture devine l'heure de déjeuner. Pour économiser temps et argent, nous pique-niquons sur un plateau et deux tréteaux apportés dans la camionnette avec deux bancs pliables ; l'ombre de l'arbre le plus proche du château, un hêtre dont le feuillage apporte sa fraîcheur, devient notre salle à manger. À cette heure, le cagnard darde haut dans le ciel et nous n'apprécions guère la bronzette. Sur la charpente, le soleil nous grillera suffisamment.

Le dernier verre de vin vidé, le maître referme son Opinel.

— Je vous propose une petite sieste. L'herbe me paraît à point. Nous reprendrons à 13h30.

La sieste ne me dit rien. Je m'éloigne, solitaire, entreprends le tour du parc, immense et sauvage telle une forêt. Tout ici respire le jardin à l'anglaise, nul alignement mais partout des massifs et des bosquets ; ils paraissent ne pas connaître la main humaine et pousser librement. Au hasard de ma promenade, je découvre un espace isolé et caché par un massif de rhododendrons aux fleurs, hélas ! en voie de passer. Devant eux, un banc de pierre moussu. J'imagine sur ce banc George Sand et Frédéric Chopin ; ils s'embrassent et se parlent. L'idée me vient de proposer aux parents de Noëlline une visite en fin de semaine avec leur fille puisqu'ils préféreront ne pas la laisser venir seule. Ils ne lui interdiraient pas, Noëlline est majeure. Mais elle-même non plus ne le souhaite peut-être pas. Comme nous nous aimerons bien ici ! Je suggérerai à ses parents une longue promenade, m'arrangerai pour qu'ils s'égarent ; le temps qu'ils se retrouvent, Noëlline et moi seront seuls sur ce banc…

Immergé dans mon rêve éveillé, je ne réagis pas immédiatement au bruit de la reprise du travail.

Le soir, de retour à Châteauroux, devant la maison des compagnons, le maître arrête la camionnette.

— Je te prendrai ici demain matin. Tiens-toi prêt pour 7 heures.

— Merci, maître. Bonsoir.

Je ne me résous pas à lui dire « patron » ! Il sourit.

— Bonsoir compagnon !

Dans l'entrée se tient la mère, Colette la bienvenue.

— Bonsoir mère.

— Bonsoir Vincent. Comment se porte votre sœur ?

— Elle est atteinte d'une leucémie, une maladie de…

— Je sais ce que c'est ; il faut avoir confiance. Si son entourage n'est pas courageux, elle ne le sera pas. Le moral est essentiel.

— L'infirmière nous l'a dit.

Je la dévisage.

— J'aurais trois coups de téléphone à donner. Puis-je mobiliser la cabine pour dix minutes ?

La maison n'a pas installé le téléphone dans chaque chambre et, certains soirs, une file d'attente s'allonge devant la cabine. Le téléphone portable est encore trop cher pour nos bourses et incommode de par sa dimension ; il demeure l'exception.

— Faites vite, soyez bref, bientôt vos copains vont rappliquer sitôt leur douche prise. Vous avez raison, téléphonez maintenant ; vous vous doucherez ensuite.

Évidemment, j'appelle d'abord Flore. Éprouvée par sa chimiothérapie, mon appel la tire de sa somnolence.

— Sais-tu si à Saint-Andéol les grands-parents sont prévenus ?

— Ni papa ni maman ne m'ont rien dit.

— Tu me permets de les appeler ?

— Bien sûr, embrasse-les pour moi.

Son filet de voix me paraît un murmure ; il implore le repos.

— Je te dis bonsoir, petite sœur. Essaie de dormir. C'est le mieux pour récupérer. Je te rappellerai demain.

Flore me répond d'un ton si étranglé, si malheureux ! Je la comprends à peine. Les larmes m'en viennent aux yeux.

À cette heure, grand-mère en a fini de traire et grand-père de nettoyer la petite étable. Je les imagine s'en retourner dans la grand-salle, allumer la télévision, dresser leurs deux couverts face à l'écran ; grand-mère a tenu la soupe au chaud et sans doute s'apprêtent-ils à dîner.

Sur son petit meuble, le téléphone sonne, grand-père se lève ; c'est toujours lui qui répond.

— Allô ?

— Pépé ?

— Oui ? C'est toi Vincent ? Je reconnais ta voix. Mémé, c'est Vincent !

Un léger déclic m'indique qu'elle a pris l'écouteur.

— Bonsoir à tous les deux. Je vous appelle de Châteauroux.

— Comment vas-tu ?

— Bien ; avec mon nouveau maître, j'ai entrepris aujourd'hui la reconstruction de ma première grande charpente.

— Où ça ? À Châteauroux ?

— À quelque vingt kilomètres, à Nohant, le château de George Sand.

— George Sand l'écrivain ?

— Oui. Comment ça va, tous les deux ? Avez-vous reçu ma carte ?

— Parfaitement. Merci, nous ne t'avons pas répondu, tu ne nous pas donné ton adresse.

— Je ne la connaissais pas encore exactement ; prends un papier et un crayon, je vais te la dicter. Mais auparavant, une question : avez-vous des nouvelles de Flore ?

— Non, personne ne nous a téléphoné ou écrit. Elle est malade ?

Eux aussi, au fil des rares visites à l'occasion des vacances d'été, avaient remarqué son teint de plus en plus diaphane, son énergie diminuée.

— Hospitalisée. Je me suis douté que maman ferait en sorte que vous ne soyez pas prévenus.

— Pourquoi cela ? Et ton père ? Attends, je te passe la mémé.

Un petit déclic indique qu'il prend l'écouteur à sa place.

— Bonsoir mon petit.

Avec mon mètre quatre-vingt-cinq à dix-huit ans, je suis toujours son petit. Jamais maman ne m'a appelé « mon petit ».

— Bonsoir mémé.

— Tu dis que Flore est malade ?

— Oui, il a fallu l'hospitaliser.

— Dis-nous la vérité ; que lui arrive-t-il ?

— Une leucémie, autrement dit une maladie de la moelle épinière.

— Oh mon Dieu ! La pauvre. Cela se soigne comment ?

— Par la chimiothérapie ; le traitement dure trois mois.

— Trois mois ! Pauvre petite ! Trois mois, à seize ans, c'est bien long. Mais pourquoi tes parents ne nous ont-ils pas prévenus ?

— Par crainte que vous alliez la voir. Elle se trouve en chambre stérile. Maman voulait m'interdire à moi aussi de lui rendre visite, soi-disant par peur des microbes. Elle veut accaparer sa fille pour elle seule. C'est papa qui m'a prévenu.

— Et nous ?

— Tu connais mon père ; maman le lui aura interdit. Il se met à genoux devant elle. Pourquoi, je l'ignore.

— Ton grand-père et moi, nous nous sommes longtemps posé la même question. Sans pouvoir y répondre, d'ailleurs. Il n'empêche, nous aimerions bien rendre visite à ta sœur, notre petite-fille.

— Allez-y ; elle vous aime. Rien ne lui fera davantage plaisir.

Je les entends murmurer entre eux deux.

— Allô ?

— Le problème est que nous ne connaissons pas Lyon ; à nos âges, nous nous perdrons.

— Téléphonez à papa ; c'est votre fils après tout. Il vous conduira.

— Et si ta mère écoute ?

— Appelez-le à son cabinet. Voici son numéro. À présent, il me faut vous laisser, plusieurs de mes camarades aspirants s'impatientent devant la cabine. Je vous embrasse.

J'appellerai Noëlline après dîner, quitte à sortir pour téléphoner d'un café.

Sous les regards soulagés de mes camarades, je quitte la cabine, monte à ma chambre, prends ma douche, me change pour le dîner où je retrouve à la même table Robert, Louis et Jean. Chacun d'entre nous échange sur son chantier, tous les quatre sommes attelés à des réalisations différentes mais toujours la charpente se retrouve au cœur de notre art. Même Jean le tailleur de pierre s'applique à sculpter des corbeaux[1] pour la mise en place d'une nouvelle charpente au château de Lys-Saint-Georges, à une dizaine de kilomètres de Nohant. Insensiblement, la conversation glisse vers l'épreuve du chef-d'œuvre, défi incontournable pour la réception au titre de compagnon. Je sens que chacun de nous fait mine de ne pas avoir arrêté son projet ; cependant, comme moi, je parierais qu'ils réfléchissent déjà à sa réalisation.

1. *Corbeau : pierre encastrée en saillie sur un mur pour supporter une poutre.*

Encore quelque temps et nous serons davantage en confiance, nous nous confierons. Le chef-d'œuvre se révèle si difficile, si redoutable que la plupart des aspirants compagnons doivent mettre en commun leurs connaissances pour le mener à bien.

— Noëlline ?

Sa mère me répond.

— Bonsoir Vincent, j'ai reconnu votre voix. Je vous passe Noëlline.

Elle n'est pas loin, rapplique aussitôt, tire à elle la porte de la cuisine où dînent ses parents.

— Bonsoir petit amour.

— Bonsoir grand charpentier.

— C'est un beau compliment. Aujourd'hui, j'ai souvent pensé à toi.

— Les autres jours, non ?

— Hier, nous étions ensemble.

— À quoi as-tu pensé ?

— Nous nous trouvions assis, tous les deux sur le même banc. Tes parents s'étaient égarés, et nous nous embrassions.

— À bouche que veux-tu, grand coquin ?

— Oui, exactement. Voilà ; dans le grand parc du château se trouve un banc de pierre dans un endroit caché par un massif de rhododendrons. Plutôt que je vienne à Lyon, tu convaincras tes parents de me rejoindre avec toi. Seule, ils s'inquièteraient.

— De toute façon, je ne voyagerais pas seulette, comme chantait ma grand-mère.

— J'ignorais l'expression !

— Elle est vieillie, mais je l'aime, la trouve pleine de poésie.

— Ton père sera ravi de découvrir le château et surtout sa charpente. Je m'arrangerai pour égarer tes parents dans le parc. Pendant qu'ils chercheront, nous irons sur le banc.

— Tu es polisson !

— Je veux me retrouver seul avec toi.

— Promets-moi de rester sage.

— Promis juré !

— Si tu mens…

— Croix de bois, croix de fer, j'irai en enfer !

Le surlendemain, Noëlline m'annonçait au téléphone qu'avec ses parents elle arriverait samedi matin à Châteauroux. Ils repartiraient dimanche après-midi.

En sa qualité de compagnon fini, Auguste et sa petite famille pourraient loger exceptionnellement dans la maison des compagnons, presque vide les samedis et dimanches. Il me chargeait de leur réserver deux chambres. Dans la même soirée, papa m'appelait de son cabinet. Il avait osé braver maman et s'en faisait presque gloire, tel un adolescent devant ses copains.

— Tes grands-parents m'ont téléphoné. Ils voulaient des nouvelles. J'en ai profité pour leur révéler la vérité sur la santé de ta sœur. Ils lui rendront visite dans quinze jours et arriveront par le train. Pour éviter les problèmes que tu sais avec ta mère, je leur ai réservé une chambre à l'hôtel le plus proche de chez nous. Il serait bien que tu nous rejoignes à cette occasion.

Je ne révèle rien. Sous leur apparence de paysans ardéchois tout simples, pépé et mémé ont très bien manœuvré.

— Évidemment que je serai avec vous tous.

Non seulement je verrai Flore, mais encore j'en profiterai pour présenter Noëlline à mes grands-parents ; je suis certain qu'elle leur plaira.

*

* *

Les pannes, les fermes, les noues, les arbalétriers, les chevrons et les lattis sans oublier les chantignoles[1] et les voliges occupent tout le plateau du camion-grue. Derrière lui en suit un autre où sont rangées comme un trésor l'ensemble

1. *Chantignole : pièce de bois soutenant la panne d'une charpente.*

des chevilles et autres pièces qui permettront d'assembler la charpente, sans compter les multiples perceuses et visseuses indispensables à ce chantier. Les ouvriers sont venus plus nombreux, il va falloir faire vite ; la météo s'annonce incertaine pour la semaine suivante. Le maître veut absolument que le montage de la charpente soit terminé vendredi soir. Lundi, les couvreurs pourront alors entreprendre de fixer les ardoises sur les voliges.

Toujours selon la même météo, le temps devrait se maintenir jusqu'à dimanche soir. Pourvu qu'elle ne se trompe pas afin qu'avec Noëlline nous profitions du parc ! Hier, du matin jusqu'au soir, nous avons terminé le démontage de la vieille charpente puis entassé en un bûcher ses pièces rongées par les intempéries des siècles passés. Le maître abandonne au conseiller général, désigné responsable par le département, la décision d'y mettre le feu pour une mort en gloire ; après tout, la vieille charpente reste sienne.

— Dans un an, les conseillers généraux pourront en faire un beau feu de la Saint-Jean !

La grue élève les pannes, les présente à portée de nos mains ; nous les disposons sur les fermes. En équilibre sur l'arbalétrier de noue[1], le maître

1. *Noue : pièce de charpente formant l'arête supportant la rencontre des versants de deux toits.*

surveille l'ensemble de la manœuvre. Souvent, il me fait signe de redescendre pour une vision du bas, m'enjoint de me déplacer vers tel point pour m'assurer que les assemblages ne souffrent d'aucune imperfection. En particulier, nous avons eu un problème de découpe à l'atelier. Faute d'une longueur suffisante pour un entrait[1], il nous a fallu assembler deux poutres en une seule.

— Toi qui as appris à Lyon l'art du trait de Jupiter, je te confie cet assemblage.

Sans prononcer un seul mot tout à fait inutile, je m'empare des deux poutres, les découpe en éclairs de telle façon qu'elles s'encastreront parfaitement l'une dans l'autre. Il s'agit d'un savoir-faire précis qui ne souffre nulle approximation. Quatre années d'apprentissage au côté de Jupiter la Croix-Rousse ! Ce tour de main, je le maîtrise. Le jour de sa réception, il a reçu de cet art quasiment mythique dans la charpenterie son nom de compagnon.

— Tu sais, me déclare admiratif Besançon la droiture, sans vouloir te flatter, mis à part ton premier maître, je ne connais aucun compagnon charpentier capable de réussir comme toi le trait de Jupiter.

---

1. *Entrait : pièce horizontale d'une ferme (assemblage triangulaire de bois).*

La météo pour une fois ne s'est pas trompée. Sous le soleil, les ardoises luisent magnifiques. Au final, nous n'avons dû en changer que quelques-unes seulement. Les couvreurs se sont appliqués à les disposer de telle façon qu'à présent, une fois posées, elles chatoient en camaïeu, dispersées parmi les autres.

— Admire cette harmonie ; si George Sand peut voir d'où elle repose la charpente et la toiture de son château, son âme de châtelaine doit en cet instant se montrer fière de nous, de notre travail de compagnons, elle qui nous aimait tant.

À la façon du maître, debout à ses côtés, j'admire notre travail. Le château, sous sa nouvelle toiture, m'apparaît comme neuf et tout en majesté. Besançon la droiture attendait que le chantier fût parfaitement nettoyé et tous les ouvriers repartis pour demeurer avec moi seul, futur compagnon. Silencieux devant l'œuvre accomplie, nous l'apprécions davantage. J'hésite à m'épancher, cependant il le faut.

— Voulez-vous connaître l'une des raisons qui m'ont conduit à vous tenir informé de la maladie de ma sœur ?

Il se demande où je veux en venir.

— Puisque tu me le proposes !

— Elle joue du piano, très bien d'ailleurs.

— Je vois.

— Son musicien préféré est Frédéric Chopin.

— Elle n'est pas la seule.

— Chopin a séjourné ici, chez George Sand.

— Je commence à deviner.

— J'ai choisi pour chef-d'œuvre la miniature au vingtième de la charpente du château. Je l'offrirai à Flore.

Il se tourne vers moi, affiche un merveilleux sourire.

— Je me persuadais que tu avais du cœur. Le choix est excellent. Si ton travail requiert un conseil avisé, tu peux compter sur Besançon la droiture.

— Merci maître.

Nous nous serrons la main ; cette poignée ne se défera jamais.

Tout d'abord, j'astique ma chambre. Noëlline et ses parents doivent repartir avec la meilleure opinion de moi-même ; évidemment, ils visiteront ma carrée. La mère m'a confié les clés des deux chambres qu'elle leur a réservées et où je pratique comme dans la mienne. Hier, en rentrant de Nohant, j'achetai un vase et des roses rouges pour Noëlline. Sur sa table de nuit, je leur trouve belle allure. Comme j'achève ma toilette, j'entends devant la maison l'arrivée d'une voiture, puis l'arrêt de son moteur ; je me précipite. Mon instinct d'amoureux devine cette présence. Il ne me reste plus qu'à lacer mes chaussures, parfaitement cirées la veille. Je connais trop la règle des compagnons ; propreté avant tout. Par la fenêtre, à travers la transparence du rideau, j'aperçois Noëlline. La première, elle descend de voiture. Elle a choisi sa petite robe rouge qui découvre si bien ses jolies jambes bronzées. Je quitte ma chambre, descends quatre à quatre les marches de l'escalier, ouvre la porte d'entrée avant qu'Auguste ne sonne. À deux pas de sa mère, Noëlline me sourit. Son père s'avance, nous nous serrons la main.

— Bonjour. Comment se porte notre aspirant compagnon ?

— Mais il se porte bien, maître.

J'embrasse Geneviève qui me prend dans ses bras.

— Bonjour Vincent ; vous êtes bien beau !

— Merci madame.

Bien qu'elle me l'ait proposé, je ne m'accoutume pas encore à appeler par son prénom celle à qui je souhaite un jour dire « belle-maman ».

Noëlline m'attend. Je vais à elle et, sans un mot, nous nous embrassons d'un gentil petit bécot. En présence des parents, ce n'est pas encore un baiser d'amoureux, mais ce n'est plus un bisou.

— Bonjour Noëlline.

— Bonjour Vincent.

Plutôt que nous parler – au diable les parents ! –, à nouveau nous rapprochons nos lèvres pour un baiser plus long.

Comme nous nous séparons, je surprends leur sourire. Il ne me paraît pas réprobateur, encourageant tout au contraire.

— Venez, je vais vous présenter à Colette la bienvenue, la mère de la maison.

Elle attendait. À peine sommes-nous dans le couloir qu'elle sort de son bureau. La mère s'approche d'Auguste.

— Jupiter la Croix-Rousse !

— Colette la bienvenue !

— Vous vous connaissez ? s'enquiert Geneviève.

— Nous nous reconnaissons. Nous avons participé à un même arrosage[1]. C'était à Privas il me semble. Nous arrosions le départ de deux compagnons. Vous étiez alors compagnon fini et je me trouvais simple dame hôtesse[2].

— Ni l'un ni l'autre n'étions encore mariés. Je vous présente Geneviève, mon épouse.

— Enchantée ; j'espère avoir l'occasion de vous présenter Fernand, mon mari, au cours de votre séjour. Lui n'est pas compagnon ; il me seconde parfois. Vincent, je vous laisse le soin d'installer vos invités dans leurs chambres. Souhaitez-vous déjeuner ici ?

---

1. *Arrosage : veillée précédant le départ pour une autre ville. La communauté boit et chante en l'honneur des partants.*

2. *Dame hôtesse : adjointe de la mère.*

Compte tenu de mon projet, surtout pas !

— Merci, mère. Comme il fait beau temps, nous partons pique-niquer dans le parc du château de Nohant.

— Vincent souhaite à toute force nous présenter son premier grand chantier.

— C'est bien normal. Je vous laisse.

Colette la bienvenue n'est pas dupe ; à voir nos mains très proches et nos sourires câlins, elle a bien compris que Noëlline n'est pas venue seulement admirer une charpente !

Je m'empare de sa valise, grimpe les marches de l'escalier.

— Voilà de la belle ouvrage, où je ne m'y connais pas, apprécie Auguste.

— Besançon la droiture l'admire également. Toute la maison fut entièrement restaurée par des compagnons durant leur séjour. Je vous présente votre chambre. Voici la tienne, Noëlline.

Et tandis que ses parents s'installent dans la leur, j'accompagne Noëlline dans la sienne. À peine est-elle entrée qu'elle remarque les roses.

— C'est toi qui les as disposées ?

— Bien sûr. Elles te plaisent ?

— Douze roses rouges ! C'est une déclaration d'amour.

— C'en est une.

Et, sans me préoccuper que la porte soit ouverte, je la prends dans mes bras et nous nous embrassons d'un long baiser d'amour. Comme nos lèvres sont chaudes et comme nos yeux s'attirent ! Combien de temps demeurons-nous ainsi ? Un petit toussotement nous sépare, celui de sa maman.

— Nous sommes installés.

Sans attendre, elle donne la main à Auguste et tous les deux entreprennent de descendre les marches de l'escalier. Eux aussi sont amoureux !

De Châteauroux à Nohant, une demi-heure suffit. Le soleil nous est fidèle et caresse de ses ardeurs les feuillages de septembre. La haute toiture luit sous les ardoises, éclatantes de leurs gris parfois bleus. La nouvelle noue élève telle une offrande au ciel son coq girouette ; le vent l'oriente au nord. L'air sec se boit comme du vin blanc ; il fera beau. Le père de Noëlline admire sans dire mot. Enfin il se décide :

— Besançon la droiture et toi, vous faites du beau travail. Félicitations.

— Pas seulement nous deux. Il a su créer une très belle entreprise avec des charpentiers couvreurs de premier ordre.

— De toute façon, rien ne se fait tout seul. Cependant, au bout du compte, je reconnais la patte de ton maître.

— Cet après-midi, je demanderai à la gardienne de nous laisser monter jusqu'au grenier.

— Auparavant, l'air frais me met en appétit. Hier soir, Geneviève et Noëlline nous ont préparé un casse-croûte de Lyonnais.

Il en était convenu ainsi, Noëlline l'avait compris. Charpentier mais non pas cuisinier, de plus sans beaucoup d'argent et trop fier pour demander à mes parents, elle avait suggéré à sa mère de pourvoir au pique-nique.

— Derrière le château, un plateau de planches, deux tréteaux et des chaises nous attendent dans l'appentis. Je vais les chercher.

— Laisse-moi t'accompagner, suggère Auguste.

Nous longeons une douve à moitié rebouchée jusqu'à l'autre face du château. Je pousse une vieille porte grinçante ; comme la charpente, elle aurait besoin d'être changée. À deux, nous empoignons le plateau, y entassons les tréteaux et les chaises. À notre retour, Noëlline et sa mère ont déchargé du coffre de la voiture deux paniers d'osier recouverts de linge blanc.

Un repas froid, mais canut en tout point : salade de museau et pommes de terre, mortadelle, cochonnailles, terrines, chèvretons des monts du Lyonnais, clafoutis aux poires ; le tout arrosé de chénas, un merveilleux beaujolais du côté de Romanèche-Thorins. J'observe que Noëlline ne réclame pas de Coca, préfère le beaujolais.

— Je n'ai pas apporté de café.

— Viens Noëlline, la gardienne nous en fera. Elle se faisait tellement de soucis pour les gouttières de la toiture ! À présent, la voici soulagée. Sa reconnaissance nous est acquise pour longtemps.

Je prends la main de Noëlline et refait avec elle le même parcours que tout à l'heure avec son père, mais nous allons plus loin, jusqu'aux communs où sont la cuisine et le logement de la gardienne. Elle s'y trouve, occupée à sa vaisselle.

— Bonjour madame. Nous avons pique-niqué dans le parc pour ne pas déranger.

— Vous auriez pu demander pour déjeuner à l'abri. L'air ne semble pas si chaud.

— Nous étions très bien, madame, affirme Noëlline. La vue sur le parc vaut bien une salle à manger.

— En ce cas… Vous venez pour le grenier et la charpente ?

— Oui, bien sûr, cependant, excusez-nous, auriez-vous du café ?

— Évidemment, mais venez le prendre ici. Vous serez plus au chaud. À propos, où ferez-vous votre vaisselle ?

— Maman la rapportera ; nous la ferons de retour à la maison.

— Voilà bien de l'embarras. Apportez-la ici. Vous laverez vos assiettes et couverts à l'eau chaude tandis que le café passera.

Je laisse Noëlline, cours vers le parc pour revenir avec Geneviève, Auguste et la vaisselle sale. Tandis que la brave dame met en route sa cafetière, nous disposons cinq tasses sur la table.

— Cinq ?

— Nous n'allons pas boire seuls.

Quoi de plus agréable que d'être bien assis dans une cuisine à écouter la musique du café et sentir son parfum ? Une fois passé, nous savourons doucement le liquide noir et chaud. Noëlline et moi échangeons des sourires complices.

— Nous avons tout le temps pour la visite du grenier. Pendant qu'il fait beau, allons faire le tour du parc.

— Allez-y seuls, les amoureux, nous propose Geneviève qui pas plus qu'elle n'est sotte ignore ses seize ans. Avec ton père, nous allons faire la vaisselle, puis nous vous rejoindrons.

— En ce cas, à tout à l'heure. Retrouvons-nous derrière le massif de rhododendrons. Vous le trouverez facilement en bas du parc.

De fait, il se trouve en haut. Mais je ferai mine de m'être mal expliqué. Ce pieux mensonge nous donnera un peu de temps.

Main dans la main, j'entraîne Noëlline par les sentiers ; ils courent entre les essences de diverses sortes, tilleuls à l'ombre généreuse, chênes dont les branches se frôlent, hêtres qui s'étalent ; quelques troncs de bouleaux éclairent tout ce vert. Un massif de rosiers sauvages nous attire par son parfum ; ses coloris vifs tranchent et réchauffent. Les rouges des pétales s'accordent à la robe de Noëlline.

— Tu es belle et je t'aime.

— Moi aussi, je t'aime.

Lequel des deux offre ses lèvres ? Elles se rejoignent très vite ; de toutes mes forces, je serre dans mes bras celle que j'aime, ressens sa respiration, son cœur qui bat bien fort. C'est un très long baiser, muet et profond, puis un sursaut, une brusque et folle étreinte, une courte lutte essoufflée, violente et maladroite. Nous restons aux bras l'un de l'autre, enfiévrés tous les deux, avides encore. Nos lèvres se cherchent et s'amusent de s'aimer. Sans mesure, je l'écrase à mourir. Elle se déprend, respire, me sourit.

— Pas si fort, tu m'étouffes !

— C'est que je t'aime Noëlline.

À nouveau, l'amoureuse se blottit contre moi. Ma main gauche prend sa nuque, l'enserre, rapproche son visage du mien et nos lèvres se retrouvent. Tout le long de son corps, ma main droite entreprend un voyage au long cours, glisse sur la robe rouge au tissu fin soyeux, va jusqu'à la cuisse, remonte sous le vêtement. Comme sa peau est douce ! Le velours de ma paume découvre et repère des territoires cachés, écarte la minuscule cotonnade, s'aventure doucement sur le jardin secret.

— Non, pas plus loin.

Ma main arrête sa progression, mais ne se retire pas. La bouche aimée ne prononce plus un mot ; en silence, pour réponse, Noëlline me caresse la nuque. Je déplace ma main, déboutonne le haut de la robe, l'ouvre et découvre la naissance des seins que bientôt j'offre à la lumière. De mes lèvres, j'en titille les pointes. À deux mains à présent, elle me serre la nuque à l'étrangler, y plante ses ongles. Mes lèvres quittent ses boutons de rose, retrouvent sa bouche avide. Longtemps, très longtemps, nous demeurons ainsi.

— Je te veux tout entière, mon amour.

— Moi aussi, je te veux, mais pas ici.

Elle reboutonne sa robe, nous nous prenons la taille, descendons le sentier. Au bas du parc, la vue s'étale sur la vaste canopée d'une chênaie en contrebas. Noëlline connaît tout de mon projet naval, je ne lui en ai rien caché durant mon séjour chez son père, sur les pentes lyonnaises de la Croix-Rousse.

— Tu vois, Noëlline, ce sont dans les futaies de ce type que poussaient les chênes pour les frégates du roi. Les vaisseaux naissent en forêt. Pour la reconstruction de *L'Hermione*, je les rechercherai.

— Je pourrai t'accompagner ?

— J'y compte bien.

— Ils acceptent les femmes sur les chantiers ?

— Du temps des rois, non ; aujourd'hui, tout a changé.

Nous nous reprenons, nos lèvres encore une fois se rejoignent.

— Cette nuit, nous nous aimerons.

— Je t'aime déjà, tu sais. Depuis longtemps, je t'aime. Je t'ai toujours aimé, sans même le savoir.

— Moi aussi, mon amour. Je ne te l'avouais pas, par peur de mal savoir le dire.

Elle me regarde, ses yeux se noient dans les miens.

— Grand fou ! Tes paroles résonnent d'amour.

Et nous nous embrassons encore.

À la limite du parc, là où il devient lisière de la forêt, George Sand fit ériger un banc taillé dans le bloc d'une seule pierre blanche. Seules les mousses l'ont colorée. Sur ce banc, un couple se repose, enlacé. Je lance une pierre sur un douglas, elle retombe et entraîne une pomme de pin, une pigne comme il se dit à Saint-Andéol.

Surpris du bruit mat de la chute sur les aiguilles sèches, Auguste et Geneviève se délacent, se retournent.

— Vous avez terminé votre promenade ?

— Nous vous cherchions.

— Et vous avez trouvé. Le paysage est magnifique. Allons visiter la charpente.

Tous les deux se lèvent et main dans la main nous sourient. De les voir s'aimer comme au premier jour de leur amour me donne encore plus fort le désir que leur fille soit ma femme.

— Quelle cathédrale de bois !

Auguste n'en revient pas de l'immensité et de la hauteur de la charpente.

— Et vous l'avez assemblée en une semaine ?

— Ce ne fut que l'étape ultime, précédée de plusieurs mois de travail. Elle avait été construite dans l'entreprise à Châteauroux et, encore auparavant, une maquette fut réalisée selon les plans de l'architecte qui lui-même était venu au château en relever les cotes. Montée puis démontée, transportée ici même, nous l'avons assemblée en cinq jours, une fois l'ancienne déconstruite. Le maximum d'ardoises put être conservé. La charpente en est quasiment totalement recouverte.

Auguste se promène dans le grenier, tantôt repère sur le plancher les lames changées, tantôt lève son regard vers la charpente. Il se déplace partout, examine, revient sur ses pas, admire.

— Bravo, mon fils. Tu féliciteras ton maître Besançon la droiture. Je ne vois aucune critique à émettre. Pourtant, dans le métier, je suis reconnu comme exigeant. C'est son énième charpente de château, mais non pas la dernière. Tel que je le connais, il en réalisera d'autres. Je ne regrette pas de t'avoir conseillé Châteauroux comme première étape de ton tour de France. À propos, as-tu déjà arrêté le choix de ton chef-d'œuvre ?

C'est la première fois qu'il m'appelle « mon fils », et j'en demeure tout ému, ainsi que Noëlline et sa mère. Il me revient en mémoire l'hypothèse caressée lors du dernier séjour à Lyon.

Ce choix de chef-d'œuvre, à part mon maître Besançon la droiture, personne ne le connaît ; pas même mes compagnons de table, Louis, Robert et Jean. Puisque Auguste s'en enquiert, je ne vais pas mentir, surtout à Noëlline, qui d'ailleurs à cet instant ne me quitte pas des yeux.

Lentement, avec précision, je confie mon projet pour Flore :

— La pauvre, isolée dans sa chambre stérile, je lui ai parlé de Nohant, de George Sand et surtout de Chopin. Sa maladie sera longue à soigner. Avant son hospitalisation, elle jouait sur son piano toutes ses polonaises. Je lui ai déjà offert des reproductions de croquis sous forme de cartes et de photos. Mon chef-d'œuvre sera pour elle.

Le soir, nous dînons dans la salle à manger de la maison des compagnons. Les convives sont peu nombreux, presque tous les aspirants ont rejoint leurs familles pour cette fin de semaine. Du coup, afin qu'ils se sentent moins seuls, Auguste propose de rapprocher quelques tables pour une seule table d'hôte. Tous l'abreuvent de questions lorsqu'ils apprennent sa qualité de maître. Bientôt, il en oublie son assiette tellement il est heureux de raconter sa vie de compagnon charpentier et surtout son tour de France. Comme son récit s'éternise et rebondit à chaque question, Noëlline glisse à l'oreille de sa mère :

— Maman, nous partons nous promener. Ne nous attendez pas, couchez-vous si vous voulez.

Dès demain, elle et ses parents s'en retournent à Lyon ; nous voulons être seuls. Mon amour tient à tout savoir de moi ; je lui montre le bar-tabac-presse d'où je lui écrivais ses cartes, nous marchons jusqu'aux longs bâtiments de l'entreprise, nous nous égarons dans les rues et les places du centre-ville qui le samedi soir regorgent de promeneurs et de couples enlacés. Sur la place des Halles, une terrasse nous attire.

— On s'assoit ?

— Oui.

Nos mains se trouvent et nos lèvres aussi. Parmi la foule, nul ne nous prête attention. D'autres couples semblent s'aimer ; notre amour à nous est vrai et demeurer enlacés ne nous suffit plus. Je regarde ma montre, elle indique 10 heures du soir.

— Tes parents sont sortis, ou couchés. Rentrons.

Tout est calme dans la maison. En haut de l'escalier, sous la porte de la chambre, ni Noëlline ni moi ne percevons nul rai de lumière.

— Papa et maman ne sont pas là.

— Viens.

Comme un oiseau se lovant dans son nid, elle met sa main dans la mienne ; de l'autre, j'ouvre la porte de ma chambre, elle me suit, je nous enferme d'un tour de clé. Très doucement, je l'attire à moi, l'embrasse partout où c'est très doux, la déshabille en toute complicité, caresse son petit ventre bombé d'excitation. Nos lèvres se cherchent, se rencontrent et soudain sous leurs baisers nos corps deviennent nos bouches. Je la serre nue et chaude contre moi. Tout à coup, comme si nous ne nous étions qu'insuffisamment embrassés, mes lèvres, sans chercher, retrouvent les siennes. Elles descendent, parcourent son cou de cygne de baisers rapides, de baisers mordants, de baisers fous. Au fur et à mesure que son corps se dévoile, je le couvre de caresses et de baisers. À genoux devant elle, je m'enivre de son bouquet secret, de la douce senteur de ses cuisses ; je me relève, enlace ses reins, me délecte de la courbe de son ventre. Pour tous les deux, c'est la première fois ; à dix-huit ans passés, toujours je me suis réservé, n'ai pas connu de femmes.

— À toi, mon amour ; déshabille-moi.

Bien délicatement, comme si elle n'osait pas, l'un après l'autre et timidement elle m'ôte mes vêtements. Nus tous les deux, elle s'agrippe à mon cou, je la porte sur le lit.

— Je t'aime, Noëlline.

— Moi aussi je t'aime. Que ton vœu soit exaucé !

Ivres d'amour, nos corps s'enroulent, nos caresses se rejoignent, nos lèvres se promènent là où jamais elles ne pouvaient lorsque nous étions habillés. Je sens ses bras, ses mains, ses ongles sur mon dos ; impétueusement, d'une force que je ne lui soupçonnais pas, elle m'enserre et me laboure. Ses jambes s'écartent, elle s'offre, je l'étouffe de mon corps et doucement la pénètre. Nous restons ainsi longtemps soudés, le plus longtemps possible. Je perçois son petit cri plaintif, et d'amour lui mords les lèvres. Surprise à enfouir son visage dans l'oreiller pour y étouffer des gémissements de plaisir, je lui mords la nuque à petits coups. Plusieurs fois dans la nuit nous nous aimons, mais le sommeil nous prend. À l'aube avant l'aurore, l'amour appelle encore. Nous n'avons pris aucune précaution. Une trace sur le drap relate notre passion.

Le jour se trahit par les rais de lumière ignorant les volets ; quelques bruits dans la chambre de ses parents à travers la cloison indiquent qu'ils sont levés. Le bras de Noëlline sur lequel j'ai dormi me semble une nourriture au parfum de miel. Dans la pénombre, j'approche mon visage du sien. Elle dort encore. Comme si mon regard réveillait ses paupières, Noëlline se libère du sommeil. Je l'embrasse.

— Bonjour mon amour.

Elle me prend dans ses bras.

— Tu as fait de moi une femme.

— Et de moi un homme.

Peu importe l'heure et les craquements qui trahissent le réveil de la maison. Nue, elle quémande, s'offre et je la prends.

Lorsque nous nous levons, les aiguilles indiquent 9 heures. Le temps de notre toilette, de nouveaux baisers, de nouvelles confidences, il est 10 heures. Une main frappe à la porte. J'ouvre, ne vois personne. Sans doute par discrétion, par élégance, celui des deux parents qui s'est manifesté n'a pas voulu avoir de commentaires à faire, de questions à poser. Nous descendons à la salle à manger. Auguste et Geneviève nous attendent, mais les tables sont nettes. Le petit déjeuner n'est servi que jusqu'à 9 heures. Le dimanche, la mère est de congé.

— Eh bien, les amoureux, vous devez avoir faim ! Ici, vous ne trouverez rien. Nous vous conduisons dans une brasserie repérée hier soir.

Noëlline va à sa mère, l'embrasse et je perçois entre elles un échange de petits mots de femmes. J'imagine ma mère si c'eût été l'inverse ! À présent, c'est le tour de son père ; il fait mine d'ignorer que sa fille n'a pas dormi dans sa chambre. Si ça se trouve, c'est lui qui a frappé à notre porte.

La *Brasserie des Halles* sert sans interruption de 11 heures à 23 heures. Du coup, Auguste décide que nous déjeunerons dans cet établissement et qu'ils repartiront après. À l'intérieur, nous découvrons des lits de glace pilée sur lesquels attendent des huîtres.

— Je vous offre un plateau de fruits de mer. Autrefois, les gourmets en faisaient leur petit déjeuner. Ce sera parfait.

Auguste sait que j'aime les huîtres ; à l'occasion, je lui avais narré nos repas d'huîtres à Fouras.

— Merci.

Je me retiens de prononcer « Papa ». Noëlline s'assoit à mon côté, nos mains se cherchent et se trouvent. Geneviève et Auguste échangent des regards, nous dévisagent et nous sourient. Je connais leur ouverture d'esprit mais jusqu'à un certain point. Leur fille est leur trésor et ils ne le laisseront pas se dilapider. Nous n'en avons jamais parlé ; dans leur esprit, il m'appartient à présent de prendre mes responsabilités.

— Et maintenant, qu'allez-vous faire ?

Je considère Noëlline, elle me dévore des yeux.

— Laissez-nous quelques années.

— Autrefois, de notre temps, cela s'appelait des fiançailles.

— Tu es d'accord, mon amour, ce seront de longues fiançailles qui se termineront dans les salons de la mairie.

Elle se penche sur moi, m'embrasse dans le cou. À mon tour, je pose mes lèvres sur les siennes et les y laisse au-delà d'un simple baiser.

Pourquoi en dire plus ?

Le garçon nous rejoint ; il porte à deux mains le magnifique plateau de fruits de mer commandé par Auguste. Auparavant, sur la table, et dans un seau à glace, il déposait une bouteille de muscadet.

— Je vous souhaite un très bon appétit.

Les huîtres, comme les autres coquillages, se révèlent parfaites, ainsi que le pain de seigle et le beurre mi-sel. Nous pourrions nous croire en Bretagne. Sur le verre de la bouteille, des perles de buée entreprennent de rouler. Auguste lève son verre.

— À votre santé mes enfants ; mais attention, soyez heureux ! Sinon vous aurez affaire à Jupiter la Croix-Rousse ! Dans la famille des compagnons, quand on dit oui, c'est pour la vie.

Du coup, pour le rassurer, nous nous embrassons encore. La faim nous dévorait et rien ne reste du plateau. Cela ne nous empêche pas de commander pour le dessert une brûlante tarte Tatin rafraîchie de sorbets. Noëlline se régale du contraste chaud et froid. Au bout du compte, nous sommes demeurés deux heures à table et remarquons la petite aiguille sur le II au cadran du clocher lorsque nous quittons la brasserie. Arrivés les premiers, nous sortons presque les derniers !

Il faut se rendre à la voiture. Notre nuit d'amour, la révélation de l'ouverture d'esprit des parents de Noëlline, le plaisir du repas m'ont presque fait oublier Flore, clouée sur son lit dans sa chambre stérile. Sitôt dehors, son visage revient à moi et Noëlline le devine dans le lointain de mon regard. Je ne suis plus comme je l'étais cette nuit ou à table tout à l'heure.

— Vendredi soir, je reprendrai le train pour Lyon. Mes grands-parents rendront visite à leur petite-fille et nous voulons nous rencontrer. Cet été, Noëlline, nous irons à Saint-Andéol ; toi qui aimes le vrai, tu te plairas dans ce village.

— Et tu découvriras la fameuse charpente de la Fonsine ! ajoute Auguste.

— La pauvre femme est hélas décédée et j'ignore qui a hérité de sa ferme. Mais nous aviserons sur place.

Dès les bagages chargés, j'embrasse Geneviève, serre la main d'Auguste.

— À l'occasion de notre prochaine visite à Châteauroux, je saluerai ton maître, ne serait-ce que pour le complimenter de son ouvrage à Nohant.

— J'arrangerai cette rencontre ; il en sera content.

Noëlline attend, je la prends dans mes bras.

— Comme la semaine dernière, mon amour, rendez-vous vendredi soir en gare de Perrache.

Je devine dans ses yeux des larmes retenues qu'éclaire le sourire de sa bouche. À travers ses épaisses boucles brunes, ma main prend sa nuque dans ma paume et nous nous embrassons longtemps, comme si nous désirions faire provision d'amour. Dans mon autre main, elle pelotonne la sienne.

VII

Deux adresses

POUR M'ÉVITER DE REVENIR À PIED, Auguste propose de me ramener à la maison ; je refuse. Comment se séparer deux fois ? Je marche par les rues de Châteauroux, rejoins mon gîte vers 4 heures. Ce dimanche après-midi, la maison reste vide, la cabine téléphonique, libre. Tout d'abord, appeler Flore. Ensuite, je me rendrai à la cayenne, prendrai le temps d'une observation détaillée de chacun des chefs-d'œuvre.

— Flore ?

— C'est toi, Vincent ?

Comme sa voix est faible ! Elle me fait penser à la lutte pour survivre des sources de l'Ardèche en période de sécheresse.

— Oui. Je suis heureux que tu aies reconnu ma voix. Comment te sens-tu, petite sœur ?

— Très faible. La chimiothérapie m'épuise. Commencée lundi, je me repose de son interruption les samedis et dimanches. Tu m'appelles de Châteauroux ?

— Oui. J'ai eu la visite de Noëlline et de ses parents. Ils viennent de partir. Es-tu prévenue que les grands-parents de Saint-Andéol viendront te voir samedi et dimanche prochains ?

— Papa me l'a confié. Maman ne semble guère apprécier leur visite.

— Tu la connais. Je vous rejoindrai également. Dans ta chambre, nous tiendrons une petite réunion de famille. J'espère que c'est autorisé. Sinon nous défilerons chez toi les uns après les autres.

Elle marque un silence. Je prévois la question.

— Noëlline sera avec toi ?

— Oui, petite sœur. J'ai une grande nouvelle à t'annoncer. Je la dirai à papa et à maman, ainsi qu'au pépé et à la mémé de Saint-Andéol dimanche prochain. Noëlline et moi, nous ne nous quitterons plus.

Me vient à l'esprit que j'use de papi et mamie seulement pour nommer les grands-parents maternels, les Lyonnais, comme nous nommons ces derniers, Flore et moi. Pour maman, « pépé et mémé » fait paysan.

— Tu ne peux pas savoir comme j'en suis heureuse. Noëlline est faite pour toi, si jolie et si vraie, si sympathique. Ta promesse de vous aimer toujours est si belle à entendre !

— C'est la plus belle des promesses. En échange, promets-nous de guérir !

— Tu sais, j'ignore quand et si.

— Je t'interdis. Tu guériras. Il ne faut pas parler ainsi.

— Tu es gentil. Je te laisse, voilà l'infirmière. Je t'embrasse.

— Moi aussi je t'embrasse. Prends soin de toi. Je t'appellerai dans la semaine.

Son filet de voix me rend si amer et si triste ; je m'éloigne de la cabine, rejoins la cayenne.

Tous les chefs-d'œuvre des anciens aspirants compagnons qui sont passés dans la maison veillent ici, debout, cirés, sans poussière et reluisants. Tous me fascinent mais bientôt je me poste face aux maquettes et miniatures de charpentes. Médiévales ou d'aujourd'hui, mes prédécesseurs en chefs-d'œuvre se sont tous surpassés. Inspirées du réel ou fruit de leur imaginaire secret, je trouve bien prétentieux de vouloir les égaler. Pourtant, il le faut, je le ferai. Mon chef-d'œuvre ne sera ni inspiré ni imaginé, il reconstruira le réel, la charpente du château des amants de Nohant. Je le veux pour Flore, pour être reçu compagnon, pour me montrer digne de Noëlline ; me reviennent à l'esprit les paroles et la poigne de Besançon la droiture. Cependant, je ne veux devoir qu'à moi-même. De toute façon, Jupiter la Croix-Rousse en premier et

Besançon la droiture ensuite me l'ont plusieurs fois répété : « Devenir compagnon ne consiste pas à obtenir un diplôme, c'est mériter un titre. Tes qualités morales – fraternité, persévérance, courage et effort – seront prises en compte, s'ajouteront ou se déduiront de tes valeurs professionnelles. Ces dernières s'apprécieront lors de la présentation par toi-même de ton chef-d'œuvre le jour de ta réception au titre de compagnon. Comprends-moi ; il témoignera certes de ton savoir et de ton habileté, mais d'abord de ton être tout entier. »

Ainsi, il n'est pas question pour moi de me satisfaire des cotes relevées par l'architecte ; je retournerai à Nohant, solliciterai d'abord l'autorisation du département pour reproduire sa charpente et ensuite m'installer dans son grenier le temps nécessaire à tout relever. Dès demain matin, j'en parlerai à mon maître. Me permettra-t-il les absences nécessaires pour ce travail à Nohant ?

Je quitte la cayenne les yeux encore emplis des trésors qu'elle abrite et croise les uns après les autres dans l'entrée mes collègues aspirants de retour ce dimanche soir. Presque tous, y compris mes trois copains de table, ont rejoint vendredi soir leurs familles pour deux jours. Je ne leur avais rien confié de mes projets. Noëlline, c'est mon secret, il ne les regarde pas. Au dîner, nous nous retrouvons. Comme pour une course sur piste, chacun observe l'autre ; gagnera celui qui parlera le dernier. J'imagine que l'un d'eux caresse mon projet. Je me tais. Jean se confie le premier ; tailleur de pierre, aucune concurrence n'est possible entre nous.

— À douze kilomètres de Châteauroux, une commune sans moyens recherche un sculpteur-tailleur de pierre en résidence pour la reconstruction d'un calvaire à l'identique. Je crois que je vais accepter.

Robert, l'aspirant menuisier, ne craint pas non plus de réelle concurrence. Charpente et menuiserie présentent des traits communs, mais non pas au niveau d'un chef-d'œuvre.

— Je vais moi aussi me mesurer à l'art sacré : le vantail d'une église romane dans les environs de La Châtre.

Louis et moi baissons la tête vers notre assiette, feignons de porter notre attention à son seul contenu. Tous les deux sommes aspirants charpentiers, mais pas chez le même maître. Pourvu que lui aussi n'ait pas choisi une miniature de charpente ; de toute façon, peu m'importe, ce ne peut être celle de Nohant puisqu'il ne la connaît pas. Néanmoins, prudent, je me tais ; il va bien parler d'abord. Si son choix est le mien, nous discuterons. Entre futurs compagnons, nous n'allons ni nous battre ni nous plagier. Ce serait le plus sûr moyen de ne pas être reçu compagnon. Loyal ne signifie pas naïf, encore moins malhabile. Je persiste dans mon silence. Il connaît mon travail à Nohant, me l'a entendu exposer avec un tel enthousiasme qu'il pressent mon choix.

— Décidément, c'est le soir de l'art sacré. Tu l'ignores encore, Robert, mais j'ai obtenu l'accord de la même municipalité que toi pour réaliser la miniature au vingtième de la charpente romane dont tu vas reconstruire le vantail !

Je relève la tête, lui sourit. Ouf, je peux enfin parler.

— De toute façon, en charpenterie, le chef-d'œuvre ne peut être qu'une miniature. En grandeur réelle, elle ne saurait être réalisée par un seul homme. Pour moi, je vais m'atteler à la miniature – au vingtième également – de la charpente du château de Nohant.

— Nous nous en doutions. Tu en parlais ces derniers jours en termes si enthousiastes que vendredi soir, sur le quai de la gare, nous prenions des paris sur Nohant.

Ainsi, entre nous quatre, n'existera nulle concurrence. Dès demain, je confierai mon choix à Besançon la droiture. Sitôt la table desservie et nettoyée, je file vers la cabine. Je n'ai quitté Noëlline que depuis quelques heures et déjà nous devons nous parler. De Châteauroux à Lyon, la distance est d'environ trois cents kilomètres, c'est-à-dire quatre heures de route. À cette heure, tous les trois sont arrivés.

— Allô ? C'est Vincent.

Geneviève me répond.

— J'ai reconnu ta voix.

— Avez-vous fait bonne route ?

— Oui. Je suppose que tu souhaites parler à Noëlline ?

— Vous supposez bien.

— Je l'appelle. Noëlline ! C'est Vincent !

— Bonsoir mon amour.

— Bonsoir ma chérie. Je voulais absolument entendre ta voix.

— J'attendais ton appel. Parle-moi de ton après-midi.

— Je t'imaginais dans la voiture de tes parents tandis que je revenais à pied vers la maison. Sitôt de retour, j'ai téléphoné à Flore. Son filet de voix m'a attristé. La chimiothérapie l'affaiblit beaucoup. Elle m'a demandé si tu étais venue à Châteauroux, et puis…

— Et puis ?

— Elle m'a confié qu'elle t'aimait bien ; en fait, sa véritable question concernait ma promesse faite au téléphone de nous aimer toujours.

Je ressens dans l'écouteur la palpitation du cœur de Noëlline.

— Et que lui as-tu répondu ?

— Par la phrase de ton père : chez les compagnons, quand on dit « oui », c'est pour la vie !

— Tu as bien répondu. Cela incitera ta sœur à guérir.

— Je lui ai annoncé notre visite en fin de semaine. Mes grands-parents de Saint-Andéol seront présents ; serons-nous autorisés à entrer ensemble dans sa chambre ?

J'avise la file d'attente devant la cabine.

— Excuse-moi, j'aimerais te parler longtemps, mais dans le hall d'entrée la file s'allonge. Je perçois des regards peu amènes, eux aussi sont attendus. Je t'embrasse petit amour, les collègues s'impatientent.

— Je comprends. Merci Vincent. Moi aussi, mon amour, je t'embrasse.

Le lendemain, dès 7 heures du matin, je franchis la porte de l'entreprise. Besançon la droiture s'affaire déjà dans son bureau. Au risque de le déranger, je frappe à sa porte. À travers la baie vitrée, il me reconnaît.

— Entre !

— Bonjour maître.

— C'est bien, tu es à l'heure. Cette semaine, il s'agit de la charpente d'un autre château. Celui de Clavières, sur les bords de l'Indre, à quelques kilomètres d'ici. Tu verras, les poutres sont plus épaisses, plus lourdes qu'à Nohant. Le château date également du XVIIIe siècle ; au bout de son allée plantée de marronniers, enchâssé dans un écrin de verdure au bord de l'Indre, il est plus imposant que Nohant. Rien de commun avec la demeure de George Sand ; c'est plus altier, plus hautain. On sent que leurs constructeurs accordaient davantage d'importance à leur rang. Nous allons commencer par déconstruire l'ancienne charpente.

Le maître lit sur mes lèvres une question à poser.

— Excuse-moi ; pris par mon travail, j'ai oublié de te demander comment s'est passée la visite de Jupiter la Croix-Rousse et des siens.

— Très bien ; la prochaine fois, il aimerait vous rencontrer.

— Avec plaisir. Nous avons été reçus compagnons dans la même réception. Préviens-moi à l'avance. Ma femme et moi serons heureux de vous accueillir à la maison.

— Je voulais vous transmettre son admiration pour la charpente et la toiture de Nohant. Il a reconnu votre art.

— Merci.

— À propos de Nohant, je me suis décidé pour mon chef-d'œuvre.

— Très bien. Alors ?

— Je vous ai confié la maladie de ma jeune sœur Flore.

— Oui. Comment va-t-elle ?

— Elle entreprend sa chimiothérapie. Mais aujourd'hui, là n'est pas la question. Chez mes parents, Flore joue du piano et admire Chopin.

Pianiste et compositeur, il a séjourné à Nohant chez George Sand. Ils furent amants.

Je sonde son regard ; il devine déjà.

— Laisse-moi trouver. Ton projet de chef-d'œuvre ne serait-il pas une miniature de la charpente de Nohant pour l'offrir à ta sœur ? Rien n'est plus difficile et délicat que la réalisation d'une miniature. Mais je t'en sais capable.

— Au vingtième, maître.

— Comme je te l'ai déjà dit, si tu as besoin d'une aide, tu peux compter sur Besançon la droiture.

— Merci. À ce sujet, je devrai me rendre sur place pour tout revisiter et établir moi-même mes cotes.

— Nous nous arrangerons. Ne te fais aucun souci à ce sujet.

Dans la cour, le camion-grue s'avance, suivi d'une Estafette où les ouvriers se tiennent assis.

— Allons, en route.

Nous nous hissons tous les deux dans la cabine du camion, le maître à côté du chauffeur, moi contre la portière. La lumière de septembre caresse les paysages alternés de forêts encore vertes, de prairies où paissent des vaches limousines, de champs labourés dont la terre brune retournée préserve les semences endormies préparant les prochains blés. À Clavières, nous empruntons le chemin longeant l'Indre qu'après quelques minutes nous traversons sur un petit pont de pierre. Au bout d'une longue allée de terre ombragée de marronniers, nous découvrons sous son toit de tuiles moussues le haut château de trois étages encadré par deux tours. La lumière du matin éclaire ses pierres blanches. Le maître considère les vieilles tuiles.

— Voilà le résultat des toits insuffisamment pentus ; l'eau de pluie y stagne, s'infiltre avec le gel, les mousses s'incrustent et au fil des années phagocytent les tuiles. C'est ainsi qu'apparaissent les gouttières. Lorsque tu seras compagnon, pour tes charpentes, exige toujours des architectes des pentes suffisantes.

— Oui, patron.

Je surprends un sourire du chauffeur ; ses oreilles cent fois ont entendu la même consigne.

— Lors de ma première visite, j'en ai convaincu les propriétaires.

Le chauffeur gare le camion ; derrière nous, le fourgon s'immobilise et en descendent les ouvriers. Nous les imitons, sautons de la cabine. D'où nous sommes, notre vue effleure l'Indre ; elle dessine un ruban d'eau placide entre des berges arborées. Le château semble avoir été élevé sur l'emplacement d'une forteresse médiévale conçue pour soutenir un siège. Les pierres blanches des murs s'entassent, énormes, les fenêtres du rez-de-chaussée sont placées haut, la porte d'entrée d'un seul battant sur le haut du perron semble épaisse de dix centimètres au moins, toute de chêne clouté. Le maître toise l'ensemble.

— Un travail de Romains ! Il va s'agir de ne pas décevoir. La réputation de Besançon la droiture en dépend.

Les propriétaires nous guettaient ; à peine les attendons-nous quelques secondes. L'homme et la femme me semblent exactement à l'image que je me fais de châtelains. Lui, tout de velours brun vêtu, est chaussé de bottes de cheval ; elle, en tailleur marron et chaussures basses, paraît être née au château.

— Bonjour monsieur ; nos hommages, madame.

— Bonjour messieurs.

Nous nous serrons les mains.

— Je vous présente Vincent, l'aspirant compagnon dont je vous ai parlé. Il me remplacera sur place puisque, comme je vous l'ai confié, je ne pourrai pas toujours être présent.

— Parfait. Comment procédez-vous ?

— Tandis que les ouvriers préparent les matériels, nous aimerions monter reconnaître la charpente.

— Très bien, suivez-moi.

En effet, la dame retourne à ses affaires et nous suivons monsieur à travers les couloirs, les salles, les escaliers. Il se dégage de cette grande maison une allure stricte et presque militaire ; du moins, c'est l'idée que je m'en fais puisque j'appartiens aux jeunes générations qui n'effectuent plus de service militaire. Dans le grenier encombré de vieilleries, comme celui de mes grands-parents à Saint-Andéol, je découvre une nouvelle charpente. Décidément, chacune se présente différente. Celle de Nohant me faisait oublier la charpente de la Fonsine et celle-ci m'apparaît rude au plus haut point, sans aucune recherche inutile. Je la trouve belle pour cela. Nohant présentait une infinie délicatesse. De nuit, par temps clair, on eût dit que son toit jouait avec les étoiles. Ici, tout est sacrifié à la solidité. J'imagine pendant la Révolution française le peuple tenter de forcer le château et les maîtres de l'époque tirer de toutes les fenêtres, y compris du grenier puisque sont aménagés des jours sous les entraits. Sans doute ceux-ci pouvaient-ils faire office de meurtrières.

— Pourvu que l'architecte ne se soit pas trompé dans ses relevés, me confie le maître à voix basse. Avec des pièces de bois de cette taille, nous nous trouverions dans de beaux draps.

Le propriétaire examine le plancher à l'autre bout du grenier ; il n'a pas entendu la remarque.

— Nous allons, monsieur, commencer comme il convient par démonter les tuiles. Moussues telles que je les ai vues, je ne vous conseille pas de vouloir les conserver. Mais vous déciderez.

— C'est tout décidé. Tout en vous écoutant, j'examinais le plancher ; il présente des traces de gouttières. Tout doit être achevé avant les pluies d'automne.

Jusqu'au soir avec les ouvriers nous avons travaillé à détacher les tuiles, à les descendre par la grue. Lorsque nous en aurons terminé avec elles, nous pourrons entreprendre de démonter la charpente. Le soir, de retour à la maison, je mesure ma fatigue. La douche me décontracte, longtemps j'arrose mon corps sous l'eau bien chaude. Malgré la combinaison de protection, mes vêtements sont poussiéreux à n'en plus distinguer la couleur. Je souris en imaginant ma mère découvrir son fils en cet état. Pauvre maman ! Depuis la maladie de Flore et ma prise de conscience du mal qu'elle se donne pour sa fille, des sacrifices professionnels auxquels elle consent, il me semble devenir moins sévère à son égard. Pour descendre dîner, je me change entièrement.

Colette la bienvenue me découvre et sourit :

— Félicitations. Je vous trouve beau comme un sou neuf ! Pour votre linge sale, et dans votre métier on se salit beaucoup, n'attendez pas vendredi. Après dîner, déposez tout à la blanchisserie de la maison, en bas de l'escalier sur votre droite. Il sera prêt le surlendemain. Ainsi, un change de deux jours vous sera suffisant.

— Merci mère. Aujourd'hui, nous avons entrepris le démontage des tuiles du toit, ce ne fut pas une partie de plaisir. Chargées de mousse, de terre et de poussière, elles dataient de plus d'un demi-siècle au moins !

Pour presque tous les aspirants, il en est de même. Le travail des compagnons s'effectue rarement dans un bureau ! Outre la poussière, la fatigue, les aléas du climat, nous nous rejoignons tous sur un point : à table, nous dévorons. Tant que les appétits ne sont pas suffisamment apaisés, chacun se tait, mange en silence, réfléchit à ce qu'il ne souhaite pas confier, médite en son for intérieur. Comme les marins, nous avons presque tous un cœur qui nous attend et notre réflexion se fixe le plus souvent sur un visage féminin. Je pense à Noëlline. Aussitôt après le dîner, je n'accaparerai pas comme hier la cabine téléphonique. On commence à voir des engins gris, des téléphones portables avec d'énormes antennes, mais ils sont trop gros, et surtout inaccessibles à mon porte-monnaie. Je sortirai, retrouverai le bar-tabac-presse d'où j'appelais le premier soir. De toute façon, je ne suis pas un homme de groupe, l'instinct grégaire n'est pas pour moi. Je me plais avec quelques amis, mais pas davantage. Je trouve sympathique la maison des compagnons, mais trop bruyante. Et puis téléphoner en vitesse sous les regards impatients de la file d'attente ne me convient pas. Elle me rappelle la chanson de Jacques Brel *Au suivant*... Comment les concepteurs de la maison ont-ils pu penser qu'une seule cabine téléphonique suffirait ? Les aspirants compagnons ne vivent pas en moines...

Dans la rue, je respire, rejoins le bar-tabac. La cabine se trouve libre ; je commande une pression et m'y installe. Noëlline devait attendre mon appel ; c'est elle qui répond.

— Vincent ?

— Bonsoir petit amour.

— Merci, j'aime quand tu m'appelles ainsi. Ta journée s'est bien passée ?

— Très bien. J'ai parlé au maître de mon projet de chef-d'œuvre, il m'aidera. À propos, lorsque tu reviendras avec tes parents, Besançon nous invite tous ! Je te laisse le soin de transmettre. Et ta journée à toi ?

— La routine. À propos de l'invitation, mes parents seront contents. Toujours d'accord pour vendredi ?

— Bien sûr. Dis-moi, je désirerais t'amener chez moi. Tu n'y es jamais venue. Je veux que mes parents te reçoivent.

— Je ne demande que cela, mais ne souhaite pas non plus provoquer une scène avec ta mère.

— Ne te fais aucun souci ; et puis mes grands-parents y seront.

— Avec eux, tels que tu m'en as parlé, je ne m'inquiète pas.

— La seule appréhension s'appelle Flore. Pour le reste, notre amour s'en moque.

— À propos de ta sœur, tu as des nouvelles ?

— Il est trop tard aujourd'hui, je lui téléphonerai demain.

— Merci de m'avoir appelée. Mais tu vas te ruiner en téléphone !

— Écouter ta jolie voix est mon plaisir quotidien. Je t'embrasse.

— Moi aussi je t'embrasse ; bonsoir mon amour.

Le lendemain, arrivant au château, sitôt descendu du camion, j'en fais le tour. Une question demeure sans réponse. Pour mon chef-d'œuvre, je dois commencer par un relevé rigoureux des cotes de la charpente du château de Nohant. Certes, d'autres que moi pourraient se contenter de celles effectuées par l'architecte ; cependant, cette solution ne me satisfait pas. Le chef-d'œuvre reflète le compagnon ; il se présente comme totalement le sien, le fruit de son seul travail. Le relevé des cotes en fait partie. Je me reprocherais toujours d'avoir utilisé le travail d'un autre si je n'exécute pas moi-même mon chef-d'œuvre et exclusivement. De plus, le jour de la réception, les questions pleuvent et l'aspirant ne peut satisfaire aux questions des anciens par des réponses approximatives. À force de me tourner et retourner sur le gril, ils comprendront que je me suis contenté de reprendre le travail d'un autre. J'aurai définitivement perdu leur confiance, celle de Besançon la droiture, celle de Jupiter la Croix-Rousse, père de Noëlline. Jamais la femme que j'aime ne garderait son amour à un tricheur. Le problème reste que pour le relevé je devrai me rendre à Nohant, et plusieurs fois de nombreuses heures. Le maître m'autorisera sans doute à m'absenter puisqu'il m'a promis son aide ; mais je ne peux lui demander en plus de me servir de chauffeur. Derrière le château, je repère une porte fatiguée laissée ouverte et par cette ouverture j'entrevois une vieille moto, ou plutôt ses roues et son moteur car elle se dissimule sous une bâche. Me tenant sur le seuil, j'observe. Si cet engin peut rouler, quitte à le retaper, il me suffira. Au vu de la poussière accumulée sur la bâche et le reste, il ne doit plus être utilisé depuis longtemps ; les propriétaires me le vendraient-ils ? Vingt kilomètres séparent Clavières de Nohant et dix Châteauroux de Clavières. Cette moto ferait l'affaire. Absorbé dans mes réflexions, je n'entends pas le bruit de pas sur le gravier.

— Qu'observez-vous ainsi ?

Je me retourne, c'est la propriétaire.

— Excusez-moi, madame. La moto sous la bâche.

— Vous en faites la collection ?

Autant dire la vérité tout entière ; je révèle la nécessité du chef-d'œuvre pour être reçu compagnon, la maladie de Flore, le pourquoi de Nohant. Je découvre cette dame tout attendrie de mon récit.

— Du moment que c'est pour la bonne cause, je vous la prêterai ; son précédent propriétaire m'approuverait. Mais attention, ne me l'abîmez pas, j'y tiens. Elle recèle toute une histoire. Écoutez. Cette moto appartenait à mon père. Lorsque les Allemands occupèrent la zone sud en 1942, la Wehrmacht logea des officiers au château. J'étais enfant alors. J'ignorais que mon père abritait des résistants dans les caves et dissimulait un émetteur radio parmi les vieilleries du grenier. Qui aurait eu l'idée de chercher des résistants sous les chambres où dormaient des officiers allemands ? Il fallait effectuer des liaisons entre ces résistants cachés car recherchés et les maquisards de l'extérieur. Papa utilisait sa moto, celle que vous observiez, pour ces missions. Il est mort d'un cancer de la moelle épinière – oh pardon ! je n'aurais pas dû vous dire cela, excusez-moi ! – en 1980. Depuis, sa moto n'a plus roulé. Le drame que vit votre sœur m'a émue. Faites bon usage de cette moto ; lorsque vous n'en aurez plus besoin, je vous demanderai seulement de me la rendre, si possible dans l'état où elle se trouve.

Je surprends deux larmes sur ses joues.

— Merci madame, merci.

Sur le toit, j'aperçois à l'œuvre les ouvriers et le patron ; je grimpe quatre à quatre les barreaux de l'échelle.

— Maître, excusez mon retard, mais l'occasion se présentait trop belle.

— Que t'est-il arrivé ?

Tout en reprenant mon travail, je m'explique, puis ajoute :

— Je vais examiner cette moto ; elle n'a jamais été accidentée et elle roulait encore lorsque son propriétaire l'a remisée. Je pense qu'après un bon nettoyage des bougies et du carburateur elle devrait redémarrer. Ainsi, le soir, après le travail, je filerai à Nohant pour relever mes cotes puis rentrerai directement ensuite à Châteauroux. Le lendemain matin, je vous rejoindrai ici même à Clavières. Je pense avoir pour plusieurs jours de relevés, vu l'importance de la charpente. Vous la connaissez mieux que moi.

— Oui, je dirais quelques semaines, d'autant plus que les jours raccourcissent et que le grenier n'est pas éclairé. Pour te faire gagner du temps, tu pourrais certes réutiliser les relevés de l'architecte…

Je le dévisage, sidéré de sa proposition.

— Maître, j'espère que vous ne parlez pas sérieusement ! Mon chef-d'œuvre, je ne veux le devoir qu'à moi-même ; ce que vous proposez constituerait de la triche.

Il sourit.

— Rassure-toi ; je voulais te tester. Si tu avais répondu « oui », je t'aurais retiré mon estime. Je te donne mon amitié. Tu possèdes l'âme d'un vrai compagnon et as tout compris de l'esprit du compagnonnage. La façon pour nous importe davantage que le résultat.

Il me tend la main.

— Merci maître.

Le deuxième soir, toutes les tuiles sont descendues. Demain, nous entreprendrons la déconstruction de la charpente. Je retourne au réduit où attend la moto, retire la bâche. L'engin me paraît en bon état. Au mur sont fixés des rayonnages où s'alignent des outils, ceux utilisés par le propriétaire pour l'entretien courant.

Le maître m'accompagne, observe avec moi.

— Son propriétaire en prenait soin, ça se voit au premier coup d'œil. Ce soir, nous n'avons pas le temps. Demain matin, tu essaieras de la faire démarrer.

Sitôt revenu à la maison des compagnons, je n'attends pas, profite que la plupart des aspirants prennent leur douche pour téléphoner à Flore tandis que la cabine est libre. Si j'appelle ma sœur après dîner, je risque de me faire rabrouer. Ici, nous nous levons de table à 20 heures environ. À l'hôpital, le dîner est servi à 18 h 30. Vu l'état de fatigue de Flore durant sa chimiothérapie, les infirmières souhaitent qu'elle se repose après dîner et déconseillent visites et communications téléphoniques.

— Flore ?

— Vincent ? Je reconnais ta voix.

La sienne, s'il est possible, me paraît encore plus faible que la semaine dernière.

— Comment te sens-tu, petite sœur ?

— Toujours très fatiguée. La chimio me lamine. De plus, je n'ai guère faim et dors mal.

— Tu en as pour trois mois, tu le sais.

— Oui, mais c'est bien long.

Au fur et à mesure de ses paroles, je ressens sa fatigue à prononcer les mots et son filet de voix me semble davantage inaudible. Lui suggérer de hausser sa voix serait cruel et imbécile de ma part. Je plaque plus fort l'écouteur à l'oreille pour comprendre à peu près.

— Conserves-tu la force de t'occuper à quelque chose en dehors de tes chimio ?

— Au début, je lisais, mais à présent de moins en moins ; ça me fatigue. Maman m'a apporté un électrophone et des disques. Je les écoute, mais doucement pour ne pas gêner. Tu sais, Vincent, j'ai peur.

— Peur de quoi ?

Je me refuse à penser « peur de mourir ».

— Il ne me reste presque plus de forces dans les doigts. Je crains de ne pouvoir rejouer du piano.

— Mais si, tu rejoueras. Lorsque tu seras guérie, tes forces reviendront. Dans trois mois, nous fêterons Noël ; ta guérison sera ton plus beau cadeau. Je suis occupé à t'en préparer un très beau. En revanche, celui-ci nécessite une année au moins de travail. Mais je suis certain qu'il te plaira.

— Tu ne veux pas me le révéler ?

— Où serait la surprise ? Je dois te dire bonsoir ; j'ai juste le temps de me doucher avant le dîner. À vendredi soir ; prends soin de toi, petite sœur. Je t'embrasse.

— Moi aussi je t'embrasse.

Elle prononce ces mots d'une voix si faible ! Quittant la cabine, je retiens mes larmes et chacun le remarque. Dans ma chambre, je les laisse s'écouler, j'imagine un drap blanc sur le lit de sa chambre.

Après dîner, je sors téléphoner à Noëlline. Elle me promet d'aller dire bonjour à Flore dès demain pour lui remonter le moral.

Les propriétaires, le maître et quelques ouvriers m'observent extraire la moto de son réduit. À l'aide d'un chiffon, j'essuie le plus gros de la poussière. Il ne sera pas dit que je tenterai de faire démarrer une moto sale. Je mets le contact, d'un coup de pied sec enfonce la pédale. Rien, pas même un souffle. Je réitère ; rien. Je recommence encore ; le moteur émet un bruit poussif.

— Cela fait plus de vingt ans qu'elle n'a pas roulé, confesse la propriétaire.

Un ouvrier s'avance.

— N'insistez pas. Vous allez noyer le carburateur. Je roule à moto et m'y connais un peu. Il faut tout nettoyer, bougie, carburateur, filtre à essence, filtre à air. Et puis il conviendra de regonfler les pneus.

— Hélas, le bois est mon ami, mais non la mécanique !

— Toi non plus, dit la propriétaire à son mari. Les chevaux, oui ; les motos, non.

Je tiens l'explication des bottes de cheval !

Le motard lorgne les outils sur les rayonnages ; il lui semble que le nécessaire s'y trouve.

— Ce soir, si vous voulez, nous resterons un moment. La moto repartira. Vous saurez vous en servir ?

— Oui, je possède même le permis !

C'est exact ; malgré mon peu d'intérêt pour les moteurs, durant mon apprentissage à Lyon chez Jupiter la Croix-Rousse, je profitais de mes loisirs pour le préparer et le passer. Pour mon indépendance future, je pressentais la nécessité de savoir conduire. Faute de moyens pour l'achat d'une automobile, je me contentai du permis moto.

Le camion-grue positionne sa mâchoire au-dessus de la panne faîtière, la mord et la soulève. Toute la matinée, nous avons libéré l'énorme poutre de ses chevilles pour l'offrir à la grue. Le grutier immobilise sa pince au-dessus de la charpente mise à nu, la saisit et sans heurt la dépose sur des cales à même le gravier de la cour. Aussitôt, deux ouvriers libèrent les crochets, activent leurs tronçonneuses. À voir la peine des dents à mordre ce bois vieux de plusieurs siècles, je m'étonne.

— Si son bois est aussi dur, pourquoi déconstruire la charpente ?

— Ce n'est qu'une apparence. Examine la tranche !

Effectivement, l'intérieur de la poutre paraît du gruyère tellement les parasites et les intempéries l'ont rongée de l'intérieur.

— Tu imagines la succession des hivers, des étés, des pluies et des orages ? C'est inouï qu'une charpente ait duré si longtemps. Dans les anciens temps, on travaillait des bois secs, et de plusieurs années. Aujourd'hui, tout est plus difficile. Faire sécher du bois le temps qu'il faut, c'est-à-dire trois ans, immobilise de la trésorerie et plus personne n'en dispose. C'est triste, Vincent, mais les charpentes que nous posons à présent ne dureront pas si longtemps !

Après les pannes, nous descendons les noues, les fermes, les chevrons, les voliges puis enfin les lattis. Le soir, tout un pan de la charpente se trouve à terre, tronçonné, entassé dans le camion.

— Vendredi, la déconstruction sera achevée, lundi, nous reconstruirons. À nous deux, compagnon ! Durant les deux jours qui viennent, je visiterai un futur chantier. Je te laisse maître à bord pour achever la mise à mort.

— Bien, maître.

Il est 6 heures du soir. Je rejoins la moto. J'y trouve le motard à genoux, occupé à dévisser les bougies, le filtre et le carburateur.

— Alors ?

— Ça va aller. Comme je m'en doutais, tout se trouve en état. Évidemment, depuis le temps qu'elle ne roule plus, des dépôts se sont faits et il faut tout nettoyer. Mais ce n'est rien. Autre problème : en quatorze ans le mélange du réservoir s'est évaporé. Il faudrait demander à la propriétaire si elle possède de l'essence…

— La propriétaire, comme vous dites, en stocke toujours un jerrican. Je dispose même d'un bidon d'huile. Vous pourrez préparer votre mélange.

Comme ce matin, nous n'avons pas entendu s'approcher la dame au tailleur marron.

— Je vous laisse le soin d'aller quérir le jerrican au fond du réduit ; vous le trouverez rangé au-dessus du bidon d'huile.

Décidément, nous n'avons rien prévu ; je regarde, cherche un chiffon. Je ne vais tout de même pas utiliser mon mouchoir !

— Vous cherchez un chiffon ?

— Oui, madame.

— J'avais deviné ; mon père en demandait toujours à ma mère. Il n'en trouvait jamais ! Je vais à la cuisine et reviens.

Cette femme me paraît admirable ; elle vaque à tout, s'occupe de tout, toujours vêtue de son tailleur que jamais elle ne tache. Elle revient, plusieurs chiffons propres entre ses mains de dame.

— Voilà.

Le motard et moi, nous nous partageons la tâche ; je nettoie les bougies, le filtre à air et lui le carburateur. En une demi-heure, sous sa directive, tout est propre, remonté, le mélange réalisé, les pneus regonflés à l'huile de coude, tâche dont il m'abandonne la charge.

— À mon avis, c'est bon. Démarrez !

Je donne à mon coup de pied toute la vigueur qu'il m'est possible. Eurêka ! Le moteur tousse, crache une bouffée de gaz. Une seconde fois, hourra ! Le moteur enfin vrombit. Je le laisse tourner un peu pour l'échauffer, enfourche la moto, effectue le tour de la maison, m'arrête aux pieds de la propriétaire.

— Si mon père nous voit, je le crois content. En revanche, il demeure deux problèmes.

— Deux problèmes ?

— Le casque et l'assurance.

— Mince alors ! J'avais complètement oublié ces contingences ; et moi qui projetais de rentrer ce soir à moto jusqu'à Châteauroux !

— Pour le casque, il s'agit d'un faux problème, vous prendrez celui de papa. En revanche, pour l'assurance, il me faut téléphoner.

Lorsqu'elle nous rejoint, son visage paraît rassuré.

— J'ai appelé notre assureur. Il va rédiger un additif provisoire. Je le recevrai demain au courrier.

— Vous me direz combien je vous dois, madame.

— Nous reparlerons de cela plus tard. Occupez-vous de votre sœur, construisez-nous une belle charpente, je vous tiendrai quitte de tout !

— Merci, madame.

Le casque date des années 40 et me donne l'allure de cette époque. Cela m'est bien égal. Le motard me suit, au cas où. Il fera bientôt nuit lorsque je gare la moto dans la cour des compagnons. À une minute près, j'arrivais en retard. Colette la bienvenue me croise à l'entrée de la salle à manger ; beau joueur, je lui explique tout.

— Après cela, ne me dites pas que la chance vous oublie !

À table, il en est de même. Mes copains veulent savoir.

— Toi, tu es bien vu des femmes !

Le lendemain, jeudi matin, je me lève très tôt. Nohant se trouve à trente kilomètres de Châteauroux. J'irai d'abord, puis reviendrai à Clavières. Tout au bout de l'allée, dans la cour du château de George Sand, j'aperçois une voiture garée devant la porte d'entrée, elle-même située en rez-de-jardin ; à Nohant, point de perron, l'auteur de *La Mare au diable* voulait que tout fût simple. La moto pétarade si bruyamment que mon arrivée ne peut passer inaperçue. À peine ai-je coupé les gaz et posé un pied à terre que s'entrouvre un battant et s'avance la gardienne.

— Vous ?

— Comme vous le voyez, madame. Dites-moi, il faudrait absolument que je rencontre le conseiller général.

— Qui vous a averti de sa présence ?

— Le hasard, madame, le hasard. C'est sa voiture ?

— Il arrive à l'instant. Si c'est le hasard, ce dernier me paraît bien faire les choses. Dites-moi ! Sérieusement, qui vous a averti ?

— Personne, je vous le jure. Il fallait que je lui parle, et je suis venu.

Une voix d'homme s'entend de l'intérieur.

— Irène, qu'y a-t-il ?

— Le compagnon qui a participé à la réfection de la charpente souhaiterait vous parler, monsieur.

— Eh bien ! Faites-le entrer.

— Vous avez entendu ? Suivez-moi, monsieur.

Irène, puisque Irène il y a, me précède jusqu'à une petite pièce meublée seulement d'une table et d'une chaise devant une cheminée. L'homme m'observe, attentif à ma tenue défraîchie par la vitesse. De mon côté, je le considère, élégant malgré sa tenue de paysan. Ce n'est pas possible ! Chacun possède son sosie, mais là il ne peut s'agir d'une vision. L'homme que je découvre est roux, son visage parsemé de taches de rousseur. Vieilli de dix ans, je retrouve l'homme du musée de la Marine à Rochefort. J'en demeure coi. Il remarque mon étonnement, puis me questionne enfin :

— C'est vous monsieur qui avez reconstruit la charpente et le toit du château ?

— Avec mon maître, Besançon la droiture, oui monsieur.

— Leur réfection se révèle parfaite. Vous désirez me parler ? Profitez que je suis là, je vous écoute. À mon tour, je me présente. Je suis monsieur Sauzaie, le conseiller général du canton et à ce titre chargé du suivi de ce chantier. Pour le reste, vous avez devant vous un paysan tout ordinaire. Auparavant, Irène, servez-nous une tasse de café et apportez une seconde chaise. Asseyez-vous, je vous prie.

De même que la veille avec la propriétaire de Clavières, je raconte tout, n'omets rien.

— Après cela, vous comprenez bien que je me dois de vous donner mon accord.

Son regard se porte sur Irène dont je surprends le sourire tandis qu'elle pose sur la table les deux tasses de café.

— À une condition, cependant.

Je me fais très attentif.

— Vous m'inviterez à votre réception de compagnon ; je désire absolument admirer notre charpente en miniature.

— Je n'y manquerai pas ; de toute façon, je n'aurais jamais omis cette invitation.

— Concrètement, que puis-je faire pour vous ?

— Donner consigne à votre gardienne de me laisser monter jusqu'au grenier pour mon relevé de cotes, et ce chaque fois qu'il le faudra.

— Ce sera fait. Je ne réside pas ici ; en revanche, Irène y vit toute l'année.

— Je vous remercie vraiment. À présent, excusez-moi mais il me faut vous quitter. Je dois rejoindre Clavières.

— À très bientôt, jeune homme. Vous avez eu raison de venir.

La moto semble connaître la route ; le visage roux ne me quitte pas. Ce matin, c'était trop tôt ; mais, dès que l'occasion se présentera, je questionnerai. Sa phrase « Je ne réside pas ici » ne cesse de tarauder ma mémoire. À 8 heures précises, je me gare dans la cour de Clavières. Certes, le maître m'a prévenu de son absence, mais raison de plus pour être à l'heure.

— Alors, elle roule bien ? questionne le motard.

— Merci, presque aussi bien qu'une Yamaha !

Le soir même à Châteauroux, je confirmerai à Noëlline puis à Flore mon arrivée en gare de Lyon-Perrache pour le lendemain soir.

Vendredi, en fin d'après-midi, avec toute l'équipe, nous toisons le vide laissé au-dessus du château. Nous avons tenu parole ; les quatre pans de la charpente ont disparu. Lundi, nous entreprendrons le démontage des toits coniques de chacune des deux tours. Les propriétaires nous rejoignent, tout émus de ce vide.

— C'est la première fois que nous voyons notre château ainsi. On dirait un corps sans tête.

— Cela ne se produit même pas une fois par génération. Les petits-enfants de vos petits-enfants le reverront peut-être. C'est le privilège des charpentiers de contempler ces visions plusieurs fois chaque année. Après le démontage des toits coniques des deux tours, nous entreprendrons la reconstruction.

— Et s'il pleut d'ici là ?

Je me tourne vers l'est, perçois à fleur de peau un petit vent frais ; le ciel bleu ne laisse discerner aucun nuage.

— C'est le beau temps, celui de l'été indien, celui des charpentes. Vous n'avez rien à craindre. Rassurez-vous. Toutefois, vendredi prochain, si la météo se fait incertaine, nous bâcherons !

— Vous rentrez à Lyon ?

— Oui madame, oui monsieur. Je vous remercie pour la moto. À Châteauroux, je la garerai bien à l'abri. Elle ne craindra rien.

— Nous n'en doutons pas. Prenez soin de votre sœur.

Comme les précédents vendredis soir, dès le ralentissement du train sous la verrière de Perrache, je me colle à la vitre. Face à la sortie des voyageurs, Noëlline m'attend, seule. Il fait chaud, elle n'est vêtue que de sa robe, la rouge, la même que celle de la semaine dernière mais qui lui va si bien. Jupiter la Croix-Rousse vit à son aise et sa fille pourrait sans problème renouveler souvent sa garde-robe ; ce n'est pas son genre. Elle se sait belle telle qu'elle est, et je l'aime ainsi. Sitôt sur le quai, je la serre dans mes bras et longtemps ; sans souci des voyageurs qui nous bousculent, nous nous tenons embrassés.

— Je te découvre plus belle chaque vendredi.

— Merci ; pourtant, je suis la même.

— C'est de ne pas t'avoir vue depuis une semaine !

Je me penche sur elle, la presse sur mon cœur et nous nous embrassons encore. Traversant les halls successifs jusqu'à la sortie, je lui demande enfin des nouvelles de Flore.

— Veux-tu la vérité ?

Aussitôt, je m'angoisse ; elle le lit sur mon visage.

— Oui, bien sûr. Pourquoi cela ? Son état a empiré ?

— Elle me paraît davantage affaiblie que la semaine passée.

— Moi aussi, l'autre soir au téléphone, c'est tout juste si je pouvais la comprendre tellement sa voix se faisait faible, presque inaudible.

— Pourvu qu'elle puisse supporter sa chimio jusqu'au bout !

— Mes grands-parents arrivent ce soir. Elle les attend impatiemment. À cette heure, ils doivent se trouver chez mes parents.

— Ce soir, les miens nous attendent à dîner. Devine ce que je leur ai annoncé ?

— Je ne donne pas ma langue au chat : nous dormirons ensemble !

— Coquin ! Tout juste !

— Et ils n'ont pas tiqué ?

— Non, mon amour, pas davantage que samedi dernier à Châteauroux où nous avons dormi dans ta chambre.

— Demain, je te conduirai chez mes parents. Nous verrons bien.

Quand nous nous réveillons, nous surprenons les rayons du soleil à lutter pour traverser les rideaux rouges de sa chambre de jeune fille. Leur lumière apaisée projette sur toute chose une teinte ardente et rose. J'embrasse ses lèvres, me lève pour ouvrir la fenêtre.

— Petit amour, viens vite ! Un pareil temps est un cadeau du ciel !

Sans prendre soin de se vêtir, elle me rejoint, m'enserre de ses bras et contre mon dos plaque son corps dont la peau tiède réveille mes sens. Du haut de la Croix-Rousse, le ciel tout bleu s'étale sur Lyon, plein de soleil et d'hirondelles. Au troisième étage, sans souci d'être vus de la rue, nous nous embrassons nus. Si notre journée n'était pas si chargée, nous referions l'amour. Nous devons nous contenter de nous doucher à deux.

Comme souvent chez les gens sans façon, le petit déjeuner se prend à la cuisine. Son frère Julien, pour une fois, est présent. Il se lève, me tend la main pour me dire bonjour comme si nous ne nous étions jamais quittés. Geneviève et Auguste, ses parents, attardent leur regard sur notre bel appétit.

— Cela nous fait plaisir de vous voir dévorer, lance le père à sa fille tandis que Noëlline reprend une brioche.

Geneviève s'est surpassée, nous a préparé un petit déjeuner quatre étoiles : fruits, yaourts, œufs à la coque, tartines, viennoiseries, jus de fruits, thé et café délicieux. Nous apprécions.

— Ainsi, aujourd'hui, vos parents vous reçoivent ? interroge Geneviève.

Hier au soir, j'ai annoncé que Noëlline et moi passerions ces deux jours chez les miens où nous attendent mes grands-parents.

— Oui. Cet après-midi, tous ensemble nous rendrons visite à Flore. Je vous ramènerai Noëlline dimanche après-midi, avant de reprendre le train pour Châteauroux.

Les dernières gorgées de thé et de café avalées, nous nous levons.

— À demain maman, à demain papa.

— Au revoir Noëlline. Au revoir Vincent. Nous vous la confions.

— À demain.

Les hirondelles sur les fils électriques, les taches dorées des premières feuilles sur les trottoirs annoncent que, malgré le beau temps, nous touchons à fin septembre et que l'automne s'annonce. Ce samedi matin, les bus ne sont pas trop bondés et nous pouvons prendre nos aises. Noëlline porte une robe couleur sable chaud que je lui vois pour la première fois. Courte, décolletée et dos nu, il me semble qu'elle attire le soleil. Sur sa peau brune, je dépose des baisers.

— Les gens nous regardent !

— Ils nous envient !

À Saint-Jean, au-delà des quais de Saône, les platanes eux aussi égrènent leurs feuilles sur les talus et les gazons. Peu après le palais de justice, j'indique à Noëlline la haute porte bourgeoise, décide de ne pas utiliser ma clé, mais de sonner.

— Bonjour Viviane. Je vous présente Noëlline.

Viviane le savait, sans doute a-t-elle préparé le repas.

— Bonjour mademoiselle.

Elle examine Noëlline et celle-ci sans doute lui fait bonne impression puisque, fait rare chez Viviane, elle lui tend la main.

— Ma famille est ici ?

— Vos grands-parents de Saint-Andéol-de-Fourchades sont arrivés hier. Ils ont couché à l'hôtel où votre père avait réservé leur chambre. Croyez bien qu'ils vous attendent dans le salon avec impatience. Votre papa est sorti, ne tardera pas à revenir. Votre maman ne sera de retour qu'à midi.

— Pépé, mémé !

Ils m'ont entendu et ont reconnu ma voix ! Je suis tellement accoutumé à leurs tenues de paysans ardéchois que je ne les reconnais pas ; mémé porte un tailleur bleu que je ne lui ai jamais vu et pépé son costume de velours noir, celui des enterrements.

— Vincent ! Mon petit Vincent.

C'est comme si nous ne nous étions pas embrassés depuis dix ans alors qu'en août j'ai encore pris quelques jours pour me rendre chez eux.

Mémé m'arrive à peine à l'épaule ; cependant, ses bras me serrent contre elle comme si à jamais je demeurais son petit garçon. Noëlline sourit. Je me libère.

— Pépé, mémé, je vous présente Noëlline dont je vous ai parlé.

Je l'avais prévenue : avec mes grands-parents, elle s'entendrait. Tous les trois sont suffisamment sûrs d'eux pour se passer de barrières et de retenue. Ils l'embrassent franchement, comme si déjà elle était de la famille.

— Je vous connais un peu ; Vincent m'a souvent parlé de vous.

Effectivement, je lui ai beaucoup dit ; à leur évocation, mes propos se faisaient si chaleureux !

Par la porte de la cuisine restée ouverte, je surprends sur le visage de Viviane un beau sourire ; elle doit se dire comme moi : « On voit bien que madame n'est pas ici ! »

Enfin s'ouvre la porte d'entrée et c'est papa. Il tient à la main un carton de pâtisseries ; Viviane prépare le repas, mais non le dessert. Papa s'en défait dans ses mains, va à Noëlline, l'embrasse.

— Bonjour Noëlline, je suis heureux que vous soyez ici. La mère de Vincent ne nous rejoindra qu'à midi. Allons l'attendre au salon. Tu as présenté tes grands-parents ?

— Bien sûr.

Je me rapproche de lui :

— Flore ? Comment va-t-elle ?

Le visage de papa, jusque-là apparemment souriant, se ferme, marque de l'inquiétude. De semaine en semaine, depuis l'hospitalisation de ma sœur, je perçois sur ses traits des rides que je ne lui connaissais pas. Il dévisage ses parents, Noëlline, puis moi-même. Finalement, il choisit de s'adresser à nous tous :

— Cet après-midi, vous verrez Flore comme moi. Il me semble qu'elle s'affaiblit. J'avais espéré un effet plus rapide de sa chimio. Lorsque j'interroge son médecin, je le sens évasif.

On sonne à la porte. Qui est-ce ? Maman a prévenu qu'elle ne serait là qu'à midi. Il n'est que 11 heures. Viviane quitte sa cuisine, va ouvrir.

— Ce que vous avez commandé, madame.

Un garçon livre divers plats qu'il dépose au réfrigérateur comme Viviane le lui indique.

Je m'explique maintenant l'absence d'odeur de cuisine remarquée à notre arrivée. Papa explique :

— Ta mère est fatiguée, de plus en plus souvent absente. Elle consacre beaucoup de temps à Flore. D'ordinaire, lorsque nous avons des invités, ou pour les repas de famille comme aujourd'hui, Viviane ne suffit pas et ta mère recrute quelqu'un en supplément. Aujourd'hui, elle a dû commander le repas à un traiteur.

Assis sur les fauteuils et canapés du salon, nous meublons la conversation de choses et d'autres. Noëlline nous parle de ses études d'infirmière ; mes grands-parents, de Saint-Andéol et s'enquièrent de mon travail. Papa semble écouter ; de fait, il est ailleurs. Dans la mienne, je tiens serrée la main de Noëlline ; insensiblement je sens sa tête se rapprocher de mon épaule et se poser sur nous le sourire du pépé et de la mémé. Sans prévenir, la porte d'entrée s'ouvre et c'est maman. Comme elle a changé ! Je lui donnerais dix ans de plus. Outre cela, ses cheveux flottent ; elle dont la coiffure est toujours stricte, à la Margaret Thatcher ! Il en est de même de son allure ; il me semble la voir vêtue n'importe comment, avec les premiers vêtements tombés sous la main. Papa ne paraît pas y prêter attention ; ce laisser-aller, cette indifférence à la tenue doivent dater de plusieurs jours. Dimanche dernier, elle ne se montrait pas ainsi. Noëlline s'en étonne, me fait signe, mes grands-parents également.

Maman va à Noëlline, lui pose un baiser sur chaque joue, mais presque sans un mot. Elle m'embrasse, en vitesse moi aussi.

— Tu m'excuseras, Vincent, entre ta sœur et mon travail, bien que j'aie ralenti ce dernier, je n'ai plus de temps pour rien d'autre.

Elle se tourne vers mon père :

— Tu as prévenu pour le repas ?

— Oui.

— Eh bien, à table, si vous voulez être le plus tôt possible auprès de Flore.

— Vous ? Tu ne viens pas avec nous ?

— Je vous rejoindrai dans l'après-midi. Une urgence au cabinet.

Tous, nous nous regardons ; une urgence un samedi après-midi paraît curieuse. Un avocat d'affaires n'est pas tenu par des astreintes. Je comprends d'autant moins que maman vient de le confirmer : elle consacre moins de temps à son cabinet au bénéfice de Flore. Je flaire une fausse excuse.

Viviane a dressé la table, nous prenons place. Le repas traiteur est bon, mais sans comparaison avec la cuisine de Viviane et celle de maman. Je lui rends cet hommage ; quand elle le veut, pour les siens, ma mère se révèle un exquis cordon-bleu.

Durant tout le repas, je perçois papa loin d'ici. Comme il sait se conduire, il suit la conversation, y participe par bribes, mais son esprit est ailleurs. Au moment du café, il revient parmi nous.

— L'hôpital Édouard-Herriot se trouve à l'autre bout de Lyon. Je vais sortir la voiture. Ce sera plus rapide et confortable.

— À tout à l'heure, nous dit maman. Ne fatiguez pas Flore.

Et elle nous laisse, quitte l'appartement, part s'enfermer dans son bureau.

Par les quais, les ponts et les boulevards, nous atteignons le quartier des hôpitaux. Papa repère une place sur l'un des parkings, il y gare la voiture et nous nous dirigeons à pied vers l'entrée du service. Pépé et mémé se laissent costumer et masquer. Nous pouvons alors frapper à la porte de la chambre. Je perçois à peine la petite voix. Derrière la paroi de verre, il me semble que la silhouette sous le drap se fait plus mince encore. Flore nous sourit et je dois retenir mes larmes, mes grands-parents davantage peut-être. Ni Noëlline ni papa, et encore moins maman, ne nous ont prévenus, croyant que nous le savions, qu'il était inutile de le préciser. Nous n'imaginions pas ce que nous découvrons : la si belle chevelure blonde de ma jeune sœur a quasiment disparu. La chimio fait son œuvre. Flore ne l'ignore pas, mais l'absence de miroir lui en épargne le spectacle. Sidérés, mes grands-parents me dévisagent comme pour s'assurer qu'ils n'affabulent pas. Je me rapproche de l'Hygiaphone, m'évertue à sourire.

— Bonjour Flore.

— Bonjour Vincent, je ne te fais pas peur ?

— Tu es très jolie ; tes cheveux repousseront dès l'arrêt de la chimio, lorsque tu guériras.

— Merci.

— Je cède la place à pépé Hippolyte et mémé Amélie.

Peu à l'aise avec l'Hygiaphone et leur masque sur la bouche, ils rapprochent leurs deux visages pour pouvoir parler ensemble. Pour eux, sachant qu'ils ne reviendront pas de sitôt et que peut-être ne se reverront-ils jamais, elle fait un effort, se tourne sur le côté, tente comme s'il était possible de rapprocher son visage des leurs. Elle sourit, mais son sourire appelle au secours. J'ai peur ; pourvu que nos grands-parents ne craquent pas, ne contrôlent pas leurs larmes. Papa pose ses mains sur leurs épaules, les apaise comme il peut. Noëlline me prend la main, la serre très fort.

— Nous sommes arrivés hier soir de Saint-Andéol pour te voir. Tes cheveux, ce n'est rien ; ils repousseront. À Noël, tu iras mieux et viendras passer les fêtes avec nous, en Ardèche. Tu ignores Saint-Andéol l'hiver ; si tu savais comme sont belles les forêts ardéchoises sous la neige ! Tu boiras le lait de nos chèvres, ça te redonnera des forces.

Et ainsi, de phrase en phrase, tantôt la mémé Amélie, tantôt le pépé Hippolyte trouvent les mots qu'il faut. Papa redécouvre ses parents, Noëlline comprend pourquoi je lui parle si souvent de Saint-Andéol.

— Maman n'est pas venue ?

— Ta mère est retenue par un impératif à son cabinet. Elle nous rejoindra tout à l'heure, répond papa.

À sa voix, à son air, je sens bien que mon père ne croit pas à ses paroles. Flore, qui le connaît mieux encore que moi peut-être, à la façon dont les filles devinent leur père, se tait à ses propos, incrédule.

— Tu sais, je commence dès cette semaine le cadeau surprise de ta guérison.

— J'aimerais bien le deviner.

— Je te donne un premier indice.

Je retrouve sur ses lèvres le sourire que je lui ai toujours connu.

— Il se rapporte à quelqu'un que tu aimes bien.

— Que j'aime bien ?

— Je dirais même que tu admires.

Évadée en elle-même, je la sens fouiller ses souvenirs.

— Je ne vois pas.

— Cherche petite sœur, cherche.

Deux coups frappent à la porte. C'est l'infirmière ; nous n'avons pas vu le temps passer.

— Pardonnez-moi, mais la demi-heure est terminée. Excuse-moi Flore, mais tu dois te reposer.

— Continue de chercher. Je reviendrai bientôt, dis-je à travers l'Hygiaphone. Je t'embrasse, petite sœur, repose-toi. Je te téléphonerai souvent.

— Moi aussi je t'embrasse, ajoute Noëlline. Comme j'habite Lyon, je passerai te voir dans la semaine.

Les grands-parents, papa lui transmettent des bisous par l'Hygiaphone, hésitent à sortir.

— À demain. Prends soin de toi.

Si je dois repartir, pépé et mémé restent quelques jours. C'est triste la famille ; il a fallu qu'éclate la maladie de Flore pour que ma mère accepte la visite de ses beaux-parents dans son appartement. Nous restituons les camisoles blanches et les masques, tentons d'en savoir plus auprès des infirmières. Sempiternellement, la réponse est la même :

— Il faut attendre les effets de la chimio.

Papa se mord les lèvres. Tous les soirs, sitôt son cabinet fermé, il rejoint Flore. Ces paroles, il les connaît par cœur. J'imagine la complicité cachée entre papa et ma sœur.

Dehors, sur le parking, une voiture se gare. En sortent un homme et puis Maman.

Papa marche vers eux, nous le suivons. Les deux hommes se reconnaissent. Ma mère vient à nous.

— Cabrol et moi en avons fini de travailler. Comme il connaît Flore, il a voulu la voir.

— Bonjour. Ainsi vous travaillez le samedi après-midi !

Papa serre la main de maître Cabrol ; au barreau de Lyon, bien que mon père soit pénaliste, par ma mère, dans le cercle restreint des avocats d'affaires, tous le connaissent.

— Tout à fait exceptionnel. Excuse-moi pour ce dérangement. Je me suis proposé chauffeur de ton épouse. Connaissant Flore, j'en profite pour passer lui dire bonjour.

— C'est sympathique de ta part. Je te présente mes parents ; tu connais Vincent. Noëlline, son amie.

— Enchanté.

C'est tout juste s'il ne s'incline pas pour un baisemain à Noëlline ! Mes grands-parents, mal remis de leur visite à Flore, dissimulent un sourire narquois ; ils comprennent mieux la préférence de leur petit-fils pour l'Ardèche et le grand air.

— Après votre visite, rejoins-nous à la maison en ramenant Carine.

— Merci. Mais juste pour un verre alors. Ma soirée est réservée. Je sors avec Maud.

Maud est son épouse. Élevé dans le milieu des avocats lyonnais, je les ai presque tous rencontrés lors de dîners à la maison avec leurs conjoints. J'en connais les prénoms ! Si j'avais choisi comme le voulaient mes parents une carrière d'avocat, un boulevard m'était ouvert. Mais je ne regrette rien, tout au contraire !

— À tout à l'heure.

Dans la voiture, je réfléchis. Cet homme, je l'avais déjà croisé une ou deux fois, mais l'idée ne m'en était pas venue. Comme c'est bizarre, il me rappelle un visage. Mais lequel ? Tant pis, je trouverai lorsque je ne chercherai pas. Il n'est que 15 heures. Nous n'allons pas nous enfermer si tôt.

— Tu rentres à la maison, papa ?

— À moins que tu n'aies une autre idée.

— Pépé et mémé ne connaissent pas Lyon. Nous pourrions nous promener. Vous voulez ?

— Mais oui, c'est l'occasion.

— Et toi, Noëlline ?

— Bien sûr, il fait trop beau pour s'enfermer.

Samedi après-midi, pour un coup de chance, c'est un coup de chance ! Papa déniche aux environs de Bellecour une place où se garer. Sitôt extraits de la voiture, nous nous lançons dans la traversée de la place, cherchons l'ombre.

— Ce n'est pas comme en Ardèche, il manque un souffle d'air, remarque le pépé.

De fait, arpenter le centre de Lyon paraît bien lassant à mes grands-parents. Les vitrines ne font guère rêver la mémé ; quant au pépé, il aime marcher, mais pas en ville. La vérité, je la devine ; malgré les efforts de chacun pour en distraire la vision, les cœurs demeurent encore dans la chambre de Flore ; nos regards ne peuvent se détacher de son visage diaphane et presque sans cheveux. Ses yeux tristes et enfoncés nous reprochent de l'avoir quittée si vite. Je presse la main de Noëlline.

— Nous te faisons passer un bien triste samedi.

— Mais non, mais non.

La buvette de la place Bellecour offre l'ombrage de ses frondaisons et nous acquiesçons à son invitation. Mes grands-parents sont tout sauf des urbains ; d'être assis sous les arbres les ragaillardit. Papa propose des consommations dont les couleurs ambrées se laissent désirer. Nous savourons en silence ; décidément, le cœur n'y est pas. Le dernier verre vidé, mon père se lève.

— Papa ?

— Oui ?

— Tu rentres à l'appartement ?

— Oui.

— Quant à nous quatre, marcher un peu en bord de Saône nous fera du bien.

— Je comprends, à tout à l'heure.

DEUXIÈME PARTIE

SECRETS DE FAMILLE

VIII

Le chef-d'œuvre

Par le pont Bonaparte, nous traversons la Saône, la rivière au cours si lent, pour déboucher place Saint-Jean. L'appartement se trouve à deux pas. Durant le trajet, mes grands-parents me font parler, veulent savoir ce que je fais. Il est vrai que je ne les appelle pas aussi souvent qu'ils le souhaiteraient et je m'en excuse. Sans doute comprennent-ils qu'entre Noëlline, Flore et mon travail il me reste peu de temps disponible. J'aborde le problème du chef-d'œuvre :

— C'est long, plusieurs centaines d'heures. Pour en venir à bout, je prendrai sur mon sommeil.

— Prends soin de toi, Vincent ! Comment as-tu trouvé ta sœur ?

— Elle me fait peur. La semaine passée, ses cheveux donnaient vie à son visage ; à présent, c'est affreux.

— Oui, nous avons failli pleurer. Pour elle, il ne fallait pas. Ton père s'est montré brave.

Il fait un admirable temps d'automne, chaud et clair, délicieux sous les arbres des quais. Sur la Saône, le soleil de fin d'après midi allonge les ombres des péniches et argente davantage les vaguelettes qu'elles tracent lentement. Mes grands-parents se posent sur un banc, curieux de ce spectacle inconnu en Ardèche. Noëlline et moi les imitons, main dans la main nous asseyons. Pépé et mémé nous envient-ils ? Nous repérons leurs mains l'une dans l'autre. Ce geste amoureux, je le surprends chez eux pour la première fois. Du coup, je passe mon bras sur l'épaule de Noëlline et l'embrasse dans le cou. Nos deux couples demeurent ainsi jusqu'à ce que la fraîcheur du soir apporte son premier frisson.

— Rentrons, dit la mémé.

Nous arrivons ; Papa n'a pas refermé la porte de l'immeuble, encore moins celle de l'appartement. Je l'ouvre et nous entrons. Noëlline examine le grand appartement, son luxe sévère et bourgeois ; rien à voir avec le confort bon enfant de la maison de ses parents.

— Voilà, c'est ici que j'ai grandi.

— Je comprends mieux pourquoi ta mère refusait un fils charpentier !

— Tu m'imagines rentrant le soir en bleu ou salopette et débarquant ainsi vêtu parmi les invités de mes parents ? Je ne suis pas dupe ; ils les nomment leurs amis, mais ce sont des relations.

Papa a-t-il entendu ? Occupé à feuilleter des revues, il quitte le salon et nous rejoint.

— Soyez la bienvenue, Noëlline. Vous permettez que je vous appelle ainsi ?

Tandis que le pépé et la mémé le suivent au salon, je la conduis à ma chambre.

— Voilà, tu es chez toi.

Elle admire, détaille les posters sur les murs, attarde son regard sur une reproduction du musée de la Marine montrant *L'Hermione* au combat de Louisbourg le 21 juillet 1791 aux prises avec six bâtiments anglais contre lesquels elle tira cinq cent neuf coups de canon.

— Toujours déterminé pour la charpente navale ?

— Plus que jamais. Sur le conseil de ton père, Besançon la droiture à Châteauroux ne constitue que la première étape de mon Tour de France. Souviens-toi de ses propos : « Tu ne pourras faire toute ta vie charpentier de marine ; c'est trop dur. Complète tes connaissances en restauration et reconstruction de charpentes historiques. Un jour, tu seras bienheureux de pouvoir t'y consacrer. » Dès ma réception de compagnon, et pour cela je dois réaliser mon chef-d'œuvre, je file à Rochefort travailler à la reconstruction de la frégate de La Fayette. Le chantier débute l'an prochain, en 1997. Je dispose d'un an pour réaliser mon chef-d'œuvre.

— Nous ne nous verrons pas souvent…

— Mais si, nous continuerons comme pour ces deux derniers samedis ; un vendredi soir sur deux tu me rejoindras à Châteauroux ; le suivant, je descendrai à Lyon.

— Tu penses à tout. Et une fois à Rochefort ?

— Nous partirons ensemble, définitivement.

— Et mes études d'infirmière ?

— Rochefort n'est pas une petite ville. Tu les poursuivras là-bas.

Pour me faire pardonner, je la serre dans mes bras, l'entraîne sur le lit où longtemps nous restons embrassés. Nos regards se croisent avec du feu à l'intérieur. Sans qu'elle s'y oppose, j'entreprends de la déshabiller. Notre passion est telle qu'à son tour elle ôte mes vêtements. Follement amoureux, couette et drap repoussés, nos corps s'emmêlent, nos mains les couvrent de caresses ; elle s'écarte et je la prends. Longtemps nous nous aimons, nous reprenons. Que s'est-il passé ? Le sommeil nous a pris lorsque la porte s'ouvre.

— Oh ! Ce n'est pas possible ! Clément, je ne le tolérerai pas ! Et tu laisses faire cela, chez nous, sous notre toit. Cela ne s'était jamais vu.

Oubliant ma tenue d'Adam, je sursaute et me lève. Pour la première fois depuis mon enfance, ma mère me découvre homme, et nu. Je bondis à elle, la retourne par les épaules, la repousse dans le couloir, referme la porte à clé. Noëlline, éperdue, remonte le drap sur l'arrogance de ses seins.

— Voilà la différence avec tes parents. Ne t'affole pas, mon amour. Nous sommes dans ma chambre. Si mon père cède à ma mère, nous partirons et ne dirons au revoir qu'à mes grands-parents. Écoute.

Maman s'en est allée furieuse jusqu'au salon. La porte n'est pas étanche et ma mère hurle si fort qu'aucune phrase ne nous échappe !

— Clément ! Je le répète ! Il n'est pas question de tolérer cela chez nous. Qu'ils aillent chez elle si ses parents l'acceptent.

— Mais enfin, Carine, nous ne sommes plus il y a trente ans ! Ouvre les yeux autour de toi ! Je suis bien certain que cette nuit Vincent a dormi avec Noëlline chez ses parents à elle ! Où veux-tu qu'ils aient passé la nuit ? À l'hôtel ?

— Ils ne dormiront pas ici dans la chambre de mon fils. Si elle veut rester, qu'elle dorme dans la chambre de Flore !

— Je te découvre vieux jeu et ridicule ! Je te savais rigide, mais pas dépassée à ce point. S'ils le souhaitent, Noëlline et Vincent dormiront ici cette nuit et dans sa chambre. Ils s'aiment. De t'être opposée au choix professionnel de ton fils ne t'a pas suffi, tu lui refuses son bonheur à présent. Eh bien non ! Qu'ils s'aiment et soient heureux.

D'ailleurs, Noëlline me fait très bonne impression ; et son père également, que je connais.

— Tu connais son père ?

— Bien sûr. Un homme très bien, maître d'apprentissage de Vincent à la Croix-Rousse, tous les deux se connaissaient. Julien, le frère de Noëlline, se trouvait le condisciple de notre fils au collège.

Je perçois la voix de mon grand-père.

— Écoutez-nous, madame. Nous sommes d'une génération antérieure à la vôtre ; à notre époque, je n'aurais certes pas amené Amélie dans ma chambre de garçon chez mes parents. Aujourd'hui, il convient de vivre avec son temps. N'empêchez pas ces enfants d'être heureux.

— Merci papa, ajoute mon père.

Une véritable crise de nerfs ! Maman en est coutumière lorsqu'elle ne peut imposer sa volonté. Cet état dure plus ou moins longtemps, mais ma mère finit toujours par sécher ses larmes. Pour moi, et pour Noëlline, l'important est la résistance de mon père ; il n'a pas cédé.

Après pareille crise, nous n'allons pas refaire l'amour ; nous embrasser encore, nous tenir serrés très fort suffit pour l'instant à notre bonheur. Elle et moi nous rhabillons et quittons la chambre ; comme si de rien n'était, nos pas nous conduisent au salon. Maman a perçu notre venue.

Pour éviter une inévitable rencontre et épuiser ses larmes, elle se réfugie dans sa chambre. Tenant Noëlline par la main, j'entre au salon.

— Maître Cabrol n'est pas là ? Je croyais qu'il devait raccompagner maman ?

— Compte tenu de la situation, tu penses bien qu'il s'est excusé puis éclipsé sans demander son reste. Ma pauvre Noëlline, vous vous souviendrez de votre visite chez nous !

Il se tourne vers moi :

— Vous dormez ici cette nuit ?

— Évidemment, nous n'irons pas à l'hôtel. Si nous dérangeons, nous partirons pour ne jamais revenir.

— Il n'en est pas question. Tu es ici chez toi et Noëlline également. Nous sommes en 1996, non pas en 1966. Encore que, pour ce qui concerne cette époque, deux ans avant 1968, ta mère a la mémoire courte. Tu la connais, elle vit avec cinquante ans de retard et sur des principes d'un autre temps. Vos parents semblent faire preuve d'un esprit plus ouvert.

— Oui. Nous avons dormi chez eux, cette nuit.

— Viviane prend ses samedis et dimanches et je crains que ta mère n'ait rien prévu pour le dîner. Je vous invite dans un restaurant ardéchois à deux pas d'ici. Ils y servent d'excellentes caillettes. Vous connaissez, Noëlline ?

— Non.

— Il s'agit d'un plat typiquement ardéchois et drômois. Explique-lui maman, tu les réussis si bien !

Papa a tendu la perche à ma grand-mère. Mes grands-parents, peu habitués aux scènes dont ma mère est coutumière, restent encore sous le choc. Parler la soulagera.

— Il s'agit d'un hachis de viandes de porc et d'agneau, de feuilles de bette et d'épinards. Je le malaxe en boulette, l'enveloppe d'une crépine et le cuis au four.

— Il faut accompagner les caillettes d'un coteaux-de-l'ardèche rosé bien frais, ajoute pépé.

— Si vous n'aimez pas, la carte comporte d'autres plats. On y mange bien ; de plus, c'est à côté. Inutile de sortir la voiture. Je vais voir si ta mère se porte mieux.

C'est long. Enfin, papa revient.

— Ta mère se prépare et arrive.

Un quart d'heure après, maman nous rejoint. Papa lui a-t-il demandé ? Elle vient à moi, puis à Noëlline, nous embrasse.

— Je vous demande pardon, je me suis emballée. Depuis la maladie de Flore, mes nerfs lâchent.

Nous prenons garde de ne rien ajouter.

Dehors, la nuit s'est installée. Rue Saint-Jean, les lampadaires éclairent les pavés, redonnent vie et couleurs au rouge des géraniums suspendus dans leurs marmites et au camaïeu des pensées endormies dans leurs bacs. Le *Bouchon des Ardéchois* nous accueille à la seule table encore libre. Ma mère examine autour d'elle, n'en voit pas d'autre, doit s'en contenter. Pauvre maman ; pour la seconde fois de la soirée, elle cède.

Les bruits de rue du dimanche matin nous tirent du sommeil, une première fois interrompu à l'aube par le chant des oiseaux, nichés dans les branchages à hauteur de la fenêtre. Seuls nos visages émergent de la couette bien tiède ; à présent éveillés, Noëlline et moi pouvons croire que le jour nous salue tant il éclaire à travers les volets. Du coup, je me lève pour les ouvrir afin de profiter de la lumière sur le corps nu de Noëlline. Par la fenêtre ouverte, mes yeux surprennent au-dessus de Fourvière un joli petit soleil, couleur de pomme qui mûrit. Je reviens au lit, embrasse petit amour sur ses lèvres offertes pour le premier baiser, joue à lui mordre les épaules et les pointes des seins. À son tour, elle me caresse, me chatouille où je crains ; nous éclatons d'un rire fou.

— Ils doivent nous entendre !

— Tant mieux ; soit notre rire rappelle à ma mère ses premières amours, soit elle enrage et c'est tant mieux.

— Il faut nous lever, mon trésor.

— Tu crois ?

— Mes parents nous attendent à midi et ton train peu après.

— Si seulement tu pouvais repartir avec moi ! Nous trouverions un petit logement où nos cœurs vivraient comme dans un nid.

— Et ton chef-d'œuvre de compagnon ? Et mes études ?

— Hélas, tu as raison ! Il faut absolument que cette semaine j'entreprenne mon ouvrage.

Levés tôt, mes grands-parents ont déjà pris leur petit déjeuner à l'hôtel et attendent à la cuisine ; ils s'y sentent plus à l'aise qu'au salon, lisant à deux le journal que mon père comme chaque dimanche s'en est allé chercher. Le parfum du café chaud et l'odeur beurrée des croissants embaument toute la pièce ; nous échangeons des bisous.

— Papa n'est pas là ?

À peine sommes-nous installés qu'il arrive.

— Bien dormi les amoureux ?

Et il nous embrasse tous les deux.

— Merci pour les croissants.

— Le plaisir est tout autant pour moi. J'apprécie l'air chaud et croustillant des boulangeries le matin. La semaine, je m'y arrête et dévore mon croissant en marchant jusqu'au palais.

— Maman dort encore ?

— Tu plaisantes ! Ta mère termine sa toilette.

— Elle va mieux ? Hier soir, au restaurant, elle semblait s'être calmée.

— Oui, il va bien falloir qu'elle accepte de vivre avec son temps. Lorsque je l'ai connue jeune fille, elle n'était pas si rigide ; en pareil cas, je ne l'aurais pas épousée. Outre son éducation, son succès professionnel la garrotte, l'empêche de vivre ; reconnaissons-lui cette qualité, ta mère est reconnue comme l'un des meilleurs avocats d'affaires du barreau de Lyon.

Nous terminons notre petit déjeuner lorsqu'elle se présente, tirée à quatre épingles. Maman ne ressemble pas du tout à une femme qui s'apprête à passer son dimanche en famille. Noëlline et moi nous levons, offrons nos joues pour un baiser, le lui rendons. Elle ne nous pose aucune question. En revanche, papa le fait :

— Quel programme aujourd'hui ?

— Nous partons déjeuner chez mes parents et puis j'accompagnerai Vincent à Perrache.

— À propos, les parents de Noëlline sont venus me dire bonjour à Châteauroux ; j'espère recevoir votre visite.

— Tant que Flore n'est pas guérie, elle a besoin de moi. Si tu désires te rendre à Châteauroux voir où vit Vincent, je n'y vois aucun inconvénient, déclare-t-elle à mon père.

— Tu l'ignores peut-être, mais tous les soirs je rends visite à Flore. C'est ma fille, à moi aussi.

Je surprends un regard de maman. Se disputent-ils Flore ?

— Et vous deux ?

Mes grands-parents hésitent :

— Nous sommes trop vieux pour voyager, mais nous t'attendons en juillet ou en août, comme aux derniers étés, me rappelle pépé Hippolyte.

— Avec Noëlline, n'oublie pas, ajoute mémé Amélie.

Petit amour sourit, heureuse.

Le train ralentit, s'engage sous la verrière de la gare de Châteauroux, s'immobilise enfin. Voici quatre heures à peine, après ce dimanche dans l'abri du cocon familial, Noëlline et moi nous nous embrassions sur les quais de Perrache. Tous les deux prenions conscience que notre amour ne pourrait longtemps encore se contenter d'une fin de semaine sur deux. Sac à la main, je quitte la gare, marche vite, remonte les rues jusqu'à la maison des compagnons. À cette heure, la porte devrait être fermée. Heureusement, je connais la cache indiquée par la mère. Vendredi, avant de partir, je l'ai prévenue de mon retour en soirée.

— Viens, m'a-t-elle dit.

Je l'ai suivie jusqu'au tronc creux d'un vieux frêne où le bras peut s'enfoncer par-dessus la clôture.

— J'ai planté ce clou à l'intérieur de l'arbre. J'y accroche les clés pour les retardataires avec raison valable, à condition bien sûr qu'ils m'aient prévenue. Sinon ils ne les trouvent pas et dorment où ils peuvent.

— Merci mère.

Je grimpe sur le muret, plonge le bras au creux de l'arbre, cherche, décroche du clou l'anneau aux deux clés. J'ouvre le portail avec l'une, vérifie d'abord sous son abri que personne n'a pris ma moto, puis tourne l'autre clé dans la serrure de la porte d'entrée. Il est à peine 10 heures du soir. Noëlline sans doute ne dort pas. Sans bruit, je m'enferme dans la cabine, compose le numéro. C'est la voix de son père. Il reconnaît la mienne.

— Bien arrivé ? Tu veux parler à Noëlline, je suppose ? Une seconde. Je l'appelle.

Inutile, elle attendait. Je devine Jupiter la Croix-Rousse qui referme derrière lui la porte du couloir.

— Bonsoir petit amour.

— Merci de m'appeler. Tu le fais de la cabine ?

— Oui, à cette heure, personne ne l'occupe. Je voulais te parler avant de retrouver ma chambre, ou plutôt notre chambre depuis que nous y avons dormi notre première nuit d'amour.

— Notre deuxième chez mes parents, notre troisième chez les tiens.

— Je voudrais que déjà nous ne puissions plus les compter.

— Au contraire ! Nous serions vieux !

— Tu as raison ; il n'empêche, vivre ensemble serait mieux. Tu viendras vendredi soir ?

— Tu crois que la mère acceptera encore une fois ?

— Je vais chercher une solution ; je trouverai si je sais que tu viendras.

— Alors je viendrai !

— Je t'aime.

— Moi aussi je t'aime. Ne tardons pas trop, demain tu te lèves tôt.

— C'est vrai. Sur ma moto, je me rends à Clavières, le chantier dont je t'ai parlé, puis le soir à Nohant pour commencer mes relevés.

— Vincent ?

— Oui ?

— Je suis fière de toi.

— Pourquoi petit amour ?

— Tu respectes tes engagements.

— Merci.

— Bonsoir ; dors bien pour être en forme demain.

— Je t'embrasse.

— Moi aussi je t'embrasse.

Au petit déjeuner, Colette la bienvenue s'enquiert de la santé de Flore.

— Elle ne va pas bien.

— Gardez le moral pour le lui communiquer.

— Je l'appellerai ce soir. À ce propos, je dois solliciter une faveur.

— Je vous écoute.

— Pour mon chef-d'œuvre, la miniature au vingtième de la charpente du château de Nohant, j'ai besoin de beaucoup de temps pour en effectuer les relevés. Je ne peux le faire que le soir, après le chantier de Clavières. Pourriez-vous me garder mon repas ? Je dînerai en retard.

— Vous en aurez pour combien de jours ?

— Environ deux semaines. Je travaillerai toute la fin de semaine. Le conseiller général responsable du château m'autorise à aller et venir selon les nécessités de mon travail.

— Toute exception au règlement nécessite d'en délibérer en assemblée à la cayenne. Parlez-en dès ce soir. Je préviendrai.

Tandis que les ouvriers entreprenaient le démontage des toitures des deux tours, tout le jour à Clavières nous avons préparé l'assemblage de la charpente, répertorié chaque pièce. La journée terminée, j'enfourchais la moto, fonçais jusqu'à Nohant ; j'avertissais Irène, la gardienne, grimpais quatre à quatre et d'étage en étage les marches de l'escalier jusqu'au grenier. Profitant au maximum de l'heure de jour qui me restait, je sortais de mes poches mon mètre à ruban, mon carnet et mon crayon. Une à une je mesurais les pièces de la charpente, commençais par les plus à portée de main, les fermes. Malheureusement, en octobre, les jours sont courts et la lumière rare. J'avisais dans le grenier une prise électrique. L'idée me vint de solliciter Besançon la droiture pour emprunter le soir et jusqu'au lendemain matin une lampe de chantier et sa rallonge. Je gagnerais ainsi du temps pour travailler de nuit. Pour ce premier soir, mes mesures notées sur le calepin, j'enfourchais la moto sans tarder et rejoignais ainsi la maison des compagnons à l'heure du dîner.

J'observe Colette la bienvenue à l'entrée de la salle à manger ; une fois tous assis, de l'index sur les lèvres, elle réclame le silence. Dans les maisons des compagnons, la mère est tellement respectée que tous nous nous taisons.

— Après le dîner, nous tiendrons assemblée à la cayenne. Vincent le charpentier sollicitera une exception.

Il ferait beau jeu que je fasse attendre mes compagnons ; j'arrive le premier. Personne ne souhaite que dure l'assemblée ; après une journée de travail, nous aspirons au repos. De plus, dans la cayenne sont exposés quelques chefs-d'œuvre d'anciens et je ne suis pas le seul à démarrer mon ouvrage. Certains cherchent le calme pour apprécier et s'inspirer. Tous arrivent et s'installent. Les visages paraissent juvéniles mais leurs traits sont déjà durcis par le travail ; le soleil et le vent, la barbe du soir, les jeunes moustaches sauvages les affermissent tant soit peu. Chez les compagnons, nous apprécions d'être brefs. La mère, debout, ne prononce que sept mots.

— Vincent le charpentier, vous avez la parole.

— Merci mère. Voilà. Comme plusieurs d'entre nous, je dois réaliser mon chef-d'œuvre. Celui-ci, je l'ai choisi pour l'offrir à ma sœur cadette, Flore, hospitalisée à Lyon pour une leucémie. Mon premier chantier chez Besançon la droiture fut la réfection de la charpente du château de Nohant, celui où s'aimèrent George Sand l'écrivain et Frédéric Chopin, compositeur et pianiste. Ma petite sœur joue du piano, admire Frédéric Chopin. Pour le lui offrir, je veux réaliser à titre de chef-d'œuvre la miniature au vingtième de la charpente du château. À cet effet, je dois commencer par la base de tout, le relevé exact des cotes de la charpente. Travaillant le jour comme vous, il ne me reste que le soir. Il me faudra quinze jours. Seriez-vous d'accord pour que, pendant ces deux semaines, la mère m'autorise une entorse à notre règle qui veut que tous les compagnons de la maison prennent leurs repas à la même heure et ensemble ? Si oui, elle me gardera mon plateau au chaud et je dînerai seul à mon retour.

La mère ajoute :

— Bien entendu, cette mesure demeurera l'exception, sauf si une autre fois l'un d'entre vous rencontre la même contrainte. J'ai provoqué cette assemblée car toute exception à la règle doit être approuvée en cayenne. Qui donne son accord ?

Tous lèvent le bras, à commencer par mes copains. Jean cependant demande la parole. Je m'interroge et les autres également.

— J'ai donné mon accord. Je rappelle seulement qu'en ce cas le bénéficiaire paie le pot à tous les aspirants.

— Merci Jean ; je n'entendais pas déroger à cette règle. Je vous invite tous au bar du foyer.

Du coup, ce soir, je ne téléphonerai ni à Noëlline ni à Flore.

Pour disposer de temps et de lumière naturelle, préférable à l'électrique, je décide de me lever avant l'aube, de filer à moto phares allumés jusqu'à Nohant ; le jour alors sera levé, j'y avancerai mon relevé de cotes et ne repartirai qu'au dernier moment vers Clavières ; l'essentiel est ma présence à l'heure où le chantier démarre. Pour mon chef-d'œuvre, Besançon la droiture m'apportera ses conseils, mais à la condition que cela ne soit pas au détriment du travail. À l'arrivée au château, je repère dans la cour la voiture du conseiller. J'ai quitté Châteauroux de nuit, j'arrive avec le jour. La pétarade du moteur deux temps s'entend de loin. Le conseiller général paraît sur le perron.

— Si ça se trouve, votre estomac est vide !

Effectivement, au moment de mon départ, la cuisine de la maison étant fermée, je n'ai rien pris.

— Je ne veux pas déranger.

— Rien dans le ventre ! Comment voulez-vous travailler ! Venez prendre une tasse de café et avaler un morceau sur le pouce.

— En vitesse alors ; je me suis levé très tôt pour profiter du jour.

— Cinq minutes suffiront. Suivez-moi.

Il m'emmène à la cuisine où Irène nous sert le petit déjeuner. Mon regard ne peut se détacher de ses cheveux roux et de son visage envahi de taches de rousseur.

— Servez-vous, me dit-il.

Tandis que je m'empare d'une tartine, il m'emplit un bol de café.

— Ventre plein travaille mieux que vide.

J'avale en vitesse mon café chaud.

— Merci beaucoup, vous êtes très aimable. Je monte au grenier.

Une demi-heure après, bien que totalement absorbé par ma tâche, j'entends des pas sur le plancher. Le conseiller s'approche, observe, silencieux.

— Vous travaillez à la lumière de la lampe de chantier ?

— Oui, en cette saison, les jours sont courts.

— Je vous comprends. Dites-moi, une fois reçu compagnon, où poursuivrez-vous votre Tour de France ?

— À Rochefort, réaliser mon grand projet.

Il s'approche davantage, m'examine avec beaucoup plus d'attention.

— Rochefort, votre grand projet, laissez-moi deviner. Ne s'agirait-il pas de la reconstruction de *L'Hermione*, la frégate de La Fayette ?

— Comment avez-vous deviné ?

— Il se trouve que vous avez en face de vous l'ami et le confident de l'homme à l'origine de cette idée.

Du coup, j'interromps mon travail, lui raconte tout ; la reconnaissance de son visage, la conversation surprise au musée de la Marine à Rochefort, la charpente de la Fonsine, la découverte des cahiers de mon ancêtre, charpentier sur le chantier de la première *Hermione*, ma décision de devenir charpentier de marine.

Il réfléchit.

— Effectivement, natif de Fouras, à côté de Rochefort, je me nomme Sauzaie. Mais un voyage au pays de George Sand me fit trouver femme à Nohant et je m'y suis établi. Par la suite, les gens d'ici ont fait de moi un conseiller général. Roux de cheveux et de peau tel que je le suis, vous n'avez pas eu de peine à me reconnaître. L'homme roux en vis-à-vis de celui que vous écoutiez au musée de la Marine était bien moi. Lorsque cet ami tient une idée, il ne la lâche pas. Depuis, je mène une double vie entre Nohant et Rochefort. L'an prochain – si tout va bien, c'est-à-dire si nous bouclons notre budget – verra le démarrage du chantier de *L'Hermione*. Nous avons créé une association qui, à l'aide de mécènes, des dons et cotisations de ses membres, pourra financer ce défi. La reconstruction sera longue : presque dix-sept ans ! Sauf accident, *L'Hermione*, une fois armée, appareillera le 4 juillet 2014, jour anniversaire de l'indépendance des États-Unis. Si votre maître Besançon la droiture en est d'accord et vous en juge digne, poursuivez votre Tour de France à Rochefort sur le chantier de *L'Hermione* dans les emplois de charpentier de marine. Vous transporterez dans cette ville votre charpente en miniature au stade où elle sera pour l'achever et la présenter au jury de réception en 1999. Vos trois années seront alors accomplies. *L'Hermione* sera reconstruite non seulement à l'identique, mais encore avec les mêmes outils que nous ferons forger, et selon les procédés de 1778, l'année de sa construction. Pour ce faire, nous ne recruterons que les meilleurs ouvriers de chaque métier, c'est-à-dire choisis parmi les compagnons du Tour de France ou, comme vous-même, aspirants au titre. Voyez Besançon la droiture, nous nous connaissons bien. Il acquiescera.

Je le dévore des yeux, lui saute au cou sans pouvoir m'en empêcher. Il éclate de rire.

— C'est bien, vous êtes un passionné et ferez de grandes choses. Nous aurons besoin d'hommes tels que vous.

— Excusez-moi, mais depuis si longtemps je caresse ce rêve !

Du coup, nous n'avons pas vu l'heure passer. J'éteins la lampe et m'élance vers l'escalier. Une question me cloue sur place ; je me retourne.

— Je vous demande pardon, il me faudrait savoir…

— Quoi donc ?

— Existe-t-il un institut en soins infirmiers à Rochefort ?

— Sans doute, ou plus exactement je me renseignerai. Mais pour quelle raison ? *L'Hermione* n'embarquait pas d'infirmière à son bord !

— Je vous expliquerai ce soir.

Sur la route de Clavières, le moteur de la moto ronfle à toute berzingue. L'engin ne roule pas, il vole. Sur les bords de l'Indre, à hauteur du château, je rattrape le camion-grue et la fourgonnette des ouvriers.

Hier, nous avons fixé les fermes sur le faîte des murs, aujourd'hui nous entreprenons le montage des arbalétriers[1]. Il s'agit de les ajuster au millimètre sur le poinçon[2] et l'entrait. Ce sont eux qui supporteront la panne faîtière[3], le faîtage et assureront ainsi la solidité de toute la charpente.

La moindre erreur de notre part signifierait l'écroulement du tout. Certes, Besançon la droiture m'honore de sa confiance ; cependant, vu l'enjeu et sa responsabilité, je m'attends à sa visite avant le soir.

Je passe, repasse, examine, vérifie, tâte de la main toutes les pièces et les assemblages. À 4 heures, à cheval sur la panne faîtière, le plus haut point de la charpente, je reconnais la voiture du maître qui, après avoir longé l'Indre, s'avance vers le château. Besançon se gare, quitte son véhicule, recule à pied dans la cour, prend ses distances, apprécie, fait le tour du bâtiment. Je descends, le rejoins. Silencieux, le maître considère l'ouvrage. Je l'observe et me tais. Ayant tout examiné et de partout, il se tourne vers moi.

---

1. *Arbalétrier : pièce inclinée d'une ferme, assemblée au sommet du poinçon et à l'extrémité de l'entrait.*

2. *Poinçon : pièce de charpente joignant verticalement le milieu de l'entrait d'une ferme à la rencontre des arbalétriers.*

3. *Panne faîtière : pièce horizontale de la charpente d'un toit, posée sur les arbalétriers et portant sur les chevrons. Se dit aussi faîtage.*

— C'est du bon travail, bien assemblé. Je ne vois rien à redire.

Les propriétaires nous rejoignent, elle toujours vêtue du même tailleur, lui chaussé de ses bottes de cheval. Ils me font confiance, mais veulent l'avis du maître.

— Alors, êtes-vous satisfait de votre aspirant ? Notre charpente sera-t-elle solide ?

— Oui. N'ayez aucun souci. Toi, Vincent, tu peux continuer. Tout va bien.

Rassurée, madame m'interroge :

— Et la moto de mon père, roule-t-elle à votre guise ?

— Parfaitement, madame.

Elle m'adresse un délicat sourire ; sans doute a-t-elle reconnu le ronflement du moteur à mon arrivée ce matin !

— Et tes relevés à Nohant, où en sont-ils ?

— Je les ai entrepris hier soir et me suis levé avant l'aube ce matin pour les avancer avant l'ouverture du chantier.

Besançon me dévisage tel un père dont le fils ne prendrait pas le temps de vivre.

— Qui veut voyager loin ménage sa monture ! N'en fais pas trop, tu ne tiendrais pas longtemps.

— Il me faut quinze jours. Ensuite, je pourrai travailler plus calmement. M'autoriserez-vous à utiliser votre atelier ?

Il me sourit :

— Bien entendu, c'est à cela que je pensais en te promettant mon aide. Il va sans dire que mon outillage reste à ta disposition.

J'hésite, comment cacher quoi que ce soit à cet homme ?

— Vous savez que je poursuis mon projet de charpentier de marine ?

— Tu me l'as assez répété !

— Devinez qui j'ai retrouvé à Nohant ?

— Je ne suis pas devin !

— M. Sauzaie, le conseiller général. L'homme dont l'ami a conçu le projet de reconstruire *L'Hermione* !

— À Rochefort ?

— Exactement. Nous avons sympathisé. Il m'a conseillé de poser ma candidature à un emploi de charpentier sur ce chantier si vous m'en jugez digne.

— Tu en possèdes l'étoffe ; travaille ton chef-d'œuvre.

À la mode d'autrefois, le maître porte en poche sa montre-gousset ; ainsi, il ne risque pas de l'accrocher sur les chantiers. Il en tire la chaînette, regarde l'heure.

— 16 h 30. Profites-en, file à Nohant, il te reste un peu de jour. À demain.

Je ne me le fais pas dire deux fois, enfourche la moto, mets les gaz et démarre.

Arrivé devant le château, je n'aperçois pas la voiture. Sans perdre une minute, je monte au grenier.

Dès ma première visite, je repérai l'échelle coulissante qui dort sur le plancher. Ayant relevé les cotes des parties basses, elle m'est nécessaire pour les plus hautes. Je la dresse contre la panne faîtière ; ainsi dominerai-je l'ensemble. Pièce à pièce, je mesure, note les moindres détails d'assemblage, vérifie plutôt deux fois qu'une les longueurs, largeurs, et épaisseurs. Mètre après mètre, je déplace l'échelle afin de ne rien oublier. Tout en traçant les chiffres sur mon carnet, je repense à Noëlline et à Flore. Hier, je n'ai pu leur téléphoner ; ce soir je le ferai. La question de la chambre demeure sans réponse ; où dormirons-nous Noëlline et moi vendredi soir et samedi soir ? Je dois profiter de ces deux jours pour avancer mes relevés et il n'est pas question de dormir à Châteauroux. Dans ce château, à Nohant, une chambre doit bien se trouver libre ; cependant, je m'interdis de la squatter à la barbe de M. Sauzaie ou d'Irène. Le jour baisse, j'allume la lampe. Décidément, rien ne remplace la lumière du jour ! Le matin, ça va, mes yeux sont reposés. Mais le soir, après toute une journée de travail, je peine à mesurer. Je descends les barreaux de l'échelle, puis étage par étage les marches de l'escalier, débouche sur le perron lorsque surgit la voiture du conseiller. Je vais à lui et le salue.

— Votre journée s'est bien passée ? Vous rentrez à Châteauroux, je présume ?

— C'est exact. Mes relevés sont en bonne voie ; cependant, pour gagner du temps et éviter les allers et retours, je voulais solliciter votre aide pour la fin de semaine.

Ses sourcils roux se soulèvent, il m'interroge du regard. L'homme va finir par me trouver bien exigeant.

— Si cela m'est possible...

— Pourrions-nous dormir au château ces deux nuits ? Nous ne dérangerons pas.

— Nous ?

— Oui. Mon amie vient me voir. Je me rends chez elle à Lyon une fin de semaine sur deux et réciproquement.

Le conseiller sourit, puis franchement éclate de rire !

— Je comprends pourquoi vous vous inquiétiez ce matin d'une école d'infirmières à Rochefort !

— Noëlline, mon amie, poursuit effectivement ses études en soins infirmiers.

— Rassurez-vous, ma femme et moi nous souvenons avoir été jeunes ! George Sand recevait beaucoup et les chambres où ses amis logeaient demeurent inoccupées au deuxième étage. Choisissez-en une. Dites-moi, votre amie, Noëlline comme vous la nommez, va-t-elle passer avec vous les deux jours à mesurer le grenier ?

Je souris.

— Non, je vous rassure pour elle. Noëlline prendra le temps de se promener. Elle sait que je fais tout cela pour Flore.

— Excusez-moi. Comment se porte votre sœur ?

— Je n'ai pas pu lui téléphoner hier, je l'appellerai ce soir.

— Très bien. À propos…

— Oui ?

— Concernant l'institut en soins infirmiers, je me suis renseigné ; il en existe un à Rochefort.

— Merci, voilà une bonne nouvelle. Je la transmettrai à Noëlline. Ainsi, l'an prochain, si tout va bien, elle pourra me suivre.

— Parfait. Vous voilà rassuré. À présent, rejoignez vite Châteauroux ; la nuit s'installe. Bonsoir.

— À vous aussi, merci.

Lorsque j'arrive à la maison des compagnons, il fait grand-nuit, la salle à manger est vide, mon plateau-repas m'attend à la cuisine. Je dînerai plus tard ; l'urgent me semble d'appeler Flore. Sur sa table de nuit, elle peut décrocher le téléphone en ligne directe, sans passer par personne. Peut-être ne dort-elle pas ?

La sonnerie insiste, je perçois le décrochement, reconnais la petite voix.

— Oui ?

— Bonsoir Flore.

— Vincent !

— Comment se porte ma petite sœur ? Hier, je n'ai pas pu te téléphoner.

— Toujours pareil. Je suis sans forces. À part m'épuiser, la chimio me semble sans effet.

— Tu ne l'as débutée que depuis deux semaines ; il t'en faut douze.

— À ce rythme, je serai transparente. Je n'ai pas d'appétit. Parle-moi de toi. Que deviens-tu ?

— Je travaille, la journée à mon chantier, le soir et le matin à ta surprise. J'en arrive à l'instant.

— Je t'envie de pouvoir sortir, aller et venir à ta guise. Heureusement que par la fenêtre je devine derrière le store un peu de ciel parfois bleu.

— Demain, c'est mercredi ; Noëlline viendra te voir.

— Je l'aime bien Noëlline. Elle sait me faire rire. Dimanche après-midi, le pépé et la mémé de Saint-Andéol sont restés seuls un moment avec moi. Eux aussi ont su me distraire. Ils me racontaient des histoires de l'Ardèche. Maman les avait amenés tous les deux sans papa. Elle nous a quittés un moment sous prétexte qu'elle avait à faire, puis est revenue avec maître Cabrol qui les a ramenés tous les trois à la maison. Il est très gentil et très doux avec moi, m'apporte des livres, des CD. Au moment de partir, il avait presque les larmes aux yeux et m'adressait des baisers à travers la vitre d'isolation.

J'écoute parler Flore ; cette affection soudaine du collègue de maman pour ma petite sœur me paraît bien curieuse. De plus, avant sa maladie, nous ne voyions pas si souvent maman avec lui.

— Papa n'est pas venu ?

— Si, mais le soir. Il vient toujours seul et en soirée, après maman. Ainsi j'ai de la visite plus longtemps.

Je perçois un déclic sur la ligne.

— L'infirmière me conseille de raccrocher pour ne pas me fatiguer.

— Eh bien, bonsoir petite sœur. Je te rappellerai jeudi. Prends soin de toi, garde le moral, je t'embrasse.

— Moi aussi je t'embrasse.

Son filet de voix trahit un réel épuisement qui m'inquiète au plus profond. Avant d'appeler Noëlline, je réfléchis, essaie de comprendre cette récente irruption de maître Cabrol dans notre drame familial.

Tout d'abord, appeler Noëlline. Je dînerai ensuite. Ce coup-ci, c'est elle qui décroche.

— Allô ?

— Noëlline ?

— Je t'attendais mon amour.

— Pardonne-moi pour hier soir, mais je n'ai pu t'appeler.

— J'imagine bien que tu n'es pas toujours libre de ton temps.

Je lui raconte la réunion de la cayenne.

— Il me faut à tout prix terminer mes relevés pour entreprendre mon chef-d'œuvre. À ce propos, je te transmets trois bonnes nouvelles.

— La première ?

— La propriétaire du château dont nous reconstruisons la vieille charpente en ce moment m'a prêté la moto de son père. Ainsi, je peux aller et venir de Châteauroux à Nohant et de Clavières à Châteauroux comme je l'entends. Nous l'utiliserons tous les deux vendredi soir.

— Tu ne conduiras pas trop vite, j'espère ! La deuxième ?

— Vendredi soir et samedi soir, nous dormirons dans un château.

— Un château ?

— Celui où George Sand et Frédéric Chopin furent amants comme nous.

— Explique-toi.

Je prends mon souffle, détaille tout.

— Si je t'ai bien compris, nous sommes invités ?

— Tu as très bien compris.

— Nous aimer dans un château, quel beau roman d'amour ! Et la troisième nouvelle ?

— Il existe un institut en soins infirmiers à Rochefort.

— Merveilleux ! Je pourrai donc poursuivre mes études tandis que tu travailleras sur *L'Hermione*.

— Parfaitement. Pour cela, je dois être reçu compagnon, et d'abord réaliser mon chef-d'œuvre.

— Si je peux t'aider…

— Je ne vois pas trop. En revanche, je sollicite ton indulgence pour samedi et dimanche. Je devrai profiter de la lumière du jour pour avancer mes relevés. Il me sera impossible de toujours me tenir avec toi. Sauf surprise, ils seront terminés la semaine d'après et je pourrai enfin entreprendre l'exécution de la miniature.

— Tu ne viendras plus à Lyon ?

— Moins souvent. Tu me rejoindras à Châteauroux.

— Si je comprends bien, tu t'apprêtes à faire de moi une parfaite charpentière !

— Pourquoi pas ? J'avoue n'y avoir pas songé. Embrasse-moi.

— Au téléphone ?

— Oui, claque un bisou !

J'entends et imagine ses lèvres sur le récepteur.

— À toi.

Je porte les miennes à l'appareil et embrasse de même.

— Nous jouons comme des enfants !

— Je t'aime, petit amour.

— Moi aussi, tu le sais.

— C'est pour cela qu'il faut nous voir souvent.

— As-tu pris le temps de dîner ?

— Un plateau-repas m'attend à la cuisine.

— Te coucher tard, te lever tôt, travailler dur toute la journée, rien de mieux pour préserver ta santé.

— Oui, madame l'infirmière. Tu parles comme Besançon la droiture. À propos de santé, j'ai promis à Flore ta visite pour demain.

— Ce sera fait. Besançon a raison. Je t'embrasse pour de bon. Va dîner et dors bien. Prends soin de ta forme. J'ai besoin de toi, tu le sais.

— Moi aussi, petit amour.

— Je t'embrasse encore une fois. Bonsoir. Dors bien mon amour.

— Et toi, fais de beaux rêves.

Je file à la cuisine, dévore mon dîner, prends ma douche et m'endors.

Vendredi soir, lorsque le train en provenance de Lyon est annoncé en gare de Châteauroux, la nuit grisaille la ville et la lune crève le ciel, énorme et couleur d'ocre. Sur le quai, je scrute les visages derrière les vitres des voitures. À la troisième, je discerne celui de Noëlline. Elle aussi m'a reconnu et nous nous envoyons un baiser du bout des doigts. Je cours vers sa voiture, la reçois dans mes bras. Sans souci du regard des autres voyageurs, nos lèvres se rencontrent. Je la serre très fort, retiens mon souffle sur son cou. Les gens nous remarquent, sourient, nous bousculent tant soit peu. Nous demeurons ainsi enlacés jusqu'à réaliser notre solitude sur le quai. Depuis dimanche, notre amour s'impatientait de cet instant.

— Viens découvrir notre monture !

Je m'empare de son sac de voyage, et l'entraîne hors de la gare.

— Regarde !

— La moto !

— Celle que je t'ai annoncée.

— Mais elle est toute bleue ?

— Comme la bicyclette du roman. Pendant la dernière guerre, le père de la propriétaire abritait des résistants dans les caves de son château et leur servait d'agent de liaison. Si ça se trouve, longtemps après, il a peint en bleu sa bécane à la lecture du roman de Régine Deforges ! En route !

Je m'installe sur la selle, Noëlline sur le tansad, son sac sur ses genoux. À pleins bras, elle s'agrippe à ma taille. Au début, durant la traversée de Châteauroux, je modère l'allure.

— Ça va ?

— Ça va.

À la sortie de la ville, je prends la direction de Nohant. La route est droite, j'en profite, libère les gaz. Je la sens se plaquer à mon dos. Dans le rétroviseur, je surprends sa robe remontée par la vitesse jusqu'au haut de ses cuisses. En moins d'une demi-heure, nous y sommes. Prévoyant notre arrivée, Irène a laissé la lumière allumée sur le perron. La voiture du conseiller ne se trouve pas devant le château. Noëlline descend de la moto, je l'imite, puis pousse l'engin jusqu'à l'abri où sont remisés les tréteaux et plateaux du premier pique-nique. Nous entrons par la cuisine où Irène nous attend.

— Bonsoir madame. Vous vous rappelez de Noëlline, mon amie, que vous avez déjà rencontrée ?

Noëlline lui tend la main, Irène la serre ; je devine son hésitation à dire madame ou mademoiselle. Dans les deux cas, elle se trompera.

— Appelez-moi Noëlline, c'est plus simple.

— Merci. Et moi Irène ; ici, chacun m'appelle ainsi. Vous n'avez pas dîné, je suppose ?

— Non, mais ne vous dérangez pas. Indiquez-nous seulement notre chambre.

— Il n'en est pas question. M. Sauzaie m'a bien recommandé de veiller à ce que vous ne vous couchiez pas le ventre vide. Asseyez-vous.

Elle nous indique deux couverts dressés sur la table de la cuisine, va au réfrigérateur, en revient avec une grande assiette garnie de viandes froides, un plateau de fromages du Berry et des poires du verger.

— Servez-vous, mangez à votre faim. À votre âge, on dévore.

Du fond d'un vieux meuble, elle retire une bouteille grise, la débouche et nous sert.

— C'est un vin du Cher, il possède une solide réputation et se boit bien. En plus d'être élu et de s'occuper de *L'Hermione* à Rochefort, le conseiller cultive des vignes à Menetou-Salon ; ce vin provient de son chai.

En même temps que les nôtres, elle emplit son verre, pique sur le plateau de fromages un chèvreton bien sec qu'elle porte à sa bouche, croque à moitié, puis s'octroie une longue gorgée qu'elle savoure avec attention.

— Après votre assiette anglaise, goûtez-moi ces chèvretons. Ils sont de Nohant ; vous vous régalerez.

Elle se retire. Sous la table, Noëlline m'effleure du genou. Nos sourires se rencontrent ainsi que nos pensées. « Voilà une femme qui sait vivre sur le dos de son patron ! »

Nous terminons chacun une poire comice.

— Elles sont délicieuses.

— Je comprends davantage le plaisir de George Sand à vivre en ce château de famille. Elle aimait ce qui est bon : le vin, la bonne chère, les lettres, la musique et les hommes, sans compter les cigares !

Irène réapparaît.

— Désirez-vous du café ?

— Merci. Nous allons monter nous coucher ; demain, je me lève tôt.

— Toujours vos relevés ?

— Oui. Jeudi soir, tout doit être terminé. Nous passerons tous les deux la fin de la semaine à Lyon.

— Chacun son tour ?

— Exactement.

Elle se lève.

— Je vous montre votre chambre.

Le conseiller me l'avait indiquée ; elle se trouve au deuxième étage. Nous suivons Irène.

— Vous voilà chez vous.

Elle fait tourner dans sa serrure une grosse clé qui croche, pousse une porte de chêne ciré – j'en reconnais l'essence au premier coup d'œil –, allume la lumière, nous cède le passage.

— Mazette !

Éclairée par trois fenêtres, bien qu'à cette heure les volets soient fermés, la chambre est meublée d'une très vieille armoire et de fauteuils à dossiers habillés de brocart, agrémentés de coussins. Disposée entre eux, une petite table recouverte d'un napperon de dentelles. J'ignore si elles sont du Puy. De l'autre côté de la chambre trône un large et haut lit à baldaquin, du même brocart que les fauteuils.

— Nous n'avons jamais dormi dans une pareille chambre !

— Elle fait penser aux contes de fées, ajoute Noëlline.

— Il s'agit de l'une des chambres d'amis du château. Parfois, des invités y dorment. D'origine, elle ne dispose pas d'une salle de bains. Pour votre toilette, je mets à votre disposition celle de mon appartement.

— Merci beaucoup.

— Eh bien ! Profitez de votre chambre, je vous souhaite la bonne nuit.

Comment ne pas être amoureux dans un pareil nid !

À part mes vacances à Saint-Andéol, j'ai toujours vécu à Lyon et les bruits de la campagne, peu familiers, me surprennent à chaque fois. Lorsque à travers les volets l'aurore colore en rose nos rideaux de la chambre, le coq d'une ferme voisine interrompt mon sommeil. Dans le lit aux courtines closes frémit le souffle de Noëlline. Les rais clairs du jour par les fentes des volets éclairent son visage amoureux, jouent sur sa peau très blanche une musique dorée. Je me rapproche d'elle, effleure ses lèvres des miennes. Je ne veux pas la réveiller malgré mon désir de l'embrasser. Le travail m'attend. Je me lève sans bruit, remonte la couette jusqu'à ses oreilles car après l'amour le sommeil nous a pris nus.

Mes vêtements enfilés, je quitte la chambre sur la pointe des pieds, me chausse dans le couloir, repère l'escalier, monte au grenier, retrouve l'échelle où je l'avais laissée. Tout d'abord, déclouer quelques voliges et leurs ardoises pour faire entrer le jour. Je m'efforce de passer la tête à travers l'ouverture dégagée. Le soleil à présent s'est libéré de l'horizon, darde ses premiers rayons sur la campagne environnante, le parc et le verger, la canopée de la forêt profonde où dort La Mare au diable. Il fera beau, profitons-en. Je reprends mon sempiternel ouvrage de relevé, mesure, note, inventorie. À vrai dire, je commence à m'en lasser. Pourtant, tout dépendra de ce mesurage. Sur une miniature au vingtième, le moindre écart ne pardonnera pas et le chef-d'œuvre se doit d'être sans faute, absolument parfait. Lorsque j'en aurai entièrement terminé avec mes relevés, je pourrai entreprendre le travail de création. Demeurer en équilibre au sommet d'une échelle, travailler bras en l'air, monter et descendre les barreaux, déplacer l'échelle, tout cela creuse l'appétit. Je regarde ma montre, il sera bientôt 8 heures. Dans un moment, je rejoindrai la chambre. Noëlline sans doute sera réveillée, nous descendrons prendre le petit déjeuner.

— Coucou !

On pense au loup, il sort du bois. Je me retourne, c'est elle !

— Tu as trouvé toute seule le chemin du grenier ?

— Ce n'est pas compliqué. Les greniers sont toujours tout en haut, rappelle-t-elle en me moquant d'un sourire enjôleur, il suffit de monter. Par un escalier, puis un autre, je t'ai rejoint.

— Je descends, ou plutôt, non, monte. Tu verras comme c'est beau.

Elle grimpe les barreaux, je m'écarte, la pousse et la soulève ; comme la mienne tout à l'heure, sa tête passe au-dessus du toit.

— Alors ?

— C'est magnifique ! Je n'avais jamais vu la campagne de si haut ! Merci.

Pour moi, ses jambes à hauteur de mes yeux sont plus belles que l'horizon sous le soleil. Mes caresses glissent sur sa peau brune, remontent le long de ses cuisses.

— Coquin ! Je comprends ton invitation !

Au passage, tandis qu'elle redescend, je prends sa nuque et lui embrasse les yeux. Nous repérons des pas dans l'escalier, rejoignons le plancher. C'est M. Sauzaie.

— J'ai frappé à la porte de votre chambre, vous ne m'avez pas répondu. J'ai deviné juste puisque je vous trouve ici.

En guise de bonjour, de ses deux mains, il cueille les nôtres.

— Nous voulions vous remercier pour votre hospitalité. La chambre est adorable.

— Merci. À cette heure, les amoureux ont faim. Suivez-moi.

À la cuisine, Irène nous attend debout devant une table merveilleusement servie. Rien ne manque pour le plaisir des yeux et du palais. Elle embrasse Noëlline, me serre la main.

— Avez-vous bien dormi ?

— Parfaitement, pas un bruit, sans compter le confort du lit. Vraiment, merci mille fois, madame.

— Lorsqu'on reçoit, il faut veiller au bonheur de ses hôtes.

Entre les jus de fruits, les yaourts, les œufs à la coque, les tartines beurrées rougies de confiture et les viennoiseries apportées toutes chaudes par le conseiller, je me régale du moka bien serré et Noëlline du thé de Ceylan.

— Quel programme pour aujourd'hui ?

Avant de répondre, je regarde Noëlline et souris.

— Poursuivre mes relevés. Votre charpente classée est si importante, comporte tant d'éléments, que tout noter nécessite des heures et des heures d'attention. Ce qui ralentit mon travail est la nécessité de la lumière du jour. C'est pourquoi je profite de ces deux journées. Comme je le disais à M. Sauzaie, tout doit être achevé jeudi soir.

— Mais vous n'allez pas séquestrer votre amie deux jours durant dans un grenier !

— Rassurez-vous, madame, rétorque Noëlline. Je ne suis pas séquestrée, j'irai me promener. Mais ce que fait Vincent est nécessaire pour son chef-d'œuvre.

— Monsieur m'a expliqué. Si vous le souhaitez, je vous ferai visiter le parc, puis le château. Je vous réserve une surprise.

— Une surprise ?

— Oui.

Ses yeux brillent d'une telle façon ! Elle languit de nous la dévoiler !

— Allons, dites-leur ! Vous en mourez d'envie, lâche le conseiller en souriant.

— Le piano sur lequel jouait Chopin ; je vous le montrerai.

— Oh madame ! Si Flore pouvait jouer !

— Votre jeune sœur joue du piano ?

— Et elle admire Frédéric Chopin. C'est pour elle que je réalise cette miniature ; je me réserve de la lui offrir à sa guérison. En revanche, je ne lui ai pas révélé le secret de ma surprise. C'en sera vraiment une.

— Je ne sais pas tenir ma langue, c'est plus fort que moi. Dites-lui de ma part que, lorsqu'elle sera guérie, je l'inviterai ici à jouer sur le piano mis à disposition par George Sand pour son amant. Le département l'a fait restaurer et il se trouve en état. Ce sera mon cadeau.

Les yeux de Noëlline interrogent les miens.

— Madame, cette nouvelle lui fera tant plaisir ! Pour sa guérison, le moral est déterminant. Puis-je lui téléphoner sans attendre ? À cette heure, et d'autant plus le samedi matin, Flore se trouve seule dans sa chambre ; votre promesse lui fera au moins autant de bien qu'une séance de chimio !

— Je vous en prie ; le téléphone se trouve dans le hall, sur votre droite. Allez-y.

Terminant d'un trait mon café et Noëlline son thé, nous nous levons. Noëlline porte l'écouteur à son oreille.

IX

Révélations

— FLORE ?

Elle reconnaît ma voix.

— C'est toi Vincent ? Tu m'appelles tôt aujourd'hui.

Je peine à l'entendre. Ses paroles m'arrivent de moins en moins audibles. Noëlline et moi collons chacun notre écouteur à l'oreille, protégeons l'autre de la paume pour suspendre tous les bruits, même les plus faibles.

— Oui, petite sœur ; Noëlline écoute aussi. Nous ne pouvions attendre pour te transmettre une nouvelle qui sans doute te fera très plaisir.

— Ce sera bien la seule.

— La seule ?

— Oui, ça ne va pas. Les médecins espéraient davantage de la chimio. Ils ont commencé à préparer papa et maman à l'idée d'une greffe de moelle osseuse et m'en ont parlé également. Lors de sa visite de mercredi, je n'étais pas en état de rien révéler à Noëlline. Le problème est de trouver un donneur ; comme ce sera très long, ils doivent sans attendre lancer les recherches.

Abasourdis de cette information à laquelle nous ne sommes pas préparés, Noëlline et moi échangeons un regard. Tous les deux nous restons sidérés. Que dire qui ne trahirait pas notre abattement ? Cependant il faut parler ; j'imagine notre silence insupportable à Flore.

— Ce donneur, les médecins vont le trouver. Il existe des associations pour le don de moelle osseuse ; elles possèdent des listes de donneurs et les actualisent.

— Oui, mais le problème réside dans la compatibilité du donneur. Tous ne le sont pas.

Je réalise alors ma totale incurie en matière médicale ; jouissant d'une santé de fer, je ne consulte jamais. Heureusement, Noëlline, de par ses études, est mieux informée que moi. Elle avance déjà sa main pour saisir le récepteur et me passe l'écouteur.

— Bonjour Flore, c'est Noëlline. Tu dois garder espoir. Les donneurs sont nombreux, l'un d'eux sera compatible. En attendant, les médecins vont te faire poursuivre ta chimio pour attendre la greffe dans les meilleures conditions. Je te rendrai visite dans la semaine. Je t'embrasse en attendant et te repasse ton frère.

— Merci Noëlline.

— Vincent ?

— Oui, petite sœur.

— Dis-moi, tu m'avais annoncé une bonne nouvelle ?

— Au château de Nohant se trouve encore le piano sur lequel jouait Chopin. Lorsque tu seras guérie, la gardienne et le conseiller général en charge du château seront heureux de te permettre d'y jouer.

— Le piano de Frédéric Chopin ?

— Lui-même ; ou plutôt celui de George Sand. Elle le mettait à sa disposition lorsqu'il séjournait à Nohant.

— Ce serait trop beau pour être vrai, et puis…

— Et puis ?

— Je ne suis pas certaine de pouvoir un jour me rendre à Nohant. Vous êtes tous si gentils avec moi… Mais je sens bien mes forces me quitter…

Je dois me retenir de pleurer ; pour Flore, il le faut.

— Cesse de dire des sottises. Mon chef-d'œuvre sera pour toi, comme le piano. J'y travaille soir et matin, tout ce samedi et ce dimanche. Vendredi soir, j'arriverai à Lyon. Samedi, nous nous verrons. Je t'embrasse en attendant.

— Moi aussi je t'embrasse, et bien sûr Noëlline.

Durant les deux jours, comme pour oublier la dramatique nouvelle, j'ai travaillé sans relâche.

Mon esprit s'égarait entre la vision de Flore sur son lit et mon chef-d'œuvre à entreprendre. Heureusement, Noëlline demeurait le plus possible auprès de moi, me parlait, me rendait espoir pour Flore. Irène s'évertuait à nous faciliter la vie, nous préparait de délicieux repas que nous agrémentions de promenades amoureuses dans le parc. Sous ses arbres, une fraîcheur nous saisissait, une odeur de feuilles tombées réveillait nos poumons de la sécheresse du grenier. Cependant, le dimanche après-midi s'épuisait, l'heure du train de Noëlline approchait. Nous rejoignîmes Irène pour l'embrasser ; en deux jours, elle n'était plus la gardienne du château, mais notre amie.

— Au revoir Noëlline. Revenez quand vous voulez ; désormais vous êtes ici chez vous.

— Nous aurions aimé saluer M. Sauzaie. Vous ne savez pas si c'est possible ?

— Il consacre son dimanche aux siens. Rassurez-vous, il ne vous oublie pas. Vous vous reverrez cette semaine.

— Remerciez-le pour tout. Je le rencontrerai demain. Mon ouvrage n'est pas terminé.

Tandis que je démarre la moto, Irène nous salue du perron. Nous reprenons tous les deux la route de Châteauroux.

Sur le quai de la gare, Noëlline se blottit contre moi, cherche les mots qu'il faut, attentive à me redonner le moral. La nouvelle communiquée par Flore m'a littéralement abattu. Je dois me forcer à poursuivre mon travail. Si ce n'était pas pour ma sœur, peut-être abandonnerais-je. Je n'ignore pas que trouver un donneur pendant qu'il est temps demeure hypothétique. Si les médecins n'en trouvaient pas ?… Je n'ose y penser. Après Noëlline, Flore est tout pour moi.

— Des amies élèves infirmières effectuent en ce moment leur stage à l'hôpital Édouard-Herriot. Je vais leur demander de se renseigner, tenter de savoir.

Le train pour Lyon entre en gare et nous trouve enlacés sur le quai. Espérant glaner quelques secondes de plus, je monte avec Noëlline dans le compartiment. À peine est-elle installée que le départ est annoncé ; encore un ultime baiser et je dois redescendre.

— À vendredi, mon amour, je t'attendrai.

— Je t'appellerai ce soir.

Le sifflet retentit, je saute sur le quai.

Dès le lendemain, pour me détourner de mes soucis, à corps perdu je me jette dans mon travail. Du coup, mercredi soir, les relevés sont terminés. Jeudi matin, je me présente à la propriétaire du château de Clavières :

— J'ai terminé mes relevés à Nohant, madame. Je vais pouvoir retrouver mes horaires habituels et vous rendre votre moto. Vous n'imaginez pas comme elle m'a été précieuse ! Je ne sais comment vous en remercier.

— C'était pour la bonne cause. Vous ne me devez rien. À propos, comment se porte votre jeune sœur ?

— Pas très bien.

J'explique tout. Sur mon visage, elle lit l'angoisse.

— Je vous sais courageux. Si à nouveau vous avez besoin de la moto, n'hésitez pas.

— Merci madame.

Elle lève la tête, examine la charpente.

— C'est du beau travail. Vous allez bientôt, j'imagine, entreprendre de poser les ardoises ?

— Dès lundi. Encore une dizaine de jours, et tout devrait être terminé.

Le soir même, avec Besançon la droiture nous recherchons à travers les bâtiments un local clos pour me mettre à l'ouvrage. Si j'avais parlé de l'atelier, c'était au sens de l'entreprise. Une œuvre d'une telle minutie exige la tranquillité de l'aspirant, son isolement quand il travaille, sa fermeture aux intrusions, son abri des poussières. Derrière le bureau du maître se trouve une pièce emplie de rebuts. Depuis longtemps, à travers ses vitres sales, je l'avais remarquée, mais n'osais me risquer à en parler. Comme nous ne trouvons rien, je la suggère.

— Parbleu, pourquoi pas ? En revanche, pour ta peine, tu la débarrasseras. Depuis la construction du bâtiment, je n'ai cessé d'y entasser des vieilles choses inutiles que je n'osais jeter. Je te laisse carte blanche. Jette le tout dans la benne à déchets. Quand démarres-tu ton chef-d'œuvre ?

— Lundi.

— Eh bien ! Tu disposes de deux soirées pour tout enlever. À demain.

— À demain, maître.

Vendredi matin, tout était débarrassé. La veille, je terminais par un bon coup d'aspirateur et d'arrosage du sol bétonné, suivi du nettoyage des vitres afin de recevoir le maximum de lumière naturelle. Certes, je travaillerai surtout le soir et le matin, mais en cette saison les jours sont courts ; de surcroît, nous atteignons la fin d'octobre, la porte de l'hiver. Selon mes prévisions, le chef-d'œuvre sera prêt aux premiers jours d'été. Dès le printemps venu, l'avancée de mon ouvrage nécessitera pour les finitions toute la lumière du jour. Gare aux détails infimes oubliés par manque d'éclairage ! Le jury examine tout et ne pardonne rien. Lundi, à mon retour de Lyon, j'entreprendrai de bien choisir mes bois. J'y réfléchis depuis longtemps ; j'opte pour le chêne, bois du pays. En Ardèche, je me serais réservé le châtaignier ; à son évocation me reviennent à l'esprit mes grands-parents et la Fonsine. Pour une miniature, les chutes suffiront. Elles sont d'aussi bonne qualité que les planches tout entières. Inutile de gaspiller. Préserver, économiser, cela fait partie de l'esprit compagnon.

Une fois achevée la journée de vendredi, passée à travailler sur le toit du château de Clavières, je me retrouve en gare de Châteauroux à attendre le train pour Lyon. Le travail m'a distrait ; ici, le souci de Flore s'empare de mes pensées, m'angoisse d'une étreinte indicible.

Le roulis des voies m'a endormi. Heureusement, arrivé gare de Perrache, l'appel du haut-parleur interrompt ma somnolence. Sac à la main, j'attrape la portière ; Noëlline m'attend. Je saute du marchepied et accours vers elle. Comme à chaque arrivée, nous nous serrons très fort et nos lèvres se joignent pour un très long baiser. En cette fin d'octobre, il fait plutôt frisquet. Elle est chaussée de bottes et emmitouflée dans une parka rouge.

— Tu n'as pas froid, vêtu comme en été ? me questionne-t-elle.

— Il y a quinze jours, je ne pouvais prévoir l'arrivée du froid. Demain, je récupérerai mes vêtements d'hiver.

— Viens, montons vite dans le bus ; il y fait tiède.

Je la suis ; effectivement, chauffage ou chaleur humaine, je suis surpris de la douce moiteur ambiante. Deux sièges sont libres, nous nous en emparons. Sur mon épaule, elle pose sa tête ; de ma main, je rapproche son visage, l'effleure du doigt en de douces caresses. Elle sourit, se pelotonne ; une quête de ses lèvres invite à l'embrasser encore. Je m'approche de son sourire et, durant tout le trajet, de Perrache à la Croix-Rousse, nous nous tenons ainsi, en amoureux amants. La station de bus se trouve à cent mètres de chez ses parents. Nous n'échangeons pas trois mots tellement nous sommes bien. Pour notre amour, les silences parlent parfois si fort… De toute façon, nos paroles d'amour, qui toujours sont les mêmes, prennent le goût de nos lèvres. Pardon Flore si durant ce bonheur j'en oubliais de m'enquérir de ta santé. Tu comprendras cela lorsque tu aimeras.

Je retrouve chez Auguste et Geneviève les odeurs déjà faites miennes ; le feu de bois, l'encaustique, la cuisine mijotée. Dans la salle à manger, la table est dressée. Tous les deux viennent à moi, heureux de me revoir. À chaque nouvelle visite je me persuade davantage d'être leur fils.

— Bon voyage ?

— Bon voyage.

Cependant, je les sens inquiets pour moi.

— Noëlline nous a donné des nouvelles de Flore.

— Oh pardon. Je ne t'ai rien dit.

Nous étions si bien dans les bras l'un de l'autre… Elle prend ma main.

— Effectivement, je me suis renseignée. Il ne s'agit pas exactement de la leucémie ordinaire révélée par les premiers examens. L'inefficacité de la chimio a induit de nouvelles explorations.

Je pâlis, Noëlline s'assure de ma constance.

— Flore souffre d'une maladie de la moelle osseuse qualifiée d'orpheline. La seule solution consiste bien en une greffe. Aujourd'hui, les médecins ont décidé d'arrêter la chimio. Elle s'avère inutile et fatigue ta sœur sans réelle efficacité thérapeutique.

Je serre les poings.

— Ainsi, pendant des semaines, ils l'ont fait souffrir pour rien !

— Je t'assure, nul ne pouvait savoir.

— Pardonne-moi. Tu m'as confié au téléphone qu'ils ont lancé des recherches pour trouver un donneur ? L'ont-ils découvert ?

— C'est très long, tu sais. Il convient d'abord de définir le profil des compatibilités en rapport avec la maladie. Ce devrait être fait d'ici à une dizaine de jours. Ensuite, ils lanceront les recherches.

— Et s'ils ne trouvent pas ?

— Ils s'acharneront le plus longtemps possible.

— Et…

— Il faut espérer, mon amour !

Elle s'approche de moi, me serre dans ses bras, comme une mère ferait de son enfant victime du désespoir.

Geneviève et Auguste ne bronchent pas, attendent. Ils savent bien que l'espoir, toujours, reprend le dessus.

— Venez, il faut passer à table. Vous aurez besoin de forces pour un si long combat.

Noëlline et moi côte à côte nous asseyons face aux parents.

— Julien ne dîne pas avec nous ?

— Non, il est sorti ; ton frère mène sa vie de garçon. C'est de son âge.

Auguste reprend son nom de Jupiter la Croix-Rousse, fait tout son possible pour me faire parler des chantiers et du chef-d'œuvre.

— À propos, vous ai-je transmis l'invitation de Besançon la droiture ? Lui et sa femme vous attendent tous les deux à Châteauroux.

— C'est sympathique de sa part ; si nous sommes libres, nous irons.

Il se lève, décroche le calendrier du facteur accroché dans la cuisine.

— Dans huit jours, nous n'avons rien de prévu. Tu as quelque chose, Geneviève ?

— Non, rien.

— En ce cas, transmets à Besançon que nous lui rendrons visite le week-end prochain, si cela lui convient.

— À cette date, j'aurai avancé mon chef-d'œuvre ; vous me direz ce que vous en pensez.

Entre les draps bleus, longtemps, très longtemps, presque indéfiniment, nous restons lovés l'un contre l'autre. Nos paroles s'égrènent très douces à nos oreilles. Elles portent les mots réservés pour nous deux, que nul autre ne connaît. Et puis, très doucement, mes mains caressent sa peau, remontent et redescendent sur la rondeur des hanches, dans la moiteur des cuisses. Elle s'offre ; plusieurs fois dans la nuit nous ne faisons plus qu'un.

Jusqu'à présent, chaque aube puis chaque aurore apportait sa provision de jour et de soleil. Aujourd'hui, tout est gris. Je l'embrasse, me lève, recouvre sa nudité, ouvre la fenêtre puis les volets. Hier soir, à notre arrivée, la nuit effaçait tout. Ce matin, dans la rue, c'est l'automne, son odeur triste et mouillée de feuilles tombées et d'herbe morte. Roussies des premières gelées, les feuilles de marronnier se posent sur le gazon du square comme des volées d'oiseaux. Je sens traîner dans l'air des parfums de terre humide, d'arbres dévêtus. Quelques brindilles sèches, toutes noires à présent, se détachent, tournoient, voltigent et tombent. Dans mon sommeil, blotti contre le corps chaud de Noëlline, j'oubliais Flore et son visage diaphane sur l'oreiller trop blanc. Cette vision de l'automne, saison d'avant la mort, me ramène à elle. Je ferme la fenêtre, rejoins Noëlline.

— Quel temps fait-il ? susurre-t-elle.

— C'est l'automne. Je pense à Flore.

— Rappelle-toi, l'automne annonce l'hiver qui prépare l'éclosion du printemps. Garde espoir.

— Merci. Tu crois qu'elle va vivre ?

— Il faut s'en persuader. Si nous n'espérons pas, comment y croira-t-elle ?

— Tu as raison.

Encore un baiser, nous nous levons. La salle de bains est libre, nous l'occupons.

Propres comme des sous neufs, Geneviève nous accueille à la cuisine où comme à Nohant attend sur la table un petit déjeuner d'amoureux à leur lever.

— Papa est sorti ?

— Du travail l'attendait à l'atelier.

— Et Julien ?

— Comme toi, il a dormi chez son amie. La maison se vide. Bientôt, ton père et moi allons nous retrouver seuls.

— Garde le moral, maman, la Terre est ronde, la vie est longue ! Nous nous verrons souvent.

— Je disais ça comme ça. Quel programme aujourd'hui ?

— Premièrement, nous allons chez mes parents. Je dois récupérer mes vêtements d'hiver ; je suis habillé comme en été.

— Je l'avais remarqué !

— Ensuite, nous irons visiter Flore.

— C'est le mieux. Peut-être se forge-t-elle un meilleur moral que toi. Oh, pardon, je vous ai tutoyé.

Noëlline sourit.

— Cela fait longtemps que je voulais te le dire, ainsi qu'à papa. Le tutoiement est bien préférable ; nous ne sommes plus autrefois.

Dans la rue, il commence à pleuvoir ; au risque de glisser sur les feuilles mortes, déjà mouillées, nous accélérons nos pas jusqu'à l'arrêt du bus. Par bonheur, il arrive presque aussitôt, plein à craquer. Au contraire d'hier soir, les gens se collent les uns aux autres, je les écarte jusqu'à nous faire une petite place debout. Nous en profitons pour nous enlacer sans souci, nous serrer l'un contre l'autre. Sur les vitres, la pluie s'écrase, descend en longues larmes qui serpentent sous les rafales. À Saint-Jean, nous descendons. Sans parapluie, nos peaux tressaillent de la morsure des gouttes ; j'ouvre ma veste et protège comme je le peux le visage de Noëlline. Nous marchons vite, évitons les flaques, le verglas vert des feuilles. Lorsque je sors mes clés pour ouvrir la porte sur la rue, nos vêtements trempés dégoulinent sur nos chaussures.

— Dans quel état vous êtes ! s'exclame Viviane. Ne restez pas ainsi, séchez-vous vite pour ne pas vous enrhumer ! Il y a assez de malheur dans cette maison.

— L'état de Flore s'est aggravé ?

— Votre père m'a dit qu'elle n'allait pas bien, et lui non plus d'ailleurs. Je me suis rendu à Édouard-Herriot ; effectivement, j'ai trouvé à Flore une bien petite mine. Mais ce n'est pas seulement cela.

J'échange un regard avec Noëlline, nous nous interrogeons.

— Quoi encore ?

— Depuis deux jours, votre maman a disparu !

— Quoi ?

— Elle n'est pas revenue. Madame a quitté l'appartement jeudi matin pour son travail, n'est pas rentrée le soir ni durant la nuit. Votre père a téléphoné chez tous ses amis, personne ne l'a vue. Il m'a confié que, si ce soir votre maman ne revenait pas ou si nulle de ses relations ne signalait qu'il l'avait aperçue, il préviendrait la police. Vous pensez bien que, compte tenu de la position sociale de vos parents, il souhaite jusqu'au bout éviter le scandale.

Sidéré, je m'assois sur le premier fauteuil à ma portée, prends la main de Noëlline, debout à mon côté.

— Ça ne va pas, Vincent ?

J'ai honte de m'être ainsi laissé aller, me relève aussitôt.

— Excuse-moi, mais je reste assommé.

Me revient alors à l'esprit ma fugue de Saint-Andéol. Maman a-t-elle comme moi voulu faire passer un message, nous obliger à lui prêter attention ? S'estime-t-elle incomprise ?

— Mon père ne se trouve pas ici ?

— Il a rejoint ce matin son cabinet comme souvent le samedi.

— Et ma mère ni jeudi ni hier n'est passée rendre visite à Flore ?

— Non, les infirmières à l'hôpital en ont été les premières surprises et votre sœur également. Personne n'y comprend rien. Votre père n'a pas voulu mentir à Flore, lui a révélé l'absence de sa mère.

Je n'entends rien à rien.

— Et maître Cabrol, que dit-il ?

— Votre père ne m'a rien confié.

— Noëlline, rendons-nous chez papa, il sait forcément quelque chose.

— Vous êtes aussi trempés l'un que l'autre. Séchez-vous, inutile de prendre froid.

Nous nous enfermons dans la lingerie, nous déchaussons, ôtons nos vêtements de dessus, les installons dans le sèche-linge, de même que les chaussettes. En une demi-heure, ils sèchent. Pendant ce temps, à moitié déshabillés, il ne nous vient pas pour cela à l'idée de batifoler tellement l'inquiétude nous étreint ; Dieu sait pourtant si Noëlline est désirable à moitié nue. Je cherche, élabore des hypothèses, passe en revue tout ce que je sais de la vie de ma mère. C'est alors que je mesure le vide qui nous sépare. Elle voulait tout savoir de moi ; en revanche, elle ne me révélait rien d'elle. Noëlline me considère, s'efforce elle aussi de comprendre. La minuterie nous tire de nos réflexions ; nos vêtements sont secs, nous ouvrons la porte du sèche-linge. Noëlline se rhabille vite et me fait observer :

— Plutôt que de reprendre tes vêtements d'été, profites-en pour te vêtir en hiver.

— Tu as raison. J'admire ton sens du réel pour tout ce qui concerne les actes de la vie quotidienne.

— C'est parce que je suis femme !

— Déjeunez-vous ici ? questionne Viviane de la cuisine lorsqu'elle nous voit passer.

— Sans doute. Que vous a dit mon père ?

— Qu'il rentrerait déjeuner.

— Alors, nous serons trois.

— N'oubliez pas les parapluies !

— Merci.

Dehors, il pleut toujours. Une pluie drue, et qui mouille. Ruisselants d'eau, les trottoirs sont aussi traîtres à nos chaussures que de la neige fondue. Heureusement, le cabinet de papa ne se trouve qu'à deux minutes, derrière le palais de justice. Je sonne, perçois un déclic, la porte s'ouvre. Nous grimpons les marches bien cirées de l'escalier de hêtre, je frappe.

— Entrez !

Comme mon père a vieilli ! Enfoncé dans son fauteuil de vieux cuir et derrière son bureau, je prends pitié de lui. Il se lève, vient à nous. Sa tenue me semble négligée. Il nous embrasse.

— Bonjour Noëlline, bonjour Vincent. J'attendais votre visite. Viviane sans doute vous a-t-elle expliqué ?

— Oui. Toujours sans nouvelles ?

— Aucune. J'ai téléphoné à toutes nos relations. Personne n'a aperçu ta mère. Si demain matin elle n'est pas de retour, j'informerai le procureur.

— J'ai de mon côté examiné diverses hypothèses, sans rien trouver.

Noëlline, tour à tour, nous considère tous les deux, attentive à notre peine.

— Dis-moi, papa.

— Oui ?

— Maître Cabrol, votre collègue à tous deux, à quoi joue-t-il ? Il y a quinze jours, maman et lui étaient venus ensemble à l'hôpital.

Le visage de mon père se durcit, s'efforce cependant de ne rien laisser paraître.

— Je lui ai téléphoné. Il ne sait rien.

— Papa, souviens-toi ; lorsque j'avais fugué à Saint-Andéol, c'était tout simplement parce que vous ne m'écoutiez pas. Il ne me restait que cette solution pour me faire entendre. Vous m'avez entendu. Maman voudrait-elle nous forcer à l'écouter ?

— Prêter l'oreille à quoi ? Tu connais ta mère ; elle ne se gêne pas pour clamer haut et fort sa volonté. En pareil cas, nul ne peut la contraindre à se taire, encore moins à ne pas l'écouter. Toi-même, tu nous as fait parvenir un message. Elle, rien. Je crains le pire.

— Le pire ?

— Oui, le pire.

Il me dévisage, examine Noëlline, s'étonne que son langage ne soit pas assez clair.

— Tu veux dire… Tu crains un suicide ?

— Hélas, oui. Ta mère cache sa fragilité sous sa rigidité. Peut-être ne supporte-t-elle pas la maladie de Flore, et encore davantage la crainte de la perdre ?

Il se tait un instant, hésite.

— Excuse-moi, tu ne sais pas tout.

— Si, par Noëlline.

Elle confie à mon père ce qu'elle m'a appris.

— Si nous ne trouvons pas de donneur, il ne nous restera qu'à prier pour un miracle. Ta mère le sait. Ces derniers jours, pour se tenir plus disponible à Flore, elle a encore réduit son activité professionnelle. Le plus grave, et qui m'inquiète davantage, est que depuis deux jours elle n'a pas rendu visite à ta sœur. Rien, sinon l'hypothèse que je vous ai formulée, ne peut expliquer cette absence. Je n'écarte pas son impuissance à supporter la vision de sa fille sans vie.

Les larmes montent aux yeux de papa, il sort son mouchoir, s'efforce de ne pas pleurer devant Noëlline et moi. Elle va à lui.

— Venez monsieur, ne restez pas seul ici. Vos dossiers patienteront bien jusqu'à lundi. Viviane nous attend pour déjeuner ; ensuite, nous nous rendrons ensemble à l'hôpital.

Elle se dirige vers le perroquet, saisit l'imperméable de mon père. Papa présente ses bras, Noëlline l'aide à les passer dans les manches. Je souris ; jamais je n'ai surpris maman faire cela.

Dans la rue, la pluie s'atténue, nous apercevons du soleil entre les gouttes.

Sitôt dans l'appartement, mon père s'adresse à Viviane :

— Avez-vous des nouvelles ? Madame a-t-elle téléphoné ?

— Non, monsieur, toujours rien.

— Merci Viviane. Si le repas est prêt, passons à table et déjeunons en vitesse ; nous nous rendrons ensuite à l'hôpital.

L'appétit vient en mangeant ; au début, nous hésitons à nous servir, avalons lentement. Puis la conversation s'installe, Noëlline parle de ses études, j'explique à mon père le travail à Clavières, le démarrage de mon chef-d'œuvre. En présence de maman, je n'en parle jamais puisque mon choix n'est pas le sien. Viviane sert le café.

— Nous prendrons la voiture. À moins que vous ne préfériez le bus ?

— Pourquoi ?

— Je ne sais pas, vous retrouver seuls, tous les deux !

— Cela, c'est pour le retour. Allons ensemble.

La grande horloge de l'hôpital indique 14 heures. Pour le malheur de Flore, nous sommes à présent des habitués. Se présenter, se changer deviennent des routines.

— Comment va-t-elle ? s'enquiert papa à l'infirmière.

— Aucun changement depuis hier. Ah, si ! Sa mère se trouve avec elle.

Tous les trois nous sursautons. Sans la présence des blouses blanches, nous nous élancerions jusqu'au couloir !

— Elle vient d'arriver ?

— Depuis environ un quart d'heure.

— Allons, décide mon père.

Dans la chambre, nous retrouvons maman, face à l'Hygiaphone. Debout derrière elle se tient maître Cabrol.

— Bonjour Flore.

Je n'ai pas vu ma sœur depuis deux semaines. Au téléphone, je ressentais la faiblesse de sa voix. Sur l'oreiller, je découvre son visage quasiment transparent.

Maman se retourne ; pour l'embrasser, nous nous approchons d'elle. Sans nous être concertés, notre conscience nous dicte d'éviter à Flore et quelque en soit le prix une scène sous ses yeux. Maman m'embrasse, ses lèvres me semblent froides et son visage implorant ; sans réserve, elle embrasse Noëlline. Lorsque à son tour papa s'apprête à embrasser ma mère, sa joue évite sa bouche.

— Il faut que je te parle.

— Je t'écoute.

— Pas ici. Accompagne-moi, insinue-t-elle à maître Cabrol.

Elle ouvre la porte, papa la suit, puis le collègue. Ce n'est qu'après leur sortie que je remarquerai le tutoiement. Dans ma famille, cette familiarité demeure exceptionnelle, réservée aux plus proches. Les parents de ma mère ne se tutoient pas entre eux. Au fait, je ne les croise jamais dans la chambre de Flore. Elle est pourtant leur petite-fille. S'arrangent-ils pour ne venir la voir qu'en l'assurance de notre absence ?

Noëlline et moi à présent demeurons seuls avec ma sœur.

— Maman ne t'a rien dit de son absence ?

Un filet de voix répond :

— Elle a prétexté un surcroît de travail. Je lui ai fait remarquer qu'elle aurait pu téléphoner.

— Maître Cabrol, que fait-il avec elle ?

— Depuis deux semaines, il vient me voir de plus en plus souvent, parfois même sans maman. Il se montre très gentil, m'apporte des cadeaux. Dès l'annonce de la recherche d'un donneur, il m'a confié qu'il s'en occupait, qu'il connaissait beaucoup de gens dans le corps médical et parmi les responsables d'associations de donneurs, qu'il pensait sans cesse à moi. Avant de me quitter, il me demande toujours si j'ai besoin de quelque chose. Lire me fatigue trop ; il m'offre des enregistrements de romans, je les écoute. Presque tous les jours il m'en apporte un nouveau, ou de la musique, du piano. J'aime tant le piano ! À propos, ta surprise, tu te refuses toujours à me la révéler ?

J'échange un sourire avec Noëlline ; le sien invite à se confier un peu.

— Je t'ai dit qu'avec le maître, un compagnon fini ami du père de Noëlline, nous avions refait la charpente et la toiture du château de Nohant, celui de George Sand. Frédéric Chopin, ton musicien préféré, a vécu avec elle et à Nohant une belle histoire d'amour. Comme chef-d'œuvre, pour être reçu compagnon charpentier, j'ai choisi de réaliser une miniature qui te rappellera une partie de ce château.

— Laisse-moi deviner. La charpente que tu as reconstruite ?

— Pas tout seul, mais j'y ai participé. Cette miniature, je la réalise pour toi, et je te l'offrirai.

— Elle est grande ?

— Pas trop pour pouvoir tenir dans ta chambre.

— Merci Vincent.

Cette conversation l'a distraite mais la réalité revient.

— Tu penses l'avoir terminée dans combien de temps ?

— J'ai achevé tous les relevés à Nohant, je commence l'ouvrage lundi. Je te jure de travailler sans perdre une seule minute.

Comment avouer la vérité, dire qu'il me faudra de nombreux mois ? Flore vivra-t-elle encore si un donneur compatible ne se trouve pas ?

Un éclair fulgurant me traverse l'esprit ; et si je me portais volontaire ? Pourquoi le corps médical ne songe-t-il pas d'abord aux proches ? Si les médecins de Flore nous ignorent, sans doute existe-t-il une raison. Ignare en médecine, j'écarte mon idée. Toutefois, j'en parlerai à Noëlline. Étudiante en soins infirmiers, elle se renseignera.

— Si tu veux pouvoir me l'offrir, fais vite. Faute de donneur, il ne me reste que quelques mois à vivre.

Sidéré de sa lucidité, je demeure sans voix. Noëlline mesure mon trouble, me relaie.

— Je te le promets, Flore, nous en trouverons un, assure-t-elle. L'hôpital explore toutes les listes.

À cette phrase de Noëlline, je réfléchis à mon idée. Décidément, pas plus tard que ce soir, en aparté, je me dois de la lui confier.

Ma sœur ne répond que par un sourire à peine visible, ne connaît que trop la triste réalité.

— Tu m'as parlé au téléphone d'une promesse de la gardienne ; c'est bien vrai ? Si je guéris, elle me laissera jouer sur le piano de Chopin ?

— Absolument. Actuellement, le département de l'Indre est propriétaire du château. Le conseiller général qui en a la charge et Irène, la gardienne, me l'ont promis et ils tiendront leur promesse. Je leur ai beaucoup parlé de toi et ta maladie les a profondément émus. À ce propos, je te transmets leur bonjour.

— Merci.

— Le hasard fait bien les choses. De fait, ce conseiller, son nom est Sauzaie, je l'ai retrouvé. Nous nous étions rencontrés au musée de la Marine à Rochefort lors d'un séjour de vacances à Fouras. Papa était parti pêcher, toi et maman préfériez rester vous promener à Fouras ; pour ma part, je visitai le musée de la Marine. Ainsi se font les choses.

Elle me sourit mais je surprends de suite son regard à s'évader par la fenêtre. Il n'est pas possible, me dis-je, de mourir à seize ans, l'âge où la vraie vie prend son essor. Comment trouver un donneur ? Outre mon idée, je repense à ce que Flore vient de nous confier concernant les recherches de maître Cabrol. Pourquoi cet homme qui jusqu'à présent n'est qu'un collègue de mes parents déploie-t-il à l'égard de Flore une telle affection ?

Un coup discret sur la porte, c'est l'infirmière.

— Excusez-moi, mais le temps imparti est dépassé. Il ne faut à votre sœur absolument aucune fatigue.

Comment se dire au revoir alors que nous voudrions rester ? Cette maudite paroi de verre ne permet même pas de s'embrasser. Nous devons nous contenter d'échanger des baisers envoyés du bout des doigts.

— Au revoir petite sœur. Je te téléphonerai lundi.

— À mercredi, Flore, comme chaque semaine.

Ma sœur tourne son visage vers nous, adresse un au revoir sous un sourire figé, comme demeuré en elle.

Du coup, nous en avons oublié mes parents et maître Cabrol. Où sont-ils ?

— Le mieux est de rejoindre la voiture. Mon père ne peut pas repartir à pied. J'aimerais bien savoir la vérité. Qu'en penses-tu ?

— De la vérité ?

— Oui.

— Je crains qu'un malheur n'arrive pas seul. Flore n'aurait pas besoin de cela.

— Que veux-tu dire ?

— Tu as surpris le tutoiement de ta mère ? Il y a quinze jours, ils se contrôlaient encore, ne se tutoyaient pas.

Moins intuitif que les femmes, je n'avais pas deviné, ou plutôt je m'y refusais.

— Mince alors ! Maman aurait passé les deux jours avec maître Cabrol ? Mais pour ma mère, c'est impossible, stricte et moralisatrice comme elle l'est ! Souviens-toi de la scène qu'elle nous a faite en nous surprenant nus dans mon lit.

— Je t'aime Vincent et je ne voudrais pas que tu souffres. Quoi que tu apprennes, je serai avec toi. Les voilà !

Elle indique de la main trois silhouettes qui s'approchent. Maman et maître Cabrol marchent en tête côte à côte, mon père les suit. Quand ils arrivent, comme tous les trois se retrouvent maladroits ! Noëlline et moi immobiles nous tenons par la main, attendons. Papa et maman se regardent. Qui va parler le premier ? Mon père s'approche de moi, il a pleuré, ses traits maîtrisent sa colère et encore plus son désespoir. Il nous prend tous les deux par le bras, fait quelques pas pour s'éloigner.

— Ni l'un ni l'autre n'êtes plus des enfants. Ta mère me quitte. Durant ces deux jours, elle vivait chez maître Cabrol. Leur liaison durait depuis longtemps et je ne m'en doutais pas. Elle m'a confié qu'elle m'aurait quitté plus tôt sans la maladie de Flore. Je suis effondré. Je n'ai rien vu venir.

Et moi donc ! Noëlline me prend la main, se serre contre moi. Elle avait deviné. Maman s'approche, je me détourne, elle me fait face.

— Je te demande pardon, Vincent. Ne me juge pas, tu comprendras cela un jour. Je ne suis pas celle que tu crois. Je suis ta maman, et je t'aime, quoi qu'il arrive.

— C'était bien la peine, maman, de nous faire une telle scène lorsque Noëlline et moi partagions mon lit à l'appartement.

Elle baisse les yeux, ne répond pas.

Maître Cabrol s'approche, son regard couve le mien. Il parle sans pitié.

— Votre mère et moi, nous allons vivre ensemble. Vous serez toujours le bienvenu chez nous, et vous aussi Noëlline, si je puis me permettre de vous appeler par votre prénom.

Il me tend la main ; je ne la lui serre pas, prends celle de Noëlline et avec elle rejoins mon père.

X

Séparation

JAMAIS NE ME SERAIT VENU À L'ESPRIT ce coup du sort. Les séparations, les divorces, je n'imaginais cela que chez les autres parents. Au collège, puis ailleurs, je n'étais pas aveugle. Nombre de mes camarades vivaient ces situations. Mais ma mère, si stricte sur les mœurs ! Quelle hypocrite ! Je lui en veux à mort et davantage encore à son amant, qui a si bien menti. Noëlline devinait juste. Sidéré, immergé dans l'émotion, j'en oubliais Flore.

Arrivé devant la voiture, j'interroge papa :

— Qui va prévenir Flore ? Dans l'état où elle se trouve, tu imagines le choc ? Elle n'avait pas besoin de cela !

Je repense aux propos de Viviane ; sans doute saisissait-elle la vérité, ou pire encore savait-elle.

— Ta mère la rejoint en ce moment dans sa chambre avec Cabrol. Ils vont l'informer. Je lui parlerai demain.

— Flore nous a confié qu'il l'aimait bien.

— Oui, c'est toujours ça. Sans doute la connaît-il depuis longtemps puisque cette liaison ne date pas d'hier. En l'occurrence, je devais être le seul à l'ignorer. Peut-être même Flore devinait-elle et s'est tue.

— Non, papa, c'est impossible.

Il me regarde, dubitatif, entre dans la voiture, nous dévisage.

— Vous êtes jeunes ; aimez-vous suffisamment pour vous aimer longtemps. Je repense à ma mère, ta grand-mère Amélie. Elle m'a souvent prévenu : « Carine n'est pas une femme pour toi. » J'aimais ta mère, malgré toutes ses lubies. Quand on aime, on ne voit pas. Je vous ramène à l'appartement où préférez-vous que je vous dépose quelque part ?

Un seul regard suffit à nous comprendre, un de ces regards courts et profonds, qui en disent davantage que les mots les plus tendres. Noëlline et moi éprouvons le besoin de nous retrouver seuls.

— Laisse-nous place Bellecour. Nous te rejoindrons dans la soirée.

— D'accord. À tout à l'heure.

Main dans la main, nous regardons sa voiture s'éloigner vers le quartier Saint-Jean.

— Nous n'aurions peut-être pas dû abandonner ton père ?

— Je le connais ; quand tout va mal, il s'isole et réfléchit. En revanche, pour Flore, si cela ne te gêne pas, nous retournerons la voir demain. Nous devons lui parler, après tout ce qu'elle aura appris de notre mère.

— Et ton père ?

— Peut-être voudra-t-il nous accompagner ? Ce ne serait pas plus mal pour Flore de nous voir réunis autour d'elle. C'est terrible, je ressens cette séparation comme s'il s'agissait d'un décès !

— C'en est un en quelque sorte, puisque ta famille s'est séparée.

Tout en parlant, nous descendons par un escalier en pierre sur les berges de la Saône. Elle coule si lentement ! Comme l'écrivait César, elle hésite à savoir dans quel sens. La main de Noëlline serre la mienne un peu plus fort, nous nous arrêtons. Elle appuie son visage au creux de mon épaule, je l'enlace et mes lèvres, tendrement, se promènent sur son cou à la peau satinée. Longtemps ainsi nous ne formons qu'une seule silhouette. Des cris d'enfants nous tirent de notre bonheur d'être. Le mieux est de reprendre notre promenade. À l'approche de la Toussaint, la nuit tombe tôt. L'eau de la rivière s'assombrit, une brise fraîche d'air humide se fait sentir. Sur la peau de Noëlline, je perçois quelques frissons.

— Veux-tu boire quelque chose de chaud ?

— Je prendrais bien un chocolat ; au bord de l'eau, l'air se rafraîchit.

Nous quittons la berge par le premier escalier aperçu, reprenons le quai à rebours, dans la direction de Saint-Jean jusqu'à la brasserie d'où je lui téléphonais il n'y a pas si longtemps. Les pauvres arbres sont dénudés, nous marchons sur leurs feuilles collées sur le trottoir. Installés sur le siège de Skaï, la chaleur enfumée nous ramène tous les deux à la réalité de la ville et rejette mon esprit à la campagne.

— Connais-tu l'Ardèche ?

— Non, mes parents possèdent une maison dans les monts du Lyonnais où durant les beaux jours nous passons les fins de semaine. Les trois premières semaines d'août, nous partons généralement en Bretagne.

— Si tu le souhaites, comme je te l'ai déjà dit, cet été, je t'emmènerai à Saint-Andéol-de-Fourchades, chez mes grands-parents paternels.

— Ils seront contents de me recevoir ; il y a quinze jours, lorsque nous avons fait connaissance, le courant a passé entre nous. Je m'entendrai avec eux.

Une voix nous interrompt :

— Vous avez choisi ?

Perdus en nos paroles, nous n'avons pas vu arriver le garçon.

— Deux chocolats.

Elle m'examine, sourit.

— Excuse mon indiscrétion, tu ne me parles jamais de tes grands-parents maternels !

— Tels ma mère. Bourgeois imbus et rigides. Quoique ! Avec ce qu'elle nous a confessé aujourd'hui, je me défie des apparences. De toute façon, eux et moi ne nous sommes jamais entendus. De leur côté, ils me considèrent comme le petit canard boiteux de la famille. Un charpentier ! Vous rendez-vous compte, madame ?

Noëlline s'esclaffe de mon mime, me prend la main et sourit. Le chocolat servi brûlant nous ragaillardit. L'horloge de la brasserie indique bientôt 20 heures.

— Il faut y aller, mon père doit nous attendre.

Du vestibule, par la porte entrouverte du salon, je repère de la lumière.

— Ça va, papa ?

— Entre.

Mon père récupère, installé dans son fauteuil de cuir ; au fil des années ce dernier a épousé la forme de son corps. Sur la table basse, j'aperçois la carafe de whisky et son verre à moitié plein, sans glaçon, nature comme il l'aime.

— Tu nous attends depuis longtemps ?

— Depuis mon retour. À vrai dire, je ne vous attendais pas, je récupérais, m'obligeais à réfléchir. Voulez-vous boire quelque chose ?

— Non, merci. Nous venons de prendre un chocolat.

— Très bien. À propos de nourriture, Viviane nous a préparé des assiettes anglaises. Cela vous suffit-il ? Sinon, nous sortirons.

Noëlline ne me laisse pas le temps de répondre.

— Pour toi, Vincent, je l'ignore ; quant à moi, je ne suis pas très attirée par les restaurants et préfère dîner ici.

J'avais repéré ce choix chez ses parents ; comme beaucoup de gens qui s'aiment, ils se plaisent à vivre chez eux. Je l'invite à s'asseoir à mon côté sur le canapé, face à mon père, puis ajoute à son propos :

— Papa, après le choc de cet après-midi, nous serons très bien entre nous trois. Tout à l'heure, à la brasserie, en commandant les chocolats, je parlais à Noëlline de Saint-Andéol. Vas-tu prévenir le pépé et la mémé ?

— Il le faudra bien. Je crains qu'ils ne soient guère surpris. Inutile de revenir sur les propos de ta grand-mère lorsque je lui ai présenté ta mère. Et toi, que feras-tu avec elle ?

C'est la question que je me posais en écoutant mon père parler. Noëlline tourne alors son visage vers le mien comme pour mieux intégrer mes paroles.

— Aujourd'hui, je lui en veux terriblement. Cependant c'est ma mère ; il faudra bien qu'un jour je lui pardonne. Et puis il y a Flore. Elle est au centre de tout. Autour d'elle, il lui faut une famille unie. Comme si sa maladie ne suffisait pas à sa souffrance ! Maman aurait pu attendre sa guérison pour une telle résolution. Décidément, je ne comprends rien à rien. Son comportement ne s'accorde pas à son image. Elle et Cabrol nous cachent quelque chose ; quoi ? Nous l'apprendrons un jour.

Papa me regarde, très attentif.

— C'est ce à quoi je réfléchissais en votre absence. Lorsque ta mère m'a fait part de sa décision, ses yeux ne quittaient pas Cabrol. Je ne serais pas surpris que ce soit lui qui ait poussé ta mère à révéler une liaison de si longue durée. Mais pourquoi aujourd'hui ? Je pense comme toi ; pour Flore, ils auraient pu attendre. Il existe un secret. Lequel ? Je me torture l'esprit mais ne vois pas.

Silencieuse, Noëlline nous observe tous les deux. A-t-elle son idée ? Elle se lève.

— Inutile de se torturer les méninges. Changeons-nous les idées. Je vous propose de goûter aux assiettes de Viviane.

C'est curieux comme Noëlline, seule femme avec nous deux, s'installe en maîtresse de maison.

Comme il y a quinze jours, papa revient de la boulangerie tenant entre ses mains un sac débordant de croissants, de pains au chocolat et autres viennoiseries. Noëlline a préparé le café et le thé, j'ai dressé la table du petit déjeuner. Le dimanche, sauf exception, Viviane prend son congé.

— Quel programme aujourd'hui ?

— À midi, nous déjeunons chez mes parents ; ensuite Vincent souhaite retourner dire bonjour à Flore avant de prendre son train pour Châteauroux. Et vous, si ce n'est pas indiscret ?

— Moi ? Rien. À midi, je me propose d'aller grignoter quelque chose dans le premier bouchon ouvert, puis me rendrai à l'hôpital passer un moment avec Flore.

Noëlline essuie de ses lèvres une miette de brioche, me dévisage. Je crois deviner.

— Dans votre situation, il n'est pas bon de rester seul. Venez avec nous déjeuner chez mes parents.

— Vincent, je crois que tu as fait le bon choix. Ton amie est vraiment aimable. Tu seras heureux avec elle.

— Merci, papa.

— Et vous avec mon fils, Noëlline. Cependant, je ne peux accepter votre invitation, vos parents ne m'attendent pas.

— Qu'à cela ne tienne ! Puis-je téléphoner ?

— Vous êtes ici chez vous.

Elle se lève, nous quitte pour se diriger vers l'entrée où sur un guéridon le téléphone attend. Pendant son absence, papa me considère d'un regard très doux, d'un regard aimant de père.

— Aime-la, Vincent. Aime-la le plus possible. Un homme n'aime jamais assez sa femme. Peut-être n'ai-je pas assez aimé ta mère ?

— Mais si, tu l'as aimée.

— En ce cas, pourquoi en aimait-elle un autre ? Tu veux que je te dise ? Je l'aime encore. Pourvu que Cabrol sache l'aimer et ne la fasse pas souffrir.

Je surprends une larme au coin de ses paupières. Noëlline revient, il les essuie du doigt.

— Mes parents seront très heureux de vous recevoir. Je me suis permis de les avertir en deux mots de votre situation.

— Vous avez bien fait. De toute façon, je n'allais pas mentir.

— De plus, mon frère Julien sera présent avec sa copine. Comme vous ne les connaissez ni l'un ni l'autre, ce sera l'occasion de vous les présenter.

— Comment est-elle ?

— Qui se ressemble, s'assemble ; comme mon frère, une intello ! Je ne suis pas certaine qu'elle sache cuisiner davantage qu'un œuf dur !

Du coup, papa sourit.

En voiture, nous traversons la place des Terreaux puis remontons vers la Croix-Rousse. Hier, la pluie lavait les rues, et la ville, ce matin, sent la campagne. Comme il ne fait pas froid, Noëlline abaisse sa vitre afin de faire entrer dans la voiture les senteurs de l'automne. Sachant notre venue, Jupiter la Croix-Rousse a ouvert en grand les vantaux du portail. Lui et Geneviève doivent guetter notre arrivée car à peine la voiture s'immobilise-t-elle dans la cour que le couple apparaît sur le perron puis descend nous accueillir au bas de l'escalier.

— Noëlline a eu raison de vous inviter. Il n'est jamais bon de rester seul en pareil cas. Notre fils Julien et sa copine nous rejoindront dans un moment. Montez, je vous en prie.

Une fois installés dans la salle à manger, les parents de Noëlline se gardent de poser la moindre question. En revanche, ils s'inquiètent auprès de mon père pour la santé de Flore.

— Par Noëlline, vous êtes bien informés. L'angoisse me prend à la gorge chaque jour davantage. Il ne nous reste qu'à espérer un donneur.

Je me tais ; papa a-t-il la même idée que moi ? En ce cas, pourquoi partage-t-il mon silence ?

— Espérez, monsieur. Votre fille trouvera un donneur.

— Merci.

Tandis que nous prenons l'apéritif, Julien nous rejoint avec sa copine. Comme mon ancien condisciple a changé depuis le collège ! Je le reconnais à peine. Depuis plusieurs années, la vie nous a séparés. Je retrouve un étudiant filiforme alors que le travail m'a forci.

— Je te présente Estelle.

Avec ses cheveux châtain clair et ses yeux bleus, elle me fait penser à Geneviève. Noëlline m'avait prévenu ; ses doigts d'une extrême finesse doivent selon moi rarement toucher quoi que ce soit.

Le menu se présente de circonstance, à mi-chemin de l'automne ; une appétissante choucroute garnie, arrosée de blanc d'Alsace. Malgré l'apéritif et le vin blanc, ni mon père ni moi-même ne réussissons à nous montrer joyeux compte tenu de nos soucis. Comment le serions-nous ? Après le départ de maman, nous risquons de perdre Flore. Les parents de Noëlline, elle-même, Julien et Estelle également, réalisent des prouesses pour nous distraire mais le cœur n'y est pas.

— Nous vous gâchons votre dimanche avec nos problèmes. Ma pauvre Noëlline ! Vous découvrez notre famille dans un bien mauvais moment.

— Mais non, mais non, tout s'arrangera, vous le verrez.

Et pour lui montrer son amitié, elle applique sa paume sur la main de mon père.

— Merci. Heureusement que vous êtes là ! Vous savez, monsieur, votre fille est merveilleuse. Il est vrai que votre maison respire le bonheur ; j'y retrouve ce que j'ai perdu chez moi.

— Mais vous êtes chez vous.

Le carillon étrenne le premier coup de 14 heures. Papa se lève sans prévenir.

— Excusez-nous, Flore nous attend.

— Ne vous excusez pas. Revenez quand vous le voudrez. La porte vous est ouverte.

Pour notre malheur, l'entrée dans le service relève désormais d'une trop triste routine. Toutefois, avant de nous rendre à la chambre de Flore, papa interroge l'infirmière de service :

— Excusez-nous. Comment va-t-elle ?

— Ne lui communiquez pas votre inquiétude, son moral reste essentiel.

Papa comprend trop bien ; l'infirmière ne veut pas répondre à sa question. Comment le pourrait-elle ?

— Je le sais. Nous nous y efforçons.

Lorsque nous pénétrons dans sa chambre, Cabrol s'y trouve déjà ; tous les deux échangent et sympathisent à travers l'Hygiaphone. Nous disons bonjour à Flore, immobile, le visage enfoui dans son oreiller, presque aussi blanc que sa taie. En compagnie de cet homme, elle semble heureuse. Papa, surpris de sa présence, va à son collègue, l'entraîne dans un coin de la chambre ; de son lit derrière la vitre, Flore ne peut entendre, d'autant plus que Noëlline lui offre un brin de causette. Avec Cabrol, mon père se montre ferme.

— Je ne reviens pas sur ce que Carine et toi m'avez annoncé hier. Nous en reparlerons. Le problème, c'est Flore. Avec ce qu'elle affronte, sa mère aurait pu lui éviter cette double peine. Sa mère l'en a-t-elle informée ?

— Non.

— Tu comprends que nous ne pouvons laisser ma fille dans l'ignorance et encore plus dans le mensonge.

À l'énoncé de cette phrase, je surprends sur les lèvres de Cabrol une légère ironie.

— C'est une question à régler entre Carine et toi.

— Je l'entends bien ainsi.

Mon père marque un silence, réfléchit, hésite, puis reprend :

— Dis-moi, il y a quelques jours encore, je ne te voyais jamais ici. À présent, tu t'y trouves en permanence. Que se passe-t-il ?

Manifestement, le collègue de papa se montre très embarrassé pour sa réponse. Il hésite, louvoie, insensiblement détourne son visage pour observer Flore derrière la vitre. Je le surprends à souffrir de ne pouvoir librement se confier.

— Entre Flore et moi s'est éveillé un courant de sympathie au cours de mes visites avec Carine. Elle me sollicite souvent de revenir la voir ; et puis il existe une autre raison.

— Laquelle ?

— Tu n'ignores pas que sa mère souffre tout autant que vous deux de l'angoisse concernant le donneur. Je me suis fait un challenge d'en trouver un par mes relations dans les associations de donneurs. Voilà pourquoi je suis ici.

Mon père retient son souffle, hésite.

— J'espère que tu dis vrai.

— Pourquoi mentirais-je ?

— Tu oublies m'avoir déjà menti. Je crains que tu ne me dises pas tout.

— S'il en est ainsi, je m'en vais.

Cabrol va à l'Hygiaphone.

— Je dois partir, Flore. Je reviendrai ce soir avec ta maman. Repose-toi. À tout à l'heure.

Il lui sourit, souffle sur sa paume comme pour l'envoi d'un baiser du bout des doigts. Flore péniblement soulève sa main pour lui répondre de même. Son sourire n'est pas forcé, totalement sympathique. Dès la porte fermée, nous nous retrouvons tous les quatre, entre nous, en famille.

— Tu l'aimes donc bien cet homme ?

— Mathias ? Il est très gentil avec moi. Nous nous parlons beaucoup.

— Tu le nommes par son prénom ? Avant ta maladie, vous vous rencontriez souvent ?

— Tu le sais comme moi, à l'appartement, quand vous l'invitiez à dîner maman et toi. Elle n'est pas venue ?

— Ta mère arrivera tout à l'heure.

— Et toi, Vincent, tu reviendras samedi prochain ?

— Non, dans quinze jours seulement, à cause de mon travail à Châteauroux ; mais tu as ma promesse, tous les soirs je te téléphonerai.

— Et moi, chaque mercredi, je continuerai de venir te voir, ajoute Noëlline.

— Tu vois, tu n'es pas seule ; sans compter ton papa qui est là tous les jours.

Si maman n'a rien dit et si mon père se tait, envisagent-ils tous les deux de faire comme si, de ne révéler leur séparation à Flore qu'après sa guérison ? Sont-ils convenus de cela hier après-midi, hors de ma présence dans le parc de l'hôpital ?

Ou bien s'agit-il tout simplement d'un accord non dit, tacite ? Une absence de courage, peut-être ? Une horrible idée me vient, que je m'oblige à repousser ; peut-être n'espèrent-ils plus et jugent-ils chacun en son âme et conscience, sans se le confier, que pour les quelques semaines de vie restant à Flore leur séparation ne doit pas ajouter à sa souffrance ? Tout à l'heure, je m'ouvrirai à Noëlline de toutes ces réflexions.

De toute façon, ma sœur doit se douter de quelque chose. Lorsque je reviens à moi, je la découvre qui s'interroge sur mon silence.

— À quoi penses-tu ? interroge Flore d'un triste filet de voix.

Elle aussi, et comme mon père, inévitablement, observait mon absence.

— À mon travail pour ton cadeau de guérison. C'est pour lui que je vais te laisser.

— Tu donneras le bonjour au piano de Frédéric Chopin !

— Je n'y manquerai pas, petite sœur.

Il me vient une idée.

— Je le prendrai en photo ; ce sera mon cadeau à ma prochaine visite.

— Tu es vraiment très gentil. Malheureusement, il n'est plus là pour me la dédicacer !

Par l'Hygiaphone, d'un mouvement des lèvres, je fais mine de l'embrasser. Elle essaie de se lever pour approcher sa bouche, mais ses forces la trahissent.

— Ne te fatigue pas, petite sœur, préserve toutes tes forces.

Les larmes me montent si fort aux yeux que j'embrasse papa, prends la main de Noëlline pour l'entraîner avec moi ; de son autre main, elle dit au revoir à Flore et à mon père.

Le dimanche après-midi, les bus roulent presque à vide ; et encore, quand il en existe ! Par bonheur, les lignes des hôpitaux demeurent desservies. Nous trouvons facilement une double place où nous asseoir.

— À quoi pensais-tu ?

Je lui expose toutes les pensées roulées dans mon silence. Noëlline me prend la main.

— Je le devinais.

Nous nous serrons épaule contre épaule, elle incline sa tête vers la mienne et sans souci des regards nos lèvres se rencontrent. Nous sommes si bien que seule l'arrivée au terminus de Perrache nous tire de notre bonheur. Sur le quai, le train pour Châteauroux se met en place.

— Persuade tes parents d'arriver vendredi soir. Nous gagnerons une nuit de plus.

— Ils le comprendront, mon amour.

— Franchement, yeux dans les yeux, crois-tu que l'hôpital trouvera un donneur ?

— Le problème est le temps.

— Mais pourquoi donc ne s'adressent-ils pas à la famille ? À moi, par exemple ?

Elle hésite à me répondre, me dévisage, inquiète. Ses collègues lui auraient-elles révélé un élément qu'elle hésite à me communiquer ?

— Sans doute existe-t-il une raison. Prions que Flore puisse attendre.

— Oui.

La voix du haut-parleur nous sépare. Un dernier baiser, un ultime regard et je grimpe dans la voiture. Nos sourires échangés s'efforcent à durer derrière la vitre.

— Alors, cette fin de semaine ?

— J'ai transmis votre invitation aux parents de Noëlline. Si la date vous convient, Jupiter la Croix-Rousse vous propose leur venue dès vendredi.

— J'en parlerai ce soir à la patronne, mais ça devrait aller. Et ta jeune sœur ?

— Elle s'épuise. Toujours pas de donneur.

— Garde confiance, mon garçon. C'est la seule solution. Jusqu'au bout, garder confiance.

Inutile de broger[1], comme il se dit en Ardèche et Haute-Loire. Je change de conversation :

— Cette semaine, nous terminons la toiture à Clavières ?

— Exactement. En revanche, dès la semaine suivante, nous entreprendrons un chantier qui t'apprendra beaucoup et pourra te servir lorsque tu en auras terminé avec Rochefort et *L'Hermione*.

— C'est-à-dire ?

— Un clocher d'église.

— Où donc ?

— Tu connais déjà.

1. Broger : *ruminer ses pensées* (Dictionnaire du français régional).

— Je ne vois pas.

— Cherche. Cette église, tu la longeais sur un chantier.

— Un chantier ? Nohant !

— Exactement. La commune reconstruit la charpente et le toit de l'église qui jouxte les communs du château.

— C'est merveilleux pour mon chef-d'œuvre. De plus, j'ai promis à ma sœur une photo du piano sur lequel jouait Chopin au château de Nohant.

— Si tu le souhaites, nous nous y rendrons samedi ou dimanche avec Jupiter la Croix-Rousse et sa famille. Dis-moi, je ne t'ai jamais aperçu avec un appareil photo ?

— Je n'en possède pas. Je préfère tout garder en mémoire, l'émotion est plus forte. Mais Noëlline là-dessus ne me ressemble pas, elle prendra la photo avec le sien.

— Parfait, en route. Le soleil est avec nous, profitons-en.

À Clavières, les palettes d'ardoises, livrées samedi, attendent sur la cour. Déjà la grue les hisse à hauteur du toit où les couvreurs s'en emparent par paquets de dix afin de les fixer sur les voliges. J'entreprends de les rejoindre par l'échelle lorsque survient la châtelaine. Comme Besançon la droiture tout à l'heure, elle s'enquiert de la santé de Flore. Je me résigne à ne rien lui cacher. Si par hasard elle aussi entretenait des contacts avec des associations de donneurs ?

— Hélas, non. Cependant, je me renseignerai ; l'une de mes amies est médecin au centre hospitalier de Châteauroux.

— Merci madame, nous trouverons peut-être le donneur où nous ne l'imaginons pas. Dites-moi, vous m'avez déjà beaucoup aidé en me prêtant la moto de votre père ; si vous me permettez cette question indiscrète, pourquoi vous montrez-vous si bonne avec moi ?

— Parce que vous m'êtes sympathique. Vous me rappelez mon père ; j'aime les hommes qui se battent.

— Je ne me bats guère, je fais ce que je peux.

— C'est-à-dire que vous faites beaucoup : les charpentes historiques, votre chef-d'œuvre, le souci de votre sœur, et tout ce que je ne sais pas.

Effectivement, elle ignore Noëlline et la séparation de mes parents. Pour n'y pas penser, je reprends mon ascension de l'échelle, rejoins les couvreurs sur le toit, me risque sur les voliges.

Vendredi soir, il faisait presque nuit à la fin de leur pose. Ce matin, sous le soleil rasant d'une fin d'octobre frileuse, j'admire la rectitude égale des planches dans l'inclinaison du pan de la charpente.

Comme aux crêtes des vaguelettes d'un lac, le soleil s'accroche à chaque arête. Rang par rang, les couvreurs recouvrent les voliges ; telle une crue qui progressivement dévore les berges, les ardoises doucement de leur bleu empiètent sur la clarté des planches. Quel bonheur que ce métier ! Couvrir d'un toit chaque demeure ! D'où je suis, dominant le château, j'en savoure le plaisir. Sans les charpentiers, les gens dormiraient sous la pluie et dans le froid. Dire que ma mère ne voulait pas de ce noble métier ! Me reviennent à l'esprit les scènes de Saint-Andéol, ma fugue nécessaire.

Vers les 5 heures de l'après-midi, lorsque la nuit s'approche, les propriétaires sortent de leur logis pour contempler notre œuvre. Le dernier, je redescends du toit.

— Que dites-vous de notre ouvrage ?

— Nous aurions dû venir plus tôt. Le gris du ciel sur le bleu des ardoises rend difficile d'apprécier votre travail. Demain, nous observerons en plein jour.

— Si vous le souhaitez, avant que nous ayons encloué les ardoises jusqu'au faîte, montez dans votre grenier. Je vous fixerai l'échelle, déclouerai quelques voliges et vous pourrez en passant la tête admirer non seulement votre toiture, mais l'ensemble de la propriété et surtout l'Indre qui coule à quelques enjambées du château. N'avez-vous jamais désiré contempler ce spectacle ?

— Si, mais nous ignorions comment nous y prendre.

— Eh bien, à demain. Ce soir, c'est pour moi le grand démarrage. J'entreprends véritablement la réalisation de mon chef-d'œuvre.

— Nous en sommes sincèrement heureux ; vous réussirez.

— Merci.

Dans la fourgonnette, je rejoins les couvreurs où ils m'attendent pour le retour. Une angoisse m'étreint que chassait le travail de la journée. Mes pensées vont à Flore ; vivra-t-elle assez pour recevoir mon chef-d'œuvre !

À peine installé dans l'atelier dédié par Besançon, j'entreprends de choisir une à une les chutes de chêne. Je ne veux pour mon chef-d'œuvre que le bois le plus noble, c'est-à-dire l'arbre roi. Mes paumes caressent les tranches, s'assurent d'aucun défaut, rejettent l'imparfait. D'un regard attentif, j'en scrute les veines et les fibres, suppute l'impact de la scie et du rabot. J'ai décidé pour mon ouvrage de travailler à l'ancienne, sans machine, uniquement avec des outils à main, exactement comme j'aurai à procéder à Rochefort pour la reconstruction de *L'Hermione* puisque ce chantier s'effectuera tel qu'au XVIIIe siècle, sans nulle machine, avec le même outillage, reforgé pour cela. S'il s'agissait de charpenter comme aujourd'hui, mon projet ne présenterait aucun intérêt ; avec une machine à bois dernier cri, n'importe quel bricoleur du dimanche, s'il est de bon niveau, pourrait le réaliser. Pour Flore et le jury, je veux que mon chef-d'œuvre soit totalement authentique. La miniature de la charpente nécessitera un millier d'heures peut-être, sans doute des nuits blanches, plusieurs centaines de pièces au vingtième, y compris les voliges ; uniquement pour les examiner chacune, toutes les soirées de la semaine n'y suffiront pas. Je me détermine à ne sélectionner que les pannes sablières[1], les arbalétriers et les pannes faîtières, c'est-à-dire la carcasse de la charpente.

Tout d'abord, pour ne pas avoir à chercher, je fixe au mur toutes mes feuilles de relevés effectués ces dernières semaines. Au premier coup d'œil, je retrouverai mes cotes. Sur l'établi, je cale les lattes dans lesquelles je découperai les pannes sablières, bases de la charpente. Besançon m'a confié une parfaite scie égoïne aux dents si fines et si aiguës qu'elle scierait du papier sans risquer de le déchirer. Avec une longue règle métallique, je trace au crayon le trait que la lame devra suivre. L'ongle du pouce plaqué contre elle, j'entreprends

1. *Sablière : pièce de charpente posée horizontalement qui reçoit le bas des chevrons de la couverture.*

le va-et-vient attentif de l'outil. Je respire à chaque morsure des dents le parfum de la sciure.

Après le découpage de ma première panne, je passe mes doigts sur l'arête, en ôte les poussières. Une fois toutes découpées, je les moucherai au rabot. Absorbé par mon ouvrage, je ne vois pas le temps passer. Colette la bienvenue, notre mère, ne tolère guère les retards. De plus, ce soir, je veux téléphoner à Flore et à Noëlline. Vite, je ferme l'atelier, prends mes jambes à mon cou et cours par les rues jusqu'à la maison des compagnons.

Essoufflé, j'arrive à temps pour me doucher, me coiffer et me changer avant le dîner. Décidément, j'ai eu tort de rendre la moto à la dame de Clavières. Dès demain, je la verrai, lui présenterai les éléments nouveaux de ma situation. Sans doute me comprendra-t-elle. Dans le couloir, à l'entrée de la salle à manger, la mère nous considère un à un, s'assure de notre tenue, nous adresse un mot d'accueil.

— Bonsoir Vincent. Comment se porte votre sœur ?

— Elle s'affaiblit de plus en plus, mère. Je me fais beaucoup de soucis.

— Toujours pas de donneur ?

— Hélas non, cela devient urgent.

— Soyez courageux. L'hôpital le trouvera.

— Merci, mère.

Comme ceux des parents de Noëlline, de l'infirmière, de Besançon, les témoignages de ses bons sentiments me vont au cœur mais ne remplacent pas le donneur. À table, Louis, Robert puis Jean calment mon angoisse, font divergence avec la préoccupation de nos chefs-d'œuvre à tous ; hélas, si l'ouvrage m'avait soutenu durant la journée, mon esprit est désormais tout entier repris par la santé de Flore et l'absence de Noëlline.

Vivement Rochefort et *L'Hermione* où nous serons ensemble ! Comment vivre à deux ici ? Il existe certes un institut en soins infirmiers à Châteauroux, mais l'année universitaire est désormais trop avancée pour changer d'institut. Ses parents et mon père nous aideraient, mais je ne veux rien devoir. Dès le dessert avalé et la table essuyée, je me précipite dans la cabine, appelle l'hôpital et la chambre de Flore. Je ne reconnais pas sa voix.

— Excusez-nous d'intercepter votre appel, mais c'est pour vous prévenir ; vous ne devez pas converser plus d'une minute avec votre sœur. Elle est très fatiguée. De plus, dès demain, je vous remercie de ne l'appeler que durant la journée. Le soir, il lui faut se reposer.

La seule solution pour téléphoner de jour est Clavières. Pour cela, je devrai en plus solliciter la châtelaine.

— Son état s'est aggravé ?

— Disons qu'elle s'affaiblit. La greffe devient impérative. Je vous passe votre sœur. Appliquez-vous à lui remonter le moral.

— Flore ?

Les autres jours, elle répond aussitôt.

— Flore ?

C'est à peine un filet de voix.

— Bonsoir Vincent. C'est difficile de me déplacer dans le lit pour décrocher le téléphone car je suis sous perfusion. Il me reste si peu de forces et encore moins d'appétit qu'il n'existe plus d'autres solutions. Je pense que, si d'ici une à deux semaines la greffe ne se fait pas, je ne pourrai pas profiter de ton chef-d'œuvre.

— Ne dis pas de sottises, petite sœur, ton donneur, il se trouvera.

— Vous êtes tous très gentils mais je sens bien que je m'en vais.

C'est terrible car elle dit vrai. Je me tourne dans la cabine ; les larmes me montent aux yeux et je ne veux pas qu'à travers la vitre quelqu'un les voie. Je perçois Flore face à la mort plus sereine que moi. Mon esprit revient à la châtelaine de Clavières ; demain matin, aura-t-elle des nouvelles du médecin dont elle m'a parlé ? Hélas non, ce sera trop tôt.

— Flore ?

— Oui.

— L'infirmière m'a demandé de t'appeler de jour pour te laisser reposer le soir.

— Je sais.

— Je t'appellerai demain vers midi du château où je travaille.

L'infirmière interfère dans notre conversation :

— La minute est épuisée, monsieur.

— À demain vers midi, petite sœur. Je t'embrasse très fort.

Après ces quelques mots, l'image d'un corps mort me hante sans pouvoir m'en défaire. J'appelle Noëlline.

— Noëlline ?

C'est elle.

— Bonsoir mon amour.

— Bonsoir petit ange. J'aime entendre ta voix.

— Moi aussi, figure-toi. As-tu démarré ton chef-d'œuvre ?

— Oui, ce soir ; scier faisait passer le temps si vite que j'en oubliais l'heure.

— C'est bon signe, ton ouvrage te passionne. Prends cependant le temps de téléphoner à Flore, elle en a besoin.

— Je l'ai appelée ; les nouvelles ne sont pas bonnes.

J'explique tout.

— Effectivement, ce n'est guère encourageant. J'irai la voir mercredi et tâcherai d'en savoir plus auprès des infirmières concernant ce problème de donneur.

— Tu sais, j'ai très peur.

— Il faut espérer. C'est souvent au dernier moment qu'arrive la solution. Crois en la Providence.

— Merci. Et toi, comment vas-tu ?

— Je vais. Nous ne pourrons longtemps vivre séparément.

— Nos cœurs se rencontrent. C'est justement ce à quoi je pensais tout à l'heure. Je t'aime, Noëlline, mais, excuse-moi, la file s'impatiente devant la cabine. Demain soir, je t'appellerai de la brasserie, nous serons plus à notre aise.

— Bonsoir mon amour, je t'aime moi aussi.

Toute la nuit je me tourne et retourne ; le corps mort entrevu après ma conversation avec Flore me réveille en sursaut.

Durant la route, j'observe le changement de temps. Le ciel se couvre de nuages légers, spongieux, d'un beau gris pâle qui annonce la pluie. Sans doute serons-nous obligés de bâcher pour protéger les planchers du grenier et les plafonds qu'ils abritent. À Nohant, le soleil nous accompagnait. Ici, il n'en sera pas de même. À peine arrivé à Clavières, je frappe à la porte d'entrée. En pyjama sous sa robe de chambre, c'est le châtelain qui m'ouvre.

— Bonjour. Excusez ma tenue, mais hier soir ma femme et moi nous sommes sortis et venons seulement de nous lever.

— J'aurais dû attendre. Cependant, il se prépare du mauvais temps pour ce soir. Comme je monte sur le toit, je voulais savoir si vous nous rejoindrez par le grenier pour admirer le paysage avant la pluie ?

Madame reconnaît ma voix, nous rejoint, elle aussi en robe de chambre.

— Vous avez bien fait de frapper. Nous terminons notre petit déjeuner et vous rejoignons. J'ai téléphoné au médecin dont je vous ai parlé. Elle va contacter l'association de donneurs de l'Indre. Néanmoins, je dois vous confier son étonnement.

Aussitôt je comprends.

— Lequel, madame ?

— Que les médecins qui soignent votre sœur ne s'adressent pas d'abord à la famille.

— C'est également mon interrogation.

— Pourquoi ne pas leur poser la question ?

— Merci madame. Je vais m'y résoudre, ou plutôt questionner mon père. Sans doute s'interroge-t-il également ? Peut-être s'en est-il déjà ouvert aux médecins et ne veut-il pas me révéler leurs raisons ? À propos de ma sœur, j'ai une autre demande à vous faire. Le service où elle est soignée me prie de ne plus lui téléphoner le soir pour la laisser se reposer. Pourrais-je téléphoner à midi de chez vous ? Bien entendu, je réglerai les communications.

Elle sourit.

— Vous téléphonerez, mais ne réglerez rien.

— Merci madame. Excusez-moi, mais je rencontre encore un autre problème : le temps, pas la météo, celui qui passe ! J'en manque pour mon chef-d'œuvre. J'ai eu tort de ne pas accepter votre proposition de garder la moto encore quelques semaines. Je suis obligé de me déplacer à pied et en courant entre l'atelier et la maison des compagnons pour ne pas arriver en retard au dîner.

Tous les deux éclatent de rire ; ils m'imaginent jambes à mon cou dans les rues de Châteauroux !

— Vous voyez ! Il faut toujours y réfléchir à deux fois avant de refuser les offres. Reprenez la moto dès ce soir. En attendant, rejoignez les couvreurs sur le toit. Dans un moment, nous monterons à notre tour.

Sitôt sur les voliges, j'examine le ciel. Le vent d'ouest pousse vers nous les nuages. De plus, je sens l'air fraîchir ; il doit pleuvoir d'où le vent souffle. Je m'adresse au chef de chantier.

— Je sens la pluie venir. Et vous ?

— J'allais vous en parler. Nous devrions bâcher.

— C'est mon avis. À midi, je téléphonerai au patron pour qu'il apporte des bâches. Jusqu'à ce soir, ça devrait aller. En attendant, avançons le plus possible.

— D'ici à la pluie, la moitié du toit sera couverte. Il ne restera qu'à bâcher l'autre moitié.

Tous ensemble, chacun à son poste, nous reprenons le travail. Une demi-heure après, j'entends des pas dans le grenier, puis un appel.

— Nous sommes là !

— J'arrive.

Semelles bien posées sur les voliges, je descends la pente jusqu'à la panne, tire de ma sacoche mon arrache-clous, entreprends de déclouer trois voliges. À l'examen, j'en décloue quatre ; vu leur âge, les propriétaires sans doute ne sont-ils pas aussi souples que moi. Je me faufile par le trou et m'agrippant des bras me laisse glisser sur le plancher. Madame a troqué son tailleur pour un jean ; décidément, c'est le jour des surprises ! Tout à l'heure en peignoir, à présent en jean. L'homme s'est déjà emparé de l'échelle qu'il pousse jusqu'au passage. Je la tiens à deux mains et en cale les montants contre mes pieds.

— Vous pouvez monter. Je tiens.

Monsieur grimpe le premier, passe son torse à l'extérieur, prend son temps pour admirer, redescend.

— Dire que je n'étais jamais monté sur mon toit. L'Indre rutile tel un ruban très bleu. C'est la première fois que je découvre ma propriété d'aussi haut. À ton tour, tu verras comme c'est beau !

Madame s'applique à bien poser son pied sur le premier barreau, grimpe le plus haut possible, plus haut que son mari, jusqu'à passer sa taille par l'ouverture. Je devine qu'elle parle seule, à moins qu'elle ne s'adresse aux couvreurs. Souple, elle pivote sur elle-même pour tout admirer, se remplir les yeux d'un paysage que sans doute elle ne reverra jamais. Comment se fait-il que si peu de gens désirent découvrir leur propriété du haut de leur toit ? Ils en retireraient une tout autre vision.

— Merci pour le magnifique point de vue que vous m'avez permis d'admirer. Je crois avoir compris pourquoi ce château fut construit ici. Il domine tout. Autre chose : je ne pense pas m'être trompée, dit-elle une fois redescendue dans le grenier, mais j'ai reconnu sur la route du bord de l'Indre la fourgonnette de votre patron. Il me semble qu'il nous rejoint.

— Eh bien, je vous laisse le soin de descendre l'accueillir. Pour moi, je remonte sur le toit pour reprendre mon ouvrage. Compte tenu de la pluie qui s'annonce, il importe d'ici à ce soir d'avancer l'ouvrage le plus possible.

À peine ai-je recloué les voliges que la fourgonnette de Besançon s'immobilise dans la cour. Par la grande échelle des couvreurs, il nous rejoint sur le toit, examine notre ouvrage, puis le ciel.

— Je vois que vous avez bien avancé. Cependant, les nuages se font de plus en plus sombres et se pressent, il va pleuvoir. J'ai apporté les bâches.

— Je voulais vous téléphoner à midi pour cela.

— Tu aurais bien fait, mais je préfère me montrer prudent. Nous allons bâcher à deux. Jupiter te l'a-t-il appris ?

— Non, maître.

— Ce n'est guère compliqué, mais il faut être deux. Reste où tu es ; je redescends.

Une fois en bas, il extrait de la fourgonnette un énorme rouleau vert, le pose dans le godet de la grue, la manœuvre et dépose à mes pieds la bâche roulée sur la panne faîtière. Cela fait, il me crie :

— Déroule lentement, jusqu'à ce que l'extrémité atteigne la panne sablière !

Le rouleau coincé entre mes jambes, agrippant les œillets, je le déroule lentement, jusqu'où m'a dit le maître.

— Parfait ! me crie-t-il d'en bas. Lâche ce qu'il reste sur l'autre versant du toit, ça ne craint rien.

La bâche se déroule en son entier. Par la grue, il dépose à mes pieds un autre rouleau. Ainsi, rouleau par rouleau, tranche par tranche, à midi, la partie sans ardoises est recouverte.

— Allons casser la croûte. Cet après-midi, nous n'aurons qu'à crocheter sur les voliges les rouleaux par les œillets. Si le vent souffle cette nuit, ça tiendra.

Tous rassemblés dans la salle mise à notre disposition par les propriétaires pour y prendre nos repas, nous attendons le signe du patron pour nous asseoir. Il se plaît, quelquefois, à partager notre casse-croûte.

— Tu ne déjeunes pas avec nous ?

— Si, mais excusez-moi, auparavant, je dois téléphoner.

Le mieux est de m'expliquer, puisque chacun désormais connaît la maladie de Flore.

— Si je comprends bien, ça ne s'arrange pas ?

— Non, hélas.

De plus en plus persuadé de la fin prochaine de Flore, c'est tout juste si je peux retenir mes larmes. Je frappe à la porte du salon, honteux de ma tenue de compagnon dans une si belle demeure.

— Entrez. Installez-vous dans l'entrée. Le téléphone s'y trouve. Personne ne vous dérangera.

Je compose le numéro, attends.

— Flore ?

— Excusez-moi, monsieur. J'ai reconnu votre voix. Je suis l'infirmière à qui vous avez parlé hier soir. Je vous passe le médecin. Ne craignez rien.

Je crains tout au contraire ces phrases qui souvent présagent le pire.

— Bonjour. Je parle bien au frère de Flore ?

— Oui, docteur.

— Je suis le docteur Seguin, en charge de coordonner les recherches du donneur.

— Vous en avez trouvé un ?

— Hélas, non. Je m'adresse à vous pour cela. Nous ne pouvons plus attendre. L'état de votre sœur requiert au plus tard une greffe dans les jours qui viennent. Toutes nos recherches d'un donneur compatible demeurent vaines à ce jour. Cependant, le donneur existe.

— Et vous estimez qu'il sera trop tard pour Flore lorsque vous le trouverez ?

— Non, ce donneur, nous le connaissons.

J'explose :

— Mais alors ! Qu'attendez-vous ?

— Nous avons patienté jusqu'au dernier moment, dans l'espoir d'une autre personne. Ce donneur, vous le connaissez.

— Je le connais ?

— Ce donneur, c'est vous !

— Moi !

— Oui. Êtes-vous prêt ?

Comme si pareille question se posait ! J'en profite pour m'indigner :

— Bien sûr que je suis prêt ! Je le suis à tout pour sauver ma sœur. Je m'étonnais depuis longtemps que vous ne cherchiez pas ce donneur parmi nous, les proches de Flore. Je m'apprêtais à vous faire questionner par mon père à ce sujet.

— Soyez bien certain que nous y avons songé dès la décision de la greffe. C'est alors qu'une opposition s'est manifestée. Nous avons cherché ailleurs. Sans résultat, nous bravons cette opposition et je vous appelle.

— Mais quelle opposition ? Je veux savoir.

— Cela ne se dit pas au téléphone. Présentez-vous dès que possible dans mon service pour effectuer les examens de compatibilité préalables et nécessaires.

— Très bien. Je serai à Lyon ce soir.

— Parfait.

— Puis-je en informer ma sœur ?

— Oui, mais avec toutes les précautions nécessaires. Imaginez que les examens révèlent une incompatibilité. Quelle déception !

— Je suis son frère, donc compatible.

— Excusez-moi. Venez ; nous évoquerons tous ces problèmes seul à seul dans mon cabinet. J'y serai présent jusqu'à 19 heures au plus tard. Soyez exact, votre sœur ne peut plus attendre.

— J'y serai. Cependant, passez-moi Flore.

— Je vous la passe.

C'est inouï ! Pourquoi avoir tant attendu, laisser s'angoisser et souffrir toute une famille, alors que je me tenais là, à portée de main. Si j'avais su !

— Flore !

Sa voix devient quasi inaudible. Elle m'explique qu'une aide soignante lui tient l'écouteur car ses bras ne peuvent plus le porter.

— Oui ?

— C'est Vincent. Je t'apporte une bonne nouvelle. Le donneur est trouvé : c'est moi.

— Toi ?

— Oui, moi, ton frère. J'arriverai ce soir. Courage, je t'embrasse. Repose-toi !

Inutile de la fatiguer à m'écouter. Que lui dirais-je de plus ? Fou de joie, je rejoins mes collègues, m'adresse à Besançon.

— Maître, je dois vous parler ; c'est urgent.

Il se lève, nous rejoignons l'entrée. Je lui explique tout.

— M'autorisez-vous à m'absenter quelques jours ?

— Bien évidemment ; de toute façon, si je refusais, tu partirais quand même !

— Je serais bien obligé !

— Tu ne vas pas partir à pied. Connais-tu l'horaire des trains ?

Je suis tellement exalté que j'en perds mon sang-froid. J'ai répondu « J'y serai » au médecin sans même savoir comment.

— Le mieux est que tu téléphones en gare de Châteauroux, ils te renseigneront.

Ma bruyante excitation étonne les propriétaires, attablés dans leur salle à manger, de l'autre côté de la porte. Inquiets, ils nous rejoignent. À nouveau, je m'explique.

— C'est merveilleux, la Providence est avec vous. Voici l'annuaire.

Je cherche le numéro de la gare, appelle. L'employée me renseigne. Au fur et à mesure qu'elle parle, Besançon et les propriétaires observent la pâleur envahir mon visage. Je raccroche, dépité.

— Pas de train avant la fin de l'après-midi ; c'est celui que j'emprunte chaque vendredi soir. Il n'arrive à Lyon qu'à 22 heures. Le service sera fermé et le médecin aura quitté les lieux. Pourtant, je dois absolument arriver à l'hôpital avant 19 heures. Plus tard, le médecin sera parti, les examens seront reportés à demain et, pour Flore, chaque heure compte.

Madame réfléchit.

— De Châteauroux à Lyon, par la route, cela fait quatre cents kilomètres. De Clavières, trois cent quatre-vingt-cinq seulement ; la route est bonne. Nous pouvons vous conduire en voiture ; nous en aurons pour quatre heures. Il est midi et demi. En prenant la route immédiatement, sauf incident, à 17 heures au plus tard nous franchirons l'entrée de l'hôpital.

— Vous feriez ça, madame ?

— Nous n'allons pas vous empêcher de sauver votre sœur ! Il s'agirait de non-assistance à personne en danger !

— Je me serais bien proposé, me confie Besançon, mais avec ma fourgonnette ce serait trop long, sans compter le temps de la décharger.

— Allons, ne perdons pas de temps, en route.

Sans s'affoler, imperturbable, laissant là son repas, elle passe un imperméable, enfile des chaussures de ville.

— Je vous conduirais volontiers, me déclare son mari, mais je ne possède pas mon permis. J'ai horreur des voitures et n'aime que les chevaux.

— Tiens, prends ça, me dit Besançon qui me tend un sac rempli à même la table ; tu mangeras en route, ne reste pas le ventre vide. Tiens-nous informés. Ne te soucie pas de la maison des compagnons, je préviendrai Colette la bienvenue.

— Merci maître.

La voiture se révèle une excellente routière, une 605 qui avale les kilomètres. À la sortie de Clavières, nous prenons la direction de La Châtre. Madame s'y arrête, fait le plein, puis s'engage vers Montluçon où nous observons les premières gouttes ; et enfin la bonne route jusqu'à Clermont, Saint-Étienne et Lyon. La pluie tambourine sur le pare-brise, comme si elle voulait le fracasser. J'avoue ne pas y prêter attention. J'imagine Flore dans son lit. Madame, qui semble avertie de ces questions, m'explique les examens que je devrai subir, la ponction osseuse dans les os iliaques, la greffe sur ma sœur. Tout en m'informant, la châtelaine me pose des questions, me fait parler. Lorsque nous arrivons à Lyon, je lui ai raconté toute ma vie ou presque.

— Cela ne me regarde pas, mais je n'aurais pas souhaité naître d'une mère comme la vôtre.

Je me tourne vers elle, la considère et lui souris.

— En revanche, madame, j'aurais aimé une mère telle que vous.

— Hélas, ou plutôt tant mieux, ce serait peut-être pire, nous ne choisissons ni nos parents ni nos enfants.

Les panneaux du boulevard de ceinture indiquent le quartier des hôpitaux. Je reconnais l'itinéraire, l'indique à madame. À 17 h 05, elle gare sa voiture sur le parking de l'hôpital Édouard-Herriot. Les larmes m'en montent aux yeux.

— Je ne sais comment vous remercier.

— Vous me remercierez une autre fois. Allez vite à votre rendez-vous. Bonne chance.

Si je ne me retenais pas, je l'embrasserais. J'ouvre la portière, m'élance sous la pluie qui tombe de plus en plus drue. Une fois dans l'entrée, mes vêtements trempés dégoulinent sur le carrelage.

Désormais accoutumé aux méandres du service, je frappe à la porte du bureau des infirmières. Celle qui d'ordinaire nous reçoit me reconnaît.

— Vous avez fait vite. Je vous demande une minute, le temps de m'assurer que le médecin peut vous recevoir.

Elle téléphone, me dévisage, sourit et puis raccroche.

— Il arrive.

— Comment va Flore ?

— Elle s'affaiblit.

La porte s'ouvre sur un homme en blouse blanche que je n'ai jamais vu. Complètement chauve, sa bonne bouille me rassure. Il s'avance vers moi sourire aux lèvres, m'offre sa main tendue. Je la lui serre.

— Merci d'avoir fait diligence. Suivez-moi, je vous prie.

Je le suis dans un long couloir étroit ripoliné de gris très clair ; nous pénétrons enfin dans une pièce aux cloisons peintes de même couleur, meublée sobrement d'un bureau, de quelques chaises, d'une table d'examen, d'une armoire pour fichiers.

— Asseyez-vous. Êtes-vous prêt à tout entendre ?

Je m'effraie, mais réponds oui. Je veux savoir.

— Voilà. Votre mère s'est opposée à rechercher un donneur parmi la parentèle de votre sœur, pour une raison selon elle majeure. Puis-je continuer ?

— Je vous ai répondu, oui.

— Vous n'êtes que le demi-frère de votre sœur.

Sidéré, mon souffle se coupe. Je pâlis et le médecin s'en inquiète :

— Ça va monsieur ?

— Quoi !

— Votre mère ne voulait pas que le scandale éclate.

— Au risque de la vie de sa fille ? Je savais ma mère rigide, puritaine, hautaine et parfois méprisante, mais je l'ignorais sans cœur, monstrueuse d'hypocrisie. Elle qui sans arrêt se drapait de morale ! Ainsi, depuis presque toujours, elle trompait mon père ! Elle est pire qu'une garce ; une criminelle, une infanticide. Tout cela pour sauver la façade d'une famille honorable. Un monstre doublé d'un tartufe ! Je n'arrive pas à y croire. Mais pourquoi avez-vous tenu compte de son opposition au risque de la vie de ma sœur ? Cela porte un nom : de la complicité ! De la non-assistance à personne en danger !

Je me lève. Il craint mon poing sur sa figure. Et dire que je trouvais son visage sympathique !

— N'allez pas si loin. Je suis tenu au secret médical et ne peux tout vous révéler. Nous espérions trouver un donneur en dehors du cercle familial, où d'ailleurs se découvrent parfois des incompatibilités. Lorsque nous avons estimé la recherche trop risquée, je vous ai appelé.

— Vous y avez mis le temps.

— Ce temps, comme vous dites, n'est plus au passé. Après un entretien concernant votre santé, nous procéderons à une prise de sang pour une analyse approfondie concernant votre compatibilité pour un don de moelle à votre demi-sœur. Si l'analyse se révèle positive, et il existe de fortes probabilités qu'elle le soit compte tenu de vos ascendants maternels communs, nous procéderons dès demain à la ponction, sous anesthésie totale, puis à la greffe. Pour des raisons de sécurité sanitaire – inutile de ramener un microbe ou un virus de l'extérieur –, vous dormirez ici cette nuit dans une chambre stérile.

Le médecin me fait subir alors un long interrogatoire sous forme de conversation, mais je ne suis pas dupe. Cependant, pour Flore, je me tiens prêt à tout et réponds honnêtement, avec exactitude et précision. Comme il m'entreprend sur ma vie sexuelle, sans doute pour savoir si je ne serais pas porteur d'une MST ou du sida, je le rassure : Noëlline est saine, nous sommes fidèles.

— Eh bien, c'est tout ce que je voulais savoir. Venez, nous allons procéder à la prise de sang.

Il me conduit alors dans une salle de blouses blanches où l'une d'elles me fait asseoir, me prend le bras, enfile l'aiguille et tire mon sang.

— Parfait. Nous aurons les résultats dans quelques heures. À demain. Je vous souhaite une bonne nuit.

— Puis-je voir ma sœur ?

— Pas davantage qu'une minute. Je vais vous accompagner.

Il est vrai que livré à moi-même dans ce labyrinthe de couloirs entrecroisés, je ne m'y retrouverais pas. De nouveau, je dois retourner au bureau des infirmières, m'attifer de la longue blouse et autres protections pour visiter Flore. Pourra-t-elle me parler ?

Nous entrons et sur son lit tout blanc elle repose telle Blanche-Neige. Sa pauvre respiration soulève à peine son thorax. La canule relie son bras à la poche dont s'écoule un liquide si limpide que je n'imagine pas qu'il transfuse la vie. Visage orienté vers la fenêtre, elle ne nous entend pas entrer. Ses mains sur le drap ne cessent un mouvement continu, lent et régulier, comme pour recueillir quelque chose, peut-être un peu de vie avant de la perdre tout entière.

— Flore ?

Je répète plus fort :

— Flore ?

Elle tourne son visage du côté de la voix, me reconnaît et me sourit.

Sur ses lèvres, je lis qu'elle parle, mais si faiblement que je ne comprends pas ses mots.

— Je suis là, petite sœur. Tu vas guérir. À demain.

Elle me sourit. Je refuse qu'elle voie mes larmes ; sans attendre le médecin, j'ouvre la porte et sors.

— Puis-je téléphoner ?

— Certainement. Vous trouverez la cabine juste avant le bureau des infirmières.

Depuis des mois, chaque semaine, je rends visite à Flore ; jamais je n'avais remarqué cet équipement. Noëlline est-elle rentrée de ses cours ?

Geneviève, sa mère, me répond :

— Vincent ? Vous téléphonez bien tôt, ce soir.

— Pardonnez-moi pour l'urgence. Noëlline est-elle chez vous ?

— Elle vient d'arriver. Je vous la passe.

La parole de la mère se devine dans l'écouteur :

— C'est Vincent.

Je perçois le changement de paume sur le récepteur.

— Vincent ?

— Bonsoir Noëlline, c'est bien moi. Je t'appelle de l'hôpital. Ils ont trouvé un donneur.

— Je te le disais ; il convient de toujours croire à la Providence.

— En l'occurrence, la Providence, c'est moi. Je suis le donneur.

— Toi ?

— Oui, il n'en existait pas d'autres. Je commence par la bonne nouvelle. C'est en téléphonant à Flore ce midi que l'infirmière a intercepté mon appel pour me prévenir. La châtelaine de Clavières m'a amené en voiture cet après-midi. Le train arrivait trop tard à Lyon. Je devais rencontrer le médecin avant 19 heures. Après un entretien, j'ai subi une prise de sang. Ils doivent vérifier ma compatibilité de donneur avec Flore. Entre demi-frère et demi-sœur, tout devrait aller…

— Quoi ? Que dis-tu ? Explique-toi !

— C'est la mauvaise : je ne suis que le demi-frère de Flore. Mon père n'est pas le sien.

— Oh mon Dieu !

— Comme tu le dis. C'est pour cela que ma mère avait supplié le médecin de ne pas rechercher un donneur parmi la proche parentèle de Flore. Elle refusait le scandale ! Tu te rends compte ! Non seulement cette garce – je ne puis plus l'appeler maman – a risqué sciemment la vie de sa fille pour protéger comme elle le dit l'honneur de sa famille, mais en plus elle double son crime d'une fieffée hypocrisie. J'ai failli frapper le médecin pour sa complicité. Je te jure qu'à l'abri derrière son bureau il craignait mon poing sur sa figure.

Je reprends mon souffle.

— Et mon père ? Le sait-il ? Je suis désespéré. Jamais je n'aurais cru cela de ma mère. Si je ne t'aimais pas Noëlline, si la vie de Flore ne dépendait pas de moi, mon corps flotterait sur le Rhône.

— Ne dis pas de sottises. Désires-tu que j'aille te voir. Il n'est pas trop tard.

— Tu es très gentille, petit amour ; toutefois, c'est inutile. Je passe cette nuit à l'hôpital. Le prélèvement puis la greffe pourraient s'effectuer demain. Je dormirai dans une chambre stérile, pour éviter toute contagion microbienne ou virale de l'extérieur avant le prélèvement. En revanche, si tu es libre comme chaque mercredi, je me rendrai chez toi après l'intervention et une fois autorisé. Sitôt rétabli, je prendrai mon train habituel pour Châteauroux. Besançon n'a fait aucune difficulté pour m'autoriser à m'absenter, mais je ne veux pas abuser.

— C'est bien de donner ta moelle à ta sœur.

— Tu ne m'imaginais pas refuser ? Après toi, Flore est pour moi la personne la plus chère au monde. Encore un instant, je vous prie.

— Allô ? s'étonne Noëlline qui ne comprend pas mon changement de ton.

— Je te demande pardon, mais c'est ici comme à la maison des compagnons ! Je t'appelle de la cabine et les personnes qui attendent pour téléphoner s'impatientent. Je t'embrasse, petit amour. À demain.

— Moi aussi je t'embrasse, mon amour. Je pense à toi, et à Flore. Que tout aille bien !

— Merci, à demain.

La chambre stérile n'est pas enthousiasmante et le lit pas davantage. Peu importe, je finis par m'endormir. Un rêve me visite ; Noëlline se présente en blouse blanche et mon âme la désire dans la nuit. À 7 heures, une aide soignante m'avertit :

— Le médecin passera s'entretenir avec vous.

— Il existe un problème ?

— Je ne sais rien. Il viendra dans un quart d'heure. Je meurs de faim.

— Je n'ai pas droit à un petit déjeuner ?

— Hélas non. L'anesthésie totale l'interdit.

Elle sourit. N'ayant jamais connu d'intervention chirurgicale, je suis totalement ignare en la matière. Assis sur la chaise, j'attends. Un bruit de pas dans le couloir, un léger coup à la porte, le médecin entre. Comme j'occupe l'unique chaise, il s'assoit sur le lit, m'examine avec attention.

— Ainsi que je vous le confiais hier soir, le fait que votre demi-sœur et vous ayez la même mère, la compatibilité, sans être absolue, apparaît suffisante. De plus, votre groupe sanguin se révèle identique. La greffe demeure possible, voire incontournable puisque nous ne possédons pas d'autre donneur. Si nous reculons, votre sœur reste à coup sûr condamnée. Le risque existe, mais infime.

Je réfléchis. Évidemment que je vais faire don de ma moelle à ma sœur, même si elle ne l'est qu'à moitié, et quels que soient les risques ! Flore guérie, le drame n'en restera pas là. Ma famille ne peut vivre dans le mensonge ! Ma mère devra s'expliquer, dire qui est le père de Flore. Je comprends déjà que c'est Cabrol. Toute la nuit j'y ai pensé. À coup sûr il est le père. Je m'explique à présent son assiduité auprès de Flore, son affection pour elle.

XI

Les téléphones du soir

J'ÉMERGE TRÈS DOUCEMENT de mon anesthésie générale. La douleur dans le bassin due à la ponction osseuse se précise à nouveau alors que je l'oubliais. Selon le médecin, d'ici à quelques heures, il n'y paraîtra plus. Il a quitté ma chambre sans que je puisse encore l'interroger sur ma véritable préoccupation. Une infirmière le relaie, plateau de soins à la main. Je lui pose sans attendre la question lancinante.

— La greffe sur ma sœur a-t-elle réussi ?

— L'intervention s'est parfaitement déroulée, sans aucune complication.

— Quand saura-t-on si Flore va guérir ?

— D'ici à quinze jours. Montrez-vous confiant, tout ira bien.

Je ne connais que trop la doctrine d'optimisme des blouses blanches. Déjà, par la chimiothérapie, en trois mois, Flore devait se remettre sur pied.

— Ce soir, vous pourrez rentrer chez vous.

— Merci.

Elle me retourne sur le ventre, ôte mon pansement.

— Tout va bien. À midi, nous vous servirons un plateau-repas. Après une heure de repos et l'accord du médecin, vous pourrez nous quitter.

— Auparavant, pourrais-je visiter ma sœur ?

— Elle n'est pas encore réveillée. Vous reviendrez demain.

C'est plus long que je ne pensais. Noëlline a cours jusqu'en fin d'après-midi. Je me rendrai tout d'abord chez mon père. Papa sait-il que Flore n'est pas sa fille ? Nous devons nous parler, mais comment ? Dois-je l'avertir si je devine son ignorance ? De toute façon, ensemble, il nous faudra rencontrer maman ; je ne m'imagine pas l'embrasser dans le mensonge. Et Flore, qui doit lui révéler la vérité sur son vrai père ? Et mes grands-parents de Saint-Andéol ? Une horrible idée m'effleure : les parents de ma mère savaient-ils ? Comme elle, ils ont toujours fait preuve à l'égard de Flore d'une affection particulière, plus proche, plus chaleureuse qu'à mon égard à moi.

La porte s'ouvre et interrompt ma sieste. C'est papa. Il s'avance, se penche vers moi, m'embrasse.

— Je ne sais comment te remercier d'avoir sauvé Flore ; après le départ de ta mère, si j'avais perdu ma fille, j'ignore comment j'aurais pu vivre.

Ainsi, il ne sait pas, le médecin ne lui a rien révélé ; il est vrai que papa ne pouvant être le donneur, aucune exigence thérapeutique n'exigeait cette confidence.

— Merci papa.

Tandis qu'il demeure penché sur moi, je lui enserre la tête de mes deux mains, rapproche son visage du mien et l'embrasse une seconde fois. Jamais je n'avais d'aussi près observé ses yeux trop tristes, enfoncés tellement profonds.

— Comment vas-tu ? interroge-t-il.

— Ça va. Ce matin, après l'intervention, je ressentais une brûlure à l'endroit de la ponction, mais elle s'est apaisée. Le médecin va passer ; sauf contre-indication, je sortirai ensuite.

— Tu viens à l'appartement, je suppose ?

— Tu supposes bien. Ensuite, je me rendrai chez les parents de Noëlline. Demain, je reviendrai visiter Flore et puis prendrai le train pour mon retour à Châteauroux.

Parler du loup le fait sortir du bois. Un coup à la porte, c'est le médecin.

— Comment se porte notre donneur ?

Il se tourne vers papa.

— Bonjour monsieur.

— Bonjour docteur. Mon fils semble s'être bien remis, mais ma fille, comment réagit-elle ?

Complice, avant de répondre, il m'adresse un coup d'œil.

— Flore se réveille en ce moment. Demain, vous pourrez la visiter.

J'observe qu'à mon père il n'a pas énoncé « votre fille », mais Flore.

Comme l'infirmière ce matin, le médecin me retourne sur le ventre.

— Parfait. À présent, levez-vous, marchez.

Je m'exécute, me tiens droit, marche comme il y a vingt-quatre heures.

— Tout va bien. Vous pouvez rentrer chez vous.

Papa et moi lui offrons successivement la main.

— Merci docteur, merci pour Flore.

— Portez-vous bien, prenez soin de vous.

Durant ces vingt-quatre heures d'enfermement, je n'avais pas vu la pluie persister. De plus en plus fine, elle se transformait en bruine. Comme nous quittons le service et traversons le parking, un brouillard épais s'abat sur l'enrobé gris et les carrosseries sombres. Mon père philosophe :

— Nous quittons octobre pour novembre. Dans moins de deux mois, nous fêterons Noël. Je vis un double sentiment : une immense joie pour Flore, une profonde amertume pour le départ de ta mère.

— Regarde !

Deux silhouettes émergent du brouillard. Maman et son amant ont garé leur voiture à l'autre bout du parking, ils s'approchent de l'entrée du service mais ne nous aperçoivent pas. La première, ma mère nous remarque ; aussitôt elle accélère le pas et au bras de Cabrol nous rejoint papa et moi. Elle vient à moi, m'embrasse, larmes aux yeux, sans apparemment prêter attention à mon père. Ses bras s'agrippent à mes épaules.

— Vincent, mon petit Vincent, je ne sais comment te remercier d'avoir sauvé ta sœur.

De prononcer ce mot devant papa me révolte. Ce mensonge, je ne le supporte pas. J'explose. La colère n'est pas dans mon tempérament. Papa s'étonne, tente de me calmer :

— Vincent, je t'en prie ! Vincent, que t'arrive-t-il ?

Les paroles me montent à la gorge et je ne puis les retenir :

— Il arrive papa que maman a prononcé « ta sœur » pour Flore. Elle ment. Flore n'est que ma demi-sœur. Excuse-moi, papa, je vais te faire souffrir : elle n'est pas née de toi. De plus, pour préserver son secret, ne pas éclabousser l'honneur de sa famille qui lui tient tant à cœur, elle a mis en jeu la vie de Flore.

Sidéré, son regard atterré va de ma mère à son amant, puis à moi. Si le brouillard lyonnais ne contrariait pas mon père, peut-être exploserait-il.

— Je... je ne comprends pas.

— Maman t'a trompé, papa. Flore n'est pas ta fille.

Au moment où je prononce ces mots, le visage de Cabrol se fait plus pâle que la brume. Papa s'en aperçoit, se précipite sur lui, l'attrape à deux mains par les revers de son manteau, le secoue violemment.

— Salaud ! Triple salaud ! Moi qui te considérais comme un collègue loyal ! Je comprends à présent pourquoi tu te montrais si attentif à Flore, évidemment ta fille. Tu mériterais que je te casse pour de bon la figure et te laisse sur le carreau.

Papa le ferait ; il est beaucoup plus costaud que le petit Cabrol, malingre de surcroît. Brusquement, la ressemblance paraît, éclatante de vérité. Le visage de Flore surgit en mon esprit ; j'y lis la marque des traits de son géniteur ! Comment se fait-il que jamais cette ressemblance n'ait frappé mon regard ? Sans doute tant cela me paraissait impossible, inimaginable même ! Papa me semble plus bel homme que Cabrol. Pourquoi maman l'a-t-elle choisi ? Elle seule pourrait le confesser.

Et d'une vigoureuse bourrade, mon père rejette à six pas son rival. Cabrol glisse sur l'enrobé mouillé, s'étale ; maman court à lui, l'aide à se relever. Elle hurle à papa :

— Il faut que tu le saches, et toi aussi Vincent. Tu ne m'aimais pas comme je le désirais ! Sous ta robe d'avocat, tu as gardé ta blouse de paysan. Tu aurais dû demeurer à Saint-Andéol, parmi les vaches et les chèvres, les genêts et les pâtures, épouser une *payse*. Mes parents avaient raison, je me suis trompée sur toi. Regarde ce que tu as fait de notre fils ! Un charpentier alors qu'il aurait pu devenir un grand juriste, respecté de ses collègues et honoré par sa famille ! J'ai cru t'aimer, mais je ne t'aimais pas. Mathias m'aime, lui ; il a de l'ambition, gagne de l'argent, ne se satisfait pas à plaider de petites causes, à savourer sa tranquillité.

— Je ne veux plus te voir Carine, disparais. Cabrol ! Retire cette femme de ma vue ou je la gifle devant toi.

Cette femme, c'est ma mère ; pourtant, je ne me résous pas à prendre sa défense. Flore, à cause d'elle, a failli mourir. Si je n'étais pas son fils, je la jetterais à terre, comme papa a jeté Cabrol.

Ce dernier se relève, boite un peu, se tâte l'épaule gauche.

— Viens Carine, ma chérie, viens. Inutile de provoquer un esclandre.

En effet, des visiteurs s'attroupent. Mon père et moi nous engouffrons dans sa voiture, il démarre.

À peine passons-nous le portail que j'éclate en sanglots.

— Et pourtant, maman, c'est ma mère ! Flore, c'est ma sœur, même à demi !

— Pleure Vincent, pleure, ça fait du bien de pleurer. J'aimerais bien pouvoir pleurer moi aussi. Toute une vie gâchée. Si tu avais pu voir comme nous nous aimions, ta mère et moi ! Ce n'est pas possible, ce n'est pas possible ! Un tel gâchis n'est pas possible.

— Papa ?

— Oui ?

— Ne rentrons pas à l'appartement. Trop de souvenirs nous y attendent. Emmène-nous à la Croix-Rousse, chez les parents de Noëlline. Nous trouverons chez eux une vraie famille.

— Tu as raison. Mais comment ta mère a-t-elle pu ? Comment a-t-elle pu ? Et dire que je n'ai rien deviné ! Comment vais-je aimer Flore ? Toi, au moins, tu es son demi-frère ; de plus, elle te devra la vie. Mais moi, moi son père jusque-là ! Doit-elle savoir ?

— Dès sa guérison, il est préférable qu'elle l'apprenne de toi ; elle le saura un jour. La voilà entre deux pères !

Il faut bien tenir compte des réalités. Papa s'applique à conduire prudemment sur les rues mouillées, à ne pas se laisser surprendre par des flaques imprévisibles. Tandis que nous enfermons notre peine dans un triste silence, la maison des parents de Noëlline apparaît en bout de rue. La Croix-Rousse domine Lyon. Ici, la pluie ruisselle sur l'enrobé trop lisse. Papa ralentit, gare sa voiture contre le trottoir. À pied, nous entrons dans la cour, gravissons les marches de l'escalier jusqu'au perron, sonnons.

— Vous ?

Geneviève n'a pu entendre ni l'arrêt de la voiture ni nos pas sur les marches de l'escalier. Aussitôt, elle lit sur nos visages une indicible tristesse.

— Flore ne va pas bien ?

— Tout au contraire, l'intervention s'est bien déroulée. Nous lui rendrons visite demain.

— Pardon si je me répète, mais je lis sur vos visages que vous n'allez pas bien.

Du regard, j'interroge mon père.

— Excusez-moi, madame, mais je préfère que Vincent vous explique.

Je me lance, raconte tout. Au fur et à mesure des mots s'assombrit le visage de la mère de Noëlline ; lorsqu'elle sait, Geneviève tire à elle une chaise, s'y laisse choir.

— Eh bien ! Vous n'aviez pas besoin de ça ! Et Flore, vous l'avez informée ?

— Non. Lorsque nous nous sommes séparés sur le parking de l'hôpital, elle ne l'était pas ; ma mère et Cabrol lui ont-ils appris depuis, je l'ignore puisqu'elle dormait encore.

— Lui apprendrez-vous demain ?

— Si son état de santé le permet, oui, il le faut. Elle l'apprendra un jour. Pas question de lui mentir.

— Et toi, Vincent, que vas-tu faire ?

— Attendre Noëlline ce soir, visiter Flore demain puis repartir à Châteauroux où m'attend Besançon. À ce sujet, puis-je lui téléphoner ? Je devais rentrer ce soir. Savez-vous à quelle heure arrivera Noëlline ?

— C'est selon ; en général, vers les 18 heures.

— J'appelle Besançon.

— Et moi, je préviens Auguste de votre arrivée.

Le temps de retrouver le numéro sur mon carnet, je compose les chiffres.

— Allô ?

— Bonsoir maître, c'est Vincent.

— Tu te trouves déjà en gare de Châteauroux ?

— Non pas ; en ce cas, je rejoindrais à pied la maison des compagnons et ne vous dérangerais pas.

— Tu ne me déranges pas.

— L'intervention chirurgicale a nécessité davantage de temps que je ne l'imaginais. Je ne rentrerai que demain. Excusez-moi.

— Comment se porte ta sœur ?

— Nous le saurons demain matin ; j'irai la voir et aussitôt ensuite prendrai le premier train.

— Très bien.

— Merci maître. Où en sera la couverture du toit de Clavières ?

— Bien avancée. Si tu es là demain, tu la découvriras. À propos, concernant la visite pour samedi et dimanche de Jupiter la Croix-Rousse et sa famille, c'est toujours d'actualité ?

— J'entends les pas de Jupiter. Je vous le passe.

Leur conversation ne me regarde pas, et encore moins mon père. Papa et moi quittons l'entrée où se trouve le téléphone pour nous isoler dans la salle à manger. Lorsque les parents de Noëlline ont fait construire leur maison dans les années 70, lui n'était encore que petit artisan et point n'était question de salon.

Geneviève nous rejoint.

— Lorsque deux compagnons de la même coterie[1], de la même cayenne et de la même réception se retrouvent, c'est comme pour les anciens combattants, ils n'en finissent plus de se parler.

— Bonsoir !

La porte s'ouvre et c'est Noëlline. Ses cheveux noirs mouillés lui donnent un air de circonstance.

---

1. *Coterie : appellation qu'utilisent entre eux les compagnons de même métier.*

Je me lève, nos mains nous enserrent l'un contre l'autre et nos lèvres se retrouvent.

— Ils font plaisir à voir, dit mon père à Geneviève.

— Oui, ils s'aiment en amoureux.

Nos yeux se connaissent trop pour pouvoir prétendre à cacher quoi que ce soit.

Elle se recule, scrute mon regard.

— Qu'as-tu ? C'est Flore ?

— Oui, mais pas pour ce que tu crois.

Et à nouveau, j'avoue tout.

— Eh bien !

Elle me prend par la main, m'entraîne vers le canapé, s'assoit tout contre moi.

— Mon pauvre amour ! Je comprends à présent pourquoi ta mère ne m'aimait pas ; sa conscience lui faisait refuser notre amour. C'est bien connu, les gens qui ne marchent pas droit ne supportent pas la droiture chez les autres.

Elle dévisage mon père.

— Voilà pourquoi également elle refusait vos parents et l'Ardèche.

— Votre cœur, Noëlline, est si transparent qu'il vous laisse tout deviner. Avec vous, je suis tranquille, Vincent sera heureux.

— Auguste et moi en sommes persuadés !

Pour confirmer leurs dires, j'attire Noëlline contre moi et l'embrasse tendrement.

La conversation entre Besançon et Auguste se termine ; nous l'entendons raccrocher le combiné du téléphone. Son pas se fait entendre sur les carreaux du couloir.

Comme souvent les hommes solides, Auguste cache sous son énergie une grande sensibilité. Sitôt parmi nous, il perçoit notre embarras.

— Qu'y a-t-il ?

Mon père se lève, lui serre la main, explique le drame comme s'il s'agissait d'une affaire d'homme à homme. Auguste ne dit rien, mais passe le bras autour de l'épaule de sa femme. Tous les deux se sourient, semblent vouloir conjurer ainsi pareil malheur pour eux et plus encore pour nous.

Du coup, Auguste ne demande pas de nouvelles de Flore, c'est Noëlline qui lui en donne.

— Ainsi, dit-il en me regardant, tu auras sauvé ta sœur.

Aussitôt, il regrette ce mot, inapproprié désormais.

— Pardonne-moi, Vincent. Excusez-moi, monsieur.

— De toute façon, Flore sera toujours ma sœur, encore davantage maintenant qu'elle et moi partageons la même substance.

Mon propos naturaliste amène le sourire sur les lèvres de mon père.

— On ne peut avoir aimé sa fille seize ans durant et cesser de l'aimer. Flore sera toujours ma fille.

— Tu as quelque chose à dîner ? Nous n'allons pas les laisser repartir.

— J'y pensais également. Rassure-toi, je prévois toujours les imprévus !

— Je ne refuse pas votre invitation. Me retrouver seul ce soir m'aurait été difficile.

— Pour ces situations, des amis autour d'une bonne table, rien de mieux !

Auguste descend à la cave, en remonte tenant à la main une bouteille de brouilly.

— Ce sera un mâchon de canuts, annonce Geneviève. Rien de chaud. Salade de museau, charcutailles à la planche, chèvretons du Beaujolais et tarte aux pommes. J'en prépare toujours une d'avance, au cas où.

Geneviève, Auguste et Noëlline sans arrêt durant le casse-croûte relancent la conversation, font en sorte de nous distraire du drame de la journée. À 10 heures du soir, il me souvient que je sors de l'hôpital et que le lendemain la journée sera chargée ; visiter Flore, puis retourner à Châteauroux et peut-être à Clavières.

— À propos de Châteauroux, précise Auguste, je vous confirme que Besançon et sa femme nous attendent samedi.

— Nous y serons. Cependant, Vincent, ne crois-tu pas que Flore aura besoin de ta visite ?

— Je lui en parlerai. Si elle va mieux, je préfère lui réserver ma prochaine fin de semaine.

— De toute façon, je serai près d'elle, ajoute papa.

— Et toi, Noëlline, interroge sa mère, où dors-tu ce soir, à présent que tu as deux familles ?

Elle me consulte d'un regard.

— Je préfère avec Vincent raccompagner son père.

Dans la voiture, assis sur le siège arrière, Noëlline et moi nous serrons fort la main. J'observe la nuque de mon père, y discerne des petits cheveux blancs que je ne lui connaissais pas. Que va-t-il devenir ?

À même pas 11 heures du soir, en semaine, le quartier Saint-Jean paraît presque campagnard. Cette vision me ramène à Saint-Andéol. Comment papa va-t-il prévenir ses parents, eux pour qui un tel drame est réservé aux autres familles ?

À peine avons-nous pénétré dans l'appartement, où se devine l'absence de ma mère, que papa s'immobilise dans le vestibule, examine les meubles et les tableaux accrochés aux murs.

— Je vais vendre, m'établir ailleurs. Trop de souvenirs s'imprègnent ici. Si je veux pouvoir repartir, il me faudra aller planter ma tente ailleurs.

— Bonsoir papa, essaie de dormir. Nous reparlerons de ça demain.

Nu entre les draps, je serre contre moi le corps chaud de Noëlline.

J'avais pris la précaution d'enclencher le radio-réveil. À 7 heures, il sonne. Noëlline a cours ce matin ; je vais l'accompagner, puis me rendre à l'hôpital prendre des nouvelles de Flore et si possible la rencontrer. Ensuite, direction gare de Perrache où je grimperai dans le premier train pour Châteauroux. Peut-être en existe-t-il un que j'ignore ?

Papa s'est levé beaucoup plus tôt que nous. Sur la table de la cuisine s'offre un paquet de papier boulanger d'où débordent ficelles de pain doré et viennoiseries. Le parfum du café chaud qui passe dans la cafetière emplit la cuisine. Viviane n'arrivera qu'à 8 heures.

— Bien dormi les enfants ?

Malgré la douche, Noëlline et moi paraissons avoir encore sommeil.

— Oui, mais sans le radio-réveil, nous restions facilement une heure de plus sur l'oreiller. Et toi, papa ?

— Peu ; en revanche, j'ai beaucoup réfléchi. Je ne me vois pas m'acharner à déambuler dans le palais de justice et à fréquenter le barreau où je croiserai quasiment tous les jours ta mère avec Cabrol. Je vais proposer à mes associés le rachat de ma part du cabinet. J'ai cinquante ans, il est encore temps d'une nouvelle vie. Je n'étais pas fait pour la ville ; malgré ma réussite professionnelle, j'ai toujours senti couler dans mes veines le sang paysan de mes aïeux. Ton grand-père Hippolyte, pour mon bien, comme le proclament tous les parents qui s'opposent à la vocation de leur enfant, m'avait poussé à étudier et m'installer à la ville. Voilà la cause profonde du départ de ta mère, elle l'a dit hier soir. De fait, je suis un paysan ardéchois. Rappelle-toi la chanson de Jean Ferrat : « Ils quittent un à un le pays pour s'en aller gagner leur vie... » Je n'aurais pas dû quitter Saint-Andéol-de-Fourchades, le pays de mes ancêtres, de notre aïeul qui partit en Amérique sur *L'Hermione* avec La Fayette. Toi, avec ton projet de charpentier de marine, tu retrouves notre histoire ; je te l'avoue : tu t'es montré plus courageux que moi en refusant de dire « oui ». Tes grands-parents possèdent de belles terres, de larges prairies, des forêts de châtaigniers indemnes de maladie. Après eux, que deviendra tout cela ? Je vais le reprendre à mon compte, l'exploiter et le faire vivre. Dès que je serai assuré du rétablissement de Flore, je me rendrai à Saint-Andéol pour préciser tout cela.

Terminé le costume et la cravate ; à nouveau la chemise à carreaux et le pantalon de velours !

Durant tout son discours, Noëlline et moi ne pipons mot. Pour la première fois, je vois papa soulagé et décidé. Le départ de maman l'aurait-il libéré ?

À l'hôpital, compte tenu des circonstances, le médecin accède à ma demande de pénétrer dans la chambre de réveil où Flore dort encore. C'est toujours le matin et, comme la fenêtre de sa chambre s'ouvre à l'est, l'infirmière a levé le volet. Après la violente pluie d'hier, un doux soleil de novembre éclaire le petit visage trop pâle. Les toits de Lyon aux tuiles encore mouillées se sèchent doucement. Ma sœur – pour moi elle l'est et le sera toujours – sommeille ; je m'assois et la couve des yeux.

« Repose-toi, petite sœur, repose-toi », me dis-je.

Je demande au médecin :

— Comment va-t-elle ?

— L'intervention s'est bien déroulée ; à présent, il nous faut attendre.

Flore et ceux qui l'aiment attendent depuis si longtemps !

— Attendre ?

— L'assurance que la greffe est bien acceptée par son organisme, qu'il ne se manifeste aucun phénomène de rejet.

— Combien de temps environ ?

— Une quinzaine de jours. Disons deux semaines.

— C'est parfait. Je serai libre. Je reviendrai.

Flore nous a entendus, ses paupières se soulèvent, elle s'éveille. J'aimerais tant l'embrasser. Hélas, toujours sans aucune défense naturelle, son espace stérile derrière la vitre lui est plus que jamais nécessaire. Je scrute le visage trop pâle qui émerge du drap blanc.

— Bonjour Flore. Tu ne souffres pas trop ?

Sa petite voix est presque imperceptible. En revanche, elle me sourit.

— Ça va.

Même si la greffe réussit, son organisme demandera encore du temps avant d'être à nouveau suffisamment immune. Péniblement, elle lève sa main vers mon visage comme pour malgré la vitre caresser ma joue. Sans forces, son bras retombe sur le drap.

— Je vous demande pardon, mademoiselle, mais vous devez encore éviter tout effort. Je vous laisse, une autre patiente m'attend. Monsieur, ne demeurez pas davantage qu'un quart d'heure. Votre sœur a besoin de repos. En revanche, puisque vous devez vous absenter, vous pourrez désormais lui téléphoner quand vous le souhaiterez.

Le médecin et moi nous comprenons. Détenteurs du même secret, je lui sais gré d'avoir prononcé « votre sœur ».

— Merci docteur.

Sa mission accomplie, il me sourit, me tend la main et sort.

— Tu vas repartir ?

— Oui, tout à l'heure, pour mon travail. Besançon m'a autorisé à le quitter dès l'appel du médecin, mais je me défends d'abuser. Je voulais te dire aussi : j'ai entrepris mon chef-d'œuvre, ton cadeau de guérison. Noëlline et ses parents me rendront visite à Châteauroux samedi et dimanche. Elle photographiera le piano de George Sand sur lequel jouait Chopin. Dans deux semaines, lorsque tu seras rétablie, elle te remettra la photo.

— Merci, me répond-elle de sa trop faible voix mais dans un grand sourire.

— De toute façon, tu recevras des visites : papa, maman, sans doute maître Cabrol si soucieux de toi, et Noëlline bien sûr. Tu sais, à présent, je suis certain de ta guérison. La Providence est revenue vers toi. Jamais je n'ai douté.

— Tout cela n'a plus d'importance.

Sur mon visage, elle attarde son regard.

— Vincent, je veux te confier un secret. Pendant toute ma maladie, tu as été de tous le plus gentil avec moi. Je pensais à toi souvent, attendais chaque jour le téléphone du soir. Je ne suis pas étonnée que ce soit toi qui m'aies sauvée. Je ne l'oublierai jamais.

Elle tente de se soulever pour m'embrasser.

— Holà ! Que fais-tu ? Si le médecin te voyait !

— Si seulement il nous autorisait bientôt !

Bientôt ! La crainte me revient que j'avais oubliée ; dès que Flore sera guérie, il va falloir lui apprendre la vérité. Qui va lui révéler ? Papa ou bien maman ? Comment va-t-elle la recevoir ?

Nous avons oublié le quart d'heure mais un coup sur la porte nous le rappelle.

— Je vais devoir te quitter.

— Tu me téléphoneras ce soir ?

— Oui, petite sœur, comme tous les soirs. Repose-toi, prends soin de toi.

À travers la vitre infranchissable, du bout des doigts, nous nous adressons un baiser.

Dans le hall de la gare de Perrache, je consulte les horaires affichés. La chance est avec moi ; un express part à 13 h 12, arrive à 17 h 20. N'utilisant que les trains du soir, je l'ignorais. Il me laisse le temps de manger un sandwich, de boire une bière. La dernière gorgée avalée, le train est annoncé.

Sitôt sorti de Lyon, je découvre un paysage inconnu, ne connaissant jusqu'à présent que la ligne de nuit. La campagne respire la pluie d'hier et parfois sur les prairies et les champs encore mouillés je surprends des assemblées de pies et de corbeaux ; à les voir lever le bec, je les imagine se gaver d'imprudents vers de terre. Je pense à papa, à son projet de retour au pays ; à partir de ce soir, je ne téléphonerai pas seulement à Noëlline et à Flore, mais à lui. Et ma mère, m'appellera-t-elle ? Elle en aurait pourtant des choses à me confier ! Si elle ne le fait pas, je lui téléphonerai au bureau. Elle ne m'a pas tout dit. Quitte à la harceler, je veux savoir.

Je sommeille lorsque j'entends : « Châteauroux » ! 17 h 20 ! Il n'est pas trop tard ; d'ordinaire, à cette heure, lorsque je rentre du chantier de Clavières, je me rends à l'atelier où m'attendent les premières pièces de mon chef-d'œuvre. De la gare à l'entreprise de Besançon, je marche vite. Il n'est pas dans son bureau. Je me dirige vers l'atelier, me change, revêts ma salopette bleue, reprends mon ouvrage où je l'avais laissé, c'est-à-dire au découpage de la deuxième panne. Ici, dans le pays berrichon, le bois de chêne se révèle décidément le meilleur pour la charpente. Il ne vaut pas le châtaignier, c'est sûr, mais je ne suis pas en Ardèche et les aïeux de George Sand avaient construit leur château de Nohant en utilisant les chênes de leurs forêts. Totalement absorbé par le va-et-vient de la scie, je n'ai pas perçu la présence de Besançon entré subrepticement dans l'atelier. Il est vrai que la réalisation du chef-d'œuvre demande au compagnon une telle concentration d'esprit qu'il n'entend plus rien autour de lui.

Trop respectueux de l'ouvrage d'autrui, il se garde du moindre bruit pour m'épargner toute distraction. Besançon ne se pardonnerait pas de m'obliger par sa faute à recommencer une pièce. Ayant achevé de scier jusqu'au bout de mon trait, je me relève et découvre sa présence. Je pose ma scie égoïne sur l'établi, lui tend la main.

— Bonsoir maître, je ne vous avais pas entendu.

— C'est heureux ! Tu n'aurais pas été très concentré sur ton travail. Tu entreprends la deuxième panne, je vois.

— Vous voyez bien. Mon train arrivait à 17h20. Je suis venu aussitôt à l'atelier rattraper le temps perdu.

— Très bien. Dis-moi, comment va ta sœur ?

— Selon le médecin, l'opération de la greffe s'est bien déroulée. Pour savoir si elle a pris, il conviendra d'attendre deux semaines. À propos, pressé comme je l'étais, je ne vous ai pas assez remercié de m'avoir autorisé à m'absenter.

— C'était bien normal.

— Demain, je remercierai encore une fois la dame de Clavières. Je vous transmets le bonjour d'Auguste et de Geneviève ; comme vous en êtes convenus au téléphone avec Jupiter, ils arriveront samedi midi avec Noëlline.

— Parfait.

— Où en est le chantier de Clavières ?

— Je te l'annonçais hier au téléphone ; malgré la pluie, il a bien avancé. Nous avons eu raison de bâcher. Sauf imprévu ; la toiture sera achevée fin de semaine prochaine. Nous pourrons ensuite retourner à Nohant et y entreprendre la réfection du toit de la chapelle.

Il regarde sa montre.

— 18 heures. Tu disposes de temps pour avancer ton ouvrage. Je te laisse. À demain.

— Bonsoir maître.

Je fixe la panne sur l'établi, saisis mon rabot, aplanis jusqu'à les effacer les morsures de la scie.

— Bonsoir Vincent.

Colette la bienvenue me surprend dans l'entrée de la maison des compagnons.

— Bonsoir mère.

— Besançon m'a tenu informée. Je ne voulais pas manquer de vous féliciter pour le don à votre sœur. Comment va-t-elle ?

— En son état, aussi bien que possible. Il faut attendre le résultat de la greffe. Pour le reste, je ne me suis posé aucune question. N'importe quel frère aurait fait cela pour sa sœur.

— C'est très bien quand même.

— Merci. Je monte à ma chambre pour être propre au dîner.

À table, mes copains m'interrogent de même. Mon absence de trois jours les a questionnés. Je m'explique en trois mots.

— Et vos chefs-d'œuvre, ils avancent ?

— Nous sommes en plein ouvrage. Et toi ?

— Moi de même. Je dois l'avancer au maximum pour partir à Rochefort cet été. Je le terminerai là-bas pour la réception en 1999. À présent, je possède bon espoir de m'y faire embaucher.

Je n'en révèle pas davantage. Il s'agit pour moi de préserver la proposition de M. Sauzaie, le conseiller de Nohant.

Dès la table desservie, je quitte la maison, rejoins la brasserie. Téléphoner à Flore, puis à mon père et enfin à Noëlline mobiliserait trop longtemps la cabine. Sur ce plan, les aspirants compagnons ont sans doute apprécié mon absence. Place des Halles à Châteauroux, je suis maintenant bien connu à la brasserie. Je commande une pression, m'installe dans la cabine avec mon verre moussu.

— Flore ?

— Bonsoir Vincent. Tu as trouvé un train ?

— Parfaitement, et plus tôt que prévu. Dis-moi, petite sœur, je perçois mieux ta voix ?

— Merci de vouloir m'encourager ! Mais je ne m'entends pas parler. Papa est venu, puis maman et son ami Cabrol. Ils ne me l'ont pas fait remarquer. J'ai trouvé papa bien triste, il me paraissait taire quelque chose. Tu l'as remarqué, toi ?

Je ne veux pas mentir, mais me refuse à tout dire.

— Il rumine des projets quant à son cabinet.

— Des projets ?

— Interroge-le la prochaine fois. Et maman, comment va-t-elle ?

— Je l'ai ressentie soucieuse elle aussi. Décidément, heureusement que tu es là, les parents ne me remontent guère le moral. Ah ! Je t'annonce enfin une bonne nouvelle ; je retrouve un peu d'appétit et recommence à manger. L'infirmière m'a ôté ma perfusion.

— Bravo ! Tu vois, je te le disais ce matin, la Providence veille sur toi.

— Excuse-moi, l'infirmière me fait signe, le quart d'heure est terminé. Je dois me reposer.

— En ce cas, bonsoir petite sœur. Je suis heureux pour toi. Dors bien. À demain soir.

J'appelle papa à l'appartement ; au cas où il ne serait pas rentré, je téléphonerai au bureau. Je perçois le déclic de l'écouteur, mon père a quitté son cabinet.

— Papa ?

— Bonsoir Vincent. Je suis passé voir Flore, elle m'a raconté ta visite de ce matin. Elle me semble aller mieux. Je reprends espoir.

— Elle et moi venons de nous parler au téléphone, c'est exact. En revanche, Flore te reproche ainsi qu'à maman de vous montrer tous les deux tristes et soucieux. Par vos mines, vous ne l'aidez guère à retrouver le moral. Pour te justifier, je me suis permis d'évoquer le souci d'un projet de modification au sein de ton cabinet. Je n'en ai pas dit davantage, mais il fallait bien trouver une explication sans toutefois mentir. Fais un effort en sa présence, plaisante, montre-toi de bonne humeur. Comment veux-tu qu'elle se persuade de sa guérison si elle te perçoit triste ?

— Tu as raison, je ferai un effort.

— As-tu croisé maman ?

— Non, pourquoi ?

— Elle est venue visiter Flore avec Cabrol. Vous devriez vous rencontrer pour vous mettre d'accord quant à l'annonce de votre séparation. Il le faudra bien un jour. Téléphone à maman.

— Je ne pense qu'à cette épreuve, c'est pour cela que je me ronge les sangs. Mets-toi à ma place de père : annoncer à ma fille qu'elle ne l'est pas, tu t'imagines ?

— À mon avis, il faut laisser à Flore le temps de la guérison pour mieux en supporter le choc. Profite de ce délai pour rencontrer maman et accorder vos violons. À propos, ton projet en Ardèche, il tient toujours ?

— Absolument. Ce week-end, je me rends à Saint-Andéol l'annoncer à tes grands-parents.

— Parfait. Je te laisse pour appeler Noëlline.

— Embrasse-la pour moi. Prends-en soin. La vie t'a donné la chance de l'avoir rencontrée.

À propos de vie, celle-ci m'attribue un rôle bien imprévu à jouer entre mes parents dont volontiers je me serais passé.

— Bonsoir.

Je reconnais la voix de Geneviève.

— Ah, c'est Vincent ! Noëlline arrive. Bien rentré ?

— Parfaitement. J'ai trouvé un train plus tôt qu'espéré.

— Bonsoir mon amour. C'est gentil de m'appeler. J'allais me mettre au lit.

— J'aimerais m'y glisser avec toi !

— Grand coquin ! Comment va Flore ?

— Aussi bien que possible. Elle semblerait retrouver à la fois la voix et l'appétit.

— Je passerai la voir mercredi prochain.

— Fais-la rire. Elle se plaint de la tristesse de mes parents. J'ai tenté de les excuser.

— Ça ne sera pas facile. Papa me demande si tu as vu Besançon ?

— Oui. Tout à l'heure, il m'a rejoint à l'atelier. Je voulais profiter de la soirée, avancer mon chef-d'œuvre. Comme convenu, lui et sa femme nous attendent tous les quatre samedi. Demain, je retrouve le chantier de Clavières. Je remercierai la châtelaine.

— Je ne la connais pas, mais j'ai comme l'impression qu'elle t'a pris sous son aile. À moins que tu ne lui aies tapé dans l'œil !

— Jalouse ! Vu la différence d'âge ! Elle pourrait être ma mère.

— Naïf. Tu ne connais guère les femmes. Un beau jeune homme comme toi !

— Il est vrai que je n'aurais pas perdu au change si elle avait été ma mère ; je le lui ai confié, d'ailleurs.

— Tu vois !

— Arrête de te moquer.

— Je t'aime. C'est pour cela. Que vas-tu faire, à présent ?

— Comme toi, me glisser seul entre mes draps ! Je t'embrasse petit amour, à demain pour le téléphone du soir.

— Dors bien.

— Fais de beaux rêves.

J'imagine mes lèvres sur elle, au creux du cou, suivre la courbe de son épaule.

— Bigre ! En trois jours, vous avez bien avancé.

À travers la bordure de marronniers dénudés par novembre et dont les feuilles roussies tapissent le chemin sur lequel nous roulons, j'aperçois par le pare-brise les toitures du château. Le corps central a retrouvé ses ardoises, il reste à couvrir la tour hexagonale de gauche et celle carrée à droite. Le soleil de novembre sèche les ardoises et c'est heureux, voire indispensable. Compte tenu du degré de leurs pentes, couvrir ces tours requiert bien sûr de s'encorder mais encore davantage un temps sec. Dans la cour, sitôt descendu, la châtelaine s'avance sur le perron. Elle nous a vus venir et veut prendre de mes nouvelles.

— Bonjour madame.

Elle me tend la main. Je la lui serre, n'ayant jamais pu me faire au baisemain.

— Bonjour Vincent. Alors ?

Le mari nous rejoint.

— Pour le moment, tout se passe bien. Je voulais vous remercier de ce que vous avez fait pour moi et au-delà pour Flore.

— C'est la moindre des choses. De plus, comme convenu, gardez la moto le temps qu'il vous faudra.

— Encore merci, madame.

Je lève la tête, examine en détail les deux tours.

— Vos camarades ont bien avancé le chantier, me confirme le châtelain, mais il reste le plus délicat avec les tours.

— Selon Besançon, tout pourra être terminé fin de semaine prochaine si le temps le permet. Au travail.

— À tout à l'heure. Soyez prudent.

La grue soulève la première charge d'ardoises. Par la grande échelle, accompagné d'un camarade, je me hisse jusqu'à la panne sablière de la tour hexagonale ; nous montons ensuite sur les voliges, enroulons les cordes autour de la noue. Il ne nous reste alors qu'à s'encorder tels des alpinistes. Malgré nos semelles antidérapantes, il ne s'agirait pas de glisser puis tomber.

Le souci de Flore suffit à ma famille. Si Noëlline me voyait ! Je serre plus fort le nœud de ma corde. Ardoise par ardoise, nous recouvrons les voliges, progressons rang par rang de la base aux six faces de la première tour. Vers midi, la pente se trouve environ recouverte d'un bon tiers.

— Regarde qui nous rejoint ! me fait remarquer mon camarade couvreur.

Effectivement, je reconnais sur le chemin l'Estafette de Besançon ; il n'a pu s'empêcher de venir déjeuner avec nous. C'est son habitude. Ses équipes travaillent à la fois sur plusieurs chantiers et il aime à les rencontrer, s'assurer du travail, prendre l'ambiance, casse-croûter avec elles. De fait, Besançon la droiture regrette de n'être plus simple compagnon de terrain, travaillant comme nous les outils à la main entre ciel et charpente. Sitôt descendu, il lève vers nous la tête.

— Soyez prudent. Les voliges sont-elles sèches malgré la pluie de l'avant-veille ?

— Parfaitement, nos semelles antidérapantes adhèrent bien et nous sommes encordés.

— Je vous rejoins. Cela fait des années que je ne me suis plus aventuré sur le toit d'une tour.

— S'il vous plaît, montrez-vous prudent !

— Rassure-toi, la volige sur laquelle Besançon glissera n'est pas encore clouée !

Le maître est robuste, vif et agile ; pour cela, arrivé à la cinquantaine, il se refuse à n'avoir plus vingt ans. Il grimpe comme un écureuil aux barreaux de l'échelle, nous rejoint sur la panne. La châtelaine a entendu l'arrivée de la voiture, est sortie. Sur le gravier de la cour, elle observe.

— Faites attention, monsieur, ce n'est plus de votre âge !

Sans chaussures adéquates, sans s'encorder, s'assurant de ses seules mains, il nous rejoint.

— Aahaahh !

Que s'est-il passé ? À son hurlement d'effroi, mon camarade et moi nous nous retournons, horrifiés. Besançon pend dans le vide, accroché à la panne, de ses seules mains. Je repère un autre cri, celui de la châtelaine qui, toujours vêtue de son tailleur, et d'une force insoupçonnée, a déplacé la lourde échelle métallique en la retournant sur elle-même jusqu'à en placer le dernier barreau sous Besançon. Je descends en rappel jusqu'à la panne, saisis de la main droite celle du maître, ma gauche serrée à outrance autour de la corde.

— Ohoohh !

D'une traction dont je ne me croyais pas capable, je le hisse jusqu'à la panne sur laquelle il se rétablit. Déjà, la dame de Clavières touche au sommet de l'échelle ; elle s'apprêtait à saisir les pieds de Besançon pour les poser sur le barreau. Nous voyons débouler sur la cour un cavalier au grand galop. Sans doute, rentrant de sa promenade matinale, a-t-il entendu le cri de Besançon. Debout face à la pente, la main du maître reste serrée dans la mienne. Nos regards se toisent, se pénètrent profondément. Face à face, dans nos yeux devenus transparents, nos deux vies se font écho.

— Désormais, Vincent, c'est entre nous à la vie et à la mort. Je le proclamerai le jour de ta réception. En revanche, promets-le-moi : pas un mot à ma femme, ce serait l'engueulade assurée !

— Promis, maître. Parole d'homme !

Et nos mains se desserrent.

Tout à l'heure, pas encore attablés pour le casse-croûte de midi, nous voyons madame et monsieur nous rejoindre ; lui tient le seau d'argent où reste au frais la bouteille de champagne ; sur le plateau, madame porte les flûtes.

Les téléphones du soir m'encouragent. La voix de Flore se raffermit ; elle me semble se rapprocher de celle d'avant sa maladie ; papa, toujours décidé, s'apprête à rencontrer ses parents à Saint-Andéol, Noëlline et les siens me rejoindront demain comme prévu.

La maison de Besançon se situe sur les bords de l'Indre. Lui et sa femme nous y ont donné rendez-vous en fin de matinée. Pour avancer mon chef-d'œuvre, je me lève tôt, me rends à moto à l'atelier. Vers 11 h 30, je range mes outils, rejoins la maison des compagnons, me change, effectue un brin de toilette, démarre. Ayant rejoint la demeure du maître, j'aperçois garée dans la cour la voiture de Jupiter. Besançon, son épouse Léone, Noëlline, Auguste et Geneviève s'entretiennent, examinent la propriété que leur décrit le maître. C'est une belle villa plantée sur un terrain dont la verte pente douce encore mouillée descend jusqu'à l'Indre. J'y aperçois une barque arrimée à un peuplier. Besançon ne m'avait pas révélé son goût pour la pêche mais, après tout, cela ne me regarde pas. Je descends de moto, Noëlline vient à moi et nous nous embrassons d'un bécot tendre sur les lèvres. Je salue Léone que me présente Besançon, canne de compagnon à la main pour accueillir Jupiter ; j'embrasse Geneviève, serre la main d'Auguste, tenant lui aussi sa canne enrubannée. Souvenir d'hier ? Besançon me gratifie d'un clin d'œil complice.

— Si tu étais arrivé une minute plus tôt, tu aurais vu comment se saluent deux compagnons du même devoir[1] ! Mais nous n'allons pas recommencer. Je t'apprendrai cela le jour de ta réception. Au fait, tu devrais déjà réfléchir à la décoration de ta canne. Si tu es reçu en juin, six mois ne seront pas de trop !

— Comme vous y allez ! Je me dois d'abord à mon chef-d'œuvre.

— Les deux vont de pair. Un jour, sans que tu y penses, la forme de ta canne te viendra à l'esprit.

Léone doit bien connaître le monde des compagnons. Si elle laisse parler les deux hommes, ils en auront pour la journée et nous ne déjeunerons pas.

— Eh bien, entrez, nous n'allons pas rester dehors.

C'est la demeure du charpentier. Tout a été fait des mains de Besançon. Outre la charpente qu'il nous fait découvrir au grenier, il a menuisé lui-même parquet, cage d'escalier, portes, fenêtres, manteau de cheminée taillé dans une vieille poutre.

— Je l'ai récupérée dans un castel destiné à la démolition. Elle date du XVIIe siècle. Vous rendez-vous compte ? Elle a pu connaître les mousquetaires !

Sur le manteau trône un magnum vidé de son champagne ; à l'intérieur, un escalier tournant.

1. *Devoir : ensemble des mythes, des rites et des règles, propres à tel ou tel métier affilié au compagnonnage.*

— Plusieurs centaines d'heures de travail. À la fin, le manche de mon outil finissait par prendre la forme de ma main ! C'est l'un de mes nombreux chefs-d'œuvre, je l'ai réalisé pour le plaisir.

Un parfum de cendres chaudes fleure bon dans la salle à manger où nous attend une table bien dressée. Sur les braises de l'âtre, le chêne sec brûle en flammes claires. Tous, nous offrons nos paumes à leur douce chaleur en ce temps de novembre.

Léone a préparé un succulent déjeuner arrosé des meilleurs vins de pays. Inévitablement, la conversation vient sur Noëlline et moi-même.

— Ainsi, après ta réception, vous allez partir pour Rochefort ? C'est décidé ?

— Participer à la reconstruction de *L'Hermione* hante depuis longtemps mes rêves. L'un de mes aïeux a travaillé comme charpentier à sa construction pour l'expédition de La Fayette en Amérique à laquelle il a participé et dont il est revenu. Mes grands-parents détiennent les lettres qu'il écrivait à sa famille. Figurez-vous qu'à Nohant vit l'homme en charge du château. L'un de ses amis eut l'idée de cette reconstruction ; sans le savoir, je surpris leur conversation en visitant le musée de la Marine à Rochefort. Depuis, je savais que ma vocation serait la charpente navale pour la renaissance des grands voiliers d'autrefois.

— Et vous, Noëlline, dans tout cela ?

— Moi ? Je suivrai Vincent. Il existe un institut de soins infirmiers à Rochefort, j'y poursuivrai mes études plutôt qu'à Lyon, c'est tout.

— Et vous allez pouvoir trouver le temps de vous marier, dans tout cela ?

Petit amour me regarde, me prend la main :

— Bien sûr, quand le temps sera venu. Sur son lit d'hôpital, Flore nous a fait promettre de nous aimer toujours. Nous tiendrons cette promesse.

Un silence se fait, personne ne parle de ma sœur ; Auguste et Geneviève s'observent. Besançon et Léone ignorent la séparation de mes parents. Je pense à mon père qui à cette heure doit se retrouver à Saint-Andéol et tout confier à mes grands-parents. Pourquoi cacher, quand tout se saura ?

— Et puis compte tenu des circonstances, il n'est pas plus mal de s'éloigner en ce moment.

Je surprends un regard échangé entre Léone et Besançon.

— Si ce n'est pas indiscret, quelles circonstances ? interroge celui-ci.

Noëlline parcourt mon visage, m'encourage :

— Le mieux est de le dire, tu te sentiras mieux.

— Merci.

D'un trait, tout se dévide. Besançon me considère.

— Je me retenais mais, depuis ton retour hier soir, en dépit de ton assurance sur la greffe de

Flore, je te sentais inquiet. Tu aurais dû m'en parler, dire les mots, cela soulage. Nul ne connaît l'avenir ; mais sachez tous les deux que notre porte demeure ouverte. Vous êtes ici chez vous. Nos deux grands enfants sont mariés ; nous avions réservé l'une de leurs chambres à Auguste et Geneviève, disposez de l'autre.

Nous veillons les pieds dans l'âtre à regarder jouer les flammes. Sitôt la dernière bûche effondrée sur les braises, Besançon porte la main devant sa bouche.

— Excusez-moi les enfants, mais le sommeil me prend. Demeurez si vous voulez.

— Nous te suivons ; venant de Lyon, le réveil ce matin a sonné tôt.

— Bonsoir les amoureux.

Du coup, Noëlline et moi demeurons seuls devant l'âtre. Je saisis l'une des bûches empilées dans la niche, la pose sur les braises qui aussitôt l'embrasent. Noëlline pendant ce temps se lève pour éteindre les lumières. La salle se réduit à celles du rougeoiement du feu vif et des brandons ardents. Tous les deux, dans ce halo, nous nous asseyons, enlacés face aux flammes sur le moelleux du canapé.

— Ne trouves-tu pas que nous sommes bien ?

— Oui, c'est notre première veillée les pieds dans l'âtre.

Noëlline sourit, ôte ses chaussures, présente ses pieds à la bûche enflammée.

— Tu vas brûler tes bas. Attends.

Une à une je lui soulève les jambes, fais glisser ses bas. Comme la bûche sur le feu, mon cœur s'embrase. Je jette les bas au loin, me penche, promène mes lèvres sur ses cuisses. Comme ma bouche monte plus haut, que les pulpes de mes doigts se montrent entreprenantes, Noëlline me murmure à l'oreille :

— Je t'en prie ; nous n'allons pas savoir nous arrêter… Si quelqu'un survient ?

— Viens.

Je la prends dans mes bras, la porte dans notre chambre, d'un tour de main la déshabille, ouvre le lit et l'allonge nue entre les draps.

Le silence nous réveille. Malgré les volets fermés, une douce clarté chasse la nuit de la chambre, éclaire les cheveux sombres de Noëlline aux boucles étalées sur ses épaules laiteuses. Je me lève, entrouvre un volet, tout est blanc. Cette nuit, l'automne a rencontré l'hiver et la neige est venue. Les flocons poursuivent en un ballet serré leur étouffement blafard. Seule l'Indre les avale, s'en délecte. Je rejoins le lit, remonte haut la couette sur la nuque de Noëlline.

— Nous pouvons rester au lit. La neige recouvre tout.

Je rapproche son corps du mien, lui murmure à l'oreille des mots doux qui amènent sur ses lèvres un sourire gourmand.

Lorsque à nouveau après l'amour le sommeil nous laisse, la maison résonne de bruits. De la cuisine arrivent des odeurs de pain grillé et de café. À présent, la chambre est claire. Le réveil indique 10 heures.

— Tous doivent nous attendre. Voilà le résultat de s'aimer au petit matin !

Lorsque nous franchissons la porte de la cuisine, sur nos yeux endormis tous les quatre lisent l'amour.

— Bonjour les amoureux. Bien dormi ?

— Oh que oui ! Quel calme chez vous !

Sans attendre, nous dévorons les tartines grillées et les croissants dorés que Léone sort du four.

— Ça fait plaisir à voir, la neige ne vous a pas coupé l'appétit !

Léone s'approche, une paire de bas serrée entre ses paumes. Elle se penche vers Noëlline, lui murmure :

— Je les ai trouvés ce matin…

XII

La dame de Clavières

DURANT LE PETIT DÉJEUNER, la neige ne cesse de tomber. Auguste et Geneviève s'inquiètent. Dans ce quartier des bords de l'Indre, les rues ne seront peut-être pas déneigées avant ce soir. Besançon lui aussi s'interroge, et pas pour les mêmes raisons.

— J'ai bien peur que demain nous ne puissions reprendre le chantier de Clavières.

Couvrir des toits par ce temps serait de la folie. Un coup à se tuer !

— Le problème pour nous est de rentrer à Lyon. Noëlline a cours demain matin.

— Attendons cet après-midi. Le chasse-neige sera passé. De toute façon, je possède des chaînes ; vous les emporterez au cas où.

— Merci Besançon.

Geneviève regarde Noëlline.

— Dites-nous, les enfants, cette promesse faite à Flore, vous ne nous en avez jamais parlé ?

— Non, nous nous y sommes engagés devant Flore, sans témoins, dans sa chambre d'hôpital. Elle nous disait son amitié pour moi, sa certitude de nous savoir faits l'un pour l'autre. Ce jour-là, dans ses yeux, nous lisions sa crainte de mourir. « Aimez-vous pour toujours ! » nous demandait-elle de lui promettre. Nous le lui avons promis, tellement son regard implorait et tellement nous étions certains de notre amour.

— Il en va de même pour mon chef-d'œuvre, et pour l'annonce de jouer à Nohant sur le piano de Chopin. Ces trois promesses seront tenues. Leur non-respect serait parjure de notre part.

Auguste et Geneviève se considèrent, s'interrogent en silence.

— Mais les études de Noëlline, son diplôme d'infirmière ? Ton Tour de France ?

Nos deux mains se rapprochent et se trouvent.

— Tout sera fait.

— Eh bien ! C'est jour de fête !

Besançon sourit.

— Champagne ! Et du bon ! Venez.

Nous le suivons jusqu'à sa cave où il nous désigne un meuble parfaitement fermé.

— C'est une armoire à vins. En chêne doublé de feuilles de liège, je l'ai fabriquée moi-même et la renfloue au fur et à mesure des prélèvements !

Il l'ouvre et nous découvrons des rayons où dorment ses bordeaux, bourgognes, châteauneuf-du-pape, vins de Loire, muscadets et bien d'autres crus.

— Sur le rayon du haut, la température constante est de cinq degrés. J'y conserve mes champagnes.

Besançon hésite, se décide pour une vieille bouteille.

— Vous m'en direz des nouvelles.

C'est ainsi que nous avons, grâce à Besançon, arrosé nos trois promesses.

Le maître ne s'était pas trompé ; durant le déjeuner, les flocons se calmaient, les services municipaux de Châteauroux passaient le chasse-neige.

— Venez, dis-je à Auguste, Geneviève et Noëlline au moment de leur départ. Nous allons passer par l'atelier. J'aimerais vous montrer où j'en suis de mon chef-d'œuvre. Êtes-vous d'accord, Besançon ?

— Bien évidemment.

Eux prennent leurs voitures, moi ma moto pour pouvoir rentrer ce soir. Malgré le froid, Noëlline grimpe sur le tan-sad ; jusqu'au bout du séjour, elle veut me serrer dans ses bras. Après la visite, je resterai à l'atelier pour avancer mon ouvrage. Les toits blanchis de neige, les branches cotonneuses donnent aux rues de la ville un présage de Noël. Je pense à Flore ; pourvu qu'elle le fête en dehors de l'hôpital ! Ne travaillant que le soir, je découvre l'atelier dans la lumière qu'apportent par les vitres les cristaux de la nappe blanche sur la cour de l'entreprise. En plein jour, les premiers éléments au vingtième de la charpente de Nohant développent leurs pentes douces. J'en suis resté aux arbalétriers d'arêtier.

Auguste et Besançon ne s'en tiennent pas à la vue ; ils s'approchent, tâtent des doigts, vérifient la solidité, la précision, le respect du métier, s'assurent par des caresses de la patine du bois. Ensuite, l'un en face de l'autre pour apprécier l'ensemble, sans un seul mot, au coup d'œil, ils évaluent l'harmonie du travail accompli.

— Jusqu'à présent, ça va. Sauf accident, tu devrais être reçu avant l'été.

— Merci maître.

— Je tiendrai ma promesse de Clavières. N'hésite pas à me demander du temps.

— Quelle promesse ? questionne Léone.

— Une promesse entre nous deux, précise Besançon en souriant.

Tous sont repartis ; Noëlline vers Lyon avec ses parents, Besançon et Léone dans leur maison douillette. Sur le départ, au moment de nous embrasser, nous avions tous à l'esprit les promesses faites à Flore. Si sa greffe prend, dans un mois elle remarchera, dans deux mois elle pourra danser. J'ai lu ces dates dans le regard de Noëlline ; quelle sera notre plus grande joie ? La guérison de Flore ou notre amour à Rochefort ?

Une fois seul face à l'ouvrage, je m'attelle aux chevrons d'arêtier, vérifie leur découpe avant la pose. Comme au château de Nohant pour sa charpente originelle, douze seront nécessaires. Tels les apôtres, sur eux reposera la solidité de l'ensemble. Je décide de ne pas procéder successivement, mais de sélectionner d'abord les douze pièces de chêne dont je pourrai faire mes chevrons. Un à un, les comparant entre eux, je les examine, posés côte à côte et bien à plat sur l'établi. Mon choix retenu, j'en vérifie l'épaisseur, les scie d'égale longueur. Entre mes mains, sous la poussée des bras, passe et repasse alors le rabot jusqu'à la parfaite rectitude. Au toucher de ma paume, j'en apprécie le patiné et la douceur. Du coup, je ne vois pas le temps passer. L'horloge indique 7 heures ; je ferme à clé la porte de l'atelier, enfourche ma moto, rejoins la maison des compagnons.

Comme chaque dimanche soir, nous autres aspirants compagnons retrouvons notre gîte commun pour embaucher à l'heure le lendemain. Les poussières de l'atelier me collent à la peau, je prends ma douche, et puis descends à table. Louis, Robert et Jean y sont déjà. Pour rentrer de chez eux, ils ont bravé les routes à peine nettoyées sous la neige collée aux branches.

La plupart d'entre nous rejoindrons nos foyers le 24 décembre pour ne reprendre que le 2 janvier. Je m'interroge. Avec Noëlline, passerons-nous les fêtes chez ses parents, avec mon père dans son appartement, et pourquoi pas à Saint-Andéol ?

Je n'ai jamais fêté Noël chez mes grands-parents. Ma mère s'y opposait. Au fait, que devient-elle ? Je n'en ai aucune nouvelle. Pépé Hippolyte et mémé Amélie seraient si heureux de notre présence. Noëlline et moi pourrions ensuite nous souhaiter la bonne année à Lyon, chez ses parents Auguste et Geneviève. Pourquoi pas avec papa ? Il ne va pas rester seul durant les fêtes ? Comment s'est passé son séjour à Saint-Andéol ? Et Flore ? Qui va-t-elle choisir ? Le père qui l'a élevée ou celui de sang peut-être encore ignoré ? La vérité lui a-t-elle été révélée par maman ? Après dîner, je téléphonerai. Mes réflexions m'ont entraîné bien loin ; à mon silence et mon regard perdu, mes trois amis s'en aperçoivent.

— Un problème, Vincent ?

— Non, enfin oui. Je réfléchissais.

Je n'en dirai pas davantage. Ils ne m'en demanderont pas plus. Entre aspirants compagnons, nous respectons nos silences.

Les quinze jours ont passé. À Édouard-Herriot, ils connaissent à présent les résultats de la greffe. Du château de Clavières, il m'est impossible d'attendre le soir pour téléphoner. Sitôt après déjeuner, au risque de me faire rabrouer par le service infirmier, je tente le tout pour le tout, appelle Flore à l'hôpital. De sa chambre, une autre voix répond :

— Non, je ne sais pas. Ce doit être une erreur. Appelez le service.

— Allô ? Je suis Vincent, le frère de Flore ; ma sœur a changé de chambre ?

— Non. Elle nous a quittés. En fin de matinée, après signature d'une décharge par sa mère, Flore est partie avec celle-ci.

Mon étonnement est tel que je me fais préciser :

— Sa greffe a donc réussi ?

— Parfaitement. Il lui suffira de ne pas se fatiguer, d'éviter de trop s'exposer et de revenir passer ses examens de contrôle aux dates fixées.

— Je vous remercie.

C'est pour moi un bonheur inouï et qui serait parfait si j'en avais été averti autrement qu'à mon initiative et par l'infirmière. Comment contacter Flore ? À coup sûr elle se trouve avec maman dans l'appartement de Cabrol, son père génétique. D'où elle vit désormais, maman autorise-t-elle Flore à téléphoner ? Je décide d'appeler mon père à Lyon. À cette heure, sans doute est-il rentré de Saint-Andéol. Le téléphone ne répond pas, la voix de mon père me propose de laisser un message. Ce que je fais. Et s'il se trouvait encore chez mes grands-parents ?

J'appelle Saint-Andéol. Ensuite, je parlerai à Noëlline.

— Allô ?

Je reconnais la voix de grand-père.

— Pépé ? C'est Vincent ; Papa est-il encore ici ?

— Oui, je te le passe. Mémé, appelle Clément. C'est Vincent.

— Bonsoir.

— Bonsoir papa. Tu t'es rendu à Lyon ce week-end ?

— Oui, mais j'y retournerai mardi pour un rendez-vous d'affaires. Comment vas-tu ?

— Je vais bien. Il y aura quinze jours, Noëlline est venue à Châteauroux avec ses parents. Nous avons passé ensemble un excellent week-end chez mon maître et son épouse. Sais-tu que maman est venue chercher Flore à l'hôpital ? Au dire de l'infirmière, la greffe a réussi. Sans doute maman l'a-t-elle emmenée chez Cabrol. Possèdes-tu son téléphone ?

— Quoi ? Je m'apprêtais à téléphoner pour connaître le résultat de la greffe. Personne ne m'a rien dit. C'est toi qui me l'apprends.

— Il faut appeler chez Cabrol. Nous avons le droit de savoir.

— Je vais lui téléphoner. Je te rappelle.

Je raccroche, m'assois, attends. Les secondes puis les minutes s'égrènent, mais si lentement ! La dame de Clavières s'étonne, me rejoint.

— Un problème ?

— La greffe a réussi. En revanche, ma mère est venue chercher Flore et ni mon père ni moi ne savons où les joindre.

Enfin, la sonnerie.

— Vincent ?

— Oui ?

— Cabrol n'est plus chez lui. J'ai entendu le fameux : « Il n'y a plus d'abonné au numéro demandé. » Ta mère et lui ont enlevé Flore.

— C'est impossible ! Elle possède bien le droit de nous parler !

— Oui. Ta mère et Cabrol lui ont sans doute annoncé le nom de son vrai père. Comment a-t-elle réagi ? Demain matin, j'appellerai Cabrol à son cabinet. S'il a déménagé de son domicile, il n'a pu le faire pour sa profession. Leur coup était préparé depuis longtemps.

Je demeure sidéré, persuadé que ma sœur désire me voir, peut-être même souhaite-t-elle poursuivre sa vie en alternant les deux foyers.

— Papa, qu'allons-nous faire ?

— Si Cabrol et ta mère s'opposent à nous laisser rencontrer ta sœur, nous devons envisager une action en justice. J'appelle Cabrol demain et te tiens informé. Bonsoir.

— Bonsoir.

Effondré, je ne m'enquiers ni de mes grands-parents ni du séjour de papa à Saint-Andéol. Naïf, j'avais tout envisagé, sauf ce traquenard. Le jour même où j'apprends la guérison de Flore, ma mère – car c'est évidemment d'elle que vient le coup – m'enlève ma sœur.

Je me risque à appeler Noëlline sur son lieu de stage et lui confie tout. Elle se tait, m'écoute.

— Je ne suis pas trop surprise. Depuis son départ, ta mère et son amant restaient trop calmes pour ne pas préparer quelque chose. Qu'allez-vous faire, ton père et toi ?

— Nous venons d'en parler. Papa appellera demain Cabrol. Si maman et lui nous empêchent de voir Flore, il ira en justice.

— Pauvre Flore, elle devra patienter pour nos promesses.

— Quoi qu'il en soit, je la retrouverai.

— Réfléchis, prends conseil. Tu me téléphones de Clavières ?

— Oui, comme le délai d'attente s'achevait aujourd'hui pour connaître le résultat de la greffe, je n'ai pas pu attendre.

— L'essentiel est sa réussite. Je dois rejoindre mon service. Rappelle-moi demain ; ce soir, je rentrerai tard de la clinique. Je t'embrasse.

— Moi aussi je t'embrasse ; à demain.

Besançon a rejoint la dame de Clavières. Comme si tous les deux étaient mes parents, je ne leur cache rien.

— Ni ta sœur ni toi ne méritez cela. Si ça ne s'arrange pas, n'hésite pas, confie-toi.

Au travail sur le toit, nous apercevons d'en haut les châtelains s'avancer sur le gravier de la cour, examiner l'avancée de notre ouvrage ; manifestement, ils s'inquiètent pour l'hiver. Besançon, qui depuis son dérapage s'harnache comme nous lorsqu'il monte sur la toiture, prend les devants :

— Rassurez-vous, s'il ne neige pas à nouveau cette semaine, vendredi soir, tout sera terminé.

Le maître nous a organisés en deux équipes. L'une terminera le clocheton à moitié achevé, l'autre se concentrera sur celui en vis-à-vis. Une fois le premier entièrement couvert, nous nous rejoindrons sur le second. La châtelaine prend acte avec satisfaction des précautions de Besançon.

— Je ne veux pas d'un nouvel accident. Les gens d'ici parleraient de malédiction !

Toute la matinée, sans répit, nous hissons les piles d'ardoises et les fixons sur les voliges. Je m'acharne au travail, tente d'ôter de mon esprit les contrariétés d'après déjeuner. En fin de journée, je réalise que si je n'appelle pas mes grands-parents d'ici, avant le retour à Châteauroux, je ne pourrai le faire que de la cabine, tard dans la soirée. Il m'est impossible d'attendre.

— Madame, puis-je téléphoner ?

— Bien sûr.

Elle me dévisage, se doute de quelque chose. J'appelle Saint-Andéol, reconnais cette fois-ci la voix de mon père.

— C'est encore moi, papa. As-tu obtenu Cabrol au téléphone ?

— Oui. Il n'a pas biaisé ; lui et ta mère ont déménagé, il s'est refusé à me dire où, m'a certifié que Flore va bien, habite avec eux. J'ai demandé à la voir. Il m'a répondu que Flore restait convalescente, qu'il lui fallait du repos. Dans sa chambre, elle disposait du téléphone, elle pouvait nous appeler quand elle le souhaiterait. En revanche, ta mère ne veut pas me recevoir chez eux. Quant à toi, elle ne m'en a pas soufflé mot.

— Lui as-tu demandé le numéro de téléphone de Flore ?

— Oui, mais il a refusé de me le communiquer. Je suppose qu'ils sont inscrits en liste rouge. Je l'ai prévenu : si dans huit jours Flore ne nous a pas appelés toi ou moi, je ferai démarrer une recherche dans l'intérêt des familles. Davantage que Cabrol, je possède la confiance du procureur. Pénaliste de formation, il n'apprécie guère les avocats d'affaires.

— Bien, attendons huit jours. Mais je flaire une tromperie. Qu'as-tu décidé pour Saint-Andéol ?

— Tes grands-parents sont d'accord, et même plus que cela. Je m'installe chez eux, redémarre l'exploitation de la propriété. Dès demain, j'en informe mes collègues, leur propose le rachat de mes parts du cabinet.

— Je suis heureux de ta décision, papa. Dans tes veines coule le sang des paysans ardéchois. « Ils quittent un à un le pays, pour s'en aller gagner leur vie, loin de la terre où ils sont nés ! » Ne les imite pas, reviens ; tu es fait pour être paysan.

— Et toi ?

— Moi ? Après *L'Hermione*, avec Noëlline, je crois bien que l'envie me prendra de revenir restaurer les charpentes ardéchoises !

J'observe dans la fourgonnette les gestes de mes camarades.

— Excuse-moi ! Mes collègues m'attendent. Embrasse pépé et mémé.

Un peu rasséréné, je rejoins le fourgon qui doit nous ramener à Châteauroux.

— Ça va ? m'interroge Besançon qui m'a gardé une place à son côté.

— Mieux.

Madame, qui du perron nous observe partir, devine sur mes lèvres un léger soulagement.

Sitôt revenu de Clavières, avec acharnement, je reprends mon chef-d'œuvre. Deux heures plus tard, au moment d'enfourcher ma moto pour rentrer à la maison, les douze chevrons d'arêtier sont prêts. Demain, je les ajusterai.

Le dîner n'est pas terminé que Colette se dirige vers notre table. Arrivée à nous, elle se penche vers moi.

— Votre sœur vous demande, me confie-t-elle en messe basse. Je vous la passe dans la cabine.

Je regarde Colette, un sourire jusqu'aux oreilles.

— Merci, mère.

D'un bond, je cours décrocher.

— Vincent ?

— Flore ! Merci, mille fois merci ! Tu n'imagines pas mon soulagement ! Papa et moi nous faisions du souci, un sang d'encre. L'infirmière de service m'a appris la bonne nouvelle : la greffe a pris ! Et l'inquiétante : ton départ avec maman. Papa a téléphoné ce matin à Cabrol, mais celui-ci a refusé de révéler où tu étais. Comment vas-tu ?

— Comme tu l'as dit, la greffe a réussi ; il me reste à reprendre des forces. Vincent, c'est terrible. Maman m'a tout appris. Mathias se montre très gentil avec moi, mais ce n'est pas à lui que je suis attachée. Il ne m'a pas élevée. J'en veux terriblement à maman d'avoir menti, à moi comme à toi et papa. Je ne sais plus où j'en suis et veux vous revoir, papa et toi.

— Où te trouves-tu ?

— En arrivant dans un village, par la vitre de la portière, j'ai lu sur la plaque à l'entrée du bourg « Saint-Jean-de-Touslas ». Souviens-toi, maman convainquait souvent papa de nous y emmener promener le dimanche. Mathias nous y recevait dans sa maison. Je comprends à présent pourquoi. Il n'est pas question pour moi de vivre en permanence ici. Je veux bien accepter de visiter parfois maman et mon père de sang, mais ma vie est avec papa et toi. Excuse-moi, j'entends leur voiture. Je raccroche. Je te rappellerai ; embrasse papa.

Aussitôt, j'appelle mon père à Lyon dans notre appartement. Revenu de Saint-Andéol, il doit s'y trouver.

— Papa ?

— C'est lui.

— Flore vient de m'appeler, en cachette de maman puisqu'elle a raccroché au bruit de son retour en voiture. Flore loge dans la maison de Cabrol, au village de Saint-Jean-de-Touslas où maman te demandait de nous emmener parfois.

— Je comprends à présent pourquoi elle aimait tant ce village. Naïf, je m'imaginais qu'entre eux deux il s'agissait d'une simple amitié entre collègues. Décidément, au barreau, ma crédulité devait faire rire de moi. Où en est Flore de sa santé ?

— Il lui faut reprendre des forces. De plus, elle ne se plaît pas avec maman et Cabrol. À ce sujet, au téléphone, elle le nommait par son prénom. Flore veut vivre avec nous. Que faire ?

— Ta sœur a seize ans accomplis. Elle peut demander à se faire émanciper et choisir son domicile. Mais d'ici au rendu du jugement, il faudra du temps. Nous allons prendre les devants. Quand reviens-tu à Lyon ?

— Je le peux vendredi soir. Avant de raccrocher, Flore m'a confié qu'elle me rappellera dès que possible ; à midi, sans doute, en l'absence de maman.

— À son premier appel, confie-lui ceci. Elle doit s'évertuer à gagner la confiance de sa mère ; si ses forces le lui permettent, qu'elle l'accoutume à la voir faire quelques pas dans la cour autour de la maison. Annonce à ta sœur que nous passerons samedi à midi devant le portail. Qu'elle se tienne prête, mais sans éveiller l'attention. Pour écarter les soupçons, l'idéal serait même de manifester innocemment son choix de vivre avec sa mère et Cabrol ; elle imaginera sans peine des raisons. Embrasse-la pour moi.

Je jubile de joie. D'une part, nous allons retrouver Flore ; d'autre part, et à ma connaissance c'est bien la première fois, papa a pris deux décisions : quitter Lyon, vivre sa vie à Saint-Andéol et, sans attendre le jugement, récupérer Flore.

Personne ne s'impatiente devant la cabine. J'appelle Noëlline, l'informe de tout, l'embrasse au téléphone.

— À demain, petit amour.

— À demain, grand amour.

Ce mardi matin, le vent d'est dégage le ciel, chasse les derniers nuages, mais apporte le froid. Sur la pente raide du toit, vent de face, malgré nos vêtements d'hiver, nous n'avons pas chaud et, pour nous réchauffer, travaillons aussi dur que nous le pouvons. Dans les mitaines, nos doigts sont gourds et nous devons faire très attention au contrôle des gestes pour l'agencement des ardoises. Si le temps se maintient ainsi, vendredi soir, la couverture des deux tourelles sera entièrement achevée, notre promesse aux châtelains respectée. Aujourd'hui, Besançon n'est pas là. Il prépare à Nohant l'ouvrage de la prochaine semaine, la déconstruction pour la restauration de la charpente de la chapelle.

À midi, du toit, nous apercevons les châtelains, ils nous observent d'en bas.

— Le déjeuner est prêt. Descendez.

Comme souvent, Besançon a négocié nos repas. Ils sont préparés par le client et déduits de sa facture. Chacun y trouve son compte, à commencer par nous-mêmes, qui mangeons mieux qu'à la gamelle, et chaud, sans nul souci du déplacement vers l'auberge, même la plus proche. De plus, dans la salle à manger, il nous semble prendre notre repas en famille.

— Je vous ai fait préparer un pot-au-feu. Rien de mieux pour vous réchauffer et caler vos estomacs.

— Très bonne idée, madame.

Effectivement, lorsque la cuisinière apporte la soupière brûlante de bouillon et la dépose sur la table, nous salivons ; suit sur un immense plat une montagne de légumes, flanquée d'os à moelle. Au sommet trône une énorme pièce de bouilli dont le fumet rassure notre appétit. Sur la table, des carafes de vin rouge attendent d'être bues.

— Eh bien, madame, vous nous gâtez.

— Par ce froid, vous devez avoir faim, ajoute le châtelain. Nous tenons à ce que vous puissiez achever notre toit ! explique-t-il avec un bon sourire. Mais servez-vous, ne laissez pas refroidir.

À peine suis-je assis que le téléphone sonne. Mon petit doigt me prévient ; c'est pour moi. Effectivement, la dame de Clavières m'appelle du vestibule :

— C'est pour vous, Vincent.

— Ne parle pas trop longtemps, nous aurons tout mangé ! m'apostrophe un couvreur.

Je reconnais la voix de Flore.

— Maman et Mathias viennent de partir pour Lyon. As-tu téléphoné à notre vrai papa ?

— Oui, il estime que le mieux à seize ans est de demander à être émancipée. Tu pourras ainsi choisir ton domicile. Cependant, la procédure nécessitera du temps. En attendant, voilà ce qu'il te propose. Gagne la confiance de maman, habitue-la à te laisser faire quelques pas autour de la maison. Samedi, à midi, trouve-toi derrière le portail. Papa et moi, nous arriverons en voiture. Tu n'auras qu'à monter, nous filerons ensemble. Ça te va ?

— Parfaitement ; où irons-nous ?

— Chez papa, à Lyon. Ensuite, tu décideras.

— Tu es vraiment gentil, Vincent. Je n'oublierai jamais.

— Écoute-moi ; désormais, ne me téléphone plus, gagne la confiance de maman. À samedi midi. Ta santé, tu récupères ?

— Aussi bien que possible. Il me semble sentir mes forces revenir. Je t'embrasse.

— Moi aussi je t'embrasse, petite sœur.

De retour, mon assiette a disparu. La châtelaine se lève, va à la cuisine, me la rapporte brûlante et garnie à souhait.

— Au vu des appétits de vos collègues, j'ai craint qu'ils ne vous laissent rien. Tout va bien ?

— Tout va bien, madame. Merci.

Pour rattraper mon retard, je dévore tout en réfléchissant ; vendredi soir, je ne pourrai pas quitter les châtelains sans leur manifester mon amitié mais aussi ma gratitude. Je n'ai rien oublié, et surtout pas le voyage en voiture pour la greffe de Flore. Sans la châtelaine, comment aurais-je fait ?

Durant toute la semaine, mes journées sont chargées, ne me laissent pas une minute. À part le téléphone du soir à Noëlline, je travaille d'arrache-pied. Tout le jour sur le toit, puis aussitôt, retour à l'atelier de Châteauroux où j'avance mon chef-d'œuvre. Après les chevrons d'arêtier, j'entreprends les contrefiches et les poinçons qui relieront et fixeront entre elles les fermes du haut et du bas. Leur découpe et leur pose en est délicate et mobilise toute mon attention. Comme pour chacune des opérations précédentes, je dois d'abord choisir les pièces. Il me faut quatre contrefiches pour la verticalité et huit poinçons en diagonales d'appui. Je sélectionne les plus sèches et les plus dures afin d'éviter tout risque de vrillage. Presque chaque soir, avant de rentrer chez lui, Besançon me rend visite, examine avec la plus grande attention l'avancée de l'ouvrage, passe les doigts et la paume sur les bois, les caresse.

— L'œil, c'est bien, la main, c'est mieux. Nous autres compagnons faisons nôtre la phrase de Paul Valéry : *La main, égale et rivale de la pensée.* Je l'ai vérifié toute ma vie ; un compagnon charpentier qui ne caresse pas le bois ne sera jamais digne de le travailler. Il serait comme un amant qui ne caresserait pas la femme aimée !

Il s'interrompt, sourit.

— Tu comprends cela, toi qui avec Noëlline avez promis à ta sœur de vous aimer toujours !

Sans interrompre de scier ma contrefiche, je souris à mon tour et réponds :

— C'est une promesse faite à Flore ; elle est guérie, ne l'a sans doute pas oubliée. Nous la tiendrons, ainsi que les deux autres.

— Le piano de Chopin et ton chef-d'œuvre ?

— Parfaitement.

— Aujourd'hui, des gens de parole, il n'en est plus guère. Je vous félicite tous les deux. Bonsoir, à demain mon garçon.

— À demain, maître.

Vendredi matin, ouvrant la fenêtre puis les volets de ma chambre, le froid me surprend. Depuis la veille, il s'est accentué ; le jour n'est pas levé, mais je pressens un ciel gris, fermé, chargé de neige. Heureusement, pour le chantier, nous possédons de l'avance. Hier, en fin d'après-midi, nous avons couvert la noue de ses dernières ardoises. Ce matin, nous rangerons outils et matériels, cet après-midi nous n'aurons plus qu'à planter le mât et son bouquet. Ainsi le veut la tradition. J'imagine qu'à midi la dame de Clavières aura prié la cuisinière de se surpasser. Je restituerai ensuite la moto bien astiquée et en meilleure apparence que je ne l'avais trouvée. Cependant, mes pensées sont ailleurs. Hier soir, avec Noëlline, au téléphone, nous avons prononcé des mots très doux, des mots d'amour. Chacun à l'écouteur, il nous semblait nous presser l'un contre l'autre. Nous percevions presque les chaleurs échangées de nos cœurs amoureux et savions nous le dire. Ce soir, à Lyon, nous nous retrouverons.

Dès le matin à Châteauroux, aidé de mes camarades, je charge la moto dans la fourgonnette. Je la restitue si propre que je ne veux pas la salir sur la route, d'autant plus qu'il nous semble percevoir sur nos peaux l'humidité froide des premiers flocons. Tout le long de la route, les prairies et les bois se métamorphosent doucement, s'ankylosent d'une couche blanche. Sous la neige, arrivés au château, nous descendons la moto, je la pousse jusqu'à sa remise. Derrière la vitre du salon, je repère la silhouette de la dame de Clavières. Nous entreprenons de coucher et replier les échelles pour les ranger dans le camion. Le temps est venu d'effectuer un tour complet pour n'oublier aucun outil, tout nettoyer, veiller à effacer notre passage. Deux collègues ont creusé le trou où nous planterons le mât, le tronc d'un jeune sapin poussé trop près d'un autre et pour cela prélevé dans la forêt des châtelains. Monsieur lui-même nous l'a indiqué. Nous l'ébranchons, à l'exception de la cime qui en symbolisera le bouquet. À midi, madame arrive, vêtue d'un tailleur que je ne lui connaissais pas. Elle m'adresse un regard où je lis une sensibilité au-delà de l'amitié. Monsieur s'en doute-t-il ? Nous dressons le mât, le calons, applaudissons.

— Merci mes amis, merci pour tout. À présent, notre château se trouve à l'abri de l'hiver.

Toute la matinée, et encore davantage durant la cérémonie ponctuée par cette simple phrase du châtelain, la neige a redoublé, les flocons se sont épaissis.

— Mais ne restons pas sous la neige. Je crois que madame vous réserve une surprise.

Elle et moi les laissons s'éloigner.

— Permettez-moi, madame, de vous remercier pour tout. Je ne vous oublierai pas. Vous vous êtes montrée si bonne !

— C'est moi qui vous sais gré ; le bonheur est de donner. Vous m'avez apporté la joie de votre présence par la générosité de votre cœur. Je n'oublierai pas votre élan pour sauver votre sœur. À ce jour, comment va-t-elle ?

— Elle va bien, ses forces reviennent. En revanche…

— En revanche ? Excusez-moi, c'est peut-être indiscret ?

— Pas pour vous, madame.

Et je l'informe de l'enlèvement de Flore.

— Si vous êtes en difficulté, n'oubliez pas la dame de Clavières, elle sera toujours à votre disposition.

Comment la remercier ? Pour la première fois de ma vie, je me penche, lui prends la main et y dépose un baiser. Lorsque je me relève, une larme perle au coin de sa paupière.

Tandis qu'elle l'essuie, je réfléchis. Maman a profité de la faiblesse de sa fille pour la soustraire à l'influence « paysanne » de papa et de moi-même.

— Venez, ne restons pas sous la neige.

Les flocons éclairent ses cheveux, s'y plaisent et ne fondent pas. Ils appellent Noël.

Dans la salle à manger, debout autour de la table, mes camarades attendent pour s'asseoir la maîtresse de maison. Sous le manteau de la haute cheminée seigneuriale, une oie à la broche tourne au-dessus des braises ; une lèchefrite en recueille le jus. Des chandeliers éclairent la nappe blanche et son chemin de houx, riche en boules rouges. Sur la desserte, une lampe opalescente verse sous son abat-jour une lumière intime sur les plats préparés. La dame de Clavières s'assoit à un bout de table, monsieur face à elle, Besançon au milieu. D'un geste discret, elle m'invite à prendre place à son côté. Le menu est de fête : huîtres et foie gras pour commencer. Monsieur et Besançon se lèvent pour quérir l'oie en broche et la présentent sur un grand plat. Le châtelain en retire la broche ; avec un art consommé, il la découpe.

Après les liqueurs, une douce euphorie nous gagne.

— Et maintenant, qu'allez-vous entreprendre ? demande monsieur à Besançon.

— La reconstruction de sa charpente pour la chapelle de Nohant. Elle est antérieure de plusieurs siècles au château. De fait, durant les quelques jours de la semaine prochaine, nous procéderons simplement à la mise en place du chantier. Durant les fêtes, repos, je ferme l'entreprise.

Le carillon égrène quatre coups. Besançon vérifie l'heure à sa montre-gousset. Il se lève. Va-t-il faire un discours ?

— Nous sommes si bien chez vous que nous en oublions le temps qui passe. Merci pour tout, madame, et vous aussi monsieur. J'espère que vous serez satisfaits de votre nouvelle toiture, nous avons fait en sorte qu'elle protège votre château pendant de longues générations. Mon équipe et moi furent heureux de travailler pour vous.

Sur le perron pour les derniers adieux, nous découvrons la cour où une couche neigeuse endort le gravier blanc. La dame s'approche de moi, ses yeux sont tristes mais espèrent.

— N'oubliez pas, Vincent, la porte du château vous est ouverte.

Je ne l'oublierai pas.

Il fait nuit lorsque le train s'éloigne de la gare de Châteauroux. La neige écrase ses flocons sur les vitres et noie tout dans le noir. Je pense à Noëlline et à Flore qui attend, recluse au village de Saint-Jean-de-Touslas. Pourvu que papa n'ait pas changé d'avis ! Il m'a si rarement habitué à des décisions fermes. Le départ de maman l'aura-t-il enfin et véritablement libéré ?

Sur le quai de Perrache, je repère Noëlline dans sa doudoune blanche. Malgré l'épaisseur du vêtement d'hiver, nous nous aimons si fort que nos corps s'épousent lorsque nous nous embrassons.

— Elle te va très bien. Je ne te la connaissais pas.

— Dès les premiers flocons, maman me l'a achetée cet après-midi. Elle s'était aperçue de l'usure de l'ancienne. La rouge, celle que tu as connue.

Noëlline m'examine. Vêtu de mon seul blouson, elle doit constater une fois de plus que ma garde-robe n'est pas mon premier souci. Sous sa capuche, je trouve Noëlline très belle. Le contraste entre son visage méditerranéen et la fourrure neigeuse éclaire son minois. À nouveau, nos lèvres se rejoignent.

— Où allons-nous ?

— Je te propose de dormir chez mon père. Ainsi, demain matin nous serons à pied d'œuvre pour l'expédition à Saint-Jean-de-Touslas. Viendras-tu avec nous ?

— Bien sûr. Pas question de vous laisser aller seuls. Et puis je serai heureuse de découvrir Flore guérie.

— Libre, elle va nous rappeler nos promesses !

— À mon avis, elle n'attendra pas pour cela.

Nous trouvons papa dans son appartement, sans cravate, en chemisette col ouvert. Je souris. Du temps de maman, il ne se serait jamais autorisé ce négligé. Sur son bureau, une pile de dossiers. Une broyeuse à papier dégurgite dans un sac-poubelle des confettis où je reconnais des caractères imprimés. Après les embrassades, je l'interroge :

— Tu détruis tes papiers ?

— Oui, c'est réglé. J'ai vendu mes parts à mes associés pour les réinvestir à Saint-Andéol où je crée un élevage de chèvres avec laboratoire pour la production de yaourts et fromages bio. Je vendrai directement sur les marchés d'Ardèche et de Haute-Loire, par exemple à Coucouron et Costaros. Sitôt le divorce prononcé, je mets l'appartement en vente. Dès lundi, je pars pour Saint-Andéol.

— Avec Flore ? Et ses études ? À présent qu'elle est guérie, elle va vouloir les reprendre.

— J'y compte bien. Je lui en parlerai. Une fois sa convalescence terminée, si ta sœur le souhaite, elle pourra les poursuivre au lycée d'Aubenas, à trente kilomètres de Saint-Andéol. Cependant, un problème me préoccupe : ta mère et Cabrol, le père de Flore, la feront sans doute rechercher. Tant que le jugement d'émancipation ne sera pas prononcé, ils en posséderont le droit. Je ne me fais aucune illusion ; tous les deux, ta mère surtout, me harcèleront autant qu'ils le pourront. Dès la découverte de son absence à Saint-Jean-de-Touslas, ils passeront à l'action et ne seront pas longs à imaginer Flore à Saint-Andéol. Il conviendrait de placer Flore en lieu sûr pendant quelque temps, celui d'obtenir le jugement. Pour sa scolarité, l'enseignement par correspondance sera suffisant durant quelques mois.

— Pourquoi pas chez mes parents ? propose Noëlline.

— Sauf si Flore le souhaite, il vaudrait mieux à mon avis ne pas mêler tes parents à ce problème ; et puis un lieu plus éloigné conviendrait mieux. J'ai mon idée. Mais, après tout, Flore décidera.

— Tu as raison, répond papa. Le choix lui appartient.

Au lit, Noëlline tendrement me pose la question sur l'oreiller :

— Tu disais posséder une idée ?

— La dame de Clavières, ou Besançon. Tous les deux diront oui. Mais le château de Clavières conviendrait mieux. Personne n'ira chercher Flore là-bas. Maman n'ignore pas que je travaille à Châteauroux chez Besançon la droiture. Cabrol et elle y feront rechercher Flore.

Depuis une semaine bientôt, nous ne nous sommes pas aimés. Pendant quelques instants, nous batifolons, mais notre désir crie trop fort. Je lui retire sa chemise, elle ôte et fait voler mon pyjama.

De Lyon à Saint-Jean-de-Touslas, cela fait une vingtaine de kilomètres, une demi-heure avec les embouteillages. Nous avons demandé à Flore de se trouver à midi dans la cour, devant le portail, prête à nous rejoindre dans la voiture. Mieux vaut partir à 11 heures pour tenir compte des imprévus. Il ne s'agirait pas qu'à force de faire les cent pas ma sœur éveille des soupçons chez notre mère ; pire, qu'elle prenne froid. Je connais maman ; elle dispose d'un sixième sens qui lui permet de prévoir l'imprévisible. C'est peut-être par ce don que ses collègues la considèrent comme l'un des meilleurs avocats d'affaires du barreau lyonnais.

En ouvrant la porte cochère pour sortir dans la rue, le froid nous pince ; il a gelé durant la nuit et les trottoirs sont verglacés de neige fondue gelée. Au volant, papa quitte le quartier Saint-Jean, rejoint les quais du Rhône, longe le fleuve jusqu'à Pierre-Bénite puis Saint-Genis-Laval, emprunte la route des montagnes russes pour la quitter à l'embranchement qui conduit vers Saint-Jean-de-Touslas. Par bonheur, les routes sont sablées.

Sous le prétexte de promenades, maman nous a si souvent emmenés dans ce village posé comme par hasard au milieu des collines douces parmi les champs blanchis que nous le connaissons bien. Par cela même, nos silhouettes dans la voiture de papa y seraient repérées. Il est 11 heures et demie.

— Je vais dépasser Saint-Jean et garer la voiture à l'entrée d'un chemin forestier. Nous le quitterons à midi moins dix. Flore nous attendra sans doute. Pourvu que tout aille bien. Le problème est la neige. Si sa mère se trouve présente, elle va s'étonner de voir Flore se promener dans la cour par ce froid. Pourvu que ta sœur se soit bien emmitouflée afin que ta mère ne prenne pas ce prétexte pour la rappeler à l'intérieur ; ou, pire, ne sorte pas lui faire enfiler des vêtements chauds !

— Pas de risque ! Frileuse comme tu la connais, Flore se sera protégée du froid !

— Ce n'est pas comme toi, ajoute Noëlline. Cet après-midi, tu n'y coupes pas : tu m'accompagnes, je t'achète une parka !

Papa sourit ; à midi moins dix précis, il lance le moteur, recule, quitte le chemin forestier, retrouve la route et roule jusqu'à Saint-Jean. Au centre du bourg, parmi les maisons de pierre aux gouttières chargées de stalactites glacées, il prend à droite, traverse la place dont les platanes sont nus et les branches implorantes, remonte une petite rue, quitte le village. À cent mètres devant nous, la maison de Cabrol apparaît. C'est une vieille demeure qu'il a acquise pour la faire restaurer à son goût. Il nous y a reçus parfois et nous savons à présent pourquoi. À cinquante mètres de la maison, nous repérons Flore sur le balcon ; emmitouflée d'un anorak rouge et coiffée d'un bonnet de laine idem, elle nous attend. D'un geste du bras, elle nous fait signe, descend lentement les marches de l'escalier comme pour ne pas glisser – peut-être sont-elles verglacées ? –, traverse la cour, s'approche du portail.

Je bondis de la voiture, ouvre un battant du portail, dans mes bras saisis ma sœur, l'assois au côté de papa. Noëlline tient ouverte la portière arrière, je la rejoins à son côté.

La fenêtre s'ouvre ; maman nous a surpris. Elle hurle :

— Salauds ! Je vous aurai, vous me le paierez !

Papa enclenche la première, puis la deuxième, la troisième, prend de la distance et ralentit enfin ; il ne s'agirait pas d'avoir ou de provoquer un accident. Il contourne le village, retrouve la route vers Lyon.

Sur sa joue, Flore pose un bisou.

— Merci papa.

De s'entendre appelé ainsi, il sourit d'aise. Ma sœur se tourne vers Noëlline et moi. Comme il lui est difficile de se bouger ! Nous nous levons pour l'embrasser.

— Merci à toi Vincent, à toi aussi Noëlline.

Papa m'observe dans le miroir intérieur.

— À mon avis, il ne serait pas prudent de rejoindre l'appartement. Ils vont venir t'y rechercher.

— Maman est seule à la maison. Mathias travaille à son cabinet.

— Allons chez mes parents, décide Noëlline.

Sur les quais du Rhône, la voiture file. La grande horloge de la poste indique midi et demi. À cette heure, un samedi, la circulation se fait fluide. Nous quittons la place Bellecour, traversons celle des Terreaux, remontons vers la Croix-Rousse. Ici, sur les hauteurs de Lyon, il a neigé davantage et à travers la vitre il nous semble sentir le froid serrer plus fort. Papa gare sa voiture dans la cour, nous devinons Geneviève derrière la vitre de sa cuisine, elle écarte les rideaux. Le soleil perce alors le ciel gris, éclaire le visage de Flore. Je la revois presque sans vie dans son lit lors de ma dernière visite, immédiatement après la greffe. Comme elle a changé ! Son sourire respire la vie. Ses joues ont repris forme, ses yeux ne sont plus enfoncés dans leurs orbites, ses mains apparaissent moins diaphanes.

Quand elle nous parle, je retrouve sa voix. Le froid vif et le soleil donnent à son visage un air d'ange. Chacun à notre tour, nous l'embrassons à nouveau. Quels que soient par ailleurs les défauts de ma mère, sa cuisine a bien remplumé sa fille.

— Je te reconnais presque telle que tu étais avant ta maladie !

— Merci.

Et à nouveau elle se serre dans nos bras, des larmes coulent sur ses joues.

— J'ai cru ne jamais vous revoir.

— En aucun temps nous n'avons douté de te retrouver en bonne santé, même si tu nous as fait bien peur.

Silencieuse, Geneviève est descendue. Noëlline embrasse sa mère, lui présente Flore, explique tout.

— Tu as bien fait. Ici, mademoiselle sera bien.

— Appelle-la Flore, maman.

— Noëlline nous a tant parlé de vous. Auguste ne va pas tarder.

— Auguste, dis-je à ma sœur, c'est Jupiter la Croix-Rousse dont je t'ai souvent entretenu.

Je prends la main de Flore, d'un geste vaste de l'autre main lui indique la maison :

— Noëlline et moi, nous nous sommes connus ici.

Geneviève examine les arbres sous la neige.

— Mais ne restons pas dehors. Vous allez prendre froid, je suppose que vous êtes encore convalescente ?

— Oui, mais chaque jour je vais mieux, dit-elle en montant prudemment les marches de l'escalier. Il y a quinze jours, j'en aurais été bien incapable. Je retrouve mes forces.

Il ne faudrait pas qu'elle glisse ; par précaution, je me tiens derrière elle.

La maman de Noëlline s'attendait à la visite de sa fille et à la mienne, mais non pas à celle de nous quatre. Je sens mon père mal à son aise.

— Nous vous encombrons, madame. Je vous demande pardon de cette irruption.

— Pas du tout. Compte tenu du contexte, Noëlline a eu raison de vous amener ici. Si vous le voulez, Flore, vous pouvez rester ; personne ne viendra vous chercher.

— Je n'en suis pas certain. Sa mère savait la liaison de Vincent et de Noëlline, n'ignorait pas votre adresse par le premier stage de mon fils dans l'atelier de votre mari. J'aurais pu emmener Flore avec moi chez mes parents à Saint-Andéol-de-Fourchades en Ardèche, mais c'est un des premiers lieux où sa mère va orienter ses recherches. Pour le moment, il faut un endroit ignoré de ta mère. Dans la voiture, Vincent, tu évoquais une idée ?

— Oui, et Noëlline la connaît : la Dame de Clavières. En quelque sorte, Flore, tu lui dois un peu la vie. Sans elle, ta greffe se trouvait retardée, et nul n'en saurait aujourd'hui les conséquences. Clavières est un château au pays de George Sand. Avec Besançon la droiture, j'en ai refait les charpentes. J'ai confié notre drame à la châtelaine. À elle, mais également à Besançon ; à lui, pour une autre raison, je peux tout demander. Les châtelains de Clavières seront heureux de t'accueillir. Vendredi, 23 décembre, je te ramènerai à Lyon. Papa, si tu le souhaites, nous pourrons passer les fêtes à Saint-Andéol.

— Tes grands-parents seront joyeux de fêter Noël avec nous trois ; depuis votre rencontre à Lyon, Noëlline, ils ont conservé un si bon souvenir de vous !

— Bien volontiers, mais à une condition.

Je souris et la devine.

— Nous fêterons le nouvel an ici.

— Merci Noëlline, annonce Geneviève. Ah ! J'entends ton père.

Moins avertis que l'oreille de son épouse, nous n'avions pas perçu sa façon caractéristique de bien poser ses pas sur les marches de l'escalier.

— Bonjour, nous dit-il en poussant la porte ; à présent, je connais la voiture et l'ai repérée.

Auguste découvre Flore, la considère.

— Oh ! Je devine qui vous êtes ! N'aurions-nous pas la visite de notre petite miraculée ?

— Absolument, répond papa. Je vous dois une explication…

— Inutile. Soyez la bienvenue, mademoiselle. De toute façon, je devine tout.

Jupiter la Croix-Rousse ne ment pas ; sous son physique de charpentier se cachent un cœur d'or et une sensibilité rare.

— Nous allons passer à table ; à 1 heure de l'après-midi, il se fait temps. Ma femme ne se laisse jamais surprendre. C'est le signe des bonnes maisons. Pas vrai ?

— Exact ; m'attendant à la visite de Noëlline et de Vincent, j'avais prévu un civet de lapin. Un vrai, au fleurie, avec les champignons, les olives, les pruneaux, les petites carottes et le coulis de tomates ; de plus, vous verrez, je n'ai pas plaint les lardons, et encore moins les gousses d'ail en robe avec les échalotes, sans oublier bien sûr la polenta en accompagnement.

Elle réfléchit, compte sur ses doigts. Y en aura-t-il assez pour tous ? Sans compter que la visite de Julien et d'Estelle reste possible. Le lapin était gros. Bah ! À la fortune du pot. De toute façon, Estelle fait montre d'un appétit d'oiseau.

Je précise à Flore :

— Julien est le frère de Noëlline, Estelle sa copine.

— Peut-être un jour sera-t-il mon beau-frère !

Je passe mon bras sur l'épaule de Noëlline, la serre contre moi, la regarde au fond des yeux.

— Tu vois, elle n'a pas oublié.

— Sans compter les deux autres promesses.

— Que je tiendrai, et pas plus tard que cette semaine. De Clavières, je t'emmènerai à Nohant. Irène, la gardienne, et M. Sauzaie, le conseiller général en charge du château, te permettront de jouer sur le piano de Chopin. Tu verras, il n'a pas bougé de place et t'attend dans la chambre où logeait le compositeur, face à celle de George Sand. Quant à la troisième promesse, elle se trouve à présent en bonne voie. Tu la découvriras également la semaine prochaine.

— Et le départ pour Rochefort, ce sera quand ?

Je souris à Noëlline, la laisse répondre :

— Cet été, après la réception de Vincent. Terminé les charpentes historiques, bienvenue à la reconstruction de *L'Hermione*, le vaisseau de La Fayette !

— Les vœux de mon fils seront ainsi comblés. La guérison de sa sœur, sa réception de compagnon, son premier chantier de charpente navale. Dieu sait si adolescent il y tenait et ne voulait pas céder. Tu as eu raison, Vincent. Il faut suivre sa voie. J'aurais dû me montrer aussi ferme que toi pour demeurer paysan ardéchois.

— Mais il n'est pas trop tard, tu vas le devenir.

Papa pousse un soupir, de l'air de dire : « Hélas, j'ai cinquante ans ! »

Geneviève apporte le civet, dépose la marmite sur la table. Auguste entreprend de servir.

— Par ce froid, rien de mieux que la cuisine au vin.

Il observe les verres vides.

— Holà, je manque à tous mes devoirs !

Jupiter retire le bouchon de la bouteille de fleurie, en emplit nos verres.

— Un civet se doit d'être dégusté avec le même vin que celui de sa marinade. À la santé de Flore et aux amours de nos tourtereaux !

Lorsque nous savourons le café, 2 heures sonnent au carillon.

— Julien et Estelle ne viendront pas, constate tristement Geneviève. Ton frère ne te ressemble pas, Noëlline, il mène une vie à la va-comme-je-te-pousse ! Incapable de la moindre régularité. Enfin, nous devons bien le prendre ainsi.

— S'ils sont heureux ! dit Auguste.

— Ils le sont, mais j'aimerais les voir plus souvent. Et vous, que faites-vous de votre après-midi ?

— Je voulais emmener Vincent pour lui acheter une parka. Il n'a rien de chaud à se mettre pour l'hiver. J'y pense Flore ; en fait de vêtements, tu n'as que ce que tu portes et ne peux partir ainsi à Clavières. Cependant, il est risqué pour toi de sortir. Il ne faudrait pas que tu prennes froid. Je vais rechercher les vêtements que je portais à ton âge et t'en emmitoufler.

— Merci Noëlline. Mais si quelqu'un me reconnaît ?

— Vu la foule qui se presse dans les rues et les magasins ce dernier samedi avant Noël, aucun risque. De surcroît, tu te tiendras serrée entre nous.

— De toute façon, ajoute papa, je vous conduis en voiture, ne serait-ce que pour payer les achats ! Flore n'aura pas froid. J'y pense, ne souhaitez-vous pas nous accompagner ? propose-t-il à Auguste et Geneviève.

— Pourquoi pas ? Nous serons bientôt de la même famille ! En revanche, nous prendrons le bus ; inutile de faire rouler deux voitures. Tous ensemble, ce sera plus sympathique ; de toute façon, un samedi après-midi, rouler au centre de Lyon devient quasiment impossible.

Je marche entre Noëlline et Flore que je tiens par la main. Papa nous suit. Souvent, je demande à ma sœur comment elle se sent, si nous ne marchons pas trop vite. Dans les magasins, nous repérons un siège de libre sur lequel Flore s'assoit. De 3 heures à presque 5 heures de l'après-midi, nous avons fait les magasins et sillonné les rues. À la nuit tombante, au croisement de la rue du Président-Herriot et de celle du Bât-d'Argent, une femme donnait le bras à un homme. Dans la foule, de dos, nous ne pouvions les identifier. Mais leurs silhouettes nous intriguaient. À la clarté brutale des vitrines et des lampadaires, papa, Flore et moi-même reconnaissions tous trois le manteau de fourrure de maman et le pardessus d'alpaga de Cabrol.

— Arrêtons-nous dans un café, laissons-les prendre de la distance, décide papa.

D'avoir aperçu ma mère à portée de voix, même de dos, sans lui dire bonjour, me pince le cœur. Sur les visages de mon père et de ma sœur, je lis qu'il en est de même. Noëlline relate la vision à ses parents. Flore commande une brioche avec un chocolat, Noëlline et Geneviève un thé, Auguste et mon père un mâcon blanc, et moi une pression. Papa sourit à Flore.

— Tu n'es pas encore bien vaillante. Il ne serait pas prudent que tu prennes le train pour Châteauroux. Demain, je vous emmènerai tous les deux en voiture à Clavières et reviendrai vous chercher vendredi. À propos, Vincent, as-tu prévenu les châtelains. Imagine qu'ils soient partis voyager ?

— Je les appellerai ce soir. S'ils ne sont pas chez eux, Besançon et Léone seront heureux de t'accueillir comme leur fille.

Je souris à ma sœur, lui effleure la joue.

— Je parierais que tu penses au piano de Chopin ?

— Gagné !

Sur la route de Clermont, la voiture file. La veille, j'ai téléphoné à Clavières. La châtelaine s'est montrée ravie d'accueillir et de découvrir Flore, elle a tant œuvré pour sa guérison ! Elle ne me l'a pas confié bien sûr, mais peut-être est-elle encore davantage heureuse de me revoir. Enfin, elle n'ignore rien de notre drame familial. Tout à l'heure, le départ n'a pas été facile à vivre pour Noëlline. Malgré tout mon amour, serait-elle jalouse du soin que j'ai de Flore ? Ce soir, je lui téléphonerai.

Plus qu'à Lyon, la neige s'est installée épaisse au centre de la France ; ses prairies et ses forêts, ses champs comme ses toits demeurent plus blancs que ceux d'entre Saône et Rhône. En revanche, les routes sont parfaitement nettoyées. Après Montluçon et La Châtre, nous entrons à Clavières. J'indique à papa sur notre gauche le chemin blanchi de neige qui mène au château. Nous sommes partis à 13 heures, il n'en est pas tout à fait 17. Comme la châtelaine en sens inverse il y a trois semaines, papa a roulé vite. La dame de Clavières nous attend, la lampe du perron est éclairée. Les faisceaux des phares balaient la cour puis la façade ; la haute porte de chêne s'entrouvre sur le perron, les deux châtelains sortent. Ouvrant la portière, nous percevons la morsure du froid. Heureusement, nous sommes bien habillés, Flore en particulier. Papa n'a pas lésiné pour l'élégance et le confort de celle qui toujours demeurera sa fille aimée.

Le châtelain s'approche.

— Suivez-moi, monsieur, dit-il à papa ; allons remiser votre voiture. Sinon, demain matin, vous trouverez verglacés le pare-brise et les vitres.

La châtelaine s'empare de Flore.

— Venez vite, ne prenez pas froid ; vous aussi Vincent.

— Pardonnez-moi, madame. Je vous rejoins. Mon père ne va pas porter seul les sacs et les valises !

— Je vous reconnais bien là. À tout de suite.

Lorsque bagages en main nous revenons tous les trois de la remise et entrons dans le vestibule, Flore s'est défaite de sa doudoune, de son bonnet et de son écharpe de laine.

— Faites de même, je vous en prie, mettez-vous à votre aise.

Par la porte ouverte de la salle où vivent les châtelains, j'aperçois les bûches enflammées sur l'épais lit de braises. Elles nous invitent à leur tendre nos mains. Leur rougeoiement éclaire les joues de Flore ; je retrouve ma sœur telle qu'avant sa maladie.

Disposés devant la cheminée, des fauteuils profonds, un canapé, tous tapissés de velours bleu roi, nous offrent leur moelleux. La dame de Clavières me sourit.

— Asseyez-vous, profitez de l'âtre, nous dit-elle.

Avec Flore et papa, nous occupons le canapé.

— Il est tôt pour dîner. Désirez-vous un verre ?

— Avec plaisir, répond papa.

Chez lui, à l'appartement, c'est l'heure de son whisky. Flore choisit un Coca, moi-même une bière fraîche. Je n'ignore pas leur appareil à pression. Comme papa, les châtelains préfèrent le whisky. Tous les cinq, le regard fixé sur les flammes, nous savourons en silence, offrons nos jambes à la chaleur de l'âtre. Parfois, furtivement, je surprends vers moi le regard profond de la dame de Clavières et lui souris.

Doucement, très doucement, telle la marée qui monte, la conversation débute. Flore elle-même raconte sa maladie, sa guérison. Le visage triste, papa écoute. Ma sœur, sans quitter du regard celui qui reste son père, pour moduler ses propos à hauteur de sa souffrance, évoque le nouveau drame, le quasi-enlèvement et la presque séquestration.

— Mathias se montre très bon pour moi, il m'aime, mais mon vrai papa, c'est toi.

Elle se penche vers lui, l'embrasse ; tous les deux demeurent un long moment étroitement serrés.

— Qu'envisagez-vous de faire à présent ?

— À court terme, répond papa, rejoindre ma famille en Ardèche où nous allons passer les fêtes. Vendredi, je reviendrai chercher Flore et Vincent. Pour le jour de l'an, nous serons à Lyon chez les parents de Noëlline. Ils nous invitent.

Comme il s'interrompt, j'ajoute :

— Pour la suite, la décision t'appartient, petite sœur.

— Merci grand frère. Cela fait longtemps que tu ne m'avais pas appelée ainsi.

Comme nos sourires se rencontrent, je lui prends la main.

— Depuis nos téléphones du soir durant ton hospitalisation.

— Ensuite, reprend-elle, papa va entreprendre les démarches pour me faire émanciper. Je voudrais tant que ma mère respecte mon indépendance, comprenne que mon vrai père est celui qui ne m'a pas menti, qui m'a aimée et élevée. À ce jour, je me sens incapable de pardonner leur mensonge à maman et à Mathias. Ils nous ont menti à tous : à moi, à Papa, à toi aussi Vincent.

— Je ne le sais que trop.

Je surprends entre les châtelains un échange de regards qui me va droit au cœur.

— Quel que soit votre choix, et de toute façon il ne nous regarde pas, expose la dame de Clavières, tous les trois, considérez-vous ici chez vous. La porte vous est ouverte. N'est-ce pas mon ami ?

— Absolument.

Le châtelain se relève de son fauteuil.

— Désirez-vous un autre verre ?

— Merci, répond papa.

— En ce cas, je vous propose de passer à table.

Nous nous dirigeons vers la salle à manger que je connais, contiguë à la cuisine.

Le dîner est délicieux : potage des légumes du jardin abrités sous la serre, jambon cru tranché sous nos yeux par le maître de maison, fromages du Berry, salade de fruits frais, le tout arrosé d'un vin blanc de pays. Après le café ou les tisanes selon les goûts, je demande :

— Excusez-moi, madame, puis-je téléphoner ?

Complice, elle sourit.

— Mais bien entendu, le téléphone vous attend dans le vestibule.

— Merci.

— Je vous en prie !

C'est Noëlline qui répond.

— Bonsoir mon amour. Merci de m'appeler.

— Chaque soir, j'ai besoin de ta voix.

— Tout va bien à Clavières ?

— Nous sommes comme en famille. Papa repart demain à Saint-Andéol, puis revient nous chercher vendredi. Aussitôt, retour à Lyon pour t'y prendre et direction Saint-Andéol afin d'y fêter Noël. Ce sera le premier fêté là-bas ; ma mère appréciait peu Saint-Andéol l'été, et pas du tout l'hiver. Pourtant, imagine la beauté de l'Ardèche sous la neige et la joie de mes grands-parents à nous retrouver tous.

— Encore quatre jours. Quel programme ?

— Pour moi, démarrage du chantier de la chapelle à Nohant, avancée du chef-d'œuvre. Pour Flore, visite du château de George Sand, premières gammes sur le piano de Chopin.

— Tu es certain que les responsables le lui permettront ?

— Absolument. Ils me l'ont promis. J'en profiterai d'ailleurs pour reparler de *L'Hermione* au conseiller, m'assurer qu'à Rochefort le chantier démarre bien en juillet.

— Sois prudent, mon amour ; ne t'aventure pas sur le toit tant qu'il reste enneigé.

— Sois confiante, je ne suis pas fou. Et toi, ton programme ?

— Oh, moi, c'est plus banal. Poursuite des études !

Noëlline prévoyait juste. Le lendemain matin, lorsque papa me dépose à Nohant devant le porche de l'église romane avant de rejoindre l'Ardèche et son projet, les ardoises du toit sont couvertes de neige. J'examine la pointe et la croix du clocher. Compte tenu de la raideur des pentes, y grimper serait fou. À ma montre, il est 8 heures. Le jour se lève, Besançon ne va pas tarder. Je me dirige vers le château, frappe à la lourde porte. Irène connaissait ma venue, j'entends ses pas, elle m'ouvre.

— Bonjour Vincent. Le conseiller m'avait prévenu de votre arrivée. Il nous rejoindra dans la matinée avant de s'en aller passer les fêtes en famille à La Châtre.

Tandis que nous parlons, je repère le bruit caractéristique de la fourgonnette de Besançon lorsque sa charge est lourde. Derrière elle suit le camion.

Le maître s'avance, main ouverte, franc sourire aux lèvres. Mes camarades de travail, ceux qui avec moi ont reconstruit la charpente et le toit de Clavières, me tapent dans la main.

— Mauvais point pour moi ! s'exclame Besançon. Le patron se doit d'arriver le premier. Je suppose qu'en m'attendant tu as fait le tour de la chapelle ?

— Vous supposez bien, maître. Les ardoises sont prisonnières de la neige. Impossible de monter sur le toit. À mon avis, il conviendra d'abord de les décrocher une à une à partir des pannes et après avoir démonté les chenaux.

— Parfait. Tu as tout compris.

D'autres que nous profiteraient du temps pour se mettre aux intempéries. Ce n'est pas la mentalité des compagnons. Certes, nous ne monterons pas sur le toit, mais nous travaillerons. La tâche ne manque pas.

Les copains sans nous attendre tirent les échelles hors du camion, les dressent et en élèvent les éléments jusqu'à dépasser les chenaux. Nous voilà transformés en zingueurs ; je sais depuis les débuts de mon apprentissage qu'un charpentier doit savoir tout faire ; je n'imagine pas encore combien pour *L'Hermione* cet adage se révélera exact !

Pinces, cisailles et arrache-clous accrochés au ceinturon, nous grimpons aux échelles, entreprenons à la main le démontage des chenaux. Hélas, leur pose date de si longtemps que plus rien n'est dévissable ou démontable. La seule solution qui vaille reste la cisaille ; tâche rendue encore plus difficile par la neige qui emplit les chenaux, les alourdit ; je m'inquiète du danger de leurs stalactites de glace lorsque ceux-ci tomberont.

— Commencez d'abord par briser les stalactites. Les chenaux en seront allégés.

À grands coups d'arrache-clous, nous les brisons ; à travers la couche de neige, leurs pointes de glace se fichent dans la terre. Ils sont si lourds et tombent de si haut ! Une fois tous brisés, la neige au sol sous les échelles se constelle d'éclats de glace ! Bonnet sur la tête et doigts dans les mitaines pour tenter de contrer le froid, à la cisaille et bravement nous mordons le zinc, sectionnons les chenaux, les laissons s'écraser sous nos pieds. Je découpe avec vaillance lorsque de mon perchoir je repère s'avançant sur l'allée du château la voiture de M. Sauzaie. Il m'a reconnu, je descends le saluer.

— Eh bien ! Pour un futur charpentier de marine, vous voilà posté haut. D'ordinaire, sur les vaisseaux, les charpentiers œuvrent plutôt dans les cales !

XIII

L'Estafette bleue

— VOUS N'IGNOREZ PAS que les charpentiers de marine réparent aussi les mâts au trait de Jupiter !

— Vous sauriez faire cela ?

— Ce serait même ma spécialité. Comme je crois vous l'avoir déjà dit, mon premier maître fut Jupiter la Croix-Rousse, le père de Noëlline. Il tient son nom de compagnon du trait de Jupiter, dont il m'a appris le tour de main. Ce procédé reste la meilleure et la plus sûre des façons pour réparer les pièces brisées. D'après lui, parmi ses élèves, je suis l'un des rares à parfaitement maîtriser cet art. De fait, ce tour de main est un don ; le charpentier qui ne l'a pas reçu ne l'acquerra jamais à la perfection. C'est comme l'oreille absolue chez les musiciens, ils l'ont ou ne l'ont pas. Pour prouver mon savoir-faire, j'ai d'ailleurs prévu de l'utiliser dans mon chef-d'œuvre.

— La miniature de la charpente de Nohant ?

— Parfaitement. Sur la panne faîtière. Un charpentier qui ne maîtriserait pas ce trait serait indigne d'être reçu compagnon.

— J'en ferai part à l'association rochefortaise pour la reconstruction de *L'Hermione*. C'est un point supplémentaire pour vous.

— Merci. C'est d'une question personnelle dont je souhaitais vous parler. Vous vous souvenez de la leucémie dont souffrait ma sœur Flore ?

— Comment se porte-t-elle ?

— Parfaitement, grâce à une greffe.

— Elle a trouvé un donneur ?

— Oui.

Comme il ne m'interroge pas davantage, je n'indique rien de plus.

— Souvenez-vous : elle joue du piano, admire Chopin. Avec votre accord, je lui avais promis qu'une fois guérie elle pourrait faire quelques gammes sur le piano que George Sand mettait à la disposition du compositeur.

— Je m'en souviens et tiendrai ma promesse. Votre sœur peut se présenter ici quand elle le désire. Je l'accueillerai moi-même et aurai plaisir à l'écouter jouer.

— Elle se trouve jusqu'à vendredi l'invitée des châtelains de Clavières. Quel jour peut-elle venir ? Irène m'a confié que vous passerez les fêtes à La Châtre.

— Exact. La Châtre se trouve à un quart d'heure de Nohant. Dites à votre sœur que son heure sera la mienne.

— Je lui téléphonerai dès ce soir. Elle se présentera demain, si vous voulez. Sans doute la dame de Clavières la conduira-t-elle en voiture.

— Parfait. Demain mardi à 10 heures. Je connais très bien cette dame ; si son mari s'intéresse davantage aux chevaux qu'aux humains, son épouse est charmante. Au pays, c'est quelqu'un.

Pris par notre conversation, nous sommes sourds aux pas de Besançon étouffés par la neige. Nous ne remarquons sa présence que lorsqu'il nous rejoint. Les deux hommes se connaissent depuis longtemps, se serrent la main sans façon.

— Bonjour. Eh bien, le temps n'est pas avec vous !

— C'est le moins qu'on puisse dire. Aujourd'hui, nous démontons ce qu'il est possible sans prendre de risques. À partir de demain, si le temps ne se radoucit pas suffisamment pour faire fondre la neige, il nous faudra nous mettre aux intempéries. Nous reprendrons le chantier après le jour de l'an.

— Je vous approuve, inutile de risquer l'hôpital. Au-delà, je vous apporte de bonnes nouvelles ; la municipalité de La Châtre va entreprendre la reconstruction de la toiture du château d'Ars, autrement dit le centre international sur George Sand et le romantisme. L'appel d'offres sera bientôt lancé. Répondez-y. Vous commencez à posséder une solide réputation dans la restauration des charpentes historiques !

— Merci. Dommage que Vincent me quitte pour la charpente navale ! À sa demande, et à la vôtre, je lui ai donné mon accord pour continuer son Tour de France à Rochefort. Il emportera là-bas son chef-d'œuvre en l'état et l'y terminera. En 1999, ses trois ans accomplis, il se présentera à la réception. Nul doute que Vincent sera reçu compagnon, je l'en sais digne.

— Conseiller général, je ne devrais pas l'avouer ; mais engagé personnellement dans la reconstruction de *L'Hermione*, je m'en félicite pour la frégate. Je vous dis à demain, pour l'audition de Flore. Vous savez qu'elle est guérie ?

— Et comment !

Il est midi ; comme à Clavières, Besançon a négocié pour le déjeuner. Irène nous le préparera durant les travaux et nous mangerons au chaud dans sa cuisine. Marchant pour nous y rendre, il me semble que le froid s'atténue. À l'horizon, côté ouest, j'aperçois des petits nuages blancs qui avancent dans le ciel bleu. Après le déjeuner, j'appellerai Clavières pour faire part à la châtelaine et à ma sœur qu'elles sont attendues demain.

Jusqu'à la nuit tombée, luttant contre le froid, nos efforts sur les échelles pour démonter les chenaux ne se relâchent pas.

Arrivé à Châteauroux, je rejoins l'atelier, reprends mon chef-d'œuvre où je l'ai laissé. À 21 heures, de retour à la maison des compagnons, je découvre un message de Colette la bienvenue sur mon plateau-repas : je dois rappeler mon père à Saint-Andéol. Pareille demande n'est pas dans les habitudes de papa, sauf cause grave ; mon dîner attendra.

C'est pépé qui me répond.

— Tu veux parler à ton père ?

— Oui, il m'a dit de le rappeler.

— Je te le passe.

Assis entre mes grands-parents, j'imagine papa au repos devant la cheminée. Je reconnais son pas.

— Bonsoir Vincent. Merci de m'avoir rappelé. Il y a du nouveau.

— Pour Flore ? Comment imaginer autre chose ?

— Oui. J'ai reçu dès mon arrivée à Saint-Andéol un appel du procureur avec qui, tu le sais, je suis resté ami alors qu'il n'estime pas Cabrol ni même ta mère ; pas davantage que tous les avocats d'affaires, d'ailleurs. Voilà. Par amitié, et pour me permettre de prendre mes dispositions, il m'informe confidentiellement que Cabrol et ta mère ont fait lancer une recherche dans l'intérêt des familles pour retrouver Flore. En conséquence, une enquête va démarrer à laquelle il ne peut s'opposer. De mon côté, je l'ai informé de la prochaine initiative de Flore pour se faire émanciper ; compte tenu de l'urgence, j'ai immédiatement contacté un collègue afin qu'il se charge des démarches. Il m'est apparu préférable de ne pas utiliser le téléphone pour en informer ta sœur. Je compte sur toi pour l'avertir de vive voix et surtout la rassurer.

— Que dois-je faire ?

— Rien, c'est le mieux ; que Flore ne quitte pas la région. Personne ne peut deviner où elle se trouve. Vendredi, j'aviserai. Embrasse-la pour moi.

— Moi aussi je t'embrasse. Appelle-moi jeudi soir. Bonsoir papa.

Il fallait bien s'attendre à ce que ma mère et Cabrol ne s'avouent pas vaincus. Où allons-nous passer les fêtes de Noël ? Mon dîner patientera, j'appelle Noëlline.

Elle m'attendait, décroche aussitôt. Je l'informe.

— De toute façon, me répond-elle calmement, ils ignorent où elle se trouve.

— Sur les indications de ma mère, la gendarmerie va sans doute se rendre dès demain à Saint-Andéol. Elle se doute bien que Flore n'est pas à Lyon.

— Et notre projet pour les fêtes ?

— Une fois leur visite à Saint-Andéol accomplie, les gendarmes n'y reviendront pas. Papa m'appellera jeudi soir, ou avant. De toute façon, petit amour, en quelque lieu que ce soit, nous passerons Noël ensemble.

Le dîner peut bien attendre… Comme à chaque téléphone du soir, nous prenons du plaisir à roucouler dans nos écouteurs, à renouveler nos mots d'amour jusqu'à nous dire bonsoir.

Hier, le redoux et les nuages à l'ouest laissaient prévoir le changement de temps ; ce matin, la neige fond sur les ardoises ; libérées, elles révèlent leurs gris. Au sol, la neige fondue transforme la terre en gadoue et les stalactites tombées ne sont plus que pépites de glace disséminées dans une herbe jaunie. Nous en profitons pour dresser les échelles, nous harnacher et reprendre notre ouvrage. Sur le toit, nous atteignons la mi-hauteur du premier pan du clocher lorsque j'aperçois roulant sur le chemin la 605 de la dame de Clavières. À travers le pare-brise, à son côté, je devine Flore emmitouflée. Il est 10 heures. Je descends par les voliges, attrape l'échelle, puis déboule par les barreaux jusqu'au sol où je les retrouve toutes deux.

— Voici donc le château où jouait Chopin.

Malgré son gros bonnet et son épaisse écharpe de laine, ma sœur lève la tête, admire la simplicité des façades de la belle demeure, l'harmonie de ses formes, la toiture d'ardoise grise éclairée de lanterneaux.

— Te souviens-tu des téléphones du soir ? La charpente sous les ardoises est celle dont je te parlais. Nous la reconstruisions durant ton hospitalisation. Je pensais à toi sans cesse. Autant te le révéler de suite, cette charpente m'a donné l'idée de mon chef-d'œuvre. Cet après-midi, je te le ferai découvrir. Je l'ai bien avancé. Tu en auras la surprise un peu plus tôt que prévu.

— Merci Vincent, mais je ne doutais pas.

Elle se presse contre moi et m'embrasse à nouveau. Mes yeux surprennent ceux de la châtelaine.

— Et moi, vous ne m'embrassez pas ? Depuis le temps que nous nous connaissons ! Nous ne sommes plus des étrangers.

Je me rapproche d'elle, hardiment lui saisis les épaules, l'embrasse sur les deux joues. J'ignore le nom de son parfum, mais comme sa peau sent bon ! Sur mes joues du matin encore rasées de près, elle me rend mes baisers. Nos visages s'écartent ; surgit à ce moment la voiture de M. Sauzaie. Elle et lui, notables du pays, se connaissent depuis longtemps ; il la salue d'un baisemain. Je lui présente Flore.

— Voilà donc notre petite miraculée. Vous me voyez très heureux de vous aider à la réalisation de la promesse faite à votre frère ; en revanche, j'impose mes conditions. Vous me permettrez de vous écouter jouer !

Flore sourit :

— Aimez-vous Chopin ?

— Il ferait beau voir qu'en charge du château de George Sand je n'aime pas Chopin !

Il aperçoit Besançon :

— Venez monsieur ; vous êtes pour beaucoup, m'a confié votre compagnon, dans la guérison de sa sœur. Faites-moi plaisir, suivez-nous, je vous prie.

Tous les cinq, nous pénétrons dans le château. Passionné par sa mission, M. Sauzaie nous en conte l'histoire, celle de la dame de Nohant, puis nous fait visiter sa demeure. Après les pièces du rez-de-chaussée et de l'entresol, nous montons les marches de l'escalier qui accède au premier étage. Là se vivaient les amours de George et de Frédéric. Flore détaille le long corridor pavé de petits carreaux de terre cuite qui traverse la vieille maison. Elle aperçoit sur le palier la porte matelassée que l'amante fit poser pour insonoriser la chambre contiguë à la sienne où jouait son amant. Le vieux piano dort là. J'observe Flore. S'attendait-elle à un piano de la taille du génie de Chopin ? Elle s'approche, en caresse le bois, en effleure les touches, enfonce l'une.

— Mais, il est accordé ! s'exclame-t-elle dans un sourire.

— Comme j'ai appris hier matin de votre frère que vous veniez aujourd'hui, j'ai fait venir un accordeur hier après-midi, explique M. Sauzaie.

— Merci, oh merci monsieur. C'est presque le plus beau jour de ma vie ! Si seulement papa se trouvait là, dit-elle en me regardant les larmes aux yeux.

De la paume, elle ose une caresse sur le tabouret où s'asseyait Chopin. Elle s'y installe, égrène quelques notes, ses doigts courent sur les touches. Je m'y attendais ; elle choisit la *Sonate nº 1*, sa préférée. Debout derrière elle, je remarque sa nuque encore déshabillée par la chute de ses cheveux, souvenir de l'inutile chimiothérapie. Ils repoussent, mais il faudra du temps pour ressusciter ses longs cheveux. Avant sa maladie, telles les princesses autrefois, sa chevelure descendait à sa ceinture. J'observe avec éblouissement le jeu de ses belles mains. Dès les premières notes, Irène a laissé sa cuisine pour nous rejoindre. Emporté par la sonate, il me semble que les notes s'égrènent jusqu'à crever le ciel. Je ferme les yeux, écoute et rêve. Joue-t-elle avec les étoiles ? J'en suis à présent certain, mon pressentiment dans l'extase ne peut me tromper : Flore sera un jour une grande virtuose.

— Cela faisait si longtemps que j'imaginais cet instant impossible. Je n'y croyais plus.

Flore se lève, nous salue. Tous les six, encore plus émus qu'elle, nous applaudissons. De joie, elle nous embrasse tour à tour. Il est midi. Irène, prévenue, a ajouté trois couverts ; aujourd'hui, la dame de Clavières, M. Sauzaie et Flore feront table avec nous autres, les charpentiers de Nohant.

Après le café, je prends à part Besançon, la châtelaine et Flore, les informe de l'appel de papa, donne mon avis sur l'enquête. Au fur et à mesure de mes paroles, le visage de ma sœur se crispe et se contracte :

— Je ne veux retourner ni chez ma mère ni chez Mathias. Les rencontrer de temps à autre, d'accord, mais pas davantage. Ils m'ont trop menti.

— Rassure-toi, ils ignorent ta présence à Clavières. Madame va t'y ramener, n'en bouge surtout pas. Vendredi, papa reviendra nous chercher tous les deux. Nous prendrons Noëlline à Lyon et passerons Noël à Saint-Andéol. Mais auparavant, si Besançon l'accepte, je vais tenir ma seconde promesse : te montrer l'avancée de mon chef-d'œuvre ; il sera mon cadeau de compagnon pour fêter ta guérison.

— Vincent, tu as reçu ma promesse de n'avoir rien à te refuser. Allez à Châteauroux visiter l'atelier. Tu rejoindras le chantier demain matin.

— Merci maître.

Flore lui sourit et tout émue l'embrasse.

— Merci monsieur de tout ce que vous avez fait pour moi.

— Ce n'est rien ! Je dois bien ça à votre frère.

— Avant d'aller à Châteauroux, petite sœur, je veux te montrer un banc de pierre.

— Un banc de pierre ?

— Ah, je vois ! dit la dame de Clavières.

Nous pénétrons sous les frondaisons dépouillées, marchons sur un lit de feuilles roussies où quelques traces blanches indiquent la neige récente. Le banc dort là, moussu, humide, reposant tel un dolmen oublié par le temps.

— C'est ici et sur lui que s'asseyaient George Sand et Frédéric Chopin ; ils y rêvaient à leur aise en dehors du monde.

Flore s'approche, s'assoit.

— Où s'asseyait Chopin ?

— À droite, il serrait contre lui George de son bras gauche.

— C'est merveilleux. Aujourd'hui, le froid ne me le permet pas. Mais, aux beaux jours, je reviendrai me promener dans le parc. Merci encore grand frère, jamais je n'aurais imaginé ressentir de telles émotions.

Dans la voiture bien chaude, Flore m'interroge :

— Il te doit donc tant Besançon, pour accéder ainsi à toutes tes demandes ?

— C'est un secret entre nous deux et personne ne devrait le connaître, surtout pas son épouse. Suite à une imprudence de sa part, je lui ai sauvé la vie. Je n'aurais pas dû vous révéler cette affaire, à madame et à toi. S'il vous plaît, oubliez toutes les deux cette confidence.

Nous traversons Châteauroux, longeons les quais de l'Indre.

— Vous tournerez ici, madame ; prenez la première rue sur votre gauche. Voilà. À présent, entrez dans cette grande cour, traversez-la et garez-vous au fond sur votre droite, à hauteur de l'atelier. Parfait. Suivez-moi, à présent.

Nous pénétrons dans le sanctuaire. Flore et la châtelaine découvrent mon ouvrage.

— La miniature de la charpente de Nohant !

— J'ai recherché longtemps une idée de chef-d'œuvre dont je puisse te faire cadeau. Il fallait que ce fût une miniature pour l'emporter et la loger chez toi. Connaissant ta passion pour George Sand et Chopin, j'ai retenu ce sujet. Sans vouloir me vanter, je n'ai pas choisi la facilité : une miniature parfaite est toujours plus difficile à réaliser que l'original. D'autant plus que je tiens absolument à utiliser la panne faîtière pour montrer ma maîtrise du trait de Jupiter.

— C'est quoi ?

— Excusez-moi. C'est l'art d'assembler bout à bout deux pièces de charpente pour n'en faire qu'une seule, mais aussi solide que si elle était unique. Je vous fais grâce des techniques ; la maîtrise de cet assemblage est incontournable en charpente navale. Au temps des grands vaisseaux de la Marine royale, il permettait de réparer les mâts brisés et autres pièces durant les canonnades ou les tempêtes. Le trait de Jupiter doit son nom au fait que sa forme rappelle celle d'un éclair et que, dans la mythologie romaine, le dieu de la foudre se nommait Jupiter. Mais cette technique est également utilisée dans la restauration des charpentes historiques, par exemple pour récupérer deux pièces de même époque afin d'en faire une seule. Si vous assemblez une pièce de plusieurs siècles et une autre d'aujourd'hui, ça n'ira pas, le bois neuf jouera. Grâce au trait de Jupiter, on fait de deux pièces anciennes une seule et leur assemblage se révèle parfait. Ce tour de main est recherché et bien peu de charpentiers le maîtrisent. Mon premier maître, le père de Noëlline, me l'a enseigné. Il paraît que je le possédai quasiment du premier coup ; c'est à cela qu'il comprit que je pouvais prétendre à devenir compagnon. Lui-même est reconnu pour sa parfaite maîtrise de ce tour de main, car c'en est un. Il tient de cela son surnom de compagnon, Jupiter la Croix-Rousse ; Jupiter pour son art, la Croix-Rousse en hommage à ses aïeux canuts.

La dame de Clavières sourit, m'interroge :

— Et vous, quel surnom de compagnon prendrez-vous ?

— Mes maîtres le choisiront. Le premier terme se rapporte au métier, le second au lieu. Je compte que l'Ardèche y soit évoquée.

Flore et la châtelaine se penchent sur mon ouvrage, en découvrent les pièces, en apprécient l'ensemble.

— D'ici à deux mois, le montage et l'assemblage seront terminés. Comme au XVIIIe siècle, époque de la construction du château, j'utilise uniquement des tenons et des mortaises, ni colle ni pièces métalliques. Tout repose sur la perfection de l'ajustage. Souvent, Besançon me rejoint, s'assure que je travaille selon les règles de l'art. D'ici à deux mois, il ne me restera qu'à peaufiner le ponçage, puis à cirer et polir le tout. J'utiliserai la cire d'abeilles, pour son parfum et sa capacité à nourrir le bois. Ce chef-d'œuvre, je me donnerai le temps de l'achever à Rochefort où dès l'été Noëlline et moi rejoindrons le chantier de *L'Hermione*.

Flore me pince le petit doigt.

— Une fois la frégate reconstruite, je pourrai monter à bord ?

— Et même y jouer du piano sur le pont le jour de l'appareillage !

Je soulève Flore et dans mes bras elle danse !

À ma montre, je lis 3 heures de l'après-midi.

— Je vais profiter du jour pour avancer mon ouvrage. Si vous voulez rester, vous ne me gênez pas.

— Non, notre présence, si agréable soit-elle pour nous, nuirait à votre concentration. Je ramène votre sœur à Clavières.

— N'oublie pas, Flore, demeure au château, n'en sors pas. Je t'avertirai de l'heure d'arrivée de Papa. Bisou. Vous aussi madame, puisque nous avons commencé !

La dame de Clavières m'offre ses joues ; je ne suis pas dupe : elle s'arrange pour me les présenter à la commissure des lèvres.

Je les raccompagne à leur voiture, les regarde s'éloigner, rejoins l'atelier. Parmi les pièces de bois, j'en recherche deux parfaitement identiques afin de pouvoir les assembler en une seule. Les membres du jury s'assureront ainsi de ma réelle maîtrise. Je connais l'esprit compagnon ; le résultat compte moins que la méthode employée. Pour cela, tout au long de mon chef-d'œuvre, à chaque fois je choisis le chemin rocailleux plutôt que le plat, trop facile et ennuyeux.

Tout d'abord, comme à la Croix-Rousse dans l'atelier d'Auguste, préparer les coupes biaises à redent, les barbes et les clés de serrage. Je plaque deux à deux les pièces choisies, les presse entre les mâchoires de l'étau, mesure exactement puis trace au crayon la coupe et les redents. Je n'ignore pas la longueur et la minutie du travail ; par deux fois, je vérifie l'exactitude de mon dessin puis sélectionne la plus fine des scies pour entreprendre enfin la découpe. Le bois de chêne, sec de plusieurs années, se révèle si dur que les dents mordent à peine, donnent presque l'impression de caresser plutôt que de mordre. Une bonne heure m'est nécessaire pour scier mes deux pièces.

Une fois l'étau desserré, j'en saisis une dans chaque main, les emboîte. Sans jeu, elles s'ajustent parfaitement jusqu'à ne former qu'une seule pièce. Parmi les chutes, j'en remarque deux qui une fois rabotées feront de parfaites barbes pour bloquer l'ensemble. Demain, je terminerai le trait par les clés de serrage. Le mieux sera deux chevilles entrées en force ; elles rendront mon assemblage capable de résister à tout effort de traction. S'agissant d'une miniature, je pourrais me dispenser de ces clés. Mais je tiens absolument au respect de l'esprit compagnon. J'avise le foret à main pour creuser le passage des chevilles ; pas question de machines, tout l'outillage doit être d'époque.

À peine le foret s'enfonce-t-il que je repère dans la cour deux faisceaux de lumière. Besançon est de retour.

— Bonsoir ! Alors, ça avance ?

— Voyez plutôt, maître, dis-je en montrant la panne faîtière couchée sur l'établi.

Il la porte à ses yeux, l'examine, en vérifie la ligne puis la solidité. Sans même les clés de serrage, elle ne bouge pas.

— Mes félicitations pour l'assemblage ; une fois poncée et cirée, elle paraîtra une seule pièce.

— Merci ; pour le principe, je vais cependant placer les deux clés de serrage. Je choisis de cheviller.

— Tu as raison. Le plus peut le moins ; le jury appréciera.

Il me regarde intensément, change de sujet :

— Cela ne me regarde pas, réponds-moi seulement si tu le veux. Ta jeune sœur, comment va-t-elle vivre désormais, écartelée entre ses trois parents ?

— Si, vous avez le droit de savoir compte tenu de ce que vous avez fait pour nous. Elle choisira ; quoi qu'il en soit, mon père, Noëlline, Auguste, Geneviève et moi-même sommes à son entier service.

— Ajoute Léone et Besançon !

— Et la dame de Clavières ! Sans compter mes grands-parents de Saint-Andéol ! Nous tous réunis, malheur à ceux qui s'en prendront à Flore !

Mercredi soir, papa me téléphone. Il a avancé son appel d'une journée.

— Ce matin, à 8 heures, les gendarmes sont venus à Saint-Andéol. Ils nous ont questionnés tes grands-parents et moi-même. Ils recherchent Flore dans l'intérêt des familles. Nous leur avons répondu qu'elle n'était pas là. Ils m'ont demandé si je savais où elle se trouvait. J'ai répondu par un mensonge pour la bonne cause. Ils n'ont pas pris la peine de visiter la maison, ne semblent pas très motivés pour leur recherche. De toute façon, ils n'étaient porteurs d'aucun mandat. Une visite de routine, m'ont-ils confié. À 9 heures, ils partaient. Je suis persuadé qu'ils ne reviendront pas. Compte tenu de la distance, je vais partir dès jeudi matin. Je coucherai à Clavières jeudi soir, repartirai le lendemain matin avec Flore et nous passerons te prendre à Nohant vers les 9 heures. Retour vers Lyon où nous attendra Noëlline et aussitôt après direction Saint-Andéol. Tes grands-parents espèrent notre arrivée dans la soirée. Téléphone à Noëlline, préviens-la.

Ce que je fais dès qu'il a raccroché.

— Nous arriverons chez tes parents après-demain en début d'après-midi et repartirons aussitôt après vers Saint-Andéol.

— Vous déjeunerez à la maison ?

— Tu nous invites si gentiment ! Cela nous évitera de perdre du temps à nous arrêter en route. Nous serons rendus plus tôt à Saint-Andéol. Comment vas-tu, petit amour ?

— Bien. Et Flore, où en est-elle de sa convalescence ?

— Lorsque je l'ai vue à Nohant, il me semble qu'elle avait repris des forces. Elle nous a joué la *Sonate nº 1* de Chopin, sur le piano du château, et de façon remarquable. Je suis à présent persuadé qu'une grande carrière l'attend. Ses doigts sont d'or.

— J'ai hâte de l'écouter jouer. Qu'elle ne prenne pas froid. Je t'embrasse mon amour.

— Moi aussi je t'embrasse. À vendredi.

— À vendredi mon amour.

Je l'avais totalement oublié. Vendredi tombe la veille de Noël. Je consacre la soirée de jeudi à courir les commerces de Châteauroux, à dépenser pour mes cadeaux les pauvres économies d'un futur compagnon charpentier, et de charpente navale, s'il vous plaît !

Tout se déroule comme papa l'a annoncé. Vendredi, en début d'après-midi, mon père entre en voiture dans la cour de la maison des parents de Noëlline. Comme souvent la veille de Noël, il ne fait pas froid, la terre et les arbres mouillés se sont libérés de leur neige. Sans doute, l'hiver se fera-t-il la première quinzaine de janvier. Tous les trois, nous descendons de voiture. Noëlline nous guettait, elle sort sur le perron, dévale comme en dansant les marches de l'escalier, nous rejoint, nous embrasse, me prend à part, indique à papa et à Flore de monter à la maison. Au pied de l'escalier, une fois seuls, ses yeux sourient aux miens. Elle se jette dans mes bras, je l'embrasse et la serre très fort, comme si je voulais l'écraser.

— Tu m'étouffes.

— C'est parce que je t'aime trop !

Vers les 7 heures du soir, nous arrivons à Saint-Andéol. Comme il est beau dans la nuit installée de croire en la lumière ! La place de la mairie, la grand-rue tout du long s'éclairent de lampadaires ; le curé a souligné le porche de l'église d'une guirlande électrique. Dans la nuit, sa lumière bleue donne à l'édifice roman une profondeur mystique. Sans doute, après le repas, à la messe de minuit célébrée à 22 heures, car le pauvre curé dessert plusieurs paroisses et doit égrener ses messes sous les différents clochers pour satisfaire ses ouailles, irons-nous y rejoindre les habitants du village.

Le pépé et la mémé, prévoyant notre arrivée et voulant nous faire fête, ont eux aussi accroché des guirlandes électriques aux branches centenaires du douglas ; papa et moi, comme Flore, nous avons toujours connu cet arbre. La lanterne électrique au-dessus de la porte est elle aussi habillée de papier bleu.

Point n'est besoin de frapper ; malgré les volets fermés, les grands-parents ont reconnu le bruit du moteur et déjà nous accueillent.

— Rentrez vite, il ne fait pas chaud. La nuit dernière, il a gelé.

Ouvrant les portières, nous vérifions effectivement que la température de Saint-Andéol à plus de mille mètres d'altitude n'est pas celle de Lyon ! De plus, venant de l'ouest et s'accrochant au sommet du mont Gerbier de Jonc éclairé des étoiles, nous discernons des nuages cotonneux que connaissent bien les gens d'ici ; ils annoncent la neige. Heureusement, dans la grand-pièce, les bûches brûlent dans l'âtre, le four de la cuisinière exhale un fumet de caillettes ardéchoises, spécialité de la mémé, et servies pour le réveillon de Noël. Le jeune sapin, coupé vert par les mains du pépé dans ses propres forêts, parfume la grand-pièce des saveurs de sa résine ; la lueur des braises et des flammes se reflète sur son étoile accrochée à sa cime.

Les premiers baisers vont bien sûr à Flore ; elle demeure leur petite-fille malgré l'absence des liens du sang. Ils l'embrassent d'autant plus fort qu'ils l'avaient crue perdue lorsque son visage confondait sa pâleur avec celle de la taie d'oreiller sur son lit d'hôpital. Vient ensuite le tour de Noëlline, de moi-même et de papa. Un serrement me prend le cœur ; j'aurais tant voulu voir maman parmi nous. Malgré son mensonge, tout le mal qu'il nous fait, je n'arrive pas à lui en vouloir vraiment.

La mémé a dressé une magnifique table sur la longue nappe blanche frangée de dentelles du Puy, celle reçue en cadeau pour son mariage. Le Pépé a cueilli le houx, le gui et les ramures de sapin pour le chemin de table ; vaisselle, couverts, serviettes, tout date de leurs épousailles et demeure comme neuf d'avoir dormi dans son armoire.

— Passons à table pour ne pas arriver en retard à la messe de minuit. La célébration sera belle, avec une chorale venue spécialement du Cheylard. Elle chante en patois ardéchois. Tu verras, Noëlline, notre église possède une merveilleuse acoustique. Parfois, des voyageurs viennent de loin y essayer leur voix. Tu aimes chanter ?

— Oui.

— Pour l'avoir vu l'été, je me souviens que l'église est même équipée d'un harmonium, ajoute Flore. Si personne n'y joue, je demanderai au curé sa permission d'y prendre place.

Nous prenons plaisir à savourer les mets de la mémé, mais cependant nous mangeons vite car la faim nous chatouillait l'estomac. Depuis Lyon, nous n'avions rien pris et la route fut longue.

— Oh ! Les premiers flocons.

Sitôt sortis, nous les remarquons à la lueur de la lanterne. Il ne leur a fallu que le temps du réveillon pour venir s'installer au-dessus de nos têtes. Malgré le froid de cette nuit de Noël, nous choisissons d'ignorer la voiture pour marcher jusqu'à l'église, sise à dix minutes à peine. Les gens sont venus de partout, non seulement du bourg, mais des entours. La chorale du Cheylard a pris place face à l'autel. Flore avise l'harmonium, personne ne s'y installe ; elle se rend à la cure.

— Toi ! s'exclama le prêtre en souriant. Tes grands-parents m'avaient parlé de ton état de santé, je m'inquiétais et te croyais à Lyon.

— J'en arrive avec papa, Vincent et Noëlline, sa fiancée.

Sacrée Flore ! Pour avertir le prêtre, ma sœur prend sur elle d'utiliser ce terme !

— Je serai heureux de leur dire bonjour. Mais, d'abord, comment vas-tu ?

— Bien. Sauf rechute, je suis guérie. Dites-moi, je n'ai vu personne à l'harmonium ?

— Hélas, depuis longtemps !

— Saviez-vous que je joue du piano ? Puis-je m'installer à l'harmonium ?

— Ce sera une joie pour tous. Mais préviens la chorale, à moins que tu ne souhaites l'accompagner ?

— Il nous aurait fallu répéter tous ensemble. Je jouerai des cantiques de Noël d'origine ardéchoise.

— Parfait ! Cette messe de minuit fleurera bon l'Ardèche. La chorale a choisi de chanter en patois ardéchois ! Va, Flore, je suis très heureux de te voir guérie.

Vite, ma sœur s'installe à l'harmonium, l'accorde au mieux, prend le temps d'essayer quelques notes.

Ces Noëls en patois, je les découvre. Jamais maman n'accepta de passer Noël à Saint-Andéol. Quant aux cantiques, je les ignorais également. Où Flore en a-t-elle appris les harmonies ? Quand le temps sera venu, je lui poserai la question. Ces chants qui évoquent le pays occitan me raccrochent à mes racines.

Après la messe, sortant de l'église, nous retrouvons la place blanchie et les flocons plus denses, plus épais, plus cinglants.

— Il va *burler*, annonce grand-père.

Malgré cela, plutôt que repartir immédiatement chez elles, quelques personnes descendent dans une cave naturelle aménagée sous le presbytère ; il y coule une eau de roche dont l'histoire locale affirme qu'elle guérit les maladies des yeux. Comme toute la famille voit comme un chat dans la nuit, nous préférons retrouver la chaleur de l'âtre dans la ferme des grands-parents. Sur la route, quatre rails dans la neige nous intriguent.

— J'ignore où vont ces gens, mais rouler dans la nuit quand il neige et risque de burler peut s'avérer suicidaire.

Effectivement, la burle remonte des vallées, enveloppe la montagne, repousse sur la route toute la neige qu'elle arrache aux prairies et aux champs.

— Rentrons vite, ajoute grand-père. Dans une heure, la route ne se distinguera plus.

Malgré les flocons de plus en plus serrés, nous repérons la lanterne vêtue de bleu et laissée éclairée en compagnie de la guirlande électrique qui entoure le sapin à présent vêtu de blanc.

— Regardez !

Noëlline l'aperçoit la première. Dans la cour, une seconde voiture est garée. Le pare-brise et la lunette arrière enneigés ne nous laissent rien deviner de qui se trouve à l'intérieur. À quelques mètres seulement, je déchiffre un 69 sur la plaque minéralogique.

— Ce sont eux ! s'exclame papa.

— Maman et Mathias ! s'écrie Flore.

D'instinct, elle se blottit entre mon père et moi, confie ses menottes aux nôtres.

Ce sont bien eux. Comme nous entrons dans la cour, ils ouvrent leur portière, quittent la voiture, nous attendent côte à côte, pieds dans la neige et recroquevillés sous les flocons.

— Bonsoir Flore, nous venons te chercher.

Pour protéger ma sœur, papa et moi nous serrons encore plus contre elle. Noëlline me prend l'autre bras, pépé et mémé vont à eux. Depuis toujours, tous les deux avaient leur belle-fille en grippe. Ils respectaient le choix de leur fils, mais savaient le couple, comme il se dit, mal assorti. Depuis les révélations de papa, la visite des gendarmes, ils la détestent. Envoyer les gendarmes dans la famille, cela ne se fait ni ne se pardonne.

— Que faites-vous dans notre cour ? Qui vous a permis d'entrer ? Nous sommes ici chez nous.

— Le droit de récupérer notre fille. Flore, je suis ton père, tu le sais, et Carine est ta mère. Ta place se trouve avec nous. Ton beau-père et ton demi-frère t'ont abusée, certes, et nous te pardonnons. Nous t'aimons, tu le sais. Viens avec nous.

— Flore a seize ans, en âge de choisir, répond papa. Une procédure d'émancipation est en cours ; elle ne vous suivra que si elle le souhaite.

Maman s'approche, Cabrol la suit. Flore s'effondre en larmes.

— Je vous aurais aimés si vous ne m'aviez pas menti. Donnez-moi du temps. Je vous reverrai lorsque j'aurai pu vous pardonner.

— Tu étais trop jeune pour comprendre, suis-nous, je suis ton père, je t'aime et te l'ai dit chaque jour durant ta maladie.

— Je sais, mais tu m'as menti. Si tu m'aimais comme tu le prétends aujourd'hui, tu aurais dû me reconnaître dès ma naissance.

— Et moi, je suis ta mère, je t'ai mise au monde, élevée, tu m'appartiens. Viens !

Maman lui saisit la main, la tire de force. Papa prend le bras de maman, le tord, libère ma sœur.

Cabrol se précipite, repousse papa. Travailleur de force depuis de nombreuses années, plus jeune d'une génération au moins, je m'interpose, repousse Cabrol sans peine.

— Vous n'avez pas honte, maître Cabrol, vous battre la nuit de Noël ! Et devant votre fille en pleurs ! C'est toi qui l'as amené ici, dis-je à ma mère. Tu ressembles à une louve qui enlève son petit.

Son visage semble si haineux, elle ouvre tant la bouche, montre tant ses dents comme pour mordre, que l'image ne me semble pas exagérée.

Cabrol, ayant mesuré ma force, se tient silencieux où je l'ai repoussé ; papa l'observe, prêt à tout.

— Et d'abord, qui vous a dit que nous étions ici ?

— Ce n'était pas difficile à deviner, ricane ma mère. Vous ne pouviez être ailleurs. Saint-Andéol est ton repaire, lance-t-elle à mon père.

— Parfaitement, et la nuit de Noël y est plus belle qu'à la ville.

Le pépé et la mémé se rapprochent de Papa.

— Qu'allons-nous faire d'eux ? Par ce froid et cette neige, ils ne peuvent dormir ni dans la voiture ni dans la grange. Sans compter qu'avec la burle reprendre la route à cette heure pour descendre de la montagne serait par trop risqué ; de plus, une nuit de Noël, tous les hôtels sont fermés. Il faut les héberger.

Ma grand-mère s'approche de maman.

— Rentrons au chaud, nous allons prendre froid.

Une fois retrouvée la tiédeur de la grand-pièce, chacun s'observe, gêné. Maman et Cabrol demeurent dos à la porte, le pépé recharge l'âtre, la mémé son fourneau. De l'autre côté de la table, face à la porte, nous attendons. Blottie entre papa, Noëlline et moi, Flore soutient bravement le regard de ses parents. Le silence nous prend à la gorge ; peut-on vivre ainsi ?

— Si vous n'avez rien pris depuis Lyon, vous devez avoir faim, s'inquiète la mémé. Il me reste des caillettes du réveillon, asseyez-vous et mangez. Ce ne serait pas chrétien de vous refuser le gîte et le couvert par la nuit de Noël.

Elle va au fourneau, rapporte le plat où attend dans la tiédeur du four le reste des caillettes. Pépé dispose deux assiettes, deux verres, les couteaux et les fourchettes.

— Toi, dit la mémé à mon père, apporte le pain et le reste de la bouteille de vin. Et vous, ne restez pas debout. Malgré tout, nous sommes en famille.

Face à maman et Cabrol qui s'assoient sur un banc, Flore, Noëlline et moi nous installons vis-à-vis d'eux sur l'autre banc. Papa s'empare d'une chaise, se place en retrait ; à mon côté, pépé occupe le haut bout de la table, dos à l'âtre. Mémé agit de même, à l'autre bout, dos au fourneau. Un silence gênant fait résonner dans la grand-pièce le bruit des fourchettes et des couteaux sur les assiettes. À part ce bruit, nous n'entendons que les crépitations des bûches enflammées. Ce silence, il faut le rompre. Cabrol félicite ma grand-mère :

— C'est très bon, madame, je n'en avais jamais goûté. Et toi, tu aimes ? demande-t-il à ma mère.

— Maman s'est toujours refusée à passer Noël ici, et nous en empêchait, lance Flore qui, de tous, semble la plus remontée. Dis-moi la vérité, pourquoi es-tu venue ? Tu n'imaginais pas que j'allais repartir avec toi ?

Ma mère ne répond pas ; Cabrol la supplée :

— Comme tous les parents, ta maman et moi voulions t'apporter ton cadeau de Noël. Ta mère était persuadée de te trouver ici, elle ne s'est pas trompée. Où as-tu mis le cadeau de Flore ? demande-t-il à ma mère.

— Dans le coffre de la voiture.

— Je vais le chercher.

— Attendez ! s'exclame la mémé. Auparavant, il faut disposer les sabots. Sinon le Père Noël ne viendra pas.

Avec le pépé, elle va à l'étable où derrière la porte sont gardés une multitude de sabots que personne ne met plus ; peu importe, il ne faut rien jeter.

— Venez ! Approchez-vous !

Elle nous en choisit chacun une paire adaptée du coup d'œil à la taille de nos pieds.

— À présent, disposez-les sous le sapin.

Cabrol se lève, marche vers la porte, tourne la clé et tire le verrou. Par ce temps, qui viendrait à la ferme ? Mais il s'agit d'une vieille mesure de prudence, ancestrale, conservée du temps des guerres, des brigands et des chauffeurs de pieds. Le soir, dans chaque ferme, le maître en fait le tour, condamne les ouvertures. Sitôt la porte ouverte, la neige, soufflée par la burle, entre à grands flots. Malgré cela, Cabrol sort, puis revient presque aussitôt.

— Excusez-moi, auriez-vous un balai ? La neige recouvre entièrement la voiture. Je ne peux ouvrir le coffre.

Papa va à la cheminée, saisit un balai de genêts posé contre le jambage, l'offre à son ancien collègue, son rival, le nouveau père de Flore. De l'intérieur de la pièce, nous percevons le crissement des genêts secs sur la tôle et la lunette arrière. Un claquement, le coffre s'ouvre.

— Demain matin, dit le pépé, il n'aurait pu ; tout eût été gelé.

Cabrol revient, pousse la porte, tourne la clé, tire les verrous ; il serre sous le bras un gros paquet enveloppé de papier cadeau rouge, le pose sur les sabots que mémé a donnés à Flore.

Je regarde Noëlline, puis papa, ma sœur et mes grands-parents.

— Ne l'ouvrez pas ce soir. C'est trop tôt. Nous n'étions pas prévenus. Sans besoin de nous le dire, il était convenu que chacun trouverait son cadeau demain matin sous le sapin.

— Très bien Vincent, ajoute mémé. Nous n'allons pas dormir assis. À moins que vous ne désiriez veiller ? En ce cas, vous trouverez dans le tiroir du buffet des jeux de cartes, de petits chevaux et autres. Le pépé et moi, nous allons nous coucher. Auparavant, il faut répartir les chambres. De toute façon, outre la nôtre, il n'en est que trois. Vincent, avec Noëlline et Flore, je te propose de dormir dans la grande chambre où tu dormais avec tes deux cousins. Elle est à trois lits, vous vous arrangerez. Toi, Clément, garde la tienne quand tu étais garçon. Quant à vous deux, occupez celle du temps où madame était la femme de mon fils. Montez, vous saurez la retrouver. Les lits ne sont pas faits, mais vous dénicherez dans les placards draps, taies et couvertures.

Flore et moi, allons-nous dire bonsoir à maman ? C'est notre mère, malgré tout. Ses pensées doivent rejoindre les nôtres car elle nous considère d'un air d'une infinie tristesse. Comprendrait-elle enfin qu'il existe dans le pardon une joie inconnue dans la vengeance ? Comme des aimants qui s'attirent, tous les trois nous embrassons.

— Pardon, nous dit-elle.

— Bonne nuit maman.

Cabrol est là, s'approche de sa fille. Ils s'embrassent. Flore va alors à papa, seul et assombri devant la cheminée ; tous les deux tombent dans les bras l'un de l'autre. Chacun embrasse Noëlline, nouvelle dans la famille.

Mes grands-parents se contentent pour leur part d'un bonsoir de politesse à leur belle-fille et à Cabrol. Pardonneront-ils un jour ? Peut-être, mais plus tard.

Dans la chambre, nous trouvons Flore occupée à faire son lit.

— C'est bien triste, toutes ces années gâchées.

— Oui, et malgré toutes nos bonnes volontés, elles ne se rattraperont pas. Le plus à plaindre est papa.

Avec Noëlline, nous rapprochons deux lits pour n'en faire qu'un. C'est la première fois qu'avec elle nous dormons à trois dans la même chambre. Flore se déshabille d'abord dans le cabinet de toilette, nous ensuite. Lumière éteinte, dans nos deux lits rapprochés, craignant que ma sœur entende, nous limitons nos étreintes à de tendres caresses. Sous le plancher, sur les dalles de la grand-pièce, dans l'escalier, j'entends des va-et-vient, des pas trotte-menu ; j'imagine le Père Noël disposant ses cadeaux sous le sapin. Lorsque les bruits ont cessé, j'entends Flore se lever, puis venir se recoucher. C'est au tour de Noëlline à présent. Je me lève après elle et descends à mon tour sous le sapin.

Nous nous sommes couchés tard et avons bien dormi. Vers les 8 heures, je retrouve le bruit familier des chèvres et de la Sultane que pépé et mémé sont occupés à traire ; ce bruit inoubliable lorsque glissent les chaînes dans les trous des mangeoires a bercé mon enfance durant toutes mes vacances. Je ne l'oublierai jamais. Un rai de jour se faufile à travers les volets ; Noëlline et Flore dorment encore ; immobile, j'écoute. De ma main, je caresse celle que j'aime, l'éveille d'un baiser.

— Il fait jour ?

— Oui. Attends.

Je me lève, ouvre la fenêtre, pousse les volets. Collée à eux, une plaque de neige gelée, soufflée par la burle, s'effondre. Flore se retourne :

— Oh qu'il fait froid !

Négligeant sa remarque, je me penche à l'extérieur. Tout le pays dort dans le blanc, dans un silence de mort. Quelques flocons persistent à tomber mais je sens à la clarté du ciel que le soleil va l'emporter. S'il cesse de neiger, gare au froid ! Laissant Noëlline et Flore profiter de la chaleur des draps, je vais au cabinet de toilette procéder à mes ablutions. Lorsque je ressors, Noëlline bavarde assise sur le bord du lit de Flore.

— La place est libre, leur dis-je.

— Vas-y, propose ma sœur à Noëlline.

Tous les trois, nous sommes prêts ; j'entends sonner 10 heures au carillon. Peu après, portés par le silence blanc, nous parviennent les dix coups du clocher. Dans la grand-salle, nous arrivons les derniers. Du fourneau s'exhale un parfum de dinde rôtie reconnaissable à la première respiration. Sur la table, rien ne manque : pain, beurre, confitures de la mémé, café, thé et chocolat. Comme la famille entendait nos pas à travers le plafond, elle nous attendait. Sous le sapin, débordant des sabots, tous les cadeaux sont disposés.

— Bonjour à tous, excusez-nous, mais il ne fallait pas nous attendre.

Hier soir, avant le coucher, chacun s'est embrassé. Ce matin de Noël, pour nous dire bonjour, nous nous distribuons à nouveau des bisous. La burle aurait-elle enfoui les événements de la veille ?

— Voyons un peu, dit la mémé, ce que le Père Noël a déposé dans les sabots. Par ce temps, ses rennes n'étaient pas dépaysés.

Les plus somptueux des cadeaux sont pour Flore et Noëlline. L'argent ne manque pas aux parents de ma sœur et pour se racheter ils n'ont pas lésiné ;

Flore trouve dans son paquet un collier d'or fin. Noëlline n'a rien à lui envier : Papa, à son aise comme eux – chacun sait bien que dans les procès les avocats s'enrichissent davantage que leurs clients –, a glissé dans un écrin une bague également d'or fin gravée à ses initiales. Quant à moi, pauvre futur compagnon, je lui offre la statuette qu'en cachette et depuis de longs mois mes doigts d'or ont sculptée. J'ouvre mon paquet, découvre son cadeau ; étudiante, elle vit de l'argent de ses parents. Pour me l'offrir, elle a dû économiser longtemps ; c'est une montre à mes initiales ! Elle avait remarqué que je demandais toujours l'heure. De la part de tous, chacun déballe des offrandes toutes simples, mais combien grande est leur valeur de cœur ! À l'exception de maman et de Cabrol qui n'étaient pas attendus, nul n'a été oublié. Cette punition crée un malaise ; outre les cadeaux principaux, il existe tous les petits. À midi, au moment de passer à table, tous les deux en trouveront sous leur serviette.

Pour le repas de Noël, mémé ignorait la présence de maman et de Cabrol ; cependant, elle avait provisionné large. Ma grand-mère n'imaginerait pas le repas de Noël hors des traditions, sans foie gras, sans dinde aux marrons et sans bûche. Jeudi, avec pépé, elle était descendue par l'autocar jusqu'au Cheylard. Tous les deux en avaient rapporté un beau bloc de foie gras et une jolie dinde retenue depuis longtemps chez un éleveur de leurs amis. La bûche, elle la ferait. Nous terminons le petit déjeuner lorsque nous surprenons par les vitres de la fenêtre le passage du chasse-neige.

— Te voilà rassurée, dit Cabrol à maman. Vu l'état des routes, nous craignions de ne pouvoir repartir cet après-midi.

— Vous n'attendez pas demain ? questionne pépé.

Comme tout change en quelques heures ! Hier soir, il voulait les renvoyer. À présent, il s'inquiète pour eux.

— Non, mes parents nous attendent à Lyon demain dimanche à déjeuner. Nous comptions revenir avec toi, Flore. Ils sont également tes grands-parents. Mais n'en parlons plus. Tu viendras quand tu le voudras.

Flore ne répond pas ; comme moi, elle ne s'est jamais entendue avec nos grands-parents lyonnais.

— Faites comme vous le voudrez, répond le pépé. Mais soyez prudent et roulez doucement dans la descente vers Saint-Martial. Vous la connaissez, Carine, pleine de raidillons et de virages en S.

— Je l'ai découverte cette nuit ; néanmoins, merci de nous le rappeler, répond Cabrol.

Le repas est délicieux, pour ne pas dire somptueux ; mémé avait prévu pour six, mais à huit il en reste encore. Champagne et côtes-d'ardèche aidant, la réconciliation s'affermit. Après le café, pépé va au buffet, en retire pour les hommes la bouteille de prunelle, distillée des *pialosses*[1] du pays, et, pour les dames, la liqueur de framboises sauvages cueillies par lui-même et préparées par la mémé. J'observe papa et Flore ; sous leur air apaisé, je sais bien qu'ils sont tristes. Quant à moi, je le serais aussi si Noëlline n'était pas à mon côté. Et toi, maman, te reverrai-je encore ici, dans ce pays que tu détestais tant ?

À 3 heures, elle se lève.

— Il faut partir, dit-elle à son compagnon. J'aimerais bien arriver au Puy avant la nuit. Ensuite, vers Saint-Étienne et Lyon, ça roule tout seul.

Cabrol repousse sa chaise, nous l'imitons. Dans la cour, la couche de neige est si épaisse que pépé doit passer par l'étable pour aller à la grange y quérir deux pelles. Cabrol en saisit une, papa l'autre. C'est bien la première fois que je vois ces deux hommes qu'hier soir je séparais dégager côte à côte le même chemin, et pour la même femme. Cabrol lance le moteur, le laisse tourner pour le faire chauffer. Flore et moi embrassons maman ; elle s'éloigne pour revenir à nous. Son regard est profond, sa paupière cache une larme ; dans nos

1. Pialosse : *prunelle noire.*

yeux, elle doit surprendre la même. Tous les trois, nous nous serrons très fort.

— À bientôt maman.

— À bientôt mes petits.

Elle se retourne, s'engouffre dans la voiture. J'observe qu'au moment de la quitter ni pépé ni mémé n'invitent maman à revenir.

Je ne m'étais pas trompé ; à peine la nuit tombée, le thermomètre descend à moins douze degrés.

— Voulez-vous nous accompagner à la traite ? proposent mes grands-parents.

— Évidemment, j'en attendais l'heure. Enfant, durant les vacances, cette rencontre du soir avec les bêtes figurait parmi mes plus grandes joies.

Sans sortir, par la porte prévue à cet effet dans les grands froids, nous passons à l'étable. Noëlline hume, en respire l'odeur.

— Tu aimes ?

— Ça pique et c'est âcre, mais ça ne me déplaît pas.

— Quand je pense, observe Flore, que maman m'interdisait ce lieu ! Elle craignait que j'y prenne goût.

— Tu venais nous rejoindre en cachette. Souviens-toi : je te faisais boire un bon verre de lait de chèvre. Tu adorais, et tes cousins aussi. Dommage que nous soyons en hiver, le lait de mes biquettes se fait moins riche ; néanmoins, c'est le meilleur des laits, bien supérieur à celui des vaches. Tenez, Noëlline, dit ma grand-mère en lui offrant un verre tout chaud empli à même le pis, buvez, ça vous fortifiera.

C'est le tour de Flore, puis le mien ; toute notre enfance revient. Tandis que ses parents s'affairent à traire, papa, tenant à deux mains le manche de la fourche comme il le faisait enfant, retire la litière souillée, en emplit la brouette, la conduit au bout de l'étable où demain il la videra sur le tas de fumier ; la neige ne s'y attache pas tant la fermentation fait fondre. J'en profite pour le questionner.

— Et ton projet, papa ?

— Ça avance, tout sera bientôt bouclé. L'étude de marché est finalisée, ma part du cabinet vendue ; les travaux de construction de la chèvrerie commenceront au printemps. Le maire m'a fait part de son accord pour le permis.

— Je suis content pour toi.

Il semble que nous retrouver en famille avec Noëlline et dans l'étable fait resurgir nos racines. Mais pourquoi maman a-t-elle commis cet acte ?

Ce soir, nous redistribuons les chambres. Flore conserve celle des cousins, Noëlline et moi récupérons le grand lit où maman et Cabrol ont dormi la veille. Nous pouvons y retrouver nos amours sans nous soucier du voisinage de ma sœur. Dans la douce lumière de la lampe de chevet que je me garde d'éteindre, nous nous regardons longtemps comme pour ne faire qu'un de nos deux êtres en attente. Soudain, impatient, je la saisis dans mes bras, mes lèvres se collent aux siennes.

Le sommeil nous prend à l'issue de l'amour. Entre les draps, au petit jour, éveillé le premier, je l'enserre et l'approche de moi ; de désir, nos corps se mêlent à nouveau. Nous refaisons l'amour avec la plus belle des tendresses, vidés et heureux d'avoir laissé chanter nos corps.

Comme hier, nous descendons les derniers. Ce matin, nul ne nous a attendus pour le petit déjeuner. Nos deux bols, le pain, la motte de beurre, la confiture dans son pot, la vieille cafetière sur le fourneau s'offrent à notre appétit. Devant l'âtre, mes grands-parents, papa et Flore se chauffent à la chaleur des braises.

— Il a gelé très fort ?

— À 7 heures, lorsque je me suis levé pour traire, dit le pépé, j'ai débloqué la porte pour regarder le thermomètre accroché au volet. Il indiquait moins dix-sept degrés ! Par ce froid, il ne risquait pas de reneiger cette nuit. En revanche, il a burlé. La route s'en trouve à nouveau recouverte. Malheur à ceux qui ont passé la nuit dehors ! Mais cette température ne présente rien d'exceptionnel ; entre le Gerbier et le Mézenc, les hivers serrent rudement. Les gens d'ici ne sont pas surpris. Hier après-midi, ta mère a bien fait de vouloir partir tôt ; mieux vaut ne pas rouler de nuit.

Le froid a dégagé le ciel, nous aurons une journée bleue. Le soleil brille clair au-dessus du Gerbier et sur la neige gelée son feu luisant s'accroche, les cristaux glacés s'en irradient. Noëlline termine son thé, je me sers une nouvelle tasse de café lorsque l'Estafette bleue de la gendarmerie pénètre dans la cour. Képis sur la tête et emmitouflés de leur veste matelassée, ils avancent vers la porte.

— Qu'est-ce qu'ils peuvent nous vouloir un lendemain de Noël ? Pour venir du Cheylard par ce temps, l'affaire doit être urgente, prononce le pépé.

Avocat, papa, tout en se levant pour leur ouvrir, avance une autre explication :

— Je crois plutôt qu'ils poursuivent leur enquête et viennent pour toi, Flore. Ne te fais aucun souci, je vais leur expliquer.

Néanmoins, je la vois s'inquiéter ; comme pour se protéger, elle se rapproche de moi.

— Entrez, messieurs. Ne restez pas dehors, il fait trop froid.

— Merci.

Ils aperçoivent ma sœur.

— Ah ! Vous êtes là, mademoiselle ? Mais notre visite n'est pas pour vous. Nous le préférerions.

Le gendarme regarde papa.

— Voilà. Ce matin, à 7 heures, le conducteur du camion laitier de la coopérative du Cheylard repérait, en contrebas de la petite route qui descend à Saint-Martial, l'arrière d'une voiture au fossé. Le reste du véhicule s'enfonçait sous une congère par l'effet de la burle. La plaque d'immatriculation indiquait 69.

Souvent, les moments heureux côtoient leurs frères cruels ; les peines se mêlent aux joies, s'entrechoquent. Déjà, tous les six, nous comprenons.

— Le froid avait tellement durci la neige que le camionneur n'a rien pu faire. Une fois à Saint-Martial, il nous a téléphoné. Arrivés sur place, accompagnés des pompiers et de leur matériel de désincarcération, ces derniers ont ouvert la portière de la voiture. Deux corps gelés s'y trouvaient enlacés. La voiture a sans doute dérapé, les deux passagers n'ont pu sortir ; à notre avis, pour lutter contre le froid, ils se sont serrés l'un contre l'autre. Mais le froid pinçait si fort qu'ils ne pouvaient survivre à une si longue nuit. Sur cette petite route étranglée par la forêt, nul ne s'aventure de nuit, encore moins quand il burle.

Je prends la main de Flore, l'étouffe dans la mienne. J'observe papa, découvre son visage marbré de blanc. Le gendarme s'interrompt, ému de son annonce.

— Il nous a été dit qu'hier un véhicule immatriculé dans le Rhône stationnait dans votre cour.

Les pompiers ont évacué les corps à l'hôpital du Cheylard. Pouvez-vous nous accompagner pour les identifier, si toutefois ce sont vos visiteurs ?

Livide, papa répond :

— Ce sont eux ; le numéro d'immatriculation correspond à celui de leur véhicule.

Le gendarme hésite ; dans son regard, je lis beaucoup d'humanité.

— Vous étiez parent ?

— La passagère était mon ex-femme, la maman de ma fille et de mon fils.

Le coup frappe si dur que nul d'entre nous ne pleure. Noëlline se rapproche de moi, prend ma main dans les siennes.

— Je suis avec toi, mon amour.

Par-dessus moi, elle se penche vers ma sœur.

— Avec toi aussi, Flore, comme je l'ai toujours été.

Nous perdons notre mère, mais elle, la mort lui prend son père qu'elle aura si peu connu. Papa, figé, s'approche enfin de nous, pose ses mains sur nos épaules. Pour la seconde fois, il perd sa femme.

Je tourne mon visage vers le sien, le découvre ravagé. Maman, il t'aimait. Tous, nous nous sentons coupables, à commencer sans doute par mes grands-parents qui jamais n'ont accepté leur bru.

— Venez, décide papa, assurons-nous que ce sont eux. Je comprendrais que tu ne viennes pas, Flore. Demeure ici, si tu le souhaites.

— Si, il le faut.

La mémé et le pépé se lèvent, viennent à nous et nous embrassent.

— Pauvres petits, vous n'aviez pas besoin de cela.

— Je vous accompagne, ajoute Noëlline.

— Merci.

— Vous avez raison, ajoute le gendarme, dans ces cas-là, mieux vaut être plusieurs.

Nous montons dans nos chambres où sont les parkas, les doudounes et les bonnets. Papa embrasse ses parents.

— À cet après-midi.

— Sois prudent sur la route. Le pépé et moi, nous gardons la maison ; en rentrant, vous aurez besoin de la retrouver bien chaude.

À nouveau, ils nous embrassent. Dans la cour, la burle nous crible le visage des cristaux d'une neige gelée arrachés à sa couche. Papa découvre sa voiture momifiée sous le blanc. À grands coups de balai, nous la déblayons.

— Suivez-nous, propose le gendarme.

Nous traversons Saint-Andéol sans y surprendre un seul chat tellement le froid retient toute vie à l'intérieur. Conservant ses distances, mon père suit l'Estafette bleue. Flore se tient à son côté ; sur le siège arrière, Noëlline et moi observons la route trop souvent obstruée par les congères que malgré les passages du chasse-neige la burle reforme en permanence. Sur la route de Saint-Martial, au troisième virage, l'Estafette ralentit, puis s'arrête. Papa se gare derrière elle. À droite, en contrebas, dans le fossé, se reconnaît l'arrière de la voiture de Cabrol. Nous descendons, examinons l'intérieur grâce à la portière laissée ouverte par les pompiers. C'est bien le véhicule qui emportait maman, aucun doute n'est plus permis. Sans l'avoir prévue, une détresse soudaine nous saisit Flore et moi. Dans les bras l'un de l'autre, nous laissons aller nos larmes. Ici même, cette nuit, le froid a tué notre mère dans la voiture de son amant, sur ce siège. Nous les imaginons se voyant mourir, elle et lui. Papa se rapproche, nous enserre, livide ; c'était sa femme. Noëlline attend, nous observe ; son regard me va droit au cœur, elle me prend par la main.

— Viens, ne restons pas ici. Allons les reconnaître où les pompiers les ont emmenés.

Dans la voiture, derrière l'Estafette de la gendarmerie, aucun de nous quatre ne prononce plus un seul mot.

À la morgue, sur les civières, seuls deux visages bleuis et leurs épaules nues glacées émergent des draps blancs. Gelées, leurs paupières ont été mal fermées ; les traits apaisés des amants indiquent que le froid les avait endormis avant de leur ôter la vie. De mon doigt, je soulève la paupière entrouverte de ma mère ; l'œil se découvre un peu, il me regarde de ce regard pâle, de ce regard froid, de ce regard terrible que Maman me portait parfois vivante. Il me semble revenir de derrière la vie ; effrayé de mon geste, je referme la paupière et longtemps j'y appuie mon doigt par crainte qu'à nouveau cet œil me dévisage tellement toute ma vie j'en fus apeuré. Papa, Flore et moi, chacun à son tour, nous embrassons ma mère sur le front. Ma sœur va à son père, dépose un baiser sur sa face glacée et puis s'effondre en larmes. Papa la prend dans ses bras, lui parle très doucement, la laisse pleurer tout son comptant.

— Pleure ma fille, pleure ; seules les larmes guérissent.

Noëlline se tient à mon côté, ne lâche pas ma main. Il m'est impossible de pleurer.

— Souhaitez-vous être raccompagnés à Saint-Andéol ? propose le gendarme.

— Non, merci. Vous êtes aimable. Mais ça va aller.

Papa reprend la route ; vers le milieu de l'après-midi, la voiture s'engage dans la cour des grands-parents. Le pépé et la mémé ont entendu le bruit des pneus sur la neige gelée. Ils sortent tous les deux, viennent à nous en sabots.

— Ne restez pas au froid, rentrez au chaud.

Sur la table, mémé a disposé cinq bols.

— À midi, ni le Pépé ni moi n'avons voulu manger seuls. Compte tenu de l'heure – l'horloge indique 4 heures –, nous allons goûter ensemble.

La mort n'arrête pas la vie. Mes grands-parents le savent bien ; à leur âge, ils l'ont si souvent rencontrée !

— Ne demeurez pas le ventre vide. Assieds-toi à mon côté, propose sa mémé à Flore.

Tandis que sur la plaque du fourneau elle prépare le chocolat, pépé tranche les tartines. Mémé me considère, puis Noëlline. Dans son regard, je lis : « Pauvres enfants ! La mort ne vous aura pas laissé le temps du pardon. »

Lentement, en silence, nous savourons le chocolat brûlant et entamons nos tartines.

Le lendemain matin, Noëlline téléphone à ses parents ; Flore et moi prévenons nos grands-parents maternels. Comme papa et nous deux, ils ignoraient tout de la liaison de maman. D'un commun accord, ils se chargeront du transport du corps et des funérailles. Mon père appelle l'épouse de son collègue, qui elle-même ne savait pas. Dans la journée, les grands-parents lyonnais rappellent ; les obsèques seront célébrées vendredi. Avec papa, nous quitterons Saint-Andéol jeudi. Flore a réfléchi, sa décision est prise. Elle n'accédera pas au désir de nos grands-parents maternels qui voudraient la recueillir chez eux. Dans l'attente de son émancipation, elle restera ici, à Saint-Andéol, poursuivra ses études au lycée d'Aubenas, à trente-cinq kilomètres de là, où papa la conduira le lundi et l'en ramènera le vendredi.

Épilogue

Les 6, 7 et 8 juillet 2012, une foule de soixante-cinq mille personnes se rassemblait à Rochefort pour la mise à l'eau de *L'Hermione*. Je terminais ce chantier après quinze années de charpente navale et d'innombrables assemblages au trait de Jupiter. À l'été 1999, après trois années comme aspirant, je présentai mon chef-d'œuvre et fus reçu compagnon. Comme tout cela me paraît loin ! Ainsi s'achevait la mission d'Ardéchois l'acharné, surnom donné par mes maîtres au jour de ma réception. Noëlline, à présent mon épouse, Romaric et Margot, les deux enfants qui nous étaient nés, et mes compagnons charpentiers de marine m'entouraient ce jour tant attendu ; nos deux familles se trouvaient au complet. Outre Auguste et Geneviève, nous avions bien sûr invité Besançon la droiture et son épouse Léone, Colette la bienvenue, M. et Mme de Clavières. Hélas, mes grands-parents, Hippolyte et Amélie, n'étaient plus de ce monde. Parmi les officiels, je reconnaissais M. Sauzaie placé entre le président de l'association *L'Hermione*-La Fayette et le consul américain.

Aujourd'hui pianiste reconnue, Flore resplendissait. Sur mes épaules, j'installais Margot. La frégate de La Fayette, reconstruite à l'identique, entamait alors sa sortie sur le fleuve Charente. Il ne lui manquait que ses mâts, ses gréements, ses haubans, ses cordages, ses voiles et bien évidemment ses trente-quatre canons. Tout cela n'était plus affaire de charpentier. Après quinze années de construction, sans compter celles qui les avaient précédées pour la conception du projet, cette journée se révélait pour nous tous un moment d'émotion qu'aujourd'hui j'ai peine à exprimer[1]. J'imaginais *L'Hermione* dans deux années, mâtée et gréée de ses voiles. Nous reviendrions à Rochefort la voir appareiller et, ce jour, Romaric aurait douze ans, Margot dix ; l'image de *L'Hermione* en majesté se graverait alors dans nos mémoires. Mains agrippées à mes cheveux, notre fille se tenait droite. Retenant mes larmes, je serrai dans mes bras Noëlline, Romaric et Flore.

---

1. L'Hermione *appareillera le 4 juillet 2014 et effectuera sa première traversée de l'Atlantique en 2015.*

— Ne croyez-vous pas que maman eût été fière de moi devant pareil vaisseau ? Peut-être auraitelle enfin compris la splendeur du travail manuel !

Papa surprit ma réflexion :

— Certes, quelle belle leçon !

— Moi aussi, je suis une manuelle, affirma Noëlline, je soigne avec mes mains !

— Et le piano donc ! Ce sont les doigts qui jouent !

— Quand je pense que tout cela descend du grenier de la Fonsine ! ironisa papa.

À ce nom, je bondis.

— Mais à propos, la ferme de la Fonsine, qu'estelle devenue ?

— Ses enfants l'ont mise en vente. Mais personne n'en veut, même pour une bouchée de pain !

Je serre très fort le bras de Noëlline :

— En ce cas, mon amour, ne perdons pas une minute. En route ! Direction Saint-Andéol-de-Fourchades !

Le Puy-en-Velay, le 11 janvier 2013.

Albert Ducloz

Table des matières

Imprimé en France par CPI en janvier 2019
Nº d'impression : 2041946
Dépôt légal : février 2019
ISBN : 978-2-8129-2424-8

www.deboree.com
livres@centrefrance.com